Heinrich Düntzer

Charlotte von Stein und Corona Schröter

Heinrich Düntzer

Charlotte von Stein und Corona Schröter

ISBN/EAN: 9783741124570

Hergestellt in Europa, USA, Kanada, Australien, Japan

Cover: Foto ©Andreas Hilbeck / pixelio.de

Manufactured and distributed by brebook publishing software
(www.brebook.com)

Heinrich Düntzer

Charlotte von Stein und Corona Schröter

Charlotte von Stein

und

Corona Schröter.

Eine Vertheidigung.

Von

Heinrich Düntzer.

———✦———

Stuttgart.
Verlag der J. G. Cotta'schen Buchhandlung.
1876.

Buchdruckerei der J. G. Cotta'schen Buchhandlung in Stuttgart.

Buchdruckerei der J. G. Cotta'schen Buchhandlung in Stuttgart.

Vorrede.

Die Forschung über Goethe's Leben, Wirken und Schaffen ist noch in beständigem Flusse, da sich uns immer neue Quellen eröffnen, welche besondere Umstände oder Eigensinn der Besitzer uns länger als billig vorenthalten haben. Wie unangenehm aber auch der Mangel mancher noch vorhandener Urkunden sein mag, der Forscher darf sich dadurch nicht abhalten lassen, den zur Zeit vorliegenden Stoff zur Gestaltung eines möglichst klaren Bildes zu verwerthen, hat er auch zu fürchten, daß durch spätere Mittheilungen einzelnes anders sich herausstellt; ist ja zuweilen das Wirkliche das Unwahrscheinlichste und manche Lücken der Ueberlieferung vermag kein Scharfsinn auszufüllen. Vor allem gilt es bedeutende Lebensbeziehungen mit sorgfältigster Benutzung des bereiten Stoffes und aus genauer Kenntniß des Dichters, der örtlichen und zeitlichen Verhältnisse festzustellen, was glücklicherweise, wie mühsam und kleinlich die Untersuchung auch oft sein muß, die so rein menschliche Entwicklung unseres großen Dichters ungemein erleichtert. In diesem Sinne habe ich vor zwei Jahren ein auf kritisch strenger Benutzung der zum Theil handschriftlichen Quellen beruhendes Lebensbild von Charlotte von Stein zu entwerfen gesucht, überzeugt, daß nur aus eindringender Kenntniß ihrer ganzen Persönlichkeit sich ein sicheres Urtheil über die Verbindung mit Goethe gewinnen lasse, und ich darf hoffen, daß diese urkundliche, nur haltlose Verdrehungen abwehrende Darstellung in allen Hauptpunkten der Wahrheit entspreche. Während des Druckes meiner Schrift hatte Adolf Stahr, in Verfolgung einer An= deutung von Lewes, unter dem Beifalle der Unkundigen und der Gegner des Dichters die edle Frau langjährigen Ehe= bruchs mit diesem bezüchtigt, ohne zu ahnen, wie tief er dadurch Goethe selbst erniedrige. Es stände mit diesem, an dessen Mantel leider noch immer zum Theil böswillige, zum Theil sich überhebende Kritik zerrt, sehr schlimm, wenn die Wahrheit keinen andern Ausspruch thun könnte; wir müßten ihm aber, wenn auch mit schwerem Herzen, folgen. Da= gegen ist es empörend, wenn ein deutscher Forscher durch leichtfertige Sophistik nicht allein gegen die Wahrheit, sondern auch gegen den menschlichsten, von reiner Sittlichkeit ge= tragenen Dichter und seine edle Freundin sich so arg ver= sündigt, daß er ihnen unter den „berühmten Liebespaaren“ eine sehr traurige Stelle anweist. Stahr hat hier wie sonst, indem er sich von einem Einfall hinreißen ließ, allen Anforderungen, welche die Wissenschaft an ernste, besonnene Forschung stellt, sich entzogen und das erkennbare Bild der Verhältnisse willkürlich gefälscht. Statt den mühsamen Weg treuer Forschung zu wandeln, geht er als munterer Spazier= gänger über das blühende Feld und trifft mit seinem leichten Stöckchen muthwillig, was ihm gerade gefällt. Daß es auch hier, bei dem besondern Zustande der Quellen, einer an= gestrengten, treufleißigen Forschung bedürfe, scheint ihm kaum in den Sinn gekommen, obgleich man meinen sollte, die sittliche Ehre des Dichters, der durch gewissenhaften Ernst hoch über allen seinen Anklägern emporragt, und der gute Name einer edlen Frau, die in ehrenhaften Nachkommen

fortlebt, hätten ihn vorsichtiger machen, er hätte nicht, um=
gekehrt wie in der römischen Geschichte, wo er sich freut,
die Zahl der menschlichen Ungeheuer vermindert zu haben,
eine prickelnde Lust empfinden sollen, die von Goethe selbst,
auch nach dem Bruche mit ihr, so hochgehaltene, in Weimar
verehrte Frau, das Vorbild seiner Iphigenie und der
Prinzessin im Tasso, als gewissenlose Ehebrecherin an den
Pranger zu stellen. Einen an Haß gegen Charlotte von
Stein ihm nicht nachstehenden Genossen hat Stahr an Robert
Keil gefunden, der das von ihm ungeschickt genug nach den
ihm vorliegenden ungenauen Handschriften herausgegebene
Tagebuch von 1776—1782 zu Charlottens Ungunsten mit
leichter Hand mißbraucht hat.

Es ist die Ehre der deutschen Wissenschaft, deren Stolz
jetzt, wo unser Volk der errungenen Macht und Größe sich
in jeder Beziehung würdig erweisen muß, mehr als je Red=
lichkeit und Treue sein sollte, es ist die Liebe zu unserm
großen Dichter, den jeder Unparteiische um so höher ehren,
um so inniger lieben wird, je mehr er ihn kennt, der aber
jetzt mit kaltem Blute zu einem langjährigen Ehebrecher ver=
leumdet wird, es ist die Ehrenpflicht deutschen Frauenschutzes
gegen ungebührliche Entehrung — sie sind es, denen ich
diese Blätter widme. Sie wenden sich an alle, welche die
Ehre Goethe's sich nicht keck besudeln lassen wollen, an alle,
denen das Andenken einer edlen Frau zu heilig ist, als
daß sie schadenfroh sie in den Staub treten sehen, an alle,
die der Wahrheit der Geschichte gegen die Lüge der Sophistik
die Ehre geben wollen. Den ganzen Entwicklungsgang der
Verbindung Charlottens mit Goethe bis zu der Zeit, wo
diese ihre fünf Jahre lang der Leidenschaft des Dichters
gegenüber gewahrte Pflicht gegen Gatten und Kinder aus

berechnender Eifersucht keck über Bord geworfen haben soll, ja noch ein Jahr weiter, wo die allerinnigste Familienverbindung eintrat, habe ich auf das genaueste verfolgt; denn hier mußte, was auch durch das Tagebuch mehr als bisher ermöglicht wurde, näher ins einzelne gegangen werden, als es der Zweck meines Lebensbildes forderte, das nur eine anschauliche Uebersicht dieser Jahre geben sollte; galt es ja alles, worauf sich der leiseste Verdacht einer Unsittlichkeit gründen ließ, in Betracht zu ziehen und so die Anklage in ihre äußersten Schlupfwinkel zu verfolgen, nichts zu verdecken, was zu Charlottens Ungunsten zu zeugen scheinen konnte, um mit gutem Gewissen behaupten zu dürfen, keine zur Beurtheilung des Verhältnisses erkennbar vorliegende Thatsache sei zum Vortheil der Angeklagten verschwiegen. Ebenso wurden Goethe's Beziehungen zu Corona Schröter bis zu dem als Endpunkt gesetzten Jahre 1782, so weit die Quellen reichten, vollständig dargelegt, um zu zeigen, inwiefern Charlotte Ursache zur Eifersucht hatte und von solcher wirklich besessen wurde, besonders zu der Zeit, wo die ältere Freundin dadurch zur verzweifelten Hingabe getrieben worden sein sollte. Der weder von Stahr noch von Keil benutzte einzige bisher bekannte Brief Goethe's an Coronen war hierbei von ganz besonderer Bedeutung. Coronens weitere Lebensverhältnisse habe ich vollständiger, als bisher geschehen, zu geben gesucht, da einzelnes Ungedruckte und Unbenutzte mir zu Statten kam. Weder die Briefe Coronens an Einsiedel durfte ich zu heben hoffen, da der Besitzer, wie es heißt, deren Bekanntmachung für ein Werk über Einsiedel sich vorbehalten hat, noch die nach Pasqué's Behauptung im Weimarer Archiv „sorgfältig aufbewahrten Papiere Goethe's und Karl Augusts", die Coronen betreffen. Auf

die Unterstützung, welche der Forscher der politischen Ge=
schichte in den deutschen fürstlichen Archiven findet, muß der
Darsteller unserer großen klassischen Literatur noch immer
verzichten. Von der weitern Entwicklung des Verhältnisses
Charlottens zu Goethe habe ich nur eine übersichtliche Dar=
stellung von 1783 bis zur Flucht des Dichters nach dem
lang ersehnten Hesperien gegeben, insofern hieraus noch
ein Licht auf die frühere Zeit fällt.

Alle mir erreichbaren Quellen habe ich herangezogen;
besonders bot die richtige Deutung von Goethe's Tagebuch
manche erwünschte Auskunft. Auch dießmal bin ich meinem
Freunde Herrn Bibliothekar Dr. Reinhold Köhler in Weimar
für manche Mittheilungen zu lebhaftem Danke verpflichtet.
Außer ihm haben sich der allen Goethefreunden rühmlichst
bekannte Geh. Oberregierungsrath von Loeper, der verdiente
Goethesammler Buchhändler Dr. Salomon Hirzel und der
zur Unterstützung jeder wissenschaftlichen Forschung stets be=
reite Director der Münchener Hofbibliothek Herr Hofrath
Prof. Dr. von Halm mir sehr gefällig erwiesen.

Möge dieser Versuch der Ehrenrettung der edlen Frau
und des großen Dichters von einem abscheulichen Ver=
dacht eine ruhige, unparteiische Würdigung finden. In
dem Prozesse, den die Ankläger gegen Charlotte von Stein
angestrengt haben, gilt es eine vollständige aktenmäßige
Darstellung. Ich glaube gezeigt zu haben, daß die vor=
gebliche Schuld nicht allein nicht erwiesen, sondern
nach den vorliegenden Thatsachen unmöglich ist. Möge
auch die deutsche Presse, die auf Stahrs und Keils Anklage
hin vielfach die Schuld Charlottens verkündet hat, nach Er=
wägung des wirklichen von mir entwickelten Bestandes ihr
Urtheil über Schuld oder Unschuld sprechen. Das Verhältniß

ist so einziger Art, daß zu dessen richtiger Würdigung große Feinheit und ernste sittliche Erwägung gehören, dagegen bedarf es zur Entscheidung der Hauptfrage nach den vorhandenen Beweismitteln nur gesunden Sinnes. Die Schärfe des Tones gegen die Ankläger war durch die Sache bedingt; sie richtet sich nicht gegen die Personen, sondern gegen die Art der Anklage, die freilich auf ihre Vertreter zurückfällt.

Köln am 18. März 1876.

H. D.

Einleitung.

Lassen wir im Leben zu voreiligem Urtheil uns leicht hinreißen, wie es der Tag, Laune und Umstände mit sich bringen, so wird jeder Gewissenhafte da, wo es gilt, über bedeutende Verhältnisse sich klar zu werden und eine entscheidende Meinung festzustellen, sich erst auf das genaueste aller bezüglichen Thatsachen, deren Kunde ihm erreichbar ist, zu versichern suchen, ehe er seinen maßgebenden Ausspruch zu thun wagt. Wie viel mehr sollte dieß als Gesetz gelten bei Beurtheilung von Verhältnissen, die der Vergangenheit angehören, wo die Personen nicht mehr selbst Rede stehen, nicht mehr sich und ihre Sache vertheidigen können, wo wir auf jede unmittelbare Anschauung von ihnen und ihrem Wesen verzichten müssen, die häufig viel überzeugender spricht als eigene Aeußerungen und Urtheile anderer, wo sie nicht mehr in vollem Leben uns entgegentreten, sondern unsere Kenntniß nothwendig immer mehr oder weniger bruchstückartig bleibt. Wie manches nimmt sich am lebendigen Lichte des Tages anders aus als in dem auch bei größter Lebhaftigkeit immer todten, aus der frischen Wirklichkeit eines bewegten Daseins herausgerissenen Worte! Freilich wo eigene Geständnisse vorliegen, die zu bezweifeln kein Grund gegeben ist, oder aus den sich widersprechenden Aussagen der Betreffenden oder aus dem einstimmigen Urtheile aller Wissenden eine sichere Entscheidung zu geben ist, da wird niemand Bedenken tragen, die offene Wahrheit anzuerkennen, und muß es als gewissenlose Entstellung gelten, durch sophistische Künste die Thatsachen zu färben, um die verwirkte Ehre eines armen Sünders zu retten. Strenge

Gerechtigkeit nach umsichtigster Prüfung soll das Streben eines jeden sein, der das Urtheil der Welt über geschichtliche Personen zu bestimmen sich vorsetzt, wobei freilich die menschliche Beurtheilung immer milde sein mag. Wir werden den armen, reichbegabten Lenz bedauern dürfen und nicht mit der starren Strenge eines kalten Sittenrichters sein Andenken entweihen, vielmehr seinen leidenschaftlichen Hang zur Intrigue und Verstellung, der leider, wie sich nach sprechenden Thatsachen nicht leugnen läßt, seine natürliche Gutmüthigkeit so sehr überwucherte, als einen leidigen, wohl durch Verziehung genährten, jedenfalls durch seine spätern freien Verhältnisse nur zu sehr entwickelten Charakterzug seiner Natur betrachten, gegen den anzukämpfen er eine größere sittliche Kraft besessen haben müßte, als ihm und so manchen eigen war.

Die größte Vorsicht ist bei verschlungenen, in das tiefste Seelenleben eingreifenden geschichtlichen Verhältnissen geboten, deren Würdigung selbst bei Lebenden außerordentlich schwierig, nur bei eindringendster Kenntniß möglich scheint. Hier nach dem augenblicklichen Eindrucke und rascher Laune zu urtheilen, mit leicht hingeworfenen, ganz allgemeinen Zügen schablonenmäßig ein Bild darzustellen und aus dem gebotenen Stoffe kurzer Hand dazu einige scheinbare Belege zusammenzusuchen und willkürlich aufzustutzen, ist ein gewissenloses Verfahren, um so gewissenloser, wenn sich daraus die allerschwersten sittlichen Beschuldigungen ergeben. Und doch hat man sich nicht gescheut in dieser Weise das Andenken des großen Dichters, der schon fast ein halbes Jahrhundert in der weimarer Fürstengruft ruht, und der edlen Frau, welche die Grundzüge zu seiner Iphigenie und seiner Leonore von Este geliefert, leichtfertig zu verunehren, beide als Ehebrecher hinzustellen, als hätte man keine Ahnung, wie sehr man dadurch Goethe's Sittlichkeit herabwürdigt und welche Achtung man einer Frau schuldig ist, die auch bei der in Weimar allgemein verbreiteten Kenntniß ihres vertrautesten Umganges mit dem Dichter nicht den leisesten Verdacht einer solchen Schuld auf sich geladen, ja man wagt diese Beschuldigung sprechenden Thatsachen gegenüber aufrecht zu halten und glaubt sie durch die ärgste Mißdeutung von Goethe's Tagebuch „zur Säkularfeier von Goethe's Eintritt in Weimar" stützen zu sollen. Wider ein solches der Thatsachen spottendes, mit der Ehre der edelsten Personen ein loses Spiel treibendes Verfahren mit aller Entschiedenheit einzutreten und es in seiner Haltlosigkeit darzustellen, scheint mir eine Ehrenpflicht, der sich niemand entziehen darf, welcher durch genaue Kenntniß sich dazu befähigt glaubt, eine Ehrenpflicht des deutschen Volkes gegen sich selbst. Und so unternehme ich es gegen die neuesten Ankläger von Charlotte von Stein, A. Stahr und R. Keil, deren Verdächtigungen leider in einem großen Theile der unbesehen urtheilenden Presse Eingang gefunden, in die Schranken zu treten und den Beweis zu liefern, daß von einer ehebrecherischen Verbindung Goethe's mit Frau von Stein, welche durch die Eifersucht auf Corona Schröter sich dazu habe hinreißen lassen, nicht die geringste Spur zu entdecken, Goethe, der nicht erst später der eifrige Vertreter der Heiligkeit der Ehe ward, einer solchen Schuld eben so unfähig war als seine Freundin, deren ideale Natur in ihm die reinste, edelste Freundschaft gesucht und mehrere Jahre gefunden hatte. Wir beneiden die Feinheit und den Scharfsinn einer Menschenkenntniß nicht, welche edlen Naturen auf eingebildete Gründe hin einen argen sittlichen Makel anheftet, als gebe es keine Tugend, als sei der Glaube an die Heiligkeit und Unauflösbarkeit der Ehe ein Schattenspiel an der Wand und könne der Wandel der Neigung die Auflösung der Ehe als sittliche Pflicht erscheinen lassen. Goethe und seine Freundin lebten der Ueberzeugung, daß die Ehe ebenso unauflöslich wie die Bande der Natur, die Verletzung ehelicher Treue ein schwer zu sühnendes Vergehen, vor dem gerade innige Herzensliebe am entschiedensten zurückscheuen müsse, da sie ihr eigenes Glück durch das lastende Schuldbewußtsein zerstöre.

Frau von Stein hatte Goethe's Briefe sorgsam aufgehoben, von denen er nur die aus Italien an sie geschriebenen, als er kurz nach seiner Rückkehr sie zu einigen Auszügen für Wielands Merkur brauchte, sich ausbat und später zurückbehielt; nur von zweien fand sich eine Abschrift in ihrem Nachlasse. Ihre eigenen Briefe hatte sie wohl nach der Lösung des Verhältnisses im Jahre 1789 zurückgefordert. Bei der Plünderung ihrer

Wohnung im Oktober 1806 waren alle ihre Papiere zerstreut worden, doch gelang es ihr, den größten Theil derselben wieder zusammenzubringen. Ausdrücklich gedenkt sie nur des Zusammensuchens der Briefe ihres jüngsten Sohnes. Goethe's Briefe lagen ihr so sehr am Herzen, daß sie schon im Juli 1808 Fritz bat, diese, wenn sie sterbe, zu sich zu nehmen. Im April 1811 schrieb sie demselben, sie wolle ihm die aufgehobenen Briefe von Goethe, Knebel, ihrem Karl und Fritz selbst vermachen, aber sie fühle sich zu kraftlos, sie in Ordnung zu bringen, da die Franzosen bei der Plünderung sie unbeschreiblich zerstreut hätten. Im folgenden Jahre theilte sie Goethe's Briefe Schillers Gattin mit, die nach Lesung derselben sich gelobte, ihre Liebe solle der unglücklichen Freundin, die von Goethe so treulos verlassen worden, bis ins Grab folgen. Am 15. April 1821 schrieb sie eigenhändig die Verfügung nieder, daß ihr Fritz nach ihrem Tode ihre Briefe und Papiere übernehme und, „was nicht tauge", zerreiße. Während seines letzten Besuches im Oktober 1825 wird sie ihm die Briefe übergeben haben. „Meine Mutter gab mir bei ihren Lebzeiten ihre Correspondenz mit Goethe, wohl tausend Briefe und Zettelchen", berichtet dieser. „Sie konnte sich nicht entschließen, dieselben zu vernichten; sie hielt es aber für bedenklich, sie Urtheilen preiszugeben, welche vielleicht die Vertraulichkeit des Tones mißbilligen könnten." Kein schöneres Zeugniß für die Reinheit ihres Verhältnisses zu Goethe dürfte man verlangen können als gerade dieses: nur die Vertraulichkeit des Tones schien ihr in diesen Briefen Anstoß erregen zu können; sie war sich keiner Schuld bewußt, sonst würde sie diese Briefe, die sie vor sich selbst anklagen mußten, hätte sie auch diejenigen, die bestimmte Beweise ihres Vergehens mit Goethe enthalten, das eine nicht beneidenswerthe Erfindung leichtfertiger Verdächtigung ist, vernichtet, sie nicht als ein theures Andenken dem reinsten Menschen, den sie auf Erden kannte, ihrem Fritz, hinterlassen haben. Dieser fand auch so wenig irgend eine Spur eines verbrecherischen Umgangs in diesen Briefen, hatte auch so wenig eine sonstige Ahnung ihrer Schuld, daß deren Aufbewahrung ihm an sich unbedenklich schien; nur daß die Vertraulichkeit des Tons Anstoß erregen

könne, fürchtete er auch. Deßhalb wandte er sich, nachdem er
sein siebzigstes Lebensjahr fast vollendet hatte und endlich einen
Entschluß über diese Briefe zu fassen sich gedrungen fühlte, an
seinen Neffen Karl und dessen Gattin, deren Urtheil ihn be=
stimmen sollte. Diese erklärten sich für die Erhaltung der kost=
baren Ueberbleibsel eines so denkwürdigen Verhältnisses. Wie
hätten sie auch ahnen können, daß die deutsche Wissenschaft,
nein die deutsche Buchschreiberei sich so sehr an der offenen Wahr=
heit versündigen werde!

Und so trat denn nach dem Tode von Fritz, aus dessen
Nachlaß die Briefe Goethe's und seiner Mutter und einzelne
von Frau von Stein und Schillers Gattin an diesen geschriebene
vorausgegangen waren, dieser reiche Schatz durch A. Schölls
kundige Hand zu Tage. Auch dieser feinsinnige Goethekenner
glaubte, daß, was auch Verkennung und sittliches Mißurtheil
gegen diese Herzensbekenntnisse des jungen Dichters aufbringen,
wie diese auch das Andenken der Frau trüben möchten, die bei
ihren andern Pflichten dem jüngern Mann habe so viel sein
können, und wie wenig sich auch leugnen lasse, daß der Tiefe und
gemüthlichen Macht dieses Verhältnisses das Leidenschaftliche und
Gefährliche nahe gelegen, desto mehr doch „reinen Augen die
Besonnenheit und Wachsamkeit der Frau entgegenleuchte, die
den jugendlich lebhaften und geistreich anhaltenden Verehrer
nicht ohne ihn zu prüfen und zu zähmen, in wohlthätiger Theil=
nehmung mit innern und äußern Anfechtungen versöhnte, auf
seinen schönsten Beruf eingehend, ihn darin bestärkte, und dann
durch so viele Jahre ihn zugleich in schwunghafter Stimmung
und in der Beruhigung sicherer Freundschaft erhielt". Und
dieses sachkundige Urtheil wird jeder bestätigen müssen, der nicht
mit den gierigen Augen eines Kriminalrichters liest. Auch auf
Stahr selbst hatten die beiden ersten Bände der Briefe bei
wiederholter Lesung, wie wir aus seinem Buche Weimar und
Jena (1852) ersehen, nicht den Eindruck gemacht, daß Charlotte
sich aus Eifersucht im Jahre 1781 dem Dichter endlich preis=
gegeben. Als er im August 1851 den dritten Band kennen
lernte, bemerkte er (II, 128 f.), die Briefe des Jahres 1784
seien nur eine Fortsetzung der früheren aus den Jahren 1780

bis 1783; sie zeigten „eine Liebe, wie sie schwerlich jemals wieder in solcher Weise und Haltung vorgekommen sei, in dem letzten Stadium ihrer möglichen Höhe und Entwicklung, wo sie entweder zur wahrhaften menschlichen Erfüllung gelangen oder eine Wendung und Wandlung nothwendig erleiden müßte, falls der eine Theil nicht untergehen sollte". Also das, was Stahr die „wahrhaft menschliche Erfüllung" nennt, war nach seinem damaligen Verständnisse der Briefe noch nicht erfolgt, während ihm jetzt, nachdem er so mancherlei wunderliche Entdeckungen anderwärts gemacht, der seit dem Herbst 1781 veränderte Ton die Sache ganz unverkennbar macht, so daß also nicht mehr, wie damals, der Mangel dieser „wahrhaft menschlichen Erfüllung" eine der Veranlassungen zur Flucht nach Italien bildete. Damit steht es freilich in sonderbarem Widerspruche, daß Stahr ihn zu gleicher Zeit den Gedanken hegen läßt, fern von Weimar mit der Geliebten zu leben, wozu er bloß ein paar Aeußerungen in der ihm so leicht von der Hand gehenden Weise mißzuverstehen braucht. Wenn der Dichter elf Tage vor seiner Abreise von Karlsbad nach Italien Charlotten schreibt, er müsse noch eine Woche bleiben, dann werde aber auch alles so sanft endigen und die Früchte reif abfallen, „und dann werde ich in der freien Welt mit Dir leben und in glücklicher Einsamkeit ohne Namen und Stand der Erde näher kommen, aus der wir genommen sind", so deutet er damit unverkennbar auf seinen Ausflug von Karlsbad, dessen Ziel der Freundin, wie auch dem Herzog selbst und seiner eigenen Mutter, verborgen bleiben mußte; auf diesem denkt er allen unbekannt zu leben, während die Erinnerung an die Freundin ihn überallhin begleitet. Mir ist es rein unbegreiflich, wie Stahr (II, 138 f.) seine wunderbare Beziehung dieser Aeußerung darauf, daß „es ihm wenig deuchte, Rang und Stellung, alles, was ihm Weimar und die Freundschaft eines Fürsten bot, gern und freudig dem geliebten Weibe zu opfern, wenn sie sich entschließen mochte, dies Opfer anzunehmen", damit reimen kann, daß die Reise nach Italien zu seiner Herstellung und Ausbildung längst be= schlossen und vorbereitet war, er sich schon in Schneeberg von der Freundin verabschiedet hatte; denn auch die seltsam herauf=

beschworene Möglichkeit von Lücken im Briefwechsel hilft hier
nichts, da die Briefe vom 20. und vom 22. und 23. sich un=
mittelbar an den vom 16. anschließen, auch an nebeneinander lau=
fende zeigbare und geheime Briefe zu denken schon deßhalb nicht
angeht, weil die vorhandenen Briefe in vertraulichstem Tone reden
und die vorauszusetzenden, in denen von einer Flucht mit der
Freundin die Rede sein sollte, nicht vertraulicher abgefaßt sein
könnten, ja eigentlich zeigbare Briefe ganz unnöthig waren. Und
sollte man nicht denken, hätte es einen Fluchtversuch gegolten,
so würde dieser in Karlsbad mit Frau von Stein verabredet,
ja von dort aus gemeinschaftlich unternommen worden sein.
Das Ganze ist eben nur eine Luftblase, wie sie Stahr liebt.
Eine ähnliche Mißdeutung müssen sich (II, 136) die Worte in
dem kurzen Briefe aus Terni gefallen lassen: „Nur die höchste
Nothwendigkeit konnte mich zwingen, den Entschluß zu fassen
(in einer fremden Welt zu leben). Laß uns keinen andern Ge=
danken haben, als unser Leben miteinander endigen." Unter
dem letztern Ausdrucke ist nur das vertraut innige Zusammen=
leben mit der Freundin (und ihrem Fritz, den er zu adoptiren
gedachte) zu verstehen, nicht die eheliche Verbindung. Ein solches
herzliches Zusammenleben bis ins höchste Alter war der ideale
Wunsch Charlottens gewesen, und er hatte ihr dieses gelobt.

Schöll hatte bemerkt, die schon bis zum Jahre 1780 so
zarte und lebendige Verbindung erreiche in dem folgenden die
höchste Harmonie, Goethe's Vertraulichkeit sei jetzt nicht mehr,
wie früher, vorweggenommen, sondern der endliche Lohn des
lange bestandenen Noviziats, dabei aber jeder Mißdeutung der
Vertraulichkeit stillschweigend durch die Bemerkung vorgebeugt,
seine Neigung habe wieder die ganze Lebhaftigkeit ihres ersten
Aufflammens, „obwohl in einem höheren Aether von Besonnen=
heit und Reinheit". Vom Jahre 1782 sagt Schöll, die glückliche
von der Freundin aus ihm zuströmende Stimmung erweitere sich.
Durch diese Aeußerungen Schölls wurde wohl Lewes zu der
Bemerkung veranlaßt, in den Briefen der Jahre 1781 und
1782 zeige sich ein bemerkenswerther Wechsel; der ruhig gewor=
dene Ton erhebe sich wieder zu Wärme und Leidenschaft, als ob
dieses nicht bereits im September 1780 hervorträte; aus jedem

Laute spreche der glückliche Liebhaber. Wenn er fortfährt: „Dieser Wechsel läßt sich nicht erklären. Möglich, daß eine sechsjährige Probezeit sie von seiner Treue überzeugt hatte; möglich, daß sie auf Corona Schröter eifersüchtig wurde; möglich, daß sie fürchtete, ihn ganz zu verlieren; genug, die Thatsache steht fest: er war endlich glücklich“, so wird hier auf die wirkliche Hingabe Charlottens deutlich genug hingedeutet, obgleich nicht der geringste Beweis beigebracht ist, daß die größere Wärme und das herzliche Glück seiner Liebe die Folge sinnlicher Befriedigung sei, die vielmehr das ganze Verhältniß, wie es sich diese fünf Jahre her gestaltet hatte, in ein durchaus anderes verwandelt haben und seine innige Neigung gegen die Geliebte, die ihn so lange mit dem Schein der Tugend hingehalten hatte, erkältet haben müßte. Ja hätte er nicht eine Frau verachten und mit Ekel sich von ihr abwenden müssen, die so lange ihn im Namen der Tugend hingehalten hatte, und diese nun plötzlich, als sei sie ein Nichts, über Bord warf!

Auf ganz andere Weise stellt sich F. G. Kühne in dem Aufsatz Goethe in der Schule der Frauen (Europa 1857) gegen die Frage über Charlottens Hingabe. In der Darstellung der Frau von Stein vertheidigt er diese gegen die plumpen Bezeichnungen von Lewes, der sie eine Kokette, und von Stahr, der sie eine berechnende Egoistin nennt, und erklärt sich für das Festhalten an ihrer idealen Neigung, wodurch sie eigentlich gegen sich und den Geliebten unwahr geworden, da sie, wenn das Höchste, auch alles zu sein sich habe entschließen müssen. Dagegen schleicht sich im folgenden über die Vulpius handelnden Abschnitte auf eine Veranlassung, von welcher man es am wenigsten erwarten sollte, der Verdacht ein, sie habe sich dem Dichter doch ganz hingegeben. Kühne führt aus dem Briefe Goethe's vom 1. Juni 1789 die Stelle an, wo dieser nach der Frage, welches Verhältniß es denn sei (die Verbindung mit der Vulpius ist gemeint), das sie so sehr zu kränken scheine, mit den Worten fortfährt: „Wer wird dadurch verkürzt? wer macht Anspruch an die Empfindungen, die ich dem armen Geschöpf gönne? wer an die Stunden, die ich mit ihr zubringe?“ Die Aeußerung, meint er, könnte beinahe schließen lassen, diese Frau habe ihm nie ein Heiligthum geopfert. Nicht bloß von einem möglichen Schein kann hier die Rede sein, sondern wir behaupten, unmöglich könnte Goethe zu der Freundin, die über sein sinnliches Liebesleben mit einem gewöhnlichen Mädchen entsetzt war, so gesprochen haben, wenn diese ihm ihre Tugend geopfert, sich mit ihm wirklich vergangen, sich dieses sinnlichen Genusses mit ihm gefreut hätte. Es wäre mehr als mephistophelischer Spott, dessen jeder gesunde Sinn unsern Dichter bei dieser Lage der Dinge völlig unfähig halten muß. Nein, diese Aeußerung zeigt auf das schlagendste, daß die edle Frau diesem gemeinen Reize der Sinnlichkeit nicht zugänglich war, daß sie sich darüber erhaben fühlte und am wenigsten sich so tief herabgewürdigt haben kann, aus Eifersucht sich dem Dichter hinzugeben, den sie so lange zur Entsagung und Bezähmung der gierigen Leidenschaft angehalten hatte. Diesem rein sinnlichen Verhältnisse steht in jener Briefstelle „das beste, innigste" entgegen, das er zu ihr bisher gehabt und nicht durch jenes verloren habe, dessen Bestehen er empfunden, wenn er sie einmal gestimmt gefunden, über interessante Gegenstände mit ihm zu sprechen. Charlotte kann nach dieser so entschiedenen Aeußerung nie „Anspruch an die Empfindungen" gemacht haben, die er der Vulpius gönnte, sie muß sich immer über die Reizungen der sinnlichen Liebe erhaben gezeigt, nie zum Falle gekommen sein, am wenigsten kann sie Jahre lang, wie man neuerdings will, mit ihm sich dem Genusse hingegeben haben, den sie selbst ihm jetzt in der Verbindung mit dem Mädchen vorwirft, durch die sie im andern Falle ja wirklich verkürzt würde. Wir haben hier einen festen Halt gegen alles willkürliche Hereintragen eines wirklichen Vergehens Charlottens in alle Aeußerungen, die keine irgend greifliche Spur eins solchen bieten. Freilich ist es ein verzweifelter Versuch, wenn Goethe eine solche Scheidung als möglich hinstellt, nicht zu bedenken scheint, daß ein solches sinnliches Verhältniß, wenn auch die Herzensfreundin darauf keinen Anspruch macht, das volle Vertrauen zerstört, und eine Frau, wie Kühne sagt, ihr Alles bei einem solchen Doppel= und Nebenbesitz verliert, aber es galt ihm ja hier die Versicherung, daß sein inniges Zusammenklingen mit ihr durch nichts gestört sei; er glaubte eben, was er wünschte; denn die Verbindung mit der Vulpius, an die er durch sein Wort gefesselt war, konnte, die ideale Freundschaft Charlottens wollte er nicht aufgeben, wie sehr diese auch schon durch deren abstoßende Kälte gelitten hatte. Wie Kühne nun mit jener Aeußerung, deren Bedeutung er nicht verkennt, die Vermuthung vereinbar halten kann, Charlotte sei ihm doch mehr als bloß Freundin gewesen, habe ihn trotz jahrelanger Selbstbehütung doch irgendwie und irgendwann in seinem geheimsten Wunsch erhört, ist mir ein Räthsel. Daß ihre „Entrüstung so viel Eifersucht gegen die beglückte Nebenbuhlerin verräth", erklärt sich ja, insofern überhaupt von Eifersucht dabei die Rede sein kann, einfach dadurch, daß jeder Theilbesitz ihr unmöglich, durch den sinnlichen Abfall Goethe's sein ganzes ideales Bild und ihr Vertrauen auf ihn, den sie allein besitzen wollte, zerstört schien. Aber Kühne beruft sich „auf ein leises Zeichen der Andeutung aus geheimer Quelle". Da hören wir denn: „Der Greis Goethe hat von den von Frau von Stein zurückgeforderten Briefen ihrer Hand an ihn einen einzigen für sich behalten, aber diesen einzigen verbrannt, damit er kein Zeuge für fremde und profane Blicke sei. Die Asche dieses einen Briefes hat er als theures Pfand, als ein Erinnerungsmal an ein süßes Glück, heilig aufbewahrt". Aber wer, der weiß, wie viel man im spätern Weimar, nach Goethe's Tod, wo man sogar wußte, Fritz Stein sei Goethe's Sohn, obgleich dieser drei Jahre alt war, als der Dichter seine Mutter kennen lernte, wird sich ein solches Goethe's Natur gar nicht entsprechendes Märchen aufbinden lassen? Die Asche eines Wortes, das ihres Falles (reumüthig oder gar freudig?) gedachte, sollte ihm Erinnerungsmal eines Triumphes sein, den er über sie genossen? Wie kleinlich und Goethe's unwürdig, ganz abgesehen davon, daß er, als er die Briefe zurückgab, eines seligen Liebesglückes genoß, das ihm viel höher stand! Und wie sollte Charlotte unvorsichtig genug gewesen sein, in einem Briefe so offen ihrer Schuld zu gedenken, und diesen in seiner Hand zu lassen? wie Goethe unzart genug, gerade diesen zurückzuhalten, und kindisch genug, an dessen Asche sich zu erfreuen? Kühne meint schließlich, freilich habe niemand das Recht, einem Mysterium im Verhältniß des Dichters zu Charlotten weiter nachzuforschen, aber dieses ganze My-sterium ist eben rein ersonnen, die haltloseste Einbildung.

Diese Andeutungen von Stahr, besonders von Lewes und Kühne, kamen der gemeinen schleichenden Verdächtigung will-kommen entgegen, die es sich nicht ausreden läßt, eine solche vertraute Verbindung müsse die Schranken wenigstens irgend einmal überschritten haben, die platonische Liebe habe keinen Bestand, sie schlage unversehens in sinnlichen Genuß um. Einer solchen Auffassung, die an der Unbekanntschaft mit der damaligen freiern gesellschaftlichen Verbindung der Geschlechter eine Bundes-genossin hatte, glaubte ich in einer kurzen, auf kritische Sichtung des Stoffes gestützten Darstellung des Lebensganges Charlottens entgegentreten zu sollen. Mein 1863 im vierzehnten Bande von Westermanns illustrirten Monatsheften erschienener Aufsatz fand beifällige Aufnahme und wirkte in manchen Kreisen maßgebend. Wie wünschenswerth es aber sei, der nicht ver-stummenden Mißrede gegenüber das Bild der edlen Frau an der Hand neuer Quellen weiter auszuführen, hatte ich eben bei der Ausarbeitung jener Skizze auf das lebhafteste empfunden. Gleichzeitig mit diesem Aufsatze war in der Augsburger All-gemeinen Zeitung ein Bericht über Charlottens hinter-lassenes Trauerspiel Dido erschienen, in welchem diese im Jahre 1794 ihr Unglück in der freien Weise, wie Goethe seine eigenen Leiden dichterisch gestaltete, zur dramatischen Darstellung ge-bracht hatte und die, bei allem bittern Grolle, der ihr Herz vergiftet hatte, auf ihr Verhältniß zu Goethe unerwartetes Licht warf. L. Urlichs versprach die Veröffentlichung des Stückes, die aber nicht erfolgte. Im Jahre 1865 schenkte Schillers Tochter, Emilie von Gleichen-Rußwurm, die in dem Nachlasse ihrer Mutter gefundene Handschrift dem freien deutschen Hochstift zu Frankfurt in Goethe's Vaterhause, nachdem der Enkel Charlottens, der geheime Oberregierungsrath und Dom-herr in Naumburg Karl von Stein-Kochberg, sich mit der Schenkung einverstanden und dem Hochstift die Befugniß er-theilt hatte, es durch den Druck oder sonst zu veröffentlichen. Im Auftrage des Hochstiftes gab ich 1867 die Dido heraus:

daß dieser Ausgabe zur Widmung die Rede des Obmanns des Hochstiftes Dr. H. G. Otto Volger genannt Senckenberg, „Goethe unter den Einflüssen des Hoflebens", vorgesetzt wurde, geschah ohne mein Wissen. Treffend hatte Volger in dieser zum 28. August 1867 gehaltenen Rede, bei welcher er die Druckbogen der Dido in Goethe's Vaterhause als ein neues Opfer der Verehrung des Hochstiftes niederlegte, die Bemerkung gemacht: „Jeder Freund Goethe's wird nach dieser Veröffentlichung getröstet aufathmend fragen: „Also Schlimmeres wußte sie (die von Leidenschaft hingerissene Frau) nicht zu bringen?!" In der That, aus dieser schweren Probe geht Goethe gereinigt hervor, wie der Schwan der Fabel. Von allen den unreinen Flecken, welche krächzende Raben auf sein weißes Kleid gespritzt, bleibt keiner, den dieses Bad in der bittern Gallenflut seiner eifersüchtigen vertrautesten Herzensfreundin nicht hinwegnähme. Und so sühnt sich auch der Groll der edlen Frau, deren leidenschaftlicher Erregung wir dieses durch sein Schweigen noch weit mehr als durch sein Besagen den Dichter rechtfertigende Werk verdanken." Der Dichter Ogon, der die Dido treulos verräth, der armen Elissa nur Liebe und Tugend geheuchelt hat, ist ein von leidenschaftlichem Grolle eingegebenes Nebel und Wahnbild, aber seine Schilderung, die alle scheinbaren Schwächen und Mängel ins Ungeheure steigert, zeigt uns gerade um so deutlicher, was sie ihm nicht vorwerfen konnte. Wenn Frau von Stein den Ogon sagen läßt: „Gelübde thun wir uns selber und können uns auch wieder (selbst davon) entbinden", so deutet sie auf die manchen Versicherungen Goethe's hin, sie nie verlassen zu können, sein Leben nur mit ihm (und ihrem Sohne) zu endigen; denn sie glaubte, aus Italien habe er die Untreue gegen sie mitgebracht und seine Herabwürdigung zur Vulpius schien ihr ein Treubruch, der jede Herzensverbindung mit ihr zerstöre, besonders da er das Mädchen als ehrlicher Mann nicht aufgeben wollte, dem er sich versprochen hatte. Elissa wirft ihm vor, er maße sich zur Tugend an, was ihm am gemüthlichsten sei, worunter sie denkt, er kenne keine Pflicht, folge nur dem Triebe seiner Natur, wie sie später einmal bemerkt, Männer wüßten sich recht hübsch das, was sie gern haben,

als Pflicht weiß zu machen, die sie zu erfüllen hätten. „Einmal betrog ich mich in dir", fährt sie fort, „jetzt aber sehe ich
allzugut, ohngeachtet des schönen Kammstrichs deiner Haare und
deiner wohlgeformten Schuhe, dennoch die Bockshörnerchen,
Hüfchen und dergleichen Attribute des Waldbewohners, und
diesen ist kein Gelübbe heilig." Charlotte erkannte also jetzt in
Goethe einen reinen Genußmenschen, der seinen Neigungen allen
Willen thue, nichts Höheres, ja nichts Erstrebenswerthes kenne
als deren Befriedigung, dem jeder Sinn für edle Tugend geschwunden. Ogon gesteht der Elissa, er habe sie einmal geliebt,
aber die echte menschliche Natur sei schlangenartig, werfe immer
nach einer gewissen Zeit die alte Haut ab, und so sei für ihn
die Zeit der Liebe zu ihr geschwunden. Noch ungünstiger zeichnet
sich Ogon selbst im folgenden Selbstgespräche. Die Schauspielergeberden, in denen er sich sonst bei den Frauen geübt, hätten
immer die beste Wirkung gethan, läßt Charlotte ihm sagen;
wenn er ihnen in einer malerischen Stellung zu Füßen gefallen,
ihre Aufmerksamkeit mit dem Ausbruck stummer Leidenschaft auf
sich gezogen, da habe er nie seines Endzweckes verfehlt, nur
mit der Königin habe es ihm nie gelingen wollen. Bei der
Königin schwebt die Herzogin Luise vor, gegen die Goethe
nur innige Verehrung fühlte und herzliches Mitleid, daß nicht
aus ihr und dem Herzog, wie er einige Zeit gehofft hatte, ein
glückliches Paar geworden. Die Schauspielergeberden sind eine
reine Erfindung des Grolles der Dichterin, wenn auch dieser
Zug zum Theil aus dem Bestreben floß, das Bild der Personen
dramatisch auszuführen, den Charakter abzurunden. Daß er
Frau von Stein gegenüber je zu solchen Mitteln der Schau-
spielerei seine Zuflucht genommen, mag er auch einmal, vom
Gefühl übermannt, auf ihrer Hand geruht haben, ja vor ihr
niedergesunken sein, ist völlig unglaublich, da ihr Verhältniß
zu einander auf festerem Boden ruhte, die reine Sprache des
Herzens volle Gewalt auf sie übte und sie gerade alle Attitüden
Verliebter streng abwies, ja der Name eines Verliebten, eines
Liebhabers ihr zum Spotte gegen ihn diente, wenn er sich in
Liebkosungen vergessen zu wollen schien. Von höchster Be-
deutung ist das Bekenntniß, welches Ogon schon früher (I, 8)

seinem Freunde Aratus ablegt: „Ich war einmal ganz im Ernst nach der (an die) Tugend in die Höhe geklettert; ich glaubte oder wollte das erlesene Wesen der Götter sein, aber es bekam meiner Natur nicht; ich wurde so mager dabei. Jetzt seht mein Unterkinn, meinen wohlgerundeten Bauch, meine Waden!" Halten wir diese Aeußerung mit dem Vorwurfe Elissas zusammen, was ihm Tugend sei, so ist es klar, daß Charlotte Goethe Abfall von der Tugend, von dem Streben, die böse Sinnlichkeit zu zähmen und mit ihr ein edles geistiges Leben zu führen, Schuld gab. Sie hatte in ihm das Ideal eines Mannes in reinster Entwicklung erhofft, der nur den reinen Trieben des Herzens und seiner geistigen Ausbildung lebe, erhaben über die gemeinen sinnlichen Anreizungen; dieses Ideal und zugleich das darauf begründete Glück ihres Lebens schwand ihr, als sie den in Italien sinnlich wiedergeborenen Freund wiedersah, sie zeigte sich gegen ihn kalt und verletzt, und entfremdete ihn sich immer mehr, wie sehr er auch bestrebt war, das alte Vertrauen voll anklingen zu lassen. Von dem Vorwurfe einer gewissenlosen Untreue, von der Aufopferung ihrer Ehre und Tugend, zu welcher er sie verleitet, keine Spur. Es ist völlig unmöglich, daß eine Frau, welche das Heiligthum ihrer sittlichen Würde an den Liebenden verloren, die sich ihm ganz hingegeben, wenn sie ihrem Groll, von ihm freventlich getäuscht zu sein, den allerbittersten Ausdruck gibt, gerade des Höchsten, was sie eingebüßt, ihrer von ihm geschändeten persönlichen Würde, des Verlustes ihrer Tugend nicht gedenken sollte. Charlotte fühlte sich sittlich Goethe gegenüber eben so rein, als Elissa gegen Dgon; sie hatte ihre Tugend sich gerettet, verloren hatte sie in ihm nur das Ideal, dessen Verwirklichung sie in ihm einige Jahre gefunden, wo er mit ihr ein geistiges Seelenleben führte, das sie sich immer gesteigert dachte. Wäre sie mit ihm gefallen, hätte ihre heilige Pflicht als Gattin und Mutter ihm zu Liebe verletzt, welche ganz andere Vorwürfe hätte sie gegen den herzlosen Verführer schleudern, wie hätte dieser seine Verachtung der Heiligkeit der Ehe, seinen Spott über die leichte Verführbarkeit der Frauen aussprechen müssen! Freilich wird man einwenden können, eine Frau werde nicht leicht ihre eigene

Schuld verrathen, aber das Stück war ja dazu bestimmt, ihren ganzen bittern Groll über den Verräther zu ergießen, nicht vor andere Augen zu treten. Und hätte eine Frau, die sich schuldbewußt fühlte, überhaupt daran denken können, auf diese Weise sich über ihren Verlust dichterisch zu erheben, wenn sie das Schlimmste, was sie in der Verbindung mit dem Untreuen erlitten, den schnödesten Verrath ihres höchsten Opfers gar nicht erwähnen durfte! Nein, daß sie auf den Gedanken kommen konnte, ihren Verlust in einer dramatischen Dichtung auszuprägen, in welcher des Verräthers Treulosigkeit in einer festgeschlossenen Handlung, sein gewissenloser Charakter in einem lebendigen Bilde hervortreten sollte, ist Beweis genug, daß sie ihre weibliche Ehre ihm nicht geopfert hatte.

Leider fand auch diese Veröffentlichung nicht die so nahe liegende richtige Würdigung. Man hielt sich zunächst an den bittern Groll, für den man nicht immer den sachgemäßen Standpunkt fand, an die künstlerische Bedeutung der Dichtung und an Schillers außerordentliche ja übertrieben günstige Beurtheilung: auf die eigentliche Bedeutung des Stückes für die Würdigung des Verhältnisses zu Goethe und auf die Frage nach der sittlichen Schuld der Dichterin ging man weniger ein, obgleich gerade diese, wenn man auch von allen andern Umständen absieht, schon durch Dido allein zu ihren Gunsten sich entscheidet.

Unterdessen waren andere auf Frau von Stein bezügliche Mittheilungen erschienen, ausgewählte Briefe derselben an Schillers Gattin und einzelne besonders aus der spätesten Zeit an Knebel; auch der Briefwechsel Knebels mit seiner Schwester hatte Manches für die persönliche Beurtheilung von Goethe's Freundin Bedeutende gebracht. Aber niemand hatte bisher auf die Hebung der noch ganz unbenutzten oder kaum berührten Familienpapiere Bedacht genommen, und doch schien es vor allem nöthig, den Charakter der edlen Frau aus dem Zusammenleben mit andern und aus möglichst vertraulichen eigenen Aeußerungen gleichsam in reinster Unmittelbarkeit zu beobachten, da doch nur aus einer Anschauung der Eigenthümlichkeit ihres Wesens auch für die Würdigung ihres so sehr im Urtheil der Welt schwankenden Verhältnisses zu Goethe ein festerer Maßstab gewonnen werden konnte. Und meine eine Reihe von Jahren fortgesetzten Bemühungen blieben nicht ohne Erfolg. Den ersten Ertrag derselben bot ich bereits 1870 in dem Aufsatz Goethe's Eintritt in Weimar (in der deutschen Vierteljahrs-Schrift Nro. 131), dem ich Charlottens launiges Schauspiel Ryno beigeben konnte. In der Augsburger Allgemeinen Zeitung theilte ich zwei Lieder mit, in welchen Charlotte im Herbste 1786 ihren tiefen Schmerz aussprach über die vermeinte Treulosigkeit Goethe's, von dem sie seit längerer Zeit nicht die geringste Nachricht erhalten hatte. Mit ihm, klagte sie hier, sei ihr alles entflohen, er habe ihr sein Herz verschlossen, das sich sonst so gern ergossen, habe sich kalt von ihr abgewandt. So will sie denn sein Andenken ganz aus ihrer Brust reißen, sich aller Gedanken an ihn entschlagen, wobei sie denjenigen selig preist, welcher der Welt entzogen, den Frieden Gottes in sich findet. Das Reinerhalten der Seele bezieht sich auf die Reinheit von jeder Unruhe des Lebens im Gegensatz zum innern Frieden, nicht etwa auf fleckenlose Unschuld. 1873 brachte meine Schrift Zwei Bekehrte in dem Lebensbilde der Schwägerin Charlottens, Sophie von Schardt, eine Anzahl Briefe zwischen den innigst befreundeten Frauen, welche für die Würdigung der als Ehebrecherin verdächtigten Freundin Goethe's von hohem Werthe waren, ganz besonders auf die Zeit, wo sich ihr Verhältniß zu Goethe löste, einiges neue Licht warfen.

Alle diese neuern Mittheilungen hatte A. Stahr unbeachtet gelassen, als er 1874 in der Nationalzeitung seine Aufsätze Aus dem alten Weimar brachte, von welchen der dritte Corona Schröter, der vierte Frau von Stein vorführt. Stahr weiß hier, daß während der drei bis vier ersten Jahre von Coronens Anwesenheit in Weimar, die er irrig erst mit 1778 beginnt, ein Herzensverständniß des jungen Dichters zu der liebreizenden Künstlerin bestanden, welches von Goethe nach dem Zeugnisse des intimsten Kenners seiner Verhältnisse (so glaubt er Riemer bezeichnen zu dürfen) bei weitem „leidenschaftlicher" und inniger gewesen, als seine damaligen romantisch-überschwänglichen Huldigungen und Beziehungen zu Frau von Stein, die erst später, seit dem Frühlinge des Jahres 1781, den

„neuen Charakter einer vollständig intimen Liaison" angenommen, während noch im Sommer des Jahres 1779, wie
eine vereinzelte von Riemer aus dem Goetheschen Geheimtage-
buche mitgetheilte kurze Notiz bezeuge, seine Neigung entschieden
auf Coronens Seite gestanden. Daß Stahr Goethe's Briefen
von 1776 bis 1779 gegenüber, welche den leidenschaftlichsten und
innigsten Herzenszug zu Charlotten, die ihm Alles war, bezeugen,
eine solche Behauptung wagte, ist wahrlich keine seiner kleinsten
Kühnheiten! Zunächst müssen wir die Bezeichnung Riemers als
des intimsten Kenners der Verhältnisse Goethe's für die frühern
Weimarer Tage ganz entschieden zurückweisen. Riemer kannte
Goethe's Briefe an Frau von Stein, welche über dieses Verhältniß die genaueste Auskunft geben, noch gar nicht; auch hat
der Dichter, so viel wir wissen, sich nie über die frühesten Weimarer Zustände eingehend gegen ihn ausgesprochen, was überhaupt nicht in seiner Art war. Freilich hat Riemer, der Goethe
erst 1803 kennen lernte, wo er als Lehrer seines August in sein
Haus trat, Einsicht von Goethe's Tagebüchern genommen, aber
diese sind eben nur für den Wissenden so verständlich, daß er
sich daraus ein Bild machen kann, wogegen sie Riemer, dem die
Kenntniß von manchem abging, was uns jetzt durch die verschie-
densten Briefwechsel und Mittheilungen aller Art geläufig ist,
räthselhaft und beziehungslos scheinen, er anderes, wie die wohl
auf ihn zurückgehenden Ergänzungen abgekürzter Namen im Tagebuch zeigen, mißverstehen mußte. Was aber sagt denn Riemer?
Bei Gelegenheit einer mißmuthigen Aeußerung Wielands aus
dem Juni 1778, Goethe habe jetzt Geschäfte, Liaisons, Freuden
und Leiden, an denen er ihn nicht theilnehmen lassen könne, an
denen er auch ex parte nicht theilnehmen könnte noch möchte,
bemerkt er zu dem Worte Liaisons: „Er zielt auf Goethe's
freundschaftliches Verhältniß zu Frau von Stein und auf das
mehr leidenschaftliche zu Corona Schröter." Merkte Stahr denn
nicht, wie schlecht sein Gewährsmann sich hier bewährt, der
nicht bloß vom Jahre 1778, sondern ganz allgemein sagt, das
Verhältniß zu Frau von Stein sei ein freundschaftliches, kein
leidenschaftliches gewesen, während er selbst zugeben muß, daß
dieses seit 1781 eine „vollständige intime Liaison" geworden.

Riemer hatte darüber eben kein Urtheil, da ihm Goethe's Briefe unbekannt waren, so daß es als völlig ungehörig gelten muß, eine solche gelegentliche Aeußerung desselben noch heute, wo wir jene Briefe und so manches andere ihm Unbekannte vor uns haben, irgend zu fußen. Und wie verhält es sich mit der Tagebuchbemerkung? Goethe schreibt am 13. Juli 1779, nachdem er der guten Wirkung von Mercks Gegenwart gedacht, der ganz erkenne, was und wie ers thue: „Auch dünkt mich, sei mein Stand mit Coronen fester und besser." Wo ist hier die geringste Andeutung einer Vergleichung mit der Stein? Was besagen die Worte anders, als daß sein Verhältniß zu Coronen eben dadurch haltbarer geworden, daß er alle Leidenschaft fernhalte? Freilich bedarf es wirklicher Kenntnisse der Verhältnisse, um solche unbestimmte Aeußerungen zu verstehen. Und um Vergebung, Herr Stahr, an wen richtete denn Goethe bald darauf aus der Schweiz die herrlichen Briefe? etwa an Corona? Und schrieb er nicht Charlotten den 21. August: „In mein Haus kommt nun gar kein Mensch, außer dem schönen Misel (Karoline von Ilten); wir sind gar artig zusammen; denn wir sind in gleichem Falle, mir ist mein Liebstes verreist, und ihr fürstlicher Freund (Prinz Konstantin) hat andre Wege gefunden. Sonst seh' ich recht, wie ich von allen Menschen und alle Menschen von mir fallen." Wie soll man es nennen, wenn Stahr nach jener die Wahrheit geradezu verhöhnenden Aeußerung fortfährt: „Durch eben denselben langjährigen Vertrauten Goethe's (Riemer ist gemeint, den Goethe erst in seinem fast vollendeten dreiundfünfzigsten Jahr kennen lernte) wissen wir, daß es überhaupt in Goethe's früherm Weimarischen Leben „nicht an Versuchen und ernsten Bewerbungen für eine zu schließende eheliche Verbindung fehlte, die aus unbekannten Ursachen erfolglos blieben." Zu diesen „Versuchen" dürfte auch Goethe's Verhältniß zu Corona Schröter gehört haben, das im Jahre 1779 einem Abschlusse nahe gewesen zu sein scheint." Scheint? Wo in aller Welt ist denn irgend eine Spur eines solchen Scheins als in Stahrs Kopfe, der sich eben alles, was ihm einmal beliebt, einbildet, und so fester auf eine wirkliche Verbindung bezogen hat, auf die doch Stand eben so wenig paßt, als die Verbindung mit besser sich erklärt. Kann man mit der geschichtlichen Wahrheit ärger mitspielen, als es Stahr leider nicht allein hier gemüthlich ist? Und bemerkt er nicht, wie sehr er die Schröter herabsetzt, wenn er sie „Versuche" machen läßt, Goethe zu gewinnen? Worauf Riemers Behauptung von „Versuchen und ernsten Bewerbungen" vor der Verbindung mit der Vulpius (I, 356) gehe, ist schwer zu sagen; es ist ein Wort in den Wind, da Riemer eben von den ersten Weimarer Jahren gar nichts Genaueres wußte. „In der Reihe aber der von Riemer angedeuteten (vielmehr ganz und gar nicht angedeuteten, sondern als unbekannt angenommenen, keineswegs als von außen wirkend bezeichneten) verhindernden Ursachen", so fährt Stahr fort, „stand, wie wir weiterhin sehen werden, obenan Frau von Stein, für welche die ihr an Schönheit und Jugend, wie an künstlerischer Bildung, Adel des Herzens und Güte des Charakters (eine rein aus der Luft gegriffene, nur aus unzureichender Kenntniß geschlossene wohlfeile Herabsetzung einer Frau, welche die Besten ihrer Zeit hoch verehrten) weit überlegene Corona Schröter von Anfang an den Gegenstand jener heftigen Eifersucht gebildet zu haben scheint, unter welcher Goethe — so sehr gelitten hat." Und zum Beweise jener Eifersucht werden zwei Stellen aus den Briefen vom Oktober und November 1777 angeführt. In der erstern Stelle ist von dem Zweifel und Unglauben an ihm trotz seiner Festhaltung in Liebe und Treue die Rede, nicht von Eifersucht auf eine andere. Die andere bezieht sich auf eine Bemerkung der Freundin, bei ihm (sie hatte einen Vergleich Goethe's von abgekappten Linden fortgesetzt) sei weder Schatten noch Hort. Es ist aber hier nur von einer ihn oft befallenden Verstimmung die Rede, die seinen Umgang jetzt unbehaglicher mache. Solche Stellen können eben nur im vollen Zusammenhange verstanden werden, aus dem man sie nicht herausreißen darf. Aber freilich im Trüben ist gut fischen.

Durch diese vorausgeschickten unerwiesenen Verdächtigungen hat Stahr seine Leser wider Frau von Stein so eingenommen, daß er leichtes Spiel hat, als er sie zu dieser selbst führt. Gleich zu Anfang bestärkt er das glücklich eingeführte Vorurtheil gegen dieselbe durch seine Deutung der vergebens von andern bezweifelten Thatsache, daß Charlotte vor ihrem Tode ihre an Goethe geschriebenen Briefe verbrannte. Schöll berichtet, Frau von Stein habe, als ihre Leiden allmählig zugenommen, ihre Papiere geordnet und einen Theil, unter diesen Gedichte Goethe's und ihre Briefe an diesen, vernichtet. Dieses muß vor dem Oktober 1825 geschehen sein, wo ihr Sohn Fritz Goethe's Briefe und wohl alle Papiere, die sie der Aufbewahrung werth geachtet hatte, von ihr erhielt. Für die Gedichte Goethe's hatte die treue Freundin ihrer letzten Tage, Frau von Ahlefeld, vergebens Vorbitte eingelegt; daß sie es auch für die Briefe der Frau von Stein gethan, wie Stahr behauptet, folgt wenigstens aus Schölls Bericht mit nichten. An dieses Verbrennen ihrer Briefe hängt sich nun Stahrs hartnäckiger Argwohn. „Sie mußte nur zu gut, warum sie beides that (beide, die Briefe und Gedichte, verbrannte)", äußert er. „Sie entrückte durch diese Vernichtung den Augen und dem Urtheile der Nachwelt alle diejenigen Ur= kunden, welche über ihr eigenes wahres Verhältniß in dieser langjährigen intimen Verbindung ein Zeugniß abgelegt haben würden, das der später ihr angekünstelten platonischen Jugend= aureole schwerlich zu Statten gekommen wäre. Welche Ungerech= tigkeit gegen Goethe aber in der einseitigen Veröffentlichung seiner Briefe ohne die der entsprechenden Briefe des andern Theils lag, das scheint man bisher eben so wenig genügend berücksichtigt zu haben, als man den Umstand beachtet hat, daß die Redaktion der Briefe Goethe's doch offenbar nur nach der= jenigen Sammlung erfolgte, die die Empfängerin, die Be= theiligte, ausgewählt, und aus der sie ohne Zweifel vorsichtig alles beseitigt hatte, was etwa gegen sie sprechen, ihren Cha= rakter und ihr Verhalten irgendwie bloßstellen oder in ein un= günstiges Licht rücken konnte." Hier ist verschiedenes nicht zu Gunsten der Klarheit der Sache durch einander geworfen. Frau von Stein hatte nicht die Veröffentlichung der Briefe verordnet, sie hatte sie nur ihrem jüngsten Sohne anvertraut, der sie ver= wahren und sie, wenn er es der Mühe werth halten sollte, seinen Nachkommen hinterlassen möge. Dieser selbst entschloß sich in höherm Alter, nachdem er darüber des von ihm hoch= gehaltenen Urtheils seines Neffen und der Gattin desselben sich versichert, sie nicht zu vernichten, sondern sie ferner zu erhalten. Hätte in der Veröffentlichung der Briefe ein Unrecht gegen Goethe gelegen, so wäre die Schuld daran nicht Frau von Stein und ihrem Sohne beizumessen, sondern denjenigen, die dem Herausgeber die Briefe zu diesem Zwecke übergaben, und diesem selbst. Die ganze gebildete Welt aber, so weit sie an Goethe Antheil nimmt, ist so weit entfernt, ihnen daraus einen Vorwurf zu machen, daß diese vielmehr sich zum wärmsten Dank wegen der Erhaltung eines so kostbaren Schatzes verpflichtet fühlt. Leider waren Charlottens Briefe unwiederbringlich verloren; deßhalb aber die schönsten Ausstrahlungen von Goethe's liebbegeistertem Herzen zurückzuhalten, wäre das schreiendste Unrecht gegen Goethe's Verehrer und den großen Hingeschiedenen selbst gewesen. Das würde auch Stahr wohl selbst unbedenklich zugestehn, käme es ihm nicht gelegen, hier die entgegengesetzte Partei zu ergreifen, um einen weitern Stein auf die edle Frau zu werfen, gegen welche dieser unbedachte Vorwurf gemünzt ist. Stahr findet es unzweifelhaft, daß diese alles vorsichtig beseitigt habe, was gegen sie sprechen könne. Aber woher weiß er denn, daß ihre Briefe etwas dieser Art enthalten haben? Und auf der andern Seite spricht entschieden dagegen der Umstand, daß Stahr wirklich in den gedruckten Briefen den Beweis gefunden hat, daß sie ihre eheliche Treue dem Dichter geopfert. Wäre sie sich bewußt gewesen, daß gewisse Briefe oder der ganze Ton derselben während längerer Zeit auf ihre Schuld hindeuteten (und dieß mußte ihr viel deutlicher sein als dem spätern fremd urtheilenden Kritiker), so würde sie bei der vorausgesetzten vorsichtigen Aussonderung diese gewiß nicht durchgelassen, sondern solche Beweise gegen sich klug beseitigt haben. Sollte man nicht meinen, gerade daß man hier noch Aeußerungen findet, die man, ist man böswillig genug, gegen sie aufbringen kann, zeige deutlich, daß sie absichtlich kein Stück derselben bei Seite geschafft? Wenn manche Briefe fehlen, so wissen wir, in welcher Weise diese Papiere bei der französischen Plünderung im Jahre 1806 zerstreut wurden, und auch früher und später mochte bei der unsichern Art der Aufbewahrung unzähliger loser Blätter eines und das andere sich verlieren. Demnach beruht die ganze

Annahme, Frau von Stein habe unter den vorhandenen Briefen ausgewählt und manche, die gegen sie sprechen könnten, beseitigt, bloß auf der Voraussetzung, daß solche wirklich vorhanden gewesen, was eben nichts als eine böswillige petitio principii, die dadurch noch zum Ueberfluß widerlegt wird, daß sich wirklich Briefe vorfinden, in welchen das Mißwollen ein corpus delicti suchen kann. Und was die Vernichtung ihrer eigenen Briefe an Goethe betrifft, ist kein anderer Grund dafür denkbar, als daß diese für ihre Schuld zeugten? Wie aber? Wenn Stahr annimmt, die leichtfertig von ihm des Ehebruchs Angeklagte habe gegen sie sprechende Briefe beseitigt, konnte sie dieß denn nicht eben so bei ihren eigenen Briefen thun? Oder sollen wir Stahrs Beschuldigung wegen annehmen, unter diesen Briefen seien so außerordentlich viele gewesen, die sie klar ihrer Schuld geziehen, daß der Rest gar zu unbedeutend gewesen, um ihn zu erhalten. Fürwahr der müßte das Frauenherz sehr schlecht kennen, der da glauben wollte, eine schuldige Frau werde zu Dutzenden Briefe schreiben, in welchen sich ihr Vergehen verräth. Mit wenigen Ausnahmen schrieben sich Goethe und Frau von Stein täglich; wollten wir, was ein sehr geringer Anschlag wäre, im Durchschnitt auf alle zehn Jahre ihrer Bekanntschaft alle drei Tage einen Brief setzen, sollten unter den 1200 Briefen der Frau von Stein so wenige gewesen sein, welche keinen Beweis ihrer Schuld geliefert (und nach Stahr selbst beginnt ja das sträfliche Verhältniß erst mit dem Herbst 1781), daß sie deßhalb die ganze Sammlung hätte zum Feuer verdammen müssen? Suchte nicht Stahr, wie ein gehässiger Staatsanwalt, alle Umstände gegen die leidenschaftlich von ihm verfolgte Frau auf, so würde er sich selbst gesagt haben, daß der Grund, weßhalb diese, während sie Goethe's Briefe bewahrte, die ihren vernichtete, sehr nahe liegt: an Liebesäußerungen einer Frau nimmt man leichter Anstoß als an den feurigsten Ergüssen eines von der Liebe ergriffenen Mannes. Und so war es denn ein wenigstens sehr achtbares Gefühl, welches Charlotten bestimmte, ihre eigenen Briefe dem Feuer zu opfern, so daß es nur als gehässigste Mißdeutung gelten kann, hierin einen Beweis ihrer Schuld finden zu wollen.

Wenn Stahr so nach Gründen hascht, welche Charlottens Schuld beweisen sollen, so ist es ganz folgerichtig, wenn er alles unbeachtet läßt, was für die Reinheit dieses wunderbaren Verhältnisses seine beredte Stimme erhebt. Wir haben bereits auf mehreres dieser Art gelegentlich hingewiesen; anderes wird im folgenden an seiner Stelle erwähnt werden. Wäre es Stahr um eine unparteiische Würdigung des Verhältnisses zu thun gewesen, so hätte er sich nicht allein eine kritische Sichtung der vorhandenen Briefe, deren Zeitbestimmung oft sehr fraglich ist, vorsetzen, er hätte auf die Stimmen der nächstbetheiligten Zeitgenossen seine Aufmerksamkeit wenden, er hätte die äußern und innern Verhältnisse und Beziehungen, in welchen sie lebte, sich klar machen und die ganze Anknüpfung und Fortleitung ihrer Verbindung mit Goethe im Zusammenhange mit den wechselnden Zuständen beider genau verfolgen müssen. Statt dessen macht er es sich bequem: obgleich die Frage eine rein geschichtliche ist, setzt er sich über alle Anforderungen, welche man an geschichtliche Forschung stellt, mit vornehmem Seherblicke hinweg, weist alle darauf bezüglichen Aufklärungen von sich ab, hält sich bloß an die ohne alle Kritik mit willkürlichem Herausgreifen dessen, was er zu seinem Zwecke drehen und wenden kann, benutzten Briefe Goethe's an Charlotten und ihren Sohn, und an die gleichfalls sehr flüchtig benutzten Charlottens und ihres Sohnes an Schillers Gattin. Freilich erfordert eine kritische Sichtung und Sammlung des urkundlichen Stoffes große Mühe, Sorgfalt und Zeit, die man auf einen leichtgeschürzten Aufsatz nicht verwenden mag und vor denen man als pedantischem Treiben sich entsetzt: aber wer diese Mühe scheut, der möge sich auch nicht anmaßen, in solchen Dingen das Wort zu führen, deren gewissenhafte Behandlung diese zur nothwendigen Grundlage hat. Wozu leeres Gerede, das die Wahrheit leichtfertig entstellt! Stahr springt gleichsam mit gleichen Füßen in die Untersuchung oder vielmehr Anklage hinein. Nachdem er die persönlichen Verhältnisse in beliebter Flüchtigkeit, der „auch ein Bock kein graues Haar macht," bezeichnet und des Eindrucks, den Charlottens Silhouette in Straßburg auf den Dichter des „Werther" hervorgebracht, erwähnt hat, beginnt er damit ihre Absicht auf Goethe als

Ausfluß politischer Berechnung zu entstellen. Bald habe sie
„gewahrt", daß Goethe eine dauernde hohe Stellung in den
Kreisen der Gesellschaft zu Theil werden würde, was Grund
genug für sie, sich denselben in ihrem und ihrer Familie Inter=
esse möglichst zu verbinden. Als ob nicht ihr Gatte und sie
selbst zu dem jungen Herzog im allerfreundlichsten Verhältnisse
gestanden und sie, um ihre Stellung am Hofe nicht einzubüßen,
sich deßhalb des Günstlings des Herzogs hätte versichern müssen,
gegen den der größte Theil des Hofes erbittert war, dem ihr eigener
Gatte, wie wir freilich erst jetzt aus einem Briefe an Johanna
Fahlmer wissen, anfangs nicht gewogen war, weil er diesem die
Eigenwilligkeit des Herzogs Schuld gab, von dessen Einwirkung
man das Schlimmste fürchtete. Das Parteinehmen für ihn war
politisch nicht ungefährlich, da er leicht gestürzt werden konnte,
und wir wissen, daß sie selbst noch ein Halbjahr später große
Bedenken wegen seines Erfolges hatte. Charlotte, die noch
immer sehr leidend war, die sich so lange vom Hofe ganz fern
gehalten hatte, wie Stahr nebst manchem andern aus meinem
über die damaligen Hof= und Gesellschaftsverhältnisse Weimars
volles Licht gebenden Aufsatze Goethe's Eintritt in Wei=
mar hätte lernen können, lag nichts ferner als sich um Politik
zu bekümmern, da sie sich des Wohlwollens des jungen Herzogs
gegen ihre Familie versichert halten durfte „Diese sozusagen
politische Seite ihrer Verbindung mit und ihres Verhältnisses
zu Goethe", auf deren Hervorhebung sich Stahr etwas zu Gute
thut, ist eine seiner vielen glänzenden Wasserblasen. Auch hätte
die „kluge" Frau sehr schlecht gerechnet, wenn sie durch Goethe
politischen Einfluß zu gewinnen gehofft; denn dieser ließ auch
die innigste Freundschaft keinen Einfluß auf seine Verwaltung
üben und bot so eines der leider noch immer außerordentlich sel=
tenen Beispiele eines Ministers, dem seine Pflicht höher als die
Freundschaft, ja selbst als allerhöchste Empfehlung eines weniger
Befähigten gilt. „Zwischen dem Minister und der Aufrichtigkeit
der Freundschaft ist ein Abgrund gesetzt", äußert Charlotte im
Juni 1783. Eben so grundverkehrt wie die Annahme, Char=
lotte habe aus Rücksicht politischen Einflusses sich Goethe ge=
nähert, ist Stahrs Behauptung in Bezug auf Goethe: „Ohne

einen Menschen in dieser Gesellschaft näher zu kennen, ohne berathende Freunde in den in einem solchen Hof= und Staats=mikrokosmus waltenden und zu berücksichtigenden Verhältnissen und Einflüssen wurde es ihm selber, bei seinem angeborenen Scharf=blicke, bald klar, daß ihm, wenn er hier mehr suchen und finden wolle als einige Monate geistreichen Lebensgenusses, der Rath und die Führung einer in diesem Elemente und auf diesem Terrain heimischen Person unentbehrlich sein würde. Eine solche aber bot sich ihm in Frau von Stein dar, die ihn gleich bei seiner Ankunft mit Auszeichnung aufgenommen, und in der er bald auch für seine damaligen Herzenszustände eine theilnehmende Freundin gefunden." Goethe hatte anfangs durchaus nicht die Absicht, in Weimar zu bleiben, auch da noch nicht, als er mit Frau von Stein in nähere Verbindung getreten war. Nicht das Verlangen, durch sie in die Hofintriguen und das politische Leben eingeführt zu werden, begründete die Verbindung mit ihr, sondern die Liebe zu ihr befestigte ihn in dem Entschlusse, die vom jungen Herzog ihm angebotene Vertrauensstellung anzunehmen. Hätte er einer genauern Kenntniß des Hoflebens bedurft, solche hätte ihm der junge von Kalb, mit dem er von Frankfurt aus nach Weimar gekommen, in dessen elterlichem Hause er in der ersten Zeit lebte, vollkommen zu geben vermocht, und auch von seinem ältern Bekannten Knebel und dem ihm bald nahe tretenden Einsiedel konnte er viel über die bestehenden Verhältnisse er=fahren; selbst der schon manche Jahre am Hofe lebende Wieland, welcher sich dem jungen Dichter bald völlig erschloß, war für seine Beurtheilung von Menschen und Zuständen eine willkom=mene Quelle. Aber einer solchen Hülfe bedurfte Goethe gar nicht, ja sie konnte ihm nichts nützen, da er, vom Vertrauen des jungen Fürsten getragen, seinen Weg gerade aus ging, un=bekümmert, ob er hier oder dort anstieß. Er selbst sah und urtheilte; was er zu thun habe, wie er sich stellen müsse, brauchte ihm keine kluge politische Freundin zu sagen, er folgte seiner eigenen Einsicht und seinem Herzen. Nichts kann verkehrter sein als ihm Charlotten zur politischen Beratherin zu geben.

Trotz der großen Bedeutung, welche Stahr auf die vor=gebliche politische Seite des Verhältnisses zu Frau von Stein legt, hören wir doch, Goethe's erste Annäherung sei durch seine damalige Herzenslage herbeigeführt worden, da noch der Schmerz um Lili's Verlust in seiner Seele nachgezittert. „Mittheilsam und theilnahmebedürftig, wie er war, suchte und fand er in Frau von Stein bald, was sein Herz zunächst bedurfte: eine Freundin, gegen die er dasselbe um so rückhaltloser ausschütten konnte, als ihm, dem siebenundzwanzigjährigen, leidenschaftlich bewegten Manne, in ihr eine sieben Jahre ältere, verheirathete, welterfahrene Frau gegenüberstand, die ihm an Haltung und Takt, an Weltgewandtheit und Lebensklugheit, wie an Sicher=heit des Betragens und Charakterfestigkeit bei weitem überlegen war." Stahr ist es eben nur darum zu thun, das Verhältniß ganz zu verrücken, es zu einem politischen, höchstens zu einem Vertrauensverhältnisse zu machen, ihm das abzusprechen, was es gerade in tiefinnerstem Kerne war, volle hingebende Seelen=liebe, deren Schranken der jugendglühe Dichter oft zu über=springen in Gefahr war, in die aber die Freundin bald launig, bald in strengem Ernste ihn immer zurückzuweisen Kraft und Liebe genug besaß. Heißt das etwa „die leitende und be=stimmende Rolle übernehmen und durchführen", was Stahr Charlotten zuschreibt, wenn sie dem leidenschaftlichen Liebesaus=bruche die Heiligkeit ihrer weiblichen Würde entgegensetzt und durch Mahnungen, ja auch durch zeitweilige Entfernung die Fortdauer der glücklichen Herzensvereinigung ermöglicht. Aber Stahr will eben das eigentlich Herzliche dieser Verbindung, das für jeden, der sehn will, auf offener Hand liegt, ganz zur Seite schaffen, er spürt eben nur nach unreinen Triebfedern. Zuerst hebt er ihre politische Berechnung hervor, dann ihre Ueber=legenheit über den jungen Dichter, der bisher nur mit sehr jungen Mädchen zusammengeführt worden sei — als ob er nicht auch mit jüngern und ältern Frauen in Verbindung gestanden; aber auch der weiblichen Eitelkeit, die sich durch die „auszeichnende Huldi=gung des schönsten und geistvollen Mannes in Deutschland" ge=schmeichelt gefühlt habe, endlich auch wirklicher Leidenschaft wer=den ihr Antheil nicht entzogen. Dabei hören wir gar, sie habe eine Leidenschaft, die bei dem Dichter des Werther zu dieser Zeit noch keineswegs als eine völlig wahre, ihn vollständig und ausschließlich beherrschende erscheine, im Stillen lebhaft erwiedert, was durch die Zeilen, die sie auf die Rückseite eines Goethe'schen Briefes aus dem Oktober 1776 schrieb, bewiesen werden soll, in welchem sie, vor sich selbst den ihre ängstliche Gewissenhaftigkeit bekundenden Zweifel, ob es Unrecht sei, was sie empfinde, und den Wunsch ausspricht, daß der Himmel, wenn ihre Neigung Sünde sein sollte, sie vernichten möge. Mußte sich nicht Stahr selbst sagen, daß jene vier Zeilen schon ganz allein das Bild Lügen strafen, welches er ohne den geringsten thatsächlichen Halt der Schilderung ihrer Verbindung mit Goethe vorausgesandt hat. Und welche Verleugnung der offenbarsten Thatsachen setzt es voraus, wenn Stahr zu behaupten wagt, damals sei Goethe's Leidenschaft für Charlotten noch keine völlig wahre, ihn vollständig beherrschende gewesen. Wer gibt ihm das Recht, Goethe selbst Lügen zu strafen? Man lese Goethe's Briefe an Charlotten aus dem August, man lese die Verse, die er unmittelbar nach der Zusammenkunft in Ilmenau schrieb:

Ach, wenn Du da bist,
Fühl' ich, ich soll Dich nicht lieben!
Ach, wenn Du fern bist,
Fühl' ich, ich lieb' Dich so sehr!

man lese die Aeußerung an Herder: „Den Engel, die Stein hab' ich wieder. — Einen ganzen Tag ist mein Aug' nicht aus dem ihrigen kommen, und mein gnomisch verschlossen Herz ist aufgethaut" — und bewundere Stahrs Scharfblick, der aus sich heraus viel einsichtiger über Goethe's Zustand urtheilen zu können glaubt, als dieser selbst, der in seinen Briefen gegen Charlotten mit so wunderbarer Reinheit seine volle Seele ergießt. Könnte man es auch immer zugeben, dieser habe „durch das Medium der Liebe" Charlotten in verklärtem Lichte gesehen, nimmer wird man ihm Schuld geben dürfen, seinen eigenen Seelenzustand so verkannt zu haben, daß er sich eine Liebe eingebildet, die er nicht voll empfunden. Zu einer solchen Annahme bedürfte es ganz anderer Gründe als der böswilligen Eingenommenheit gegen Charlotten. Uns steht Goethe's Selbstkenntniß und reine Empfindung viel höher als Stahrs sich für fein haltende wohlfeile Verdächtigung. Sein Herz empfand sich selbst in aller Reinheit und Innigkeit, wie es auch mit unendlicher Zartheit erkannte, wo ihm holde Liebe warm entgegenschlug, und diese von eigensüchtiger Berechnung zum Schein angenommener Neigung und gemachter Wärme wohl zu unterscheiden wußte. Wenn Stahr Charlotten „eine kalte Natur" nennt, so bedenkt er nicht, wie tief er dadurch Goethe's so unendlich feines Gefühl herabsetzt, und es entgeht ihm, zu welchem Gimpel er den mit edler Jugendwärme, frischem Lebensdrange und freiem Blicke ausgestatteten Dichter entstellt, wenn er sich das von anderer Seite gefällte Urtheil zu eigen macht, die Geliebte habe mit ihm, wie die Katze mit der Maus gespielt. Mag es zuweilen den Anschein gewinnen, Goethe lasse sich zu viel von Charlotten gefallen und die Art, wie diese mit ihm verfährt, sei eines edlen Mannes unwürdig, wer Goethe kennt, wird sich selbst sagen, dieser würde sich ein auf seine Erniedrigung und seine Qual gerichtetes Betragen nicht haben gefallen lassen, sondern die herrschsüchtige Gesinnung erkannt und sich ihr entzogen haben: wenn er trotz allem, was er durch sie litt, ihr mit treuester Liebe zugewandt blieb, sich zu wärmstem Danke gegen sie sein ganzes Leben verpflichtet fühlte, so muß er die Berechtigung, ja Nothwendigkeit dazu von ihrer Seite erkannt, am wenigsten in eigensüchtiger Eitelkeit den Grund davon gefunden haben. Aber warum sollte Stahr nicht den Dichter sich möglichst schwach denken, um sich als starken Kritiker desto glänzender zu zeigen?

Bis hierher wollten wir zunächst den Berichterstatter „aus dem alten Weimar" begleiten, um zu zeigen, wie derselbe das Urtheil durch unnachweisbare, geradezu falsche Angaben verwirrt, alles, was zu einer günstigen Beurtheilung Charlottens und ihrer Beziehung zu Goethe dienen könnte, geflissentlich fernhält, ehe er auf die Entwicklung dieser einzigen Liebe flüchtig eingeht, deren höchste Blüte ihm zuletzt in jahrelangen Ehebruch ausläuft, ohne daß er fühlt, wie arg er dadurch mit der verhaßten Frau den Dichter selbst schände. Stahrs Aufsatz war eben erschienen, als der erste Band meines Lebensbildes von Charlotten erschien, welches sich auf kritische Sichtung der Goetheschen

Briefe, wozu ich schon vor vielen Jahren bei mehreren Gelegen=
heiten Beiträge mitgetheilt, und die sorgfältigste Benutzung der
bisher geöffneten und viel zahlreicherer ganz neuer Quellen
gründete. Jedem, der die vielen Briefe und Zettel Goethe's ge=
nauer durchgeht, muß es klar werden, daß manche, was dem
verdienstvollen Herausgeber nicht zum Vorwurf gesagt sein soll,
entweder an unrichtiger oder zweifelhafter Stelle eingereiht sind,
daß bei andern das Datum oder eine sonstige bestimmte Hin=
deutung auf die Zeit fehlt, und es deßhalb für die sichere Be=
nutzung zur Gewinnung einer wahren Anschauung des Liebesver=
hältnisses geboten scheint, die Zeit der einzelnen Briefe möglichst
unzweifelhaft zu bestimmen und die unbestimmbaren in Bezug
auf die Entwicklung desselben unbenutzt zu lassen. Wie viel
hierdurch gewonnen und wie sehr der nahe liegenden Verwirrung
vorgebeugt werde, entgeht Niemand, der sich eben mit der Sache
genauer befassen mag. Die Lücken, welche die Briefe lassen, durch
andere urkundliche Mittheilungen auszufüllen und aus solchen
das Verständniß dunkler Stellen zu gewinnen, war eine zweite
Hauptaufgabe, welcher sich derjenige nicht entziehen konnte, der
klar schauen, nicht nach Laune und Willkür sich die Sache
zurechtlegen wollte. Aber noch viel wichtiger mußte es scheinen,
aus eigenen Aeußerungen Charlottens und ihren Beziehungen
zu andern ihr sprechendes Charakterbild zu gewinnen, das gleich=
sam als Grundlage der Beurtheilung ihrer Liebe zu Goethe
dienen konnte. Und dieß gelang auf eine höchst überraschende
Weise; denn nicht allein aus manchen erhaltenen Briefen der
Herzogin Luise an sie, sondern ganz besonders aus den un=
gemein zahlreichen Briefen an ihren Sohn Fritz, dann auch
aus solchen an ihren ältern Sohn und ihre Schwägerin Sophie
Schardt ergab sich unzweifelhaft, daß sie eine durchaus edle
Natur war, die von frühe an ein herzliches geistiges Zusammen=
leben mit einer ganz einstimmigen Seele als das höchste Glück
des Lebens betrachtete, das sie in dem jugendglühen Dichter ge=
wonnen zu haben glaubte, nach dessen Losreißung in ihrem
Fritz erwartete: aber zerrann auch der schöne Traum des Zu=
sammenlebens mit diesem ihrem Liebling, so wurde doch ihr
Ideal eines reinen, ganz dem Edlen und Guten lebenden Mannes

in ihm auf das schönste verwirklicht, wenn sie auch zu bedauern hatte, daß gerade ihn das Unglück in seiner äußern Stellung, in Besitz und Familie auf feindseligste Weise verfolgte. Ein schlagenderer Beweis ihrer idealen, dem Niedrigen und Gemeinen fremden Richtung konnte nicht erbracht werden, und so war auch der Standpunkt zur Beurtheilung ihres Verhältnisses zu Goethe gefunden, wozu das, was wir davon wissen, durchaus stimmt. Auch hier tritt das Streben nach einem dauernden reinen und edlen geistigen Zusammenleben, nach dem, was man als platonische Liebe zu verspotten pflegt, ganz entschieden hervor; daß Goethe ihre darauf gerichtete Hoffnung traurig täuschte, indem er, statt reiner Tugend, wie er begonnen, zu leben, sich von der Sinnlichkeit gefangen nehmen ließ, das ist der Ingrimm, den ihr die Dichtung der Dido eingab, es ist die elegische Klage, die in ihren Briefen an Fritz mehrfach hervorbricht. Ein solches Ideal verloren, ein so reiches Herz, einen zum Höchsten und Edelsten bestimmten Geist von ihr und von sich selbst abfallen zu sehn, konnte sie nie verschmerzen. Der schneidende Riß hatte ihr Glück zerstört und einen Gifttropfen in ihr Blut geworfen, der sie mit bitterer Leidenschaftlichkeit entzündete, so daß kaum die höchsten Lebensjahre und Goethe's nie verlöschende Dankbarkeit und Hochschätzung diese zu kühlen vermochte. Neben ihrer idealen Richtung tritt der Hang zum Ernsten und Trüben, den die nicht glänzenden Familienverhältnisse und das Gefühl der Einsamkeit und Verlassenheit, wie auch körperliche Leiden genährt hatten, als bezeichnender Zug ihrer Lebensstimmung hervor; sie konnte sich nur selten heitern Gedanken dauernd hingeben, fürchtete immer den Verlust des Liebsten; so ward ihr das Leben schwer und traurig. Daraus erklären sich so manche Verstimmungen gegen Goethe, so manche Aufwallungen ihrer sich nie dem Glauben an den Bestand des Glückes und dem vollen Genusse desselben hingebenden Seele, welche ihre Ankläger der Herrsch- und Eifersucht Schuld geben. Hierfür liefern ihre von mir entwickelten Beziehungen zu andern, die Urtheile ihrer vertrautern Bekannten und ihre eigenen Aeußerungen den vollständigsten Beweis. Aus ihren außerordentlich zahlreichen und zum Theil umfangreichen Briefen an Fritz habe ich nur das Wichtigste hervorgehoben.

das keinem Urtheilsfähigen über das Wesen dieser seltenen, von vielen Leiden heimgesuchten Frau einen Zweifel lassen kann. Wer diese reich sich ergießenden Briefe, wie ich, in vollem Umfange liest, den wird ihr Geist noch lebendiger umwehn. Indem ich ein urkundliches Bild ihres Lebensganges, ihrer Beziehungen zu manchen bedeutenden Frauen und Männern darstellte, indem ich sie in der frischen Bewegung des Lebens zeigte, glaubte ich den sichern Schlüssel zur Lösung des schwebenden Räthsels gegeben und alle weitern Mißurtheile unmöglich gemacht zu haben, da eine so ideal angelegte, seelenhafte, reine Natur unmöglich zu der gemeinen Kokette und der gewissenlosen Ehebrecherin herabsinken kann, zu welcher sie Unkenntniß und Feindseligkeit entstellt haben. Daß mein Lebensbild, wollte es nicht auf den Werth einer urkundlichen und dadurch überzeugenden Darstellung verzichten, worauf es mir vor allem ankommen mußte der gehässigen Entstellung gegenüber, welche sich nur zu geschäftig und zu verführerisch für die nicht nach eigener Anschauung urtheilende Menge erwiesen hatte, nicht den leichten Fluß einer mit lebendiger Anschaulichkeit schildernden Erzählung haben, daß es den Reiz geistreichen Gedankenspieles, hinter welcher die Flüchtigkeit gar zu leicht ihr eitles Wesen treibt, entbehren mußte, lag in der Natur der Sache, wie es von mir ausdrücklich hervorgehoben wurde. Freilich bei denjenigen, welche auf des Kallimachos „groß Buch groß Uebel" schwören und, wie Stahr, einen unüberwindlichen Widerwillen gegen jedes eine gewisse mäßige Seitenzahl übersteigendes Werk haben, war meine Schrift von vorn herein gerichtet. Wie hätten diese die wohlberechnete Komposition des Ganzen bemerken können, das überall, wo sich das Bedürfniß herausstellte, bald vor- bald rückschauend, eine zusammenfassende Uebersicht gab und den sehr ungleich fließenden Stoff zu einer zusammenhängenden Erzählung durch geschickte Anordnung gestaltete. Wenn ich, um manche anziehende Mittheilung, welche die mir anvertrauten Briefe boten, nicht zu unterdrücken, hie und da über das Bedürfniß des Lebensbildes hinausging und auch für diese entbehrliche Züge meiner Darstellung einwebte, so hatte ich deßhalb bei den Einsichtigen kaum eine Entschuldigung nöthig.

Die Aufnahme des Werkes war im allgemeinen eine sehr anerkennende, wenn auch nur wenige öffentliche Beurtheiler, wie ein begabter Dichter in der Frankfurter Zeitung (1874, 242. 247. 302. 307. 309), ihre Bedeutung ganz erfaßten. Freilich hat es auch an entschiedenen Widersachern nicht gefehlt, die sich durch ihre der offenen Wahrheit widersprechenden Behauptungen bei der kleinen Zahl der Kundigen selbst bloß stellten. In der Weserzeitung vom 29. November kann man es gedruckt lesen, daß meine Schrift „nichts neues über Goethe bringe"; in dem Abschnitte, der für das Leben des Dichters und damit für unsere Literatur auch allein von Bedeutung sei (gemeint ist die Zeit bis 1789) fast nichts anderes als Auszüge aus Goethe's bekannten Briefen mit einem redseligen, wenig geschmackvollen Commentar und unausstehlichen Wiederholungen; ich kenne bloß einen tadellosen Goethe, aber auch Charlotte sei mir „ein Exemplar weiblicher Tugend und Liebenswürdigkeit". Gegen solche Armseligkeit bedarf es keines Wortes. Würdig reiht sich diesem Beurtheiler der im Magazin für die Literatur des Auslandes (1874, 48) an, der freilich das Buch für eine lehrreiche und stellenweise sogar interessante Lektüre erklärt, aber behauptet, meine nicht leichte Feder hebe Frau von Stein zu einem halben Engel empor, ohne zu beachten, wie scharf ich die in Folge von Goethe's Trennung in ihre Seele geworfene bittere Leidenschaftlichkeit hervorgehoben habe. In der oberflächlichen Weise, die auf jede lebendige Auffassung eines entschieden ausgeprägten Charakters verzichtet, wird die hohe Weisheit verkündet, die Wahrheit liege auch hier in der Mitte. „Der Ankläger (Stahr) nimmt wenig Rücksicht auf die trefflichen Eigenschaften, die Frau von Stein doch unleugbar besessen haben muß, um dauernd und stark so viele hervorragende Männer und Frauen zu interessiren, der Vertheidiger glättet gern, was uneben und rauh ist." Die paar kurzen Beispiele, mit denen dieß belegt wird, sprechen aber offenbar zu meinen Gunsten. Beim ersten wird dieß zugestanden, bei den andern nur der Widerspruch hervorgehoben. Hätte der Verfasser der Anzeige irgend genauere Kenntniß von der Sache genommen, so würde er zunächst bemerkt haben, wie ich selbst die bittere Leidenschaftlichkeit hervor-

gehoben, in welche Charlotte seit dem ihr Herz zerschneidenden
Unglück verfallen war, ja selbst im Dienste der Wahrheit manche
Aeußerungen derselben, die bisher unbekannt waren, zuerst berichtet habe. Daß sie über alles, was ihr unwürdig schien,
heftig erbittert wurde, lag in der damaligen leidenschaftlichen
Aufregung ihrer dem Edlen rein zugewandten Natur; wenn sie
früher nur mit Widerwillen sich von Unwürdigem abwandte,
so war später ihre Reizbarkeit so ungeheuer, daß sie sich kaum
zu fassen vermochte, aber daß sie wirklich je in ihrer Erbitterung
irgend einem eine Ohrfeige gegeben, welche zu Stahrs lustigem
Vorwurfe, sie erscheine als „ein richtiger Junker im Unterrocke der
vorjenaischen Zeit", berechtigte, das zu beweisen möchte doch etwas
schwer fallen." Knebel war besonders in seinen politischen Aeußerungen außerordentlich heftig und unbesonnen, so daß er zuweilen alle dem herzoglichen Hofe schuldige Achtung vergaß;
daß Charlotte darüber entrüstet werden und auflodern konnte,
war sehr natürlich. Beim andern Falle spricht alles dafür, daß
sie auch dießmal durch das offenbare Unrecht sich verletzt fühlte.
Der bittersüße Beurtheiler des „Centralblattes" meint, ich
habe keinen Raphael, sondern einen derben Niederländer gemalt:
keins von beiden, nur eine getreue Darstellung habe ich an der
Hand der Ueberlieferung gegeben, die reine aus dieser erkennbare
Wahrheit, um der von Unkenntniß oder Parteilichkeit oder beiden
zugleich eingegebenen Verläumbung entgegen zu treten und dem,
der klar sehn will, ein begründetes Urtheil zu ermöglichen.
Auch der Unkenteich der Laacher Stimmen hat über „Inhalt
und Tendenz" des Werkes, dessen Lob von einer andern katho-
lischen Zeitschrift freilich gar schmerzlich war, sich vernehmen
lassen. Vor ihrem „christlichen Sittengesetze" kann Charlotte
natürlich weder als Frau noch als Gattin bestehn, in ihrem
ganzen Bilde fehlt jeder Lichtpunkt „hoher Weiblichkeit", alles
Gute, was sich ihr nicht absprechen läßt, mag schön sein, aber
es sind dies doch „im Grunde selbstverständliche Erscheinungen,
ohne außergewöhnliche Bedeutung". Ist aber auch das Werk
„als ein schädliches zu kennzeichnen", so hat es doch für den
Literarhistoriker deßhalb Werth, weil es mehr als e i n Beweis von Goethe's „schlangenartiger Natur" gibt und zeigt, „aus

welchem Schlamme die gefeierten Blüten der neudeutschen Lite=
ratur hervorwuchsen", wie Goethe Muster und Vorlage zu
seinen schlüpfrigen Scenen und Situationen im Weimarer Leben
gefunden. Wir haben diese mißwilligen Urtheile nicht deßhalb
angeführt, um uns gegen sie zu vertheidigen, sondern um die
Stimmung und Urtheilsfähigkeit mancher Kreise zu bezeichnen,
die einen Anspruch auf Leitung des Urtheils sich anmaßen.

Einen eigenthümlichen Bundesgenossen erhielt Stahr an
dem Herausgeber von Goethes Tagebuch, R. Keil, der in dem
zweiten Bande seines Buches Vor hundert Jahren mit Be=
nutzung der von den im ersten ausführlicher als bisher gegebenen
Tagebuchbemerkungen Goethe's eine Lebensskizze von Corona
Schröter geliefert hat, in welcher er den von Lewes angedeu=
teten, von Stahr aufgenommenen Gedanken im einzelnen aus=
führt, die Eifersucht auf diese ungemein reizende Künstlerin
habe Frau von Stein, die so lange ihre eheliche Treue Goethe
gegenüber bewahrt, endlich dazu getrieben, sich diesem preis=
zugeben. Diese Darstellung beruht auf durchgängiger plumper
Entstellung der Thatsachen, die er eben nur seinen Argwohn,
ja seine entschiedenen Beschuldigungen aussprechen läßt, ohne
sich weiter um ihre Wahrheit, ihren Zusammenhang und ihre
eigentliche Tragweite zu kümmern. Wenn er meint: „Sollte
hierbei hier und da auf Charakter und Leben unseres großen
Dichters ein Schatten fallen, so mag dieß zu bedauern sein, aber
umgehn läßt es sich nicht, da die historische Darstellung vor
allem Wahrheit fordert", so habe ich schon in meiner Anzeige,
welche die Kölnische Zeitung brachte, es ausgesprochen, daß
die Schuld des Schattens, welcher hier auf Goethe geworfen
wird, allein der Entstellung und dem oft ergötzlichen Mißver=
ständnisse des Verfassers zur Last fällt, der sich nicht scheute,
die Jubelfeier des Eintritts Goethe's in Weimar zu mißbrauchen,
sie durch eine solche sein Andenken entweihende Gabe nicht der
Verehrung, sondern des Mißwollens zu entweihen. Der Ver=
fasser gerieth über mein eine leibige Thatsache aussprechendes
Wort in wilde Muth, die er in der Nationalzeitung aus=
ließ; ich habe ihn ruhig austoben lassen. Möge dieser Aus=
bruch ihm so unschädlich gewesen sein, wie er mir lächerlich vor=

kam. Wie wenig derselbe als Herausgeber des Tagebuches seine
Pflicht gethan, zeigt ausführlich mein zur Kritik und Erklärung
desselben geschriebener Aufsatz in dem Archiv von Schnorr von
Carolsfeld (V, 377—454); als Lebensbeschreiber von Corona
Schröter, besonders mit Beziehung auf Frau von Stein, wird
ihn meine nachfolgende Darstellung in seinem eigenthümlichen
Licht erscheinen lassen.

Hier haben wir es zunächst nur mit seinen einleitenden Bemerkungen über Charlotten zu thun. Keil behauptet, die Herbheit und Härte ihres Charakters sei gerade in ihrem Alter un-
leidlich zu Tage getreten; das sei in Weimar offenkundig gewesen. Von wem mag Keil wohl diese Kunde empfangen haben?
Daß sie Goethe, den sie der Treulosigkeit beschuldigte, auf das
bitterste grollte, daß sie eine geschworene Feindin Napoleons und
der Franzosen war, daß alles Unwürdige und Schlechte sie
leidenschaftlich aufregte, das wissen wir, aber wir erkennen darin
nur die Folge ihres Unglückes, daß sie in ihrem ersehnten Ideal
sich so bitter getäuscht fand. Reizbar war sie in höchstem Grade
geworden, wie so manche, die ein trauriges Schicksal verfolgt;
darüber mögen die spotten, welche ebene Wege gewandelt sind,
denen nur selten oder nie ein Hauptziel ihres Strebens entging;
der, welcher selbst die Ungunst der blinden Göttin erfahren,
wird solche Reizbarkeit um so natürlicher finden, je energischer
und gefühlvoller sein Charakter ist. Aber Reizbarkeit ist von
Herbheit und Härte sehr verschieden, und fragen wir alle ihre
nähern Bekannten, deren Urtheil über sie uns noch vorliegt,
fragen wir ihre eigenen Briefe, und die Klage über Härte,
Mangel an Zartheit des Gemüthes muß beschämt verstummen,
gerade Sanftheit wird übereinstimmend als Hauptzug ihrer Seele
hervorgehoben. Wenn wir weiter hören, selbst Goethe's Briefe
an sie „ließen tiefe Schatten auf ihrem Bilde, namentlich den
wiederholtesten bittern Vorwurf der Eifersucht nicht verkennen",
so ist dieses eben so schief ausgedrückt als unwahr; wir werden
Gelegenheit finden, die Haltlosigkeit dieser Keilschen Eifersuchtstheorie nachzuweisen. Daß „alles das, was ihr ungünstig erscheinen könnte, von Frau von Stein vorsichtig unterdrückt" sei,
haben wir oben beim Urheber dieses Gedankens beleuchtet. Wenn

Keil in die Trommete stößt: „Daß ihr Liebesverhältniß zu Goethe keineswegs ein rein platonisches gewesen ist, wurde allmählich zum öffentlichen Geheimniß", so sollte man meinen, es lägen dafür beweisende Thatsachen vor, aber der dieß vorgebliche Geheimniß öffentlich gemacht, der diesen Klatsch der edlen Frau in einem von Bitterkeit überfließenden leichtfertigen Aufsatze angehangen, sie zu einer nicht blos einmal gefallenen, sondern zu einer jahrelangen Ehebrecherin gemacht, ist der Verfasser der an Willkürlichkeiten reichen Frauengestalten Goethe's, ist der Vertheidiger des Tiberius und der Kleopatra, A. Stahr. Freilich findet Keil, ich selbst habe „mit der eigenen Zusammenstellung der Momente ihres spätern Lebens das Stahrsche Urtheil über ihren Charakter nur allzusehr gerechtfertigt", was er dahin ausführt: „Ihre danach hervortretende widerwärtige Haltung gegen Goethe, gegen dessen Gattin, gegen die Herzogin Luise 2c., die Klätscherei und bittere hämische Satire, welche neben der innigen Mutterliebe zu ihrem Sohne Fritz ihr späteres Leben ausfüllten, werfen nur allzu helles Licht auf ihr eigentlich wahres Wesen und widerlegen die Lobpreisungen ihrer Sanftmuth und Milde, ihrer Selbstlosigkeit und Uneigennützigkeit auf das schlagendste." Fassen wir hier dem kühn vordringenden Feinde gegenüber Posto. Den bittern Groll gegen Goethe und dessen Gattin geben wir zu; wir haben sie als eine böse Krankheit bedauert, die sie in Folge unendlichen Schmerzes ergriff und erst spät sich ganz verlor. Was aber ihr Verhalten gegen die Herzogin Luise betrifft, so kann von einer „widerwärtigen Haltung" nicht im geringsten die Rede sein; daß diese in Folge von Verhältnissen, die von ihr unabhängig waren, ja das von ihr selbst ersehnte Glück zerstörten, kalt gegen sie wurde, ihr Vertrauen ihr entzog, mußte sie, nachdem sie Goethe's Verlust so schwer getroffen hatte, auch das Zusammenleben mit ihrem Fritz vereitelt war, mit schneidendem Schmerz zerreißen und das Gefühl, auch diese edle Freundin, die mit rührender Liebe an ihr hing, ohne ihre Schuld von sich abgefallen zu sehn, sie bitter aufregen — aber von liebloser Härte zeigt sich keine Spur, wenn auch ein Spott aus der Tiefe ihres Schmerzes einmal ihr entfahren wollte. Und nun diese „2c", was steckt dahinter?

Und wo findet sich „die Klätscherei und bittere hämische Satire", die Keil gleichfalls gegen die Angeklagte aufmarschiren läßt, wobei er freilich gutmüthig genug ist, mit ihr „die innige Mutter= liebe zu ihrem Sohne Fritz" zu verbinden, die freilich eine we= niger feindselige Stimmung doch noch anders bezeichnen würde. Inwiefern Stahrs Auffassung „durch die nachstehende Darstellung im wesentlichen bestätigt werde", wird sich uns ergeben. Wenn Lewes aus dem Portrait der Stein „feine, kokette Züge, mit dem Reiz der Sinnlichkeit, der Heiterkeit und der Weltbildung beseelt", herausgelesen hat, so kann dies Keil nur willkommen sein: „nur wenig Licht und Schatten mehr", orakelt er darauf hin, „so hat man damit zugleich ihr volles, wahres Charakter= bild." Die „koketten Züge" werden sich freilich die Gegner so leicht nicht nehmen lassen, da man darüber eben nicht streiten kann, obgleich wir meinen, sowohl in dem Bilde, das die acht= unddreißigjährige Frau von sich selbst gemalt (auf dieses bezieht sich das Urtheil von Lewes) als in dem, welches sie im höchsten Alter darstellt, statt dieser klares Selbstbewußtsein und entschiedene Willenskraft zu erkennen. Die „Heiterkeit", welche Lewes her= ausgefunden hat, steht in entschiedenem Widerspruche mit dem Ernste, dem Hange zur Schwermuth und Trübseligkeit, wodurch sie sich das Leben schwer machte, die uns thatsächlich über= liefert sind. Keil ist darin gerechter gegen sie, daß er ihr neben „besonderm eigenthümlichen Reiz" auch „hohe geistige Begabung" zuschreibt, da sie sonst den eben so flatterhaften als feurigen Dichter nicht acht Jahre lang (wir rechnen beinahe elf heraus) zu fesseln vermocht hätte. Auch sonst weiß er allerlei Gutes, aber in einem bunten, verworrenen Durcheinander von ihr zu rühmen, ja er gesteht ihr wenigstens das Verdienst zu, daß sie mit dazu beigetragen (zu der bestimmten Erklärung, daß sie es vorzüglich, ja fast allein gewesen, die dieses vermocht, kann er sich nicht erheben), ihn an Weimar zu fesseln und das unruhig brausende Dichtergemüth allmählich zu beruhigen, so daß Werke klassischer Vollendung, wie Iphigenie und Tasso entstehen konnten. Daß ihr ein wirklich tiefes, volles und ganzes Ver= ständniß seines Genius abgegangen, können wir zum Theil zu= gestehn (war dieß ja auch beim Herzog Karl August der Fall), aber sie erkannte sein warm schlagendes Herz, sein reiches und edles Gemüth, die Kraft seiner dem Höchsten zugewandten Seele, seinen feurigen Dichterschwung, sein reines Gefühl für künstlerische Vollendung, sie ahnte, daß er nicht allein zu einem der edelsten Dichter seines Volkes bestimmt sei, sondern auch das Ideal eines den verlockenden Reizen gemeiner Sinnlichkeit sich entziehenden, im geistigen Leben sich vollbeglückt fühlenden Mannes in ihm zur Erscheinung kommen werde. Davon weiß Keil freilich nichts, der, da er bei Stahr in die Schule gegangen, in ihr eine egoistische, engherzige Natur erkennt, welche Goethe's Schwächen, besonders seine übergroße Gemüthsweichheit für ihre Pläne zu nutzen verstanden. Ihr Egoismus spreche aus ihrer vorurtheilsvollen adeligen Selbstüberhebung über den Bürger, die sie doch nicht hinderte, sich mit Bürgerlichen, wie mit einer Tochter des Oberconsistorialraths Seidler, spätern Frau Basch, innig zu befreunden, mit ihren Untergebenen zu Kochberg und auf den dazu gehörenden Besitzungen in vertrauten Umgang zu treten, wenn sie auch von der Rohheit und der Verwilderung des niedern Volkes, besonders auf dem Lande, nur zu unerfreuliche Proben hatte. Auch ihr hartes liebloses Urtheil über andere und ihre Unverträglichkeit mit ihrer Umgebung werden als erwiesen angenommen. Wenn ein treuer Diener bis in sein höchstes Alter es bei ihr aushielt, wenn sie die Verheirathung ihres Kammermädchens mit liebevoller Theilnahme betrieb, wenn sie bei ihren beschränkten Mitteln eine Stiftung zur Hebung der Volksschule in Kochberg hinterließ, so zeugt dieß keineswegs von stolzer Hinwegsetzung über den gemeinen Mann. Wer Gestalten, wie das spinnende alte Mütterchen in ihrer Komödie Neues Freiheitssystem dichten kann, der muß auch Sinn für die Tugenden des niedern Volkes haben, aber freilich vor den widerwärtigen Rohheiten desselben hatte ihre feine Natur einen Widerwillen. Außer dem Egoismus bürdet Keil eine Masse Untugenden Charlotten auf, für die eben nur Stahr als Gewährsmann gelten muß, „lebhafte Sinnlichkeit, Eitelkeit, Koketterie, mißtrauische, zweifelsüchtige, argwöhnische Eifersucht". Ganz in Stahrs Weise werden diese Vorwürfe der eigentlichen Darstellung des Verhältnisses zu Goethe vorausgeschickt, statt

daß ihre Charakterzüge sich erst aus einer vorurtheilsfreien Darlegung desselben ergeben sollten. Das αὐτὸς ἔφα muß auch
den harten Vorwurf des Verbrechens des Ehebruches begründen,
zu welchem sie nicht die Liebe, nicht die so lange zurückgehaltene
„lebhafte Sinnlichkeit", sondern schmähliche Eifersucht verleitet
haben soll. Unsere folgende Darstellung wird die leichtfertige
Begründung dieses schon voraus den Leser mit Abscheu gegen
die edle Freundin Goethe's erfüllenden Vorwurfs zergliedern.
„Um ihre Ehre nach außen zu wahren, mußte um dieses Verhältniß der Schleier des tiefsten Geheimnisses gezogen werden.
Dieß verstand die kluge Frau so meisterhaft, daß die Mitwelt
an dem Verhältniß nicht den mindesten Anstoß nahm." Wie
es möglich, daß von einem jahrelang bestehenden unerlaubten
Verhältniß, dessen Stätte ihre eigene Wohnung in Weimar und
Kochberg gewesen sein soll, Niemand, weder Gatte und Kinder
noch Dienerschaft, irgend etwas gemerkt haben sollte, wie die
in ihrem Verdachte nur zu geschäftige Frauenwelt keine Ahnung
davon gehabt haben sollte, wie der Neid gegen die hochangesehene
Frau und die Feindseligkeit gegen Goethe dieß nicht entdeckt haben
sollten, scheint uns ein schwer zu lösendes Räthsel. Aber freilich
Stahrs Spürsinn fand heraus, was dem ganzen mitlebenden
Weimar verborgen blieb! Und bei allem Grimme, welchen
Goethe's Bruch in ihr entzündete, war die kluge Frau so vorsichtig, daß ihr kein Wörtchen entfuhr, welches irgend einen
Menschen auf den Verdacht eines noch nähern Verhältnisses
hätte führen können. Glaube das, wer mag! Wir sehen eben
darin, daß ganz Weimar keinen Verdacht gegen sie hegte, niemand sie einer solchen Hingabe ihrer Ehre und Tugend für
fähig hielt, abgesehen von allem übrigen, den sprechendsten Beweis ihrer Unschuld. Keil verfehlt auch nicht, den Umstand,
daß Charlotte ihre Briefe an Goethe zurückfordern ließ und verbrannte, gegen diese aufzubringen; dieß (man sollte meinen, sie
hätte diese gleich nach der Rückgabe verbrannt, während sie in
Wirklichkeit auch diese Zeugen ihres eigenen Gefühls länger
als dreißig Jahre bewahrte), dieß habe sie gethan, um sich gegen
die Nachwelt zu schützen. Wäre sie sich aber einer Schuld bewußt gewesen, würde sie nicht auch Goethe's Briefe verbrannt

haben? Oder meint etwa Keil ihre Eitelkeit sei noch größer gewesen als die Sorge für ihren Ruf? Hätte sie aber ihrer Eitelkeit nicht noch mehr gedient, wenn sie aus den massenhaften Briefen an Goethe die unverfänglichen, deren es doch eine große Zahl gegeben haben muß, ausgewählt hätte? An die natürlichste Erklärung denkt Keil so wenig als sein Morankläger, von dem er auch die politische Berechnung annimmt, mit welcher die „pikante breiundbreißigjährige Hofdame Goethe in ihrem Netze gefangen". Hofdame, wie Keil sie zu benennen beliebt, war Charlotte schon seit ihrer Verheirathung nicht mehr, was Keil doch hätte wissen sollen, und am wenigsten „pikant", da sie seit lange sehr litt, was vor allem Erwähnung verdient hätte. „Vertraute der Herzogin" wurde sie erst seit Goethe's Anwesenheit. Keil läßt auch das Bedürfniß „einer erfahrenen Führung für das Hofleben" auf Goethe's Neigung mitbestimmend wirken, aber auch das Verlangen „Herzen zu erobern". Daß es bei dem Dichter nicht weniger, als bei der Geliebten zunächst das Herz war, welches die Verbindung schloß, wird von Keil eben so fern gehalten wie von Stahr, was auch immer Goethe's Briefe und Gedichte aussprechen mögen. Des Dichters Liebe muß nun einmal „eine romantische, überschwängliche, überspannte Huldigung", Charlottens Neigung Berechnung, Eitelkeit und sinnlicher Reiz gewesen sein. Freilich um dieß irgend glaublich zu machen, muß die erste Anknüpfung des Verhältnisses möglichst im Dunkel gelassen werden. Wir hören bloß, Goethe habe sie mehreremal in ihrer Wohnung besucht, sei auch bei Hofe und auf der Redoute mit ihr zusammengetroffen, „gegen Ende 1775 und Anfang 1776" sei er schon mit ihr in Correspondenz getreten, habe ihr Zettelchen und Briefe gesandt. Daß das erstere ganz ungenau und irreführend, das letzte unwahr sei, wird sich unten ergeben. Warum verschmähte es Keil, meine eingehende Darlegung zu benutzen?

Stahr hat neuerdings die beiden Aufsätze über Corona und Charlotte in dem Buche „Aus dem alten Weimar" auch in weitere Kreise gebracht, ohne irgend eine wesentliche Aenderung, nur hat er am Schlusse meiner Schrift kurz gedacht, auf deren „nahezu tausend Oktavseiten" er „lediglich nur die Bestätigung

seiner Beurtheilung der Frau zu finden vermocht, die das un=
verdiente Glück gehabt, von einem Goethe geliebt zu werden".
Das zeugt freilich nur von der Hartnäckigkeit des Grimms, den
er auf die Freundin Goethe's geworfen, und von der Zähigkeit,
mit welcher er an einmal ausgesprochenen Ansichten hängt, mögen
auch deren Grundlagen völlig zerstört sein. Daß Charlotte eine
durchaus ideale Natur war, die vor allem Gemeinen und Nie=
drigen Ekel empfand, der nur im geistigen Genusse und im herz=
lichen Zusammenstimmen und Ergehen mit edlen, von mensch=
licher Würde erfüllten Seelen das Glück des Lebens blühte,
daß sie in Goethe das Ideal eines reinen, dem Streben nach
geistiger Vervollkommnung treuen, den Reizen gemeiner Sinn=
lichkeit entsagenden Mannes erschaute, dies glaube ich nicht
allein behauptet, sondern durch die ganze Darlegung ihres Lebens=
ganges und die Aeußerungen derjenigen bewiesen zu haben, die
zu einem Urtheile äußerlich wie innerlich befähigt waren. Das
alles kümmert Stahr so wenig, als er sich in der Aufbauschung
der bald überwundenen leidenschaftlichen Neigung zu Mina Herz=
lieb zu einer schauerlichen Tragödie dadurch stören läßt, daß
Goethe thatsächlich zu der Zeit, wo ihn die Qualen unglücklicher
Liebe zerrissen haben müßten, ganz heiter und wohlgemuth war
und so wenig über das ihn fesselnde Verhältniß zu seiner Gattin,
in Verzweiflung, daß er seine Frau mit nach Jena brachte in
die Nähe seiner Liebesqual. Statt aus genauer Kenntniß der
Thatsachen heraus sein Urtheil zu bilden oder vielmehr sich von
selbst gestalten zu lassen, trägt er seine ohne eine solche noth=
wendige Grundlage leicht gefaßte Ansicht in die Verhältnisse
und sucht derselben durch irreführende Zusammenstellung und
rücksichtslose Mißdeutung einzelner Umstände und Aeußerungen
den Stempel reiner Wahrheit aufzudrücken. Natürlich muß er
sich meine Entwicklung der Verhältnisse mit einigen Redensarten,
welche die Sache nicht treffen, vom Leibe halten, und alles
übergehn, was zu Gunsten Charlottens dient und ihre reinen
Charakterzüge zeichnet. Die beiden von mir mitgetheilten Lieder,
in welche Charlotte ihren Schmerz im Herbst 1786 ergoß, als
keine Kunde von Goethe, der ihr zuletzt von Karlsbad aus ge=
schrieben hatte, sich einstellen wollte, erheben ihm seine Annahme,

daß sie sich innerlich bewußt gewesen, den Geliebten vielleicht für immer von sich fortgetrieben zu haben, zur Gewißheit. Und doch spricht sich auch in keinem einzigen Worte das Gefühl ihrer Schuld aus, wie man nach dieser Aeußerung annehmen muß, sondern nur der bittere Schmerz, daß der Freund, der ihr alles gewesen, den sie nicht missen könne, kalt und treulos sie verlassen. Ihr leidenschaftlicher Schmerz über sein kaltes Schweigen steigerte sich zu dem verzweifelnden Gedanken, sie werde ihn nie wiedersehn, und so will sie sein einst so unendlich liebevolles Andenken ganz aus ihrem Herzen reißen.

Lösch das Bild aus meinem Herzen
Vom geschiednen Freund,
Dem unausgesprochner Schmerz
Stille Thräne weint.

Diese Verse waren so tief aus ihrem Herzen geflossen, daß sie so viele Jahre später in ihrer Komödie eine Dame, die sich von ihrem Liebhaber verlassen wähnt, gerade diese mit zum Himmel erhobenem Blick sprechen läßt. Stahrs Auffassung der beiden Lieder, die ich schon in der Augsburger Zeitung mitgetheilt hatte, ist ein neues der vielen Beispiele seiner willkürlichen Ausdeutung oder vielmehr offenbaren Mißdeutung. Zur großen Freude muß es Stahr gereichen, daß er behaupten zu dürfen glaubt, ich habe „alle Härten und Widrigkeiten in ihrem Charakter, wie sie sich namentlich gegenüber Goethe's Verhältniß zu seiner Gattin zeigen, in erschwerender Weise bestätigt“. Dabei verschweigt er freilich, daß ich entschieden hervorgehoben, daß der Schmerz über Goethe's Bruch wie ein Gifttropfe in ihre Seele gefallen, sie mit unendlicher Reizbarkeit und bitterm Grolle erfüllt habe, die ihr jede ruhige Beurtheilung und gerechte Würdigung unmöglich gemacht, und daß sie selbst der Verstimmung ihrer Seele sich bewußt war, wenn sie später einmal gegen Knebel bei der Bitte, er möge ihr Charakterbild entwerfen, wie es früher Einsiedel gethan, die Bemerkung macht, damals sei sie freilich besser gewesen. Aber mochte auch ihre Seele von dieser Lava überschüttet sein, unter dieser hatte sie doch die ganze Liebe und den idealen Drang ihrer Natur erhalten. Hiermit erledigt sich alles, was Stahr aus den bittern Mißurtheilen der einstigen Geliebten über Goethe gegen ihren Charakter aufbringen zu können sich den Anschein gibt. Wenn sie Goethe's Rückforderung seiner Briefe aus Italien einer Intrigue von dessen Frau zuschreibt, so ist dieß freilich eine arge Entstellung ihrer damals in Folge besonderer Verhältnisse mächtig aufgefachten Verstimmung gegen diese, da sie ganz übersieht, daß diese Briefe zu einem litera= rischen Zwecke in einer Zeit zurückgefordert worden, wo der Vulpius nichts ferner lag. Auf Charlottens Charakter vor dem Bruche werfen diese spätern Bitterkeiten keinen Schatten, sie zeigen nur, wie tief der Schmerz ihre Seele unterwühlt haben mußte, daß die innige Liebe äußerlich in ihr volles Gegentheil umschlug; die glühendste Eifersucht hatte sie eben erfaßt und der Wahn, Goethe, der Idealmensch, sei auf das schlimmste entartet, zu einem gemeinen Sinnenmenschen herabgesunken, der im Arme einer Buhlerin, für welche sie Christianen hielt, alles Edle und Schöne und sie selbst völlig vergessen habe. Um so glänzender zeugt für sie und Goethe selbst dessen späteres Ver= halten gegen sie, da er, nachdem der erste Grimm sich ge= legt hatte, seine Dankbarkeit und seine hohe Schätzung der gegen ihn jetzt so erbitterten Frau dadurch bewies, daß er sich so vieles von ihr gefallen ließ und nicht ruhte, bis sie sich zu be= sonnener Würdigung des ihr so unausstehlichen Verhältnisses zurecht gefunden hatte.

Wir konnten dieses Vorpostengefecht nicht umgehen, da die Gegner eben der eigentlichen Entwicklung des Verhältnisses eine gründliche Desorientirung vorausgeschickt haben. Versuchen wir nun auf die Sache selbst einzugehen, vor allem festzustellen, ob Charlottens Eifersucht auf Coronen zu der vorgeblichen ganz wunderlichen Wendung die so manche Jahre auf weibliche Tugend und Würde fest haltende Frau getrieben habe.

I.

Anknüpfung mit Charlotten. Liebesleidenschaft. In Leipzig sieht Goethe Coronen wieder. Ihr Eindruck. Charlotte als Besänftigerin und Leitstern. Goethe's Anstellung. Charlottens Reise nach Pyrmont. Coronens Berufung. Charlottens Besuch in Ilmenau. Zerwürfniss. Sie verbietet Goethe nach Kochberg zu kommen. Aussöhnung. Neue Beunruhigung. Coronens Ankunft. Goethe's Reise nach Dessau.

Vom 7. November 1775 bis zum 27. Dezember 1776.

Als der Dichter des Werther am Morgen des 7. November in Weimar ankam, war Frau von Stein abwesend oder durch Unwohlsein vom Besuche des Hofes abgehalten; denn seit dem 2. finden wir sie nicht mehr an der Hoftafel, bei welcher sie erst am 12. Abends wieder erscheint. Wahrscheinlich war sie, da der Einzug des Herzogs mit seiner jungen Gattin sie diesmal früher als gewöhnlich, am 16. Oktober, von ihrem Gute nach Weimar gezogen hatte, vor dem Eintritt des Winters noch auf einige Tage dorthin zurückgekehrt, wo es ihr so wohl war. Charlotte befand sich seit längerer Zeit, wohl nach ihrer im April 1774 erfolgten siebenten Entbindung mit einer Tochter, die sie nach drei Wochen wieder verlor, sehr leidend, weßhalb sie das Bad Pyrmont besuchte. Weder bei den Festlichkeiten zur Verlobung des Erbprinzen, am 5. Februar 1775, noch bei der Anwesenheit ihrer am 2. mit dem Major von Imhoff getrauten Schwester, welche mit ihrem Gatten am 19. und 24. Mittags und Abends und am 25. Abends, allein am Abend des 22. bei der Hoftafel war, noch bei der Rückkehr ihres Gatten von der mit den Prinzen nach Frankreich gemachten Reise (dieser fand sich vom Abend des 1. bis zum Mittag des 5. regel-

mäßig an der Hoftafel) erscheint sie bei Hofe. Erst am 21. be=
gleitete sie die den rückkehrenden Prinzen bis zum Dorfe München
entgegenfahrende Herzogin Mutter, speiste mit den Herrschaften
am Orte des Empfanges und nahm Theil an dem feierlichen
Einzuge in Weimar. Von da an finden wir sie länger als vier
Monate nicht mehr bei Hofe; sie besuchte wohl wieder Pyrmont,
wohin aber dießmal der ihr befreundete großbritannische Leib=
arzt Zimmermann nicht kam, der ihr im vorigen Oktober von
Goethe so anziehend geschrieben hatte. Sie hatte diesen im
Jahre 1774, wohl Ende Juli, in Pyrmont getroffen; denn wir
wissen, daß er vom 30. Juni bis zum 31. Juli, dann vom 7.
bis 9. August daselbst anwesend war, und den am 21. Juli von
Pyrmont zurückkehrenden Herder lernte Charlotte erst in Wei=
mar kennen. Zimmermann spricht seine Freude einem schweizer
Bekannten aus, daß er bei der erstern Anwesenheit dort „alle
seine liebsten Freundinnen in Deutschland" gefunden. Wenn
Zimmermann Goethe's Urtheil über ihre Silhouette, Sanftheit
sei der allgemeine Eindruck, sie sehe die Welt, wie sie sei, und
doch durchs Medium der Liebe, gegen sie selbst als das Wahrste
bezeichnet, was man über sie gesagt, so mag man darin immer
einige Schmeichelei sehn, aber im allgemeinen muß diese Be=
zeichnung doch ihrem Charakter entsprochen haben, wenn ein so
weltgewandter Mann sich ihrer einer so klugen Frau gegenüber
bediente. Auch bei der glänzenden Feier des Regierungsantrittes
von Karl August am 3. September 1775 hielt sich Charlotte
vom Hofe zurück; erst am Einzuge der jungen Herrschaft be=
theiligte sie sich wieder. Wir geben diese Nachweisungen, um
den leidenden Zustand Charlottens, welcher das Hofleben zur
Last geworden, hervorzuheben, da ihre Ankläger sie gerade als
Freundin des Hoflebens schildern. Die Welt war ihr damals
reiz= und trostlos geworden; nur in ihren Kindern und in ihrer
selbst gedrückten, edlen, frommen und duldsamen Mutter fand sie
ihr Glück; ihre jüngere Schwester hatte dieser wohl die Erlaubniß
zur Verbindung mit dem Major von Imhoff entrissen, welche
auch Charlotten wohl nicht nach dem Sinne war, aber die
mehr dem äußern Scheine huldigende Luise, der sich sonst keine
nahe Aussicht zeigen mochte, war durch den Glanz des als ein

Nabob in Weimar auftretenden Majors geblendet worden, der seine eigene Frau an Hastings verhandelt hatte. In Goethe's Geschwistern liest Wilhelm einen Brief, den seine heimgegangene Charlotte, die er als Wittwe kennen gelernt, in den ersten Tagen ihrer Bekanntschaft an ihn geschrieben. „Die Welt wird mir wieder lieb, ich hatte mich so los von ihr gemacht, wieder lieb durch sie. Mein Herz macht mir Vorwürfe; ich fühle, daß ich Ihnen und mir Qualen zubereite. Vor einem halben Jahre war ich so bereit zu sterben, und ich bins nicht mehr." Schölls geistreiche Vermuthung, wir besäßen hier einen wirklichen Brief der Frau von Stein an Goethe, hat großen Beifall gefunden. Aber so konnte nach dem, was wir von ihrem Verhältnisse zum Dichter wissen, diese unmöglich „in den ersten Tagen ihrer Bekanntschaft" mit Goethe schreiben. Auch ist der Brief ganz den Zuständen der jungen Wittwe des Stückes entsprechend, die wohl fühlte, Wilhelms Vermögensverhältnisse seien durch seine Verschwendung so herunter gekommen, daß er ihr seine Hand nicht anbieten könne, und wäre es ein seltenes Zusammentreffen, wenn der aus ganz andern Zuständen hervorgegangene Brief der Frau von Stein der aus der dichterischen Erfindung geflossenen Lage ganz entsprochen haben sollte. Die junge Wittwe macht sich Vorwürfe, daß sie ihrer Liebe nachhänge, obgleich sie erkennt, daß äußere Verhältnisse ihrer Verbindung entgegenstehen. So weit konnte sich Frau von Stein nicht vergessen, daß sie den Drang nach einer Verbindung aufs Leben mit Goethe andeutete, am allerwenigsten in der ersten Zeit. Aber es ist eine noch nicht in ihrer ganzen Ausdehnung erkannte Eigenheit unseres Dichters, daß er einzelne selbsterlebte Züge seinen Dichtungen einwebt, nur muß man sich hüten, Aehnlichkeiten der Handlung aus seinen oder der Freunde Leben in seinen Dramen zu suchen, wenn auch freilich aus der Stimmung seiner Seele die Anziehung eines Stoffes floß, weil er eben diese ganz in eine der darzustellenden Personen legen konnte. So scheint uns denn die Vermuthung hier nahezuliegen, Charlotte habe gegen Goethe geäußert, durch ihn erst sei ihr die Welt, von welcher sie sich schon ganz los gemacht, wieder lieb geworden.

Bei ihrer Ankunft am 17. Oktober fühlte sich die junge Herzogin so angegriffen, daß sie gleich am ersten Abend sich von der Tafel zurückzog, an welcher sie erst seit dem Mittag des 21. erschien. Die unbequeme Einrichtung und Beschränkung der fürstlichen Wohnung, zu welcher Karl August noch als Erbprinz troß der entschiedenen Abmahnung seiner Mutter und des geheimen Rathes das zu ganz andern Zwecken erbaute, noch nicht vollendete Landschaftshaus gewählt hatte, weil dieses „ein mehr kaiserliches Ansehen habe", der Mangel eines ordentlichen Hofdienstes, besonders der dienstthuenden Kammerherrn, und das freie, lustige Leben des wenig auf Hofetikette haltenden Gatten machten die Herzogin sehr unglücklich, die mit ihren beiden mitgebrachten Hofdamen von Waldner und von Wöllwarth unter einer heitern, aber ihr unbekannten Oberhofmeisterin sich recht einsam fand. Charlotte nahm an ihrem Leiden um so innigern Antheil, als sie sich selbst traurig vereinsamt fühlte, und sie gewann allmählich ihr ganzes Vertrauen und ihre innigste Liebe. Am 22. war sie mit ihr an der Abendtafel, weiter am 29. und am 2. November, wie sie auch an der Festtafel zum Geburtstage der Herzogin Mutter Theil nahm. Gleich nach dem 2. scheint Charlotte sich nach Kochberg begeben zu haben. Erst am 12. finden wir sie wieder Abends an der Hoftafel. So war sie weder auf der vom Hofe zufällig am 7. November, welcher Goethe nach Weimar gebracht hatte, gegebenen Freiredoute („Fürstlicher und Noblessenball und Pickenick" heißt sie im Fourierbuche), wo Goethe die vornehme Welt Weimars kennen lernte, noch erschien sie an den folgenden Tagen bei Hofe, wo am 8. und 10. Goethe Mittags an der Marschallstafel saß. Charlottens Gatten, den Goethe schon in Frankfurt in Begleitung der Prinzen im Dezember 1774 kennen gelernt hatte, sah er hier, da dieser regelmäßig bei Hofe speiste, ebenso ihren Vater, den alten, kaum zum Dienste mehr tauglichen Hofmarschall Geheimerath von Schardt. Wir wissen jetzt aus dem von mir mitgetheilten spätern Berichte ihres Sohnes Karl, daß der Herzog selbst, wohl nach vorhergegangener Ankündigung, Goethe in Gegenwart ihres Gatten und mehrerer Familienfreunde, unter denen die beiden Fräulein von Ilten, bei Charlotten einführte. Dieser erste Besuch in größerer Gesellschaft dürfte auf Charlotten, welche den jugendglühen, alle Herzen durch seine Geist sprühende Liebenswürdigkeit einnehmenden Dichter des Werther und des gleichfalls von ihr mit vollem Herzen genossenen Clavigo beim ersten Anblicke nicht verkennen konnte, von größerer Wirkung gewesen sein als auf diesen selbst, der sie in fremder, ihn beengender Umgebung sah und, wenn ihm auch ihr großes seelenhaftes Auge mächtig aufging, doch den vollen Eindruck ihres hohen, edlen und reinen Wesens um so weniger empfangen mochte, als die Ahnung dessen, was er ihr werden sollte, und die Erinnerung, wie ihr Freund Zimmermann auf die Gefährlichkeit des so liebenswürdigen und bezaubernden Mannes, eines der außerordentlichsten und gefährlichsten Genies, die je auf Erden erschienen, hingewiesen, sie in sich zurückscheuchte; auch war ihr Lebensmuth wohl zu sehr geschwunden, als daß sie ihn mit voller Seele hätte begrüßen können, und manches Seltsame, was man ihr von der Führung des seltenen Gastes in Weimar zugetragen, mußte sie zurückschrecken. Bezeichnend ist es, daß Goethe dieses ersten Besuches gar nicht gedenkt, und den bedeutenden Eindruck, den sie auf ihn geübt, späterer Zeit zuschreibt. Von weiteren Besuchen hat sich kein Bericht erhalten. Am 22., wo Goethe an Johanna Fahlner schreibt, diese Schule gebe seinem Leben neuen Schwung, alles gehe erwünscht, gedenkt er nur Wielands, mit dem er immer zusammenstecke, und seines herzbraven Weibes, noch nicht Charlottens. Während der Anwesenheit der beiden Grafen Stolberg (vom 27. November bis 3. Dezember), deren übermüthiges Tollen man besonders dem von vielen neidisch angesehenen Günstling des Herzogs zuschrieb, wird Goethe wohl Frau von Stein mit ihnen besucht haben. Welchen Eindruck sie auf diese am Weimarer Hofe vorüberziehenden Kometen machte, ergibt ein Brief Friedrich Stolbergs aus dem folgenden Jahre, in welchem sie „die schönaugigte, liebe, sanfte, die schöne" heißt. An der Hoftafel fand sich Goethe nie mit Charlotten zusammen.

Daß er sie bald darauf in Kochberg besuchte, bezeugt noch heute die Eintragung auf der innern Platte ihres dortigen

Schreibtisches vom 6. Dezember. Von diesem aus begrüßte er
auch ihren gemeinsamen Freund Zimmermann, dem er meldet,
er sei in Weimar herzlich wohl. Fast zehn Jahre später schreibt
er der Freundin, bei dem Regenwetter denke er sich seine Liebe
in dem alten Schlosse, wo er sie zum erstenmal besucht und
sie ihn durch ihre Liebe so fest gehalten habe. Jetzt erst ward
er gewiß, in ihr ein Herz gefunden zu haben, dem er sich ganz ver=
trauen dürfe, jetzt, wo er sie in ihrer schönen Häuslichkeit geschaut
und frei aus voller Seele zu ihr hatte sprechen dürfen: doch der
Gedanke, in Weimar zu bleiben, lag ihm damals noch ganz
fern, er dachte nicht, wie er später schreibt, daß er ihren Schreib=
tisch je wiedersehen werde. Das, was ihn zunächst in Weimar
zurückhielt, war, daß er, durch Wieland veranlaßt, dem jungen
Herzog, der ihn nach einem tüchtigen Manne für die schon seit
vier Jahren erledigte Stelle eines Generalsuperintendenten, Ober=
kirchenrathes, Oberhofpredigers und Oberpfarrers der Stadt=
kirche frug, schon gegen den 9. Herder dazu vorschlug. Da,
als dies verlautete, besonders die Geistlichkeit sich gewaltig dagegen
erhob, betrachtete er es als eine Ehrensache, vorab wenigstens so
lange zu verweilen, bis er in Gemeinschaft mit dem Herzog dieß
durchgesetzt. Gegen Herder erwähnt er, bei der Anfrage, ob
er die Stelle anzunehmen bereit sei, nur Wielands, der eine
brave Seele sei, und der edlen, lieben und holden Fürstenkinder.
Charlotten finden wir am Abend des 11. wieder an der Hof=
tafel; Goethe, der am 7. mit dem von Rudolstadt kommenden
Herzog nach Weimar zurückgekehrt war, hatte Mittags an der
Marschalltafel gesessen. Den 11. fuhr er mit dem ganzen Hofe
nach Belvedere und speiste dort in Charlottens Gesellschaft
Mittags und Abends. Wir finden diese auch an den Abenden
des 12., 13. und 18. an der Hoftafel. Von dem nähern Verhält=
nisse zu ihr wissen wir nichts. Noch am 21. gedenkt er gegen
Lavater, dem er doch im August die Silhouette der Frau von
Stein mit seiner Auslegung gesandt hatte, dieser Freundin gar
nicht. Daß diese mit seinem Benehmen in Weimar nicht ganz
zufrieden war (wahrscheinlich gab sie ihm, wie die Herzogin
Schuld, daß er den Herzog zu tollem Leben verführe), zeigt
die Erwiederung eines uns verlorenen Briefes von ihr an

Zimmermann. „Ach, wenn Sie gesehen hätten", schreibt dieser am 29. „wie dieser große Mann seinem Vater und seiner Mutter gegenüber der beste und liebenswürdigste Sohn ist, so würde es Ihnen schwer halten, um ihn nicht „durch das Medium der Liebe zu sehn" (mit Beziehung auf Goethe's Bemerkung über ihre Silhouette). Tadeln wir die großen Männer nicht! Fehlte dem, was sie gethan haben, nur ein Zug, so würde zugleich alles Große fehlen, was wir an ihnen bewundern". Ihr eigener Gatte stand auf der mißvergnügten Seite des Hofes, die ihre Spitze in dem Oberhofmeister Graf Görtz hatte. Während der Abwesenheit des Hofes in Gotha, wohin Goethe dem Herzog nicht folgen mochte, ritt er mit seinen Freunden nach dem wildgelegenen Dorfe. Waldeck bei Jena. Ob er Charlotten nach der Rückkehr, die vor der des Hofes erfolgte, besucht, ob er mit ihr auf der ersten Reboute am 29. zusammengetroffen, wissen wir nicht. Jedenfalls war ihr Verhältniß zu Goethe, dessen Treiben mit dem Herzog sie mißbilligte, noch kein ganz vertrauliches geworden, wenn man auch schon damals allgemein glaubte, der neue Günstling werde in Weimar bleiben, so wenig dieser selbst bereits daran dachte, sich hier festzusetzen. Am letzten Tage des Jahres schreibt er an Lavater, er sei noch in Thüringen.

Am Neujahrstage 1776 besuchte er Frau von Keller von Erfurt aus, wohin er mit dem Herzoge gegangen war, auf ihrem Gute Stedten, wo er mit Wieland zusammentraf. Diese gedenkt am 24. in einem ungedruckten Briefe an ihren Vetter der drei herrlichen Tage, welche die beiden Dichter bei ihr verweilt: „Sie waren gerne hier, waren vergnügt, glücklich und theilte besonders letzterer die vortrefflichsten Werke seines Geistes mit. Wenn Sie Goethen nicht kennen, müssen Sie ihn bei der ersten Gelegenheit kennen lernen. Er ist ein herrlich Geschöpf, groß, sonderbar und, ich glaube, gut. Aus Weimar wird man ihn sobald nicht gehen lassen; der junge Herzog kann nicht ohne ihn leben, und Goethe liebt den Herzog aufrichtig, und ich glaube, ganz um ihn selbst willen; denn er liebt seine Freiheit, seine Unabhängigkeit über alles, doch sagt man, man werde ihn fahen und halten." Charlotte konnte kaum weniger günstig über ihn urtheilen; ihr Herz sprach laut für ihn, wenn sie auch fürchtete, seine Unerfahrenheit möchte bei dem besten Willen schädlich wirken, und auch sie ihm Schuld gab, daß er den Herzog mißleite. Wie wenig er selbst noch damals in Weimar zu bleiben beabsichtigte, zeigt die Aeußerung an Herder, er müsse seine Berufung durchsetzen, ehe er scheide. Wenn er drei Tage später an die Fahlmer schreibt, er müsse sein in dem, was seines Vaters sei, so deutet dieß nur darauf, daß er vorläufig noch nicht scheiden könne; dazu aber verlangt er Geld. Sollte der Vater nicht Sinn und Gefühl haben, ob all der abglänzenden Herrlichkeit seines Sohnes ihm 200 Gulden oder einen Theil davon zu geben, so möge die Mutter deshalb an Merck schreiben. Noch immer kein Wort von Charlotten. Wir wissen nicht, ob er am 12. auf der Redoute und am 15. bei dem auch vom Hof besuchten Pickenick mit ihr zusammentraf. Doch dürfte gegen Mitte Januar das Verhältniß schon ein vertraulicheres gewesen sein. Er hatte damals wohl die Freundin über seine guten Absichten mit dem Herzog aufgeklärt, der, wenn er auch in jugendlichem Uebermuthe zuweilen ausschweife und den gesellschaftlichen Formen, besonders der Etikette des Hofes, sich ungern füge, doch vom edelsten Streben zum Besten des Landes erfüllt, dem es nicht zu verdenken sei, wenn er sich selbständig zeige. Dieß würde ganz unzweifelhaft sein, wenn unsere Datirung des Briefes bei Schöll (I, 75 f.) vom 16., vor der bis zum 18. dauernden herzoglichen Jagd in Schwansee, durchaus feststände. In diesem schon mit dem Petschaft: „Alles um Liebe“ gesiegelten Briefe [1] zeigt er sich

---

[1] Dieses Petschaft würde auch dann nicht gegen unsere Datirung sprechen, wenn es unzweifelhaft wäre, was ihr Sohn Fritz bemerkt, seine Mutter und Goethe hätten ein Petschaft mit dem Motto „Alles um Liebe“ als Wechselgeschenk besessen. Konnte nicht Goethe ein solches schon früher sich angeschafft haben und das seine später der Freundin geschenkt, ein gleiches von ihr erhalten haben? Was hindert die Annahme, daß Goethe in der ersten Weimarer Zeit sich ein solches Petschaft machen ließ? Ja schon in Frankfurt könnte er ein solches besessen haben. Freilich findet sich „Alles um Liebe“ als Losung Stella's erst in dem später veränderten Schlusse des Stückes, aber dieser Spruch könnte doch schon aus der Frankfurter Zeit stammen. Auch das Geschirr, in welchem Goethe später die von der Freundin ihm bestimmten Gerichte holen ließ, trug die vom Maler Kraus darauf gesetzten Worte „Alles um Liebe“.

sehr verstimmt darüber, daß er um fünf Uhr Morgens, nach=
dem er erst um zwölf zu Bett gekommen, aufstehen muß, um
dem Herzog zur Jagd zu folgen. „Und wenn ichs nicht als
Vorbild künftiger Abenteuer ansähe und der Mensch nun doch
einmal nichts taugt, der nicht geschoren wird — Es ist fünfe,
denken Sie an mich und Ade." Dieser Schluß des Briefes,
wie der Anfang: „So geht's denn, liebe Frau, durch Frost und
Schnee und Nacht. Es scheint sich unser Beruf zu Abenteuern
mehr zu bestätigen", dürfte auf die Vorstellungen sich beziehen,
welche die Freundin ihm wegen des abenteuerlichen Lebens mit
dem Herzog gemacht, gegen die er wohl bemerkt hatte, daß er
diese Sucht nach abenteuerlichem Wesen beim Herzog sich aus=
toben lassen müsse und selbst darunter leide, er aber um den
jungen Fürsten, auf dessen edlen Seelengrund er schaue und
dessen Herz er liebe, sich nicht zu entfremden, darauf eingehen
müsse. Die Bezeichnung „liebe Frau" finde sich von jetzt an
durchweg. Wenn er in einer Nachschrift zu einem kurzen Brief
an Herder aus diesem Winter eines beim Schlittenfahren übers
Auge gegangenen Peitschenschlages gedenkt, so gehörte diese wohl
zu dem Briefe: „Lieber Bruder, nenne mir nur einen einzigen
Theologen", der gegen den 20. Januar fällt. Den Peitschen=
hieb hätte er dann während der Tage der Schwanseeer Jagd
erhalten und der Freundin am Morgen des dritten Tages durch
einen vom Herzog nach Weimar gesandten Boten einen Zettel
geschickt, der beim Zusiegeln etwas verbrannte. Bei der Rück=
kehr fand er zu Hause „ein Wurstandenken" von ihr; für
dieses und die freundliche Frage, wie es ihm gehe, dankte er
noch an demselben Abend und wünschte der Freundin gute
Nacht, wenn wir mit Recht die undatirten Zeilen, mit welchen
Schöll den Briefwechsel beginnt, auf den 18. verlegen. „Mein
Peitschenhieb übers Aug ist nur allegorisch", schreibt er, wohl
mit Hindeutung auf ihre Vorwürfe, „wie's der Brand an meinem
Brief von heute früh auch ist (der auf seine Liebe deute).
Wenn man künftig die Fidibus hier zu Land so galant kneipen
wird wie ein süß Zeddelchen (ein Billet doux), wird's ein
trefflich Leben werden. (Sein versengtes Billet vergleicht er
mit angebrannten Fidibus.) Ich bin geplagt, und so gute

Nacht. Ich hab' liebe Briefe (wohl auch von der Schwester) kriegt, die mich aber peinigen, weil sie lieb sind (liebevoll nach seinen Zuständen fragen), und alles Liebe peinigt mich auch hier, außer Sie, liebe Frau, so lieb Sie auch sind. Drum das einäugige (da er nur ein Auge recht gebrauchen kann) Gekritzel bei Nacht." Am Abend des 19. traf er wohl mit dem Hofe und Charlotten auf der Reboute zusammen; denn daß es ihm drückend war, sie auf der folgenden Reboute nicht zu finden, werden wir weiter sehen. In einem andern Briefe schreibt er: „Guten Morgen, liebste Frau. Herzogin Luise läßt Ihnen sagen, Sie möchten bald wieder gesund werden; denn ohne Sie sei kein Auskommens. Hier der Brief an meine Schwester. Gehen sie in die Komödie? Ich bitte nur um ein Wort. Besänftigerin! Ich komme wahrscheinlich heute noch; denn mir ist's nicht wie Ihrem Fritz (der sich wohl störrisch wegen eines erhaltenen Vorwurfs gezeigt hatte). Abdio." Wir glauben diese Zeilen auf den 22. Januar setzen zu dürfen, da nach dem Fourierbuche an diesem Abend französische Komödie bei Hofe war und Charlotte, die am 17. und 18. Abends bei Hofe war, am 21. und 22. bei der Abendtafel fehlt. Auch daß er ihr seinen Brief an seine Schwester mittheilt, stimmt, wenn er am 18. einen Brief von dieser erhalten hatte, den er der Freundin mitgetheilt, die ihn dann zu einer Erwiederung getrieben hatte. Dies war dann derselbe Brief, den er noch an diesem Tage an Merck beilegte, um ihn mit der Beilage, die ihn freuen werde, an seine Schwester zu senden. Und welche Beilage war dieß? Wir glauben nicht zu irren, wenn wir darunter zunächst die schöne an Psyche überschriebene gereimte Erzählung Wielands über ihren Aufenthalt in Stedten verstehen. Diese erschien auf dem ersten und zweiten Bogen des Januarheftes des Merkur. Der erste brachte auch Gedichte von Goethe und Fritz Stolberg, der vierte und fünfte den ersten Theil von Wielands lieblichem und Goethe so liebem Wintermärchen. Goethe sandte wohl die ersten fünf Bogen, vielleicht mit ein paar handschriftlichen Bemerkungen. Die drei angeführten Briefe sind die einzigen uns erhaltenen an Frau von Stein, die wir vor den 27. Januar 1776 setzen können, von welchem Tage der erste sicher datirte ist. Haben wir sie mit Recht hierher gestellt, so ergibt sich, daß Goethe schon Mitte Januar mit ganzer Seele an der „lieben Frau" hing, deren Vorwürfe und Mahnungen über sein tolles Treiben mit dem Herzog er freundlich annahm, die seine stürmische Leidenschaftlichkeit „besänftigte", die schon jetzt ihn durch kleine Gaben erfreute, während er vor ihr kein Geheimniß hatte, sie von den Beziehungen zu den Seinigen, von seinen Frankfurter Verhältnissen und Geschichten unterhielt. Daß er auch seine ungedruckten Schriften ihr vorlas, wie er es selbst in Stedten that, besonders Stella, Faust, Egmont, unterliegt keinem Zweifel. Schon damals hatte ihn Charlotte unauflöslich gefesselt. An demselben 22. Januar, dem wir den letzten Brief zuwiesen, schreibt er an Merck, vor drei Tagen habe er das gewünschte Geld erhalten, das der Vater trotz alles Hofglanzes nicht hatte hergeben wollen; von Weimar werde er fast nicht wieder weg können. Charlottens erwähnt er weder in diesem, noch in dem gleichzeitigen Briefe an Lavater. Leider ruhen seine damaligen Briefe an die Schwester und die Mutter noch heute ungedruckt in Goethe's Archiv.

Festen Boden gewinnen wir erst mit dem Briefe vom 27. Januar. Charlotte, die am 23. wieder Abends bei Hofe gegessen hatte, blieb von der Redoute des 26. zurück, was erst auf dieser einige durch ihren ältesten Sohn Karl überbrachte Zeilen Goethe mittheilten, der, wie die Herzogin, darüber sehr verstimmt wurde. Was war es, daß Charlotten dazu bestimmte? Nach dem Tone der Briefe der nächsten Tage dürfte es fast unzweifelhaft sein, daß sie seine leidenschaftliche Glut, deren Ausbruch sie eben deshalb erschreckte, weil dadurch das so sehr gewünschte dauernde Verhältniß inniger Seelenfreundschaft unmöglich zu werden drohte, durch ihre Zurückhaltung zu kühlen und ihn zu größerer Besonnenheit zu gewöhnen suchte. Daß es nicht Eifersucht gewesen, die sie zurückhielt, dürfen wir daraus schließen, daß Goethe ihr am andern Morgen berichtete, er habe, nachdem ihn zu Anfange die Kunde von ihrem Nichterscheinen in einen „Teufelshumor" versetzt, das probateste Palliativ in der Liebelei gefunden, habe sich bei allen hübschen

Gesichtern herumgelogen und -getrogen, wobei er den Vortheil gehabt, immer im Augenblick zu glauben, was er sagte. „Das Milchmädchen gefiel mir wohl", fügt er hinzu; „mit etwas mehr Jugend und Gesundheit wäre sie mir wohl gefährlich." Wahrscheinlich ist hier die Hofdame Adelaide von Waldner aus dem Elsaß gemeint, die fast drei Jahre älter als Goethe war; ihre Nichte, Henriette Luise von Waldner-Freundstein, fünf Jahre jünger, als er selbst war, kannte er von Straßburg her. Der stille Ernst dieser gemüthlichen Seele übte auch später eine gewisse Anziehungskraft auf ihn. Der junge Dichter glaubte die ältere Herzensfreundin nicht zu beleidigen, wenn er nicht allein seine Neigung und sein Bedürfniß nach einem ihm ganz angehörigen weiblichen Wesen ausspricht, sondern auch als Erforderniß einer solchen Verbindung für sich Jugend und feste Gesundheit verlangt, die beide Charlotten abgingen. Sonst erwähnt er Fräulein von Keller aus Stedten und die „niedliche", von Wieland als Psyche gefeierte Frau von Bechtolsheim, die er in Stedten kennen gelernt, mit dem Bemerken, sie hätten ihn bei seiner Verstimmung nicht in Schwung bringen können. Nachdem er über die Masken des Grafen und der Gräfin Görtz gespottet, die ihnen nicht gestanden, gedenkt er der Herzogin Mutter und der Herzogin Luise; die erstere sei lieb und gut, die andere ein Engel gewesen, der er sich etlichemal hätte zu Füßen werfen mögen. „Wir dachten an Dich, liebe, liebe Frau!" schließt er. „Du kommst doch heut Abend." Zu besuchen wagte er sie nicht bei ihrem wohl vorgegebenen Unwohlsein; den Abend hoffte er sie mit dem Hofe bei der Herzogin Mutter zu treffen. Daß aber Charlotte sich noch immer zurückhielt, ergibt sich aus seinen Zeilen vom Nachmittag des 28., in welchen er ihr mittheilt, daß er nicht ins Hofconcert komme, wo er sie doch zu sehen hoffen durfte, aber nur im Schwarm mit so vielem „Volk", das er, da es ihm so wohl in seiner Liebe war, nicht sehen konnte. „Lieber Engel, ich ließ meine Briefe holen (diese Zeilen schrieb er wohl beim Herzog), und es verdroß mich, daß kein Wort drin war von Dir, kein Wort mit Bleistift (womit sie zu schreiben pflegte, wenn sie unwohl war), kein guter Abend. Liebe Frau, leide, daß ich

Dich so lieb habe. Wenn ich jemand anders lieber haben kann, will ich Dirs sagen. Will Dich ungeplagt lassen. Adieu, Gold. Du begreifst nicht, wie ich Dich lieb habe." Auch heute noch hielt sie sich zurück; wenigstens war sie diesen Abend nicht bei der Hoftafel. Daß Charlotte ihm seine leidenschaftliche Glut verwies, die sie für eine Grille erklärte, zeigt die Aeußerung in Goethe's Erwiederung vom folgenden Tage: „Kann Ihnen jetzt nichts von mir sagen. — Vielleicht mach' ich mir auch weis, daß ich sehe, wenns Tag ist, daß ich mich wärme an der Hitze und friere an Frost. Es kann all Grille sein. Genug vor der Hand ist mirs so; wenn mirs anders wird, wird sichs zeigen. Meine Stella ist ankommen gedruckt; sollst auch ein Exemplar haben. Sollst mich auch ein bischen lieb haben. Es geht mir verflucht durch Kopf und Herz, ob ich bleibe oder gehe." Und doch hatte sein Herz längst entschieden; nur ein Bruch mit Charlotten hätte ihn von Weimar wegtreiben können. Wir sehen, wie diese ihn noch immer von sich abhält. Ob sie wirklich seine glühende Leidenschaft nur für einen vorüber=gehenden Anflug gehalten oder dies bloß vorgegeben, um seine Neigung auf die Probe zu stellen, könnte man freilich zweifeln, insofern sich keines von beiden thatsächlich feststellen läßt: für denjenigen aber, der Charlottens seelenhaftes Verständniß Goethe's kennt, wird kein Zweifel bestehen, daß sie dadurch eben nur seine Glut zu kühlen dachte. Die Aeußerung desselben Briefes, er sehe sie um fünf, bezieht sich auf die Hoffnung, mit ihr bei der Herzogin zusammenzutreffen, da sie ihm mitgetheilt, daß sie diese den Abend wieder besuchen werde; bei dieser, welcher der junge Dichter immer inniger sich zuneigte, wird er die Geliebte häufig gefunden haben. Aber der Herzog hatte ihn nebst Wedel auf sein Zimmer bestellt, und da dieser, weil er von der Herzogin nicht wegkommen konnte, sie lange warten ließ, konnte er diesmal die Freundin nicht sehn, der er auf dem Zimmer des Herzogs, während er dieselbe auf dem ersten Stocke (der Herzog bewohnte den obern) bei der Herzogin wußte, brief=lich klagte, es werde eine Billetkrankheit unter ihnen geben, wenn es so von Morgen zu Nacht fortgehe, daß sie sich nicht sähen. „Geht mir auch, wie Margarethen von Parma (im

Egmont)“, schrieb er denselben Abend; „ich sehe viel voraus,
was ich nicht ändern kann.“ Daß seine Stellung in Weimar
(denn zum Bleiben hatte er sich jetzt fest entschlossen; an demselben Abend hatte er mit dem Herzog „viel Guts gehandelt
über die Vergangenheit und Zukunft“) und auch seine Beziehung
zu Frau von Stein, ihn noch viel Kampf und Qual kosten
werde, sah er voraus, aber auch die Befriedigung, welche ihm
ein tüchtiges Wirken in einer ehrenvollen Stellung verschaffen
werde, und den reinen Seelengenuß im liebevollen Vertrauen
der Freundin empfand er ahnungsvoll. Ein gleiches Gefühl
lebte in Charlottens Seele, die, je höher sie das Glück herzlichen, geistveredelnden Zusammenlebens mit dem reichbegabten,
zum Höchsten geschaffenen Dichter zu schätzen wußte, um so eifriger
bestrebt war, alles zu entfernen, was den Bestand desselben
hinderte, und so jeden leidenschaftlichen Ausbruch, den sie als
Gattin nicht dulden durfte, streng zurückweisen mußte. Wer
seine unreinen Vorstellungen willkürlich in dieses Verhältniß
trägt, mag es immer thun, und mit um so größerem Zutrauen,
je weniger er sich um das thatsächlich Vorliegende und die
deutlich erkennbaren Charakterzüge Charlottens kümmert: aber
er verzichte dann auch auf den Anspruch zuverlässiger,
redlicher Darstellung.

Am 30., dem ersten Geburtstage, den die Herzogin in
Weimar erlebte, traf er sich mit der Freundin am Hofe und
auch im Zimmer der Herzogin zusammen. Die Geliebte machte
einen so reinen und schönen Eindruck auf ihn, daß es ihm unmöglich fiel, Abends bei Hofe zu bleiben, wo er an der Marschallstafel hätte sitzen müssen, während diese an der fürstlichen sich
befand. Als er am folgenden Tage ihr ein Exemplar der
Stella mit seinem Morgengruße sendet, schreibt er: „Ich
habe gut geschlafen, und meine Seele ist rein und voll frohen
Gefühls der Zukunft. — Nun, liebe Frau, bewahr’ Sie Gott
und halten Sie mich lieb. Ist doch nichts anders auf der Welt.“
Auf der nächsten sogenannten Geburtstagsredoute, am 1. Februar,
erschien auch Charlotte mit ihrem zweiten Sohne Ernst; sie zog
sich aber früh zurück, wohl weil sie wieder einen Ausbruch
seiner Leidenschaftlichkeit fürchtete oder ein freieres Wort sie

verletzt hatte. Als er ihr am andern Morgen meldet, daß er es nach ihrer Entfernung nicht lange auf der Redoute ausgehalten, bemerkt er: „Sie sind nun da, um geplagt zu werden. Liebe Frau, werden Sie's nur nicht überdrüssig. — Mein Miseln hat mich gestern auch ganz kalt gelassen". Ein andermal klagt er, daß der Herzog ihn, als er eben sie besuchen wollte, abgerufen, da er ihr doch so viel zu sagen habe. Seine letzte Jahrsgeschichte, von der er Wieland an diesem Tage viel erzählt habe, schreibe er wohl für diesen und die Freundin auf, wenn sie ihn warm hielten; es sei mehr als Beichte auch das zu bekennen, worüber man keine Absolution bedürfe. So frei fühlte er sich in Bezug auf seine Liebe zu Lili, und die Freundin, hoffte er, werde ihm darüber keinen Vorwurf machen. „Adieu, Engel", schließt er, „ich werde eben nie klüger, und muß Gott danken dafür (für seine unauslöschliche Liebesglut). Adieu, und mich verdrießt's doch auch, daß ich Dich so lieb habe und just Dich!" Man fühlt, wie leicht der von solcher Liebessehnsucht erfüllte Dichter die auf Anstand und weibliche Würde streng haltende Frau verletzen konnte. Dieß geschah denn auch auf der Redoute vom 9. oder in Folge derselben, so daß Charlotte sich veranlaßt sah, ihn eine Zeit von sich entfernt zu halten. Sein Schmerz darüber preßt sich am 10. in den Worten an Auguste Stolberg aus: „Könntest Du mein Schweigen verstehen, liebstes Gustchen! Ich kann, ich kann nichts sagen!" und in dem sehnsüchtigen Liebe Wanderers Nachtlied, das er den 12. am Hange des Ettersbergs dichtete und der Freundin sandte. Ein Beweis, daß Charlotte über ihr Verhältniß zu Goethe mit ihrer Mutter sich besprach, bietet die Rückseite des genannten handschriftlichen Gedichts, auf welche diese das Wort des Heilandes über den Frieden schrieb, den er den Seinen gebe. Während dieser Zeit der Spannung vertraute er Johanna Fahlmer das erste Wort über seine neue Herzensfreundin. „Die Mägdlein", schreibt er dieser am 14., „sind hier gar hübsch und artig; ich bin gut mit allen. Eine herrliche Seele ist die Frau von Stein, an die ich so, was man sagen möchte, geheftet und genistelt bin. Luise (die Herzogin) und ich leben nur in Blicken und Silben zusammen; sie ist und bleibt ein Engel." Die zwei rosenrothen Damenfedern, die er durch die Fahlmer bestellte, waren ohne Zweifel für die Freundin bestimmt. Vergebens hoffte er diese auf der nächsten Redoute, am 16., zu finden; sie kam nicht, ja zu seinem tiefsten Schmerze mußte er vernehmen, daß sie morgen auf die Fastnachtstage nach Kochberg gehe, wovon sie ihm kein Wort gesagt hatte. Dorthin schreibt er ihr: „So haben Sie auch auf dem Lande keine Ruh von unserer Lieb' und Thorheit. Wie aber, wenn einer statt des Zettelchens selbst gekommen wär'? Hätt's auch vielleicht gethan, wenn ich nicht einen Pik auf mich hätte, daß ich Sie so lieb habe. — Es ergeben sich allerlei Luft- und noch mehr Erderscheinungen; die mögen verschwinden, wie sie entstanden sind: aber ich weiß was, das keine Erscheinung ist." Aus dem Schlusse, worin er ihr verspricht, ihr bei ihrer Ruckkunft etwas zu lesen, ergibt sich, daß sie sich gern von ihm vorlesen ließ.

Den 20. Februar kehrte Charlotte zurück, aber erst nach zwei Tagen empfing sie seinen Besuch; er scheint ihr aus einem von ihm schon im vorigen November begonnenen Roman, in welchem ein Gustav vorkam, gelesen zu haben, wobei er wieder leidenschaftlich wurde. Die Freundin sprach ihm ernstlich liebevoll zu, sich doch zu mäßigen und ihr das innige Zusammenleben, das sie als höchstes Glück empfinde, möglich zu machen; er möge sie als Schwester lieben. „Wie ruhig und leicht ich geschlafen habe", schreibt er am andern Morgen, „wie glücklich ich aufgestanden bin und die schöne Sonne gegrüßt habe, das erstemal seit vierzehn Tagen mit freiem Herzen und wie voll Danks gegen Dich, Engel des Himmels, dem ich das schuldig bin. Ich muß Dir's sagen, Dir Einzige unter den Weibern, die mir eine Liebe ins Herz gab, die mich glücklich macht." Er hatte ihr versprochen, sie nicht eher wieder zu sehen, als auf der Redoute des heutigen Tages. „Wenn ich meinem Herzen gefolgt hätte — Nein ich will brav sein — — Ich liege zu Deinen Füßen und küsse Deine Hände", was er wohl wirklich gestern gethan hatte. Auf der Redoute hielt er es nicht lange aus, da er die Freundin hier im Schwarm sehen mußte; es trieb ihn fort, ohne daß er ihr gute Nacht sagen konnte. „Du Einzige, die ich so lieben kann, ohne daß michs plagt", mußte er ihr noch diese Nacht schreiben, „und doch schweb' ich immer halb in Furcht (daß er durch seine Leidenschaftlichkeit sie verletze). Nun mags! all mein Vertrauen hast Du und sollst, so Gott will, auch nach und nach all meine Vertraulichkeit haben. O hätte meine Schwester einen Bruder irgend, wie ich an Dir eine Schwester habe. (Dieß Verhältniß denkt er sich augenblicklich höher als das eheliche.) Denk' an mich und drücke Deine Hand an die Lippen; denn Du wirst Gusteln (er identificirt sich hier mit dem Helden seines Romans, der den Wunsch ausgesprochen haben dürfte, die Geliebte möge seiner so gedenken) seine Ungezogenheiten nicht abgewöhnen; die werden nur mit seiner Unruhe und Liebe im Grab enden. — Adieu! Wunderbar gehts mir seit dem gestrigen Lesen." Nichts kann deutlicher sein, als daß Charlotte ihm seine leidenschaftlichen Ausbrüche, die er selbst hier als Ungezogenheiten bezeichnet, zum Vorwurfe machte, daß dieses allein, nichts weniger als ihre Eifersucht, die Ursache ihrer zeitweiligen Entfernung und Zurückhaltung war. Wie wenig Goethe sich noch immer zu mäßigen wußte, dies zeigte der für die Erhaltung des tief in ihr Herz greifenden Verhältnisses so besorgten Frau gerade dieser Brief wieder. Mehr als je mußte sie jetzt seine Glut zu löschen, seine Ausschreitungen abzuwenden und ihn durch die Bitte, er möge doch ihre Ruhe schonen, zu besänftigen suchen. Am 29. finden wir zum erstenmale Goethe mit Frau von Stein an der fürstlichen Abendtafel in Weimar, an der auch die junge, reizende, aber auch gefallsüchtige Gattin des Kammerherrn von Werther sich befand, die, wie sehr sie auch auf Goethe ihr Auge gerichtet hatte, doch nichts weniger als Charlottens Eifersucht erweckte. Schon damals scheint man am Hofe die Vorstellung von Cumberlands Westindier in Aussicht genommen zu haben, in welchem Goethe den rasch entzündlichen Belcour, Frau von Werther dessen Geliebte, Frau von Stein die Miß Rußport (ein junges Mädchen mit dem Vornamen Charlotte), deren Geliebten Prinz Konstantin übernommen hatte. Hätte irgend ein Schatten von Eifersucht Charlottens Seele getrübt, wie hätte sie es ertragen, daß Goethe den feurigen Liebhaber der schönen jungen Frau spielte! Mit dieser Frau von Werther finden wir Charlotten damals zuweilen Abends an der Hoftafel.

Ganz unerwartet mußte Goethe am Nachmittag des 2. März dem Herzog nach Erfurt folgen, von wo sie am 5. über Ettersburg zurückkehren sollten. Den 4. bat der liebende Dichter Charlotten, sie möge doch ja die dem Herzog entgegenkommende Herzogin nach Ettersburg begleiten, wo sie mit einem Ring im Fenster oder mit dem Bleistift an der Wand ein Zeichen machen solle, daß sie mit ihm dagewesen. „Du einziges Weibliches, was ich noch in der Gegend liebe", schreibt er, „und Du Einziges, das mir Glück wünschen würde, wenn ich etwas lieber haben könnte als Dich." So wenig hielt er sie der Eifersucht fähig, welche die Ankläger als eine sie immerfort treibende Macht sich denken, ja sie scheuen sich nicht, Goethe ein so lebendiges Bewußtsein dieser Eifersucht zuzuschreiben, daß er in seinen Briefen derselben geschont habe, während sie in manchen andern Fällen Aeußerungen nicht wegschaffen können, die er sich nicht hätte erlauben dürfen, wenn er ihre Eifersucht zu erregen sich gescheut hätte. So machen sie Goethe zu einem Menschen, der ganz widersprechend handle, um ihren eigenen Scharfsinn und ihre eigene Menschenkenntniß zu bewähren. In dem Zusatze: „Wie glücklich würde ich da sein! — oder wie unglücklich!" spricht sich die warme Ueberzeugung aus, daß keine andere Liebe ihn je beglücken könne. Schon in diesem Briefe fordert er sie auf, niemand seine Briefe sehn zu lassen; fürchtete er ja, daß ihr Verhältniß durch darauf gegründetes Gerede eine Störung erleiden könne. Ob Charlotte von Ettersburg zurückgeblieben, wissen wir nicht. Goethe's am 11. beginnendes Tagebuch erwähnt während des März ihrer gar nicht, gedenkt fast nur seiner Ausflüge.

Schon längst hatte er sich eine Reise nach dem nahen Leipzig vorgesetzt, wohin ihn so viele Erinnerungen zogen, wo er manche neue Anknüpfungspunkte zu finden dachte. Den 21. Dezember 1775 schrieb er Lavater, er gehe auch wohl nach Leipzig; er möge ihm deßhalb bei Zeiten schreiben, was er dort für ihn ausrichten solle. Jetzt war eine Reise mit dem Herzog über Leipzig nach Dessau verabredet und schon den Leipziger Bekannten des Herzogs angezeigt. Den 18. (?) März meldet Goethe der Fahlmer: „Liebe Tante, übermorgen reisen wir ab nach Dessau;

ich sehe also Leipzig wieder." Um diese Zeit hatte Goethe sich wieder eine ernste Mahnung der Freundin zugezogen. „Dank beste Frau, für das Wort", schreibt er; „es ist immer lindernder als Cremor tartari. Es ist so seltsam auch mit der Reise und der Wirthschaft vorher. Gute Nacht! Gute Nacht!" Aber sein Gesundheitszustand oder andere Umstände ließen den Herzog von der Reise abstehen, und so entschloß sich Goethe am 19. allein Leipzig zu besuchen. Charlotte mußte sich zurückhalten, und so lehnte sie am 17. seinen Wunsch ab, den Mittag bei ihr zu essen. „Es ist mir lieb, daß ich wegkomme, mich von Ihnen zu entwöhnen", erwiedert er bitter. Dann aber faßt er sich, und nachdem er sie gebeten, für das Einlernen des Westindiers zu sorgen, auch er wolle lernen, fährt er fort: „Ach von oben bis unten nichts als gute Vorsätze. Klingt's doch als wär' ich ein junger Herzog. [1] Geduld, liebe Frau, ach und ein bischen Wärme, wenn Sie an ihren Gustel denken. Es verschlägt Sie ja nichts — doch ich habe mich nicht zu beklagen. Sie sind so lieb, als Sie sein dürfen, um mich nicht zu plagen. Sie könnten den einfältigen Vers: „O Freundschaft, Quell erhabner 2c." hier anwenden. Paßte aber doch nicht ganz und sagt im Grunde nichts." Nachmittags ritt er dem von Erfurt rückkehrenden Herzog mit dessen Kammerbiener entgegen. In der Nacht wurde er so unwohl, daß er am Morgen besserer Pflege und Gesellschaft wegen zu Wieland flüchtete; auszugehen war ihm verboten. Charlotte glaubte ihn nicht besuchen zu dürfen, klärte ihn aber über den Grund ihrer letzten Zurückhaltung auf, worauf er erwiederte: „Nun denn, liebe Frau, was Sie thun, ist mir recht; denn mir ists genug, daß ich Sie so lieb haben kann, und das übrige mag seinen Weg gehen." Noch an demselben Tage erhielt er einen zweiten Brief von der Freundin, worin sie anfragte, ob vielleicht Aerger ihm das Uebel zugezogen, doch konnte er sie darüber leicht beruhigen. Erst am 24. Abends 8 Uhr trat er die Reise nach Leipzig an, nachdem er sich herzlich von Charlotten verabschiedet

---

[1] Der Herzog hatte seiner Gesundheit wegen die Reise nach Leipzig aufgegeben, aber er ließ sich nicht abhalten, am 18. im Courierritte den Weg nach Erfurt und zurück zu machen.

hatte. Doch auch ein schriftliches Lebewohl mußte er noch von ihr nehmen und von der Galerie herab einen Blick nach ihr in den Coursaal werfen. „Ich seh' wohl, liebe Frau", hatte er ihr zuletzt geschrieben, „wenn man Sie liebt, ists, als wenn gesät würde; es keimt ohnbemerkt, schlägt aus und steht da — — und Gott gebe seinen Segen dazu. Amen." So schied er also im vollen Glücke seiner Liebe, die freilich, wie er später einmal klagt, eine beständige Resignation war.

Charlottens Gegner, die einen Haupteinfluß der von ihnen erfundenen unsittlichen Entwicklung ihrer Liebe zu Goethe der Eifersucht auf Corona Schröter zuschreiben, haben schon hier ihren Hebel angesetzt. Stahr behauptet (S. 70 f.), der Wunsch des Herzogs und seiner Mutter, Corona Schröter nach Weimar herüberzuziehen, habe sofort in Goethe lebhafte Unterstützung gefunden, und der Hauptzweck seiner Leipziger Reise sei es gewesen, ihr einen Ruf nach Weimar anzubieten, diese aber habe ihm nur das Versprechen gegeben, nach Weimar zu kommen, sobald es geschehen könne, ohne ihre Pflicht gegen ihren Freund und Lehrer Hiller zu verletzen. Damit stimmt Keil (S. 93. 106) wesentlich überein. Davon ist aber kein Wort wahr; nicht allein ist dieser ganze Auftrag Goethe's aus der Luft gegriffen, sondern die Briefe, die er von Leipzig aus an den Herzog und Charlotten schreibt, zeigen deutlich, daß er einen solchen Auftrag gar nicht hatte, da desselben sonst ausdrücklich in denselben Erwähnung geschehen müßte. Erst ein paar Monate später kam man auf den Gedanken, die Hofkapelle durch neue Kräfte zu vermehren. Die Gegner bedürfen eben solcher offenbaren Unwahrheiten, ihren Zweck zu erreichen.

Die bildschöne, in vollem Glanze der Jugend und reichster Entwicklung prangende, durch würdevollen Anstand und künstlerische Haltung bezaubernde Corona hatte Goethe als Leipziger Student nicht allein mit begeisterter Verehrung in den Konzerten singen gehört, er war ihr auch näher getreten; denn wir haben keinen Grund, Reichardts freilich späterer, aber aus lebhafter Erinnerung geflossenen Lebensbeschreibung zu mißtrauen, wonach man in Leipzig drei Jahre nach Goethe's Abgang noch von den manchen erfreulichen Darstellungen erzählte, die Goethe mit

der Breitkopfischen Familie und Corona Schröter veranstaltet
habe. Wahrscheinlich stammt auch das vertrauliche Du, in wel=
chem wir Goethe mit Coronen finden, aus dieser Zeit, wo der
zwei Jahre ältere Jüngling sich desselben gegen das sechs= oder
siebzehnjährige Mädchen, mit dem er auf der Bühne im breit=
kopfischen Hause spielte, erlauben durfte. Goethe selbst berichtet
nur, daß verschiedene von den Anbetern der durch schöne Ge=
stalt, vollkommen sittliches Betragen und ernsten, anmuthigen
Vortrag ausgezeichneten Sängerin sich seine Dienste erbeten, um
ein Gedicht zu Ehren derselben drucken und ausstreuen zu lassen.
Schon Hirzel hat 1874 das „Ehrengedichtchen für Demoiselle
Schröter, welches von einem Unbekannten verfertigt und gedruckt
ausgegeben worden“ (nach Aufführung des Oratoriums Santa
Elena al Calvario von Hasse im Dezember 1767), Goethe
zugeschrieben. [1] Zu Goethe's Zeit war auch noch der Vater
mit den Geschwistern in Leipzig. Coronens durchaus sittliches
Verhalten wird allgemein gerühmt. Die Geschichte mit dem
Grafen, der von ihrer Schönheit hingerissen, sie durch Ehe=
versprechen nach Dresden lockte, aber von ihr noch zeitig
als ehrloser Betrüger entdeckt wurde, liegt ebenso im Dunkel,
wie ein ähnliches trauriges Ereigniß im Leben von Angelika
Kauffmann. Sie fällt jedenfalls in eine spätere Zeit. Reichardt
erzählt, Engel, damals in Leipzig, habe in einer Operette, welche
die Apotheose oder ähnlich geheißen, eine schöne reine Corona
und einen Liebhaber nach ihm selbst dargestellt. Keil nimmt
dies, mit Ausnahme des Titels des Stückes, ohne weiteres auf,
ohne sich um das Stück selbst zu kümmern. Nun war es aber
leicht zu sehen, daß die Apotheose auf einem starken Schreib=
oder Druckfehler beruht, und Engels einzige komische Oper die
Apotheke gemeint ist, welche 1772 erschien; die Widmung an
J. F. Lause ist vom 10. November 1771. Dort ist Krönchen
die Tochter des Apothekers Enoch; ihr Bräutigam der Advokat
Reiger, dem der Vater, als er seinen Proceß wegen der
Apotheke verloren, das Haus verbietet. Reiger aber schleicht

<hr>

[1] Keils großer Irrthum, daß er Goethe's Verse auf ihre mit bedeutendern
Stimmmitteln ausgestattete Nebenbuhlerin, die Schmehling, die er erst als Greis
dichtete, dem Jahre 1767 zuschreibt, ist schon von andern gerügt.

sich in Abwesenheit des Vaters ein und wird von Krönchen mit
einem „Juchhe!" empfangen. „Und wenn Dir auch ein Küß=
chen von mir nicht lieber als alle Gebühren wäre!" ruft diese.
— „Ah, Du glaubst nicht, wie froh ich bin, daß ich nur Dein
Gesicht wieder sehe." Bei einem folgenden Duett küssen und
herzen sie sich; als er aber später sie küssen will, stößt sie ihn
neckisch zurück. Dann singt Krönchen auf seinem Schooße auf
sein Verlangen das Lied, bei dem er zuerst in sie verliebt worden.
Die komischen Auftritte, wie sie vom Vater überrascht werden,
wie pfiffig Krönchen später diesen täuscht und endlich Reiger
doch, nachdem er in der Appellinstanz den Proceß gewonnen,
sein Krönchen heimführt, kümmern uns hier nicht. Es ergibt
sich aber, daß von einer „reinen" Corona in dem Sinne, wie
Reichardt den Ausdruck faßt, nicht die Rede sein kann. Daß
man in Leipzig wußte, Corona habe Reichardt abfahren lassen,
sollte der Oper einen besondern Reiz auf der dortigen Bühne
geben. Reichardt selbst erzählt, er habe ihr einmal in einem
Gange des Gartens einen Kuß gegeben, der aber durch die
wegwerfende Art, wie sie denselben zurückgewiesen, der einzige
geblieben, nur einen leisen Hände=, vielmehr Fingerdruck habe
sie ihm als höchste Belohnung für sein treues Dienen gestattet;
die unglückliche Eifersucht eines Mannes, der auf ihre Hand
Anspruch zu haben geglaubt, habe endlich ihr reines, ideales
Verhältniß gestört und ihm den Zutritt zu ihr abgeschnitten.
Keil gedenkt nicht des im Almanach der deutschen Musen
auf 1772 aufgenommenen Gedichtes von Eschenburg „an die
kleine musikalische Familie des Herrn Schröter", in welchem
neben Coronen der beiden Brüder gedacht ist; die jüngere Schwester
war damals erst sechs Jahre alt. Das Gedicht scheint doch
nicht älter zu sein. Wann ihr Vater mit den beiden Söhnen
seine Kunstreise antrat, wissen wir nicht.

Welchen Eindruck die jetzt im eben begonnenen sechsund=
zwanzigsten Lebensjahre stehende,[1] zur Höhe ihrer Entwicklung
gelangte Corona auf den entzündlichen Dichter geübt, sprechen
seine Briefe an den Herzog und Charlotten voll und rein aus.

[1] Ihr Geburtsjahr hat längst vor Keil Tiezmann nach dem Taufbuche richtig
angegeben, nur ist die von diesem hinzugefügte Angabe ihrer Pathen von Werth.

„Dagegen präservirt mein Aeußeres und Inneres der Engel die Schrötern", schreibt er dem erstern am Abend der Ankunft, „von der mich Gott bewahre was zu sagen. Sie grüßt und Steinauer (ein auch wissenschaftlich gebildeter Kaufmann, mit dem Karl August in Verbindung stand) nach Maßgabe ihres Beileids über Hochdero Außenbleiben u. s. w." Wenn er fortfährt, er sei seit vierundzwanzig Stunden nicht bei Sinnen, „das heißt bei zu vielen Sinnen, über= und unsinnlich", so geht dieß auf den ganzen ersten Reisetag. Weitere Mittheilungen an den Herzog lehnt er mit dem launigen Schluß ab: „N.B. Bleibe das wahre Detail zur Rückkunft schuldig, als da sind 2c. 2c." Hätte er Auftrag vom Herzog und dessen Mutter gehabt, der Schröter den Ruf anzubieten, so müßte hier nothwendig desselben gedacht sein, da der Herzog vor allem dessen Aufnahme zu erfahren wünschen mußte; aber keine Spur davon, nicht einmal ein Gruß an die Herzogin Mutter. In Hirzels Besitz befindet sich noch der folgende, Keil unbekannt gebliebene Brief an den Herzog vom nächsten Abend: „Lieber Herr, ich mag nicht viel schreiben, daß ich alles erzählen kann. Gelitten hab' ich doch heute viel von Erinnerungen, glückliche Augenblicke aber auch gehabt. Die Schrötern ist gar lieb und gut. Ihr (des Herzogs) Pik wider Oesern thut mir jetzo doppelt leid, da ich wieder ganz den alten, lieben, guten Menschen und wahrhaften Künstler wiedergefunden habe. Gute Nacht!" An Charlotten schreibt er den ersten Abend, anderthalb Stunden später als an den Herzog: „Die Schröter ist ein Engel — wenn mir doch Gott ein Weib bescheren wollte, daß ich Euch könnt' in Frieden lassen — doch sie sieht Dir nicht ähnlich genug." Am andern Abend äußert er:[1] „Ich hab' heut viel, viel gelitten, aber auch einen Moment! — O ich will nichts davon schreiben, daß ich seine ganze Fülle erzählen

---

[1] Gewiß nicht von Coroneus Zimmer aus, wie Keil (II, 104) will; denn das schließende „Gute Nacht!" an die entfernte Freundin zeigt, daß der Brief eben vor dem Schlafengehen geschrieben. „Ich bin bei der Schrötern" ist nicht ganz streng zu fassen, sondern deutet nur auf die Nähe der Freundin, um die er die meiste Zeit war. Ganz ähnlich schreibt er am 31.: „Noch kann ich nicht von der Schrötern weg", wenn nicht etwa auch dieser Brief in deren Zimmer geschrieben sein soll!

kann. — Ich bin bei der Schrötern — ein edel Geschöpf in seiner Art! Ach wenn die nur ein halb Jahr um Sie wäre! beste Frau, was sollte aus der werden! Gute Nacht! Und bleiben Sie mir immer, was Sie mir jetzt sind!" Stahr erkennt (S. 72) in der Aeußerung, Corona sehe Charlotten nicht ähnlich genug, sie würde unendlich gewinnen, wenn sie ein halb Jahr um Charlotten wäre (was, um dieß nebensächlich zu bemerken, beweist, daß von der Möglichkeit ihrer Uebersiedlung nach Weimar noch gar nicht die Rede war), nur „ein galantes Kompliment", natürlich mit voller Beistimmung von Keil (II. 104), der hier auch wieder in seiner lächerlichen Weise Charlotten als „Frau Baronin" aufführt und den Zusatz macht, es „sei zugleich unverkennbar dazu bestimmt gewesen, bei Frau von Stein die Anwandlung von Eifersucht, von welcher Goethe bereits Proben erfahren haben mochte, zu verhüten". Und die „kluge Frau" sollte gar nicht gemerkt haben, was ein Jahrhundert später zwei spürsüchtige Köpfe herausgefunden! Wer gibt aber den Herren das Recht, Goethe die Worte im Munde zu verdrehen und das als eitles Kompliment zu fassen, was aus vollster Seele floß! Alle bisherigen Briefe Goethe's lehren, daß er sich gegen die Freundin so frei und offen zeigte, wie in ihrem vertrauten persönlichen Umgange, daß er auch seine geheimsten Gefühle ihr verrieth. Das ist ja auch hier der Fall, wo er ihr den Wunsch ausspricht, ein solches Weib zu besitzen, aber doch sogleich findet, daß er sie bei Coronen vermissen würde. Es ist ganz derselbe Fall, wie wenn er am 4. schrieb: „Wie glücklich müßt' ich da sein (wenn ich was lieber haben könnte als Dich)! — oder wie unglücklich!" Und was ist denn in jenen Aeußerungen so Auffallendes, daß man sie nicht für wahr halten sollte? „Sie sieht Dir nicht ähnlich genug." Goethe hatte sich Charlottens Züge, besonders ihre Augen so tief ins Herz geprägt, wie er es mehr als einmal ausspricht, daß er sie bei dem Gedanken seines vollen Glückes in Coronen vermißte. „Ein edel Geschöpf in seiner Art — ach wenn es nur ein halb Jahr um Sie wäre!" Charlotte zeichnete sich durch Reichthum an tief gefaßten Ideen und Gedanken aus; darin stimmen Knebel und Frau von Schiller überein. Ein solcher Gedankenreich-

thum, der aus beschaulichem Versenken in sich selbst und leben=
digem Auffassen der Anschauungen, Vorstellungen und Gedanken
anderer bei einer dazu gestimmten Seele hervorgeht, ein solches
inneres Seelenleben, das sich andern mitzutheilen und sie zu
freiem Austausche ihres Denkens und Fühlens anzuregen weiß,
möchte Coronen, die als geborene Sängerin und Schauspielerin
zur Darstellung der vom Komponisten und Dichter gezeichneten Lei=
denschaften und Charaktere sich getrieben fühlte, abgegangen sein.
Freilich sind Schillers Urtheile über Personen meist einseitig und
herb, aber aus seinen verschiedenen Aeußerungen über Coronen,
die er erst 1787 kennen lernte, ergibt sich doch, daß ihr gerade
ein reiches Gemüths= und Gedankenleben abging, was durchaus
zu Goethe's Wunsch stimmt, sie möchte nur ein halb Jahr um
Charlotten sein. Goethe schrieb es damals ihrer bisherigen
äußern Umgebung und ihrem ganz nach außen gerichteten Leben
zu, daß es ihr an Ideenreichthum und Gedankentiefe fehle, da
die Neigung, die er für sie fühlte, es ihn übersehen ließ, daß
dieser Mangel gerade mit ihren Vorzügen als Künstlerin genau
zusammenhing. Einen gewissen Mangel Coronens erkennt auch
Gottschall [1] an, faßt die Sache aber etwas anders auf. Sie
sei eine anmuthige Erscheinung gewesen, harmonisch in ihrem
ganzen Wesen, auch mit seltenem Sinne für das Schöne be=
gabt, gewöhnt durch die schöne Plastik ihres Körpers zu ent=
zücken, aber der Reiz des Pikanten, des geistig Beweglichen,
das Fesselnde einer in immer neuer Gestalt erscheinenden Lei=
denschaft habe ihr gefehlt; es schwebt ihm dabei eben das un=
günstige Bild vor, das er von Charlotten sich gemacht, die er
mit Stahr und Keil für eine feine Kokette hält, nur darauf
bedacht, sich die Eroberung des jungen Dichters so lange und
so ausschließlich wie möglich zu sichern, ja er schreibt ihr eine
Freigeisterei der Leidenschaft zu, von der niemand weiter ent=
fernter sein konnte als gerade sie. Leider hat die jeder gründ=
lichen Prüfung ermangelnde Entstellung ihrer Ankläger, die
wohl eigener Abneigung entgegenkam, Gottschall berückt. Stahr
meint, vielleicht sei Charlottens Eifersucht erst durch jene Aeuße=

---

[1] Unsere Zeit XI. (1875) 809.

rungen über Coronen geweckt worden, aber von einer solchen findet sich gar keine Spur. Freilich wäre Charlotte überhaupt eifersüchtig gewesen, dann hätte ein solches Lob sie verletzen müssen. Wenn Keil umgekehrt annimmt, durch jenes „galante Kompliment" habe Goethe ihre Eifersucht, von welcher er bereits Proben bei Charlotten gehabt haben möge, verhüten wollen, so sieht er nicht, zu welchem Tölpel er den großen Dichter und Menschenkenner macht; denn wollte er überhaupt ihre Eifersucht abwenden, so durfte er nicht gerade das sagen, was diese nothwendig auf das empfindlichste reizen mußte, er wünsche sich einen solchen Engel zum Weibe. Ein beneidenswerther Scharfsinn, der Goethe zum Gimpel herabwürdigt!

Doch Keil bringt ja einen entschiedenen Beweis, daß die Erwiederung der Frau Baronin ihrer Eifersucht den schärfsten Ausdruck verliehen: dieser soll nämlich in Goethe's Antwort vom 31. März gegeben sein. Wir müssen den Brief vollständig vorlegen, um diese gewissenlose Ausbeutung in ihr volles Licht zu setzen. „Liebe Frau, Ihr Brief hat mich doch ein wenig gedrückt", schreibt er. „Wenn ich nur den tiefen Unglauben Ihrer Seele an sich selbst begreifen könnte, Ihrer Seele, an die Tausende glauben sollten, um selig zu werden. — Man soll eben in der Welt nichts begreifen, seh' ich je länger je mehr. — Ihr Traum, Liebste! und Ihre Thränen! — Es ist nun so! das Wirkliche kann ich so ziemlich meist tragen; Träume können mich weich machen, wenns ihnen beliebt. — Ich habe mein erstes Mädchen wieder gesehen. — Was das Schicksal mit mir vorhaben mag! Wie viel Dinge ließ es mich nicht auf dieser Reise in bestimmtester Klarheit sehen! Es ist, als wenn diese Reise sollt' mit meinem vergangenen Leben salbiren. Und gleich knüpfts wieder neu an. Hab' ich Euch doch alle (die Freunde in Weimar). Bald komm' ich. Noch kann ich nicht von der Schrötern weg. Ade! Ade!" Nicht der erbittertste Staatsanwalt würde vor offenem Gerichte zu behaupten wagen, diese Erwiederung setze einen von Eifersucht erfüllten Brief der Geliebten voraus. Wie könnte Goethe so grausam sein, der von Eifersucht glühenden Freundin den Herzstoß zu geben mit der schließlichen Versicherung, er könne noch nicht von derjenigen

weg, welche die Eifersucht erregt hat! Und der „tiefe Unglaube
ihrer Seele an sich selbst" ist doch himmelweit von Eifersucht ent=
fernt. Hatte ja Goethe schon auf dem Wege nach Leipzig, noch
ehe ein Wort von der Schröter die Rede war, ihr geschrieben:
„Beste Frau, auch in Dir (verlischt) nicht (das Feuer, das nie
verlischt, das Herz), die Du manchmal wähnst, der heilige
Geist des Lebens habe Dich verlassen." Wir bemerkten bereits
früher, daß Charlotte zu trübseliger Anschauung des Lebens
hinneigte, das ihr ganz trostlos erschien; erst Goethe's und der
Herzogin Bekanntschaft hatte ihr wieder einen Reiz am Leben
gegeben, aber auch jetzt noch traute sie der Zukunft nicht: ihre
bange Ahnung redete ihr ein, sie sei nur zum Unglück bestimmt,
auch das sie so sehr fesselnde, wenn auch ihr viele Noth berei=
tende Verhältniß zum hochbegabten jungen Dichter werde keinen
Bestand haben; in manchen Augenblicken verlor sie sich in ver=
zweifelnde Trostlosigkeit. Auch wissen wir aus spätern Aeuße=
rungen Goethe's und eigenen Geständnissen, daß sie viel von
Träumen gequält wurde, denen sie eine größere Bedeutung als
billig beilegte und die sie meist in sehr traurigem Sinne aus=
legte. Jetzt, wo Goethe's Entfernung sie aufgeregt haben
mochte, befiel sie ein böser Traum, der sie in Thränen zerfließen
ließ. Nur darauf deutet der Brief, nicht auf eine Aeußerung
von Eifersucht, auf die Goethe in anderer Weise hätte antworten
müssen. Und doch folgt Gottschall, der eben unbesehen Keil
nachschrieb, dieser nichtsnutzigen Auslegung, wenn er behauptet,
Charlotte habe „trotz der begütigenden Wendungen auf die Künst=
lerin gezürnt". Solche Entstellungen der offenen Wahrheit
können nicht scharf genug gerügt werden.

Was aber zog Goethe bei Coronen an? Außer ihrer be=
zaubernden Gestalt, deren glänzende Entwicklung ihn überraschte,
ihrem anmuthigen Wesen und der damit wunderbar verbundenen
kindlichen Gutmüthigkeit, die ihn als alten Freund empfing, ihre
hohe Vollendung als Künstlerin, wovon sie ihm manche Proben
gegeben haben mag, besonders aber riß sie ihn hin durch den
seelenvollen Vortrag des Monologs der Stella, die ihn zu
so leidenschaftlichem Entzücken hinriß, daß sein Tagebuch aus
Leipzig nur dieses Monologs der Stella gedenkt. Wohl mochte

er den künstlerisch vollendeten Vortrag der Schauspielerin mit warmem, aus voller Seele fließendem Gefühl bewundern. Ich habe Keils Thorheit, Goethe's Tagebuchbemerkung von der Leipziger Reise, „Stella's Monolog" auf die Dichtung des längst gedruckten Monologs am Tage seiner Ankunft in Leipzig zu beziehen, anderwärts bezeichnet. Ein ganz anderes Gedicht lag Goethe damals im Sinne, die Weihe von Hans Sachs, die er auf der Reise nach Leipzig begonnen hatte; am Schlusse der= selben sollte die Wunderkraft der Liebe zur Belebung des Dich= ters gefeiert werden. Goethe erkannte in Coronen den hohen Adel der Kunst, und er fühlte sich zu der in ihrem nähern Umgang so liebenswürdigen ihm geneigten Künstlerin hinge= zogen, wenn diese auch seiner nach einem warmen Herzen, ahnungsvollem Seelenverständniß und tiefem Erfassen der Welt verlangenden Natur nicht genügen konnte. Auch mit ihrem Freunde Steinauer trat Goethe in vertrauliche Beziehung. Daß er seinen und Coronens gemeinschaftlichen Lehrer Oeser besucht und sich trefflich mit ihm zusammengefunden, hörten wir. Corona scheint diesem nicht mehr nahe gestanden zu haben; wenigstens grüßt er in dem bald nach der Rückkehr geschriebenen Briefe an Oeser nur dessen Familie und dessen kunstverständigen Freund Becker.

Am 4. April kehrte Goethe nach Weimar zurück. Von dort schrieb er gleich an die Fahlmer: „Mir ist wieder hier ganz wohl. — Von Lili nichts mehr, sie ist abgethan; ich hasse das Volk lang im tiefsten Grunde. Der Zug war noch der Schluß= stein. Hol sie der Teufel. Das arme Geschöpf bedaur' ich, daß sie unter so einer Race geboren ist."[1] Kurz darauf fühlte sich Charlotte durch ein Wort verletzt, das man ihr von Goethe zutrug und das sie irrig auf sich bezog. Wäre sie eifersüchtig auf Coronen gewesen, so hätte sie sehr schlecht ihre Zeit ge= wählt, wenn sie jetzt mit Goethe geschmollt hätte, und dieser

---

[1] Es war ihm klar geworden, daß man mit ihrer Hand bloß spekulirt hatte, worin eine Nachricht, welche die Fahlmer ihm mittheilte, ihn nur zu sehr bestärkte. Eine unglückliche Vermuthung von Urlichs ist es, Lili's Verwandte hätten durch die Fahlmer das abgebrochene Verhältniß mit Goethe wieder anknüpfen wollen. Der Mutter und den Verwandten war es um eine reiche Partie zu thun.

würde, wenn er wirklich für Coronen eine tiefwurzelnde Neigung gefühlt, nicht in so rührende Klagen sich ergossen haben. Hatte er sich auch darein fügen müssen, daß ihr Verhältniß nur ein geschwisterliches sein dürfe, wonach also Charlotte nicht die geringste Berechtigung zur Eifersucht gehabt hätte, so sprach er doch sein warmes Gefühl ihres innigen Zusammengehörens in fast leidenschaftlichen Versen aus, deren Abschrift er von ihrer Hand gleichsam als Pfand ihrer Anerkennung wünschte. Wenn Keil darauf hin behauptet, schon damals sei das Verhältniß nicht zu den platonischen zu zählen, so begreift man nicht, wie dieses aus der schwärmerischen Vision folgen soll, sie müßten in einem frühern Dasein einmal durch nähere Bande sich angehört haben, sie seine Schwester oder seine Frau gewesen sein. Das Ruhen in ihren Armen, das Schwellen seines Herzens an ihrem Herzen gehören ja eben zu jener Vision eines frühern Lebens. Am 21. bezog er seinen Garten, wo wir ihn vier Tage später mit Charlotten, Wieland und den Kindern finden. Besuche bei der Freundin werden im weitern Verlaufe des Monats im Tagebuch nicht erwähnt, mit Ausnahme eines einzigen, am 30., weil dieser für ihn bedeutend war. Noch immer konnte sich sein Herz nicht ganz in die Resignation finden, welche ihm die streng darauf haltende Freundin als nothwendig vorgeschrieben hatte. Von Charlottens Eifersucht auf Coronen ist eben so wenig eine Spur zu entdecken als von seiner Sehnsucht nach dieser. Am 1. Mai schrieb er Charlotten, heute wolle er sie nicht sehen, da gestern ihre Gegenwart einen so wunderbaren Eindruck auf ihn geübt, daß er nicht wisse, ob es ihm wohl oder wehe dabei sei. Diese aber sah sich gedrungen, ihn wieder länger von sich fern zu halten. „Du hast recht, mich zum Heiligen zu machen,• das heißt von Deinem Herzen zu entfernen", erwiedert er auf diese Ankündigung. „Dich, so heilig Du bist, kann ich nicht zur Heiligen machen, und hab' nichts als mich immer zu quälen, daß ich mich nicht quälen will." Am 10. Mai äußert sich Charlotte gegen Zimmermann höchst betrübt über den Zustand des Hofes. Goethe habe eine große Umwälzung hervorgebracht; gewiß habe er die besten Absichten, aber zu viel Jugendlichkeit und zu wenig Erfahrung. Das war die allgemeine Stimmung

des Hofes, insonderheit auch ihres seit lange über die neue
Unordnung und die Willkür des Herzogs unzufriedenen Gatten.
Nach einer mehrtägigen Abwesenheit kam Goethe an demselben
10. Mai nach Weimar zurück, wo er in der nächsten Zeit viel
mit der Freundin zusammen ist, bald bei ihr, bald in seinem
Garten. Von einer Verbindung mit Coronen findet sich keine
Spur, nur fällt in diese Zeit, auf den 16. Mai, [1] eine Aeußerung
Goethe's an Steinauer: „Danke, daß Sie Krönchen so erwischt
haben. Sie sind ein ganzer Mann." Sollte etwa damals
die böse Geschichte mit dem Grafen begonnen, Steinauer sie
mit diesem überrascht haben? Den 17. schreibt Goethe das erste
Wort über Frau von Stein seiner Auguste Stolberg: diese sei
ein Engel von einem Weibe, der er so oft die Beruhigung
seines Herzens und so manche der reinsten Glückseligkeiten zu
verdanken habe. Solche Bekenntnisse sind natürlich für die
Ankläger nicht vorhanden, wenn sie nicht etwa darin die lei-
digste Selbsttäuschung erkennen. Aber bald darauf zieht seine
Leidenschaftlichkeit ihm wieder eine strenge Zurechtweisung, ja
die Drohung Charlottens zu, ihre persönliche Verbindung
mit ihm abzubrechen, da seine Unvorsichtigkeit sie ins Gerede
der Welt bringe. „Also auch das Verhältniß, das reinste,
schönste, wahrste, das ich außer meiner Schwester je zu einem
Weibe gehabt, auch das gestört!" klagt er. „Wenn ich mit
Ihnen nicht leben soll, so hilft mir Ihre Liebe so wenig als
die Liebe meiner Abwesenden, an der ich so reich bin. Die
Gegenwart im Augenblick des Bedürfnisses entscheidet alles,
lindert alles, kräftiget alles." Was kann hiernach deutlicher
sein, als daß er in Charlotten Trost, Beruhigung, Stärkung
suchte und fand! Nachdem er sich bitter beschwert, daß dieses

[1] Hirzel in seinem „neuesten Verzeichniß einer Goethebibliothek" S. 184 gibt
dem Briefe das Datum des 16. März, wonach er kurz vor die Leipziger Reise fallen
würde. Aus seiner gütigen Mittheilung ergibt sich, daß es geradezu unmöglich ist,
an den Schriftzügen zu erkennen, ob der März oder Mai gemeint sei. Vorhergehen,
wie ich gleichfalls durch Hirzel vernehme, die Worte: „Ich hab' Ihre Rechnungen
verlegt. Hier sind 20 Louisdor. Was restirt, schreiben Sie fürs Neue auf, melden
mirs aber"; auf die im Verzeichniß angeführten Worte folgt bloß: „Leben Sie recht
wohl." Die Nichterwähnung der Leipziger Reise macht es unzweifelhaft, daß Mai
zu lesen ist.

Glück für ihn wegen des Geredes der Welt verloren sein solle,
schließt er: „Die Hand des Einsamverschlossenen, der die Stimme
der Liebe nicht hört, drückt hart, wo sie aufliegt." Charlotte
hatte sein ganzes Wesen unwiderstehlich an sich gefesselt; was
war gegen das von dieser ihm gebotene Glück die Anziehung
Coronens, die sein tiefstes Herz nicht berührt hatte, wie künstlerisch begabt, reizend und gutmüthig sie ihm auch erschienen
war! Und Charlotte war von der unendlichen Liebe seiner
in ihr wurzelnden Seele tief ergriffen, doch mußte sie ihn noch
einige Zeit entfernt halten. Am 4. Juni ist er Abends zum
erstenmal wieder bei der geliebten Frau, nachdem er auf dem
herzoglichen Privattheater wieder in Erwin und Elmire
aufgetreten war. Wahrscheinlich fand damals auch die Aufführ-
rung des Kinderspiels der Hofmeister statt, die durch ein
schweres Gewitter gestört wurde. [1] Goethe's Tagebuchbemerkung
vom 4.: „Gewitter. Nachts bei ☉" scheint darauf zu deuten,
daß er sie wegen des Gewitters nach Hause begleitete. Wahrscheinlich bat sie ihn dringend, sie nicht so häufig zu besuchen,
um das Gerede zu vermeiden. Am 7. erwiedert er auf ihre
ernstliche Zusprache, doch ihr Verhältniß nicht durch leidenschaftliche Ausbrüche unmöglich zu machen: „Sie sind lieb, daß Sie
mir alles gesagt haben! Man soll sich alles sagen, wenn man
sich liebt. Liebster Engel, und ich habe wieder drei Worte in
der Hand, Sie über alles zu beruhigen, aber auch nur Worte
von mir zu Ihnen. Ich komme heut noch! Adieu." Vielleicht
hatte Charlotte auch der Mahnungen ihrer Mutter gedacht.
Am 10. ißt er wieder bei ihr zu Mittag. [2] Zwei Tage später
(es war eben seine Anstellung als geheimer Legationsrath mit
Sitz und Stimme und die Beförderung ihres ältesten Bruders
zum geheimen Regierungsrath ausgefertigt worden) besucht er
sie, wobei er sich aber wieder durch seine Leidenschaftlichkeit hinreißen ließ, so daß sie sich von neuem seinen Besuch verbat.
„Ich wills überwinden und Sie heut nicht sehen, wenns hält

---

[1] Vgl. Burckhardt Grenzboten 1873, III, 5 f.

[2] Aus dem Tagebuch ergibt sich, daß der von Schöll auf diesen Tag gesetzte
Brief auf den 10. August 1778 fällt, wonach das in unserer Schrift I, 55 Bemerkte
zu berichtigen.

bis Abend", schreibt er am folgenden Morgen. „Was brauch'
ich mehr zu sagen? Sie wissen alles." Vielleicht geschah es in
Folge dieser Aufregung, daß er am 11. in sein Tagebuch nur
eintrug, er habe (in seinem Garten) mit Vertuch gegessen, von
den beiden folgenden Tagen gar nichts. Aber am 16. aß er
wieder Mittags mit dem Herzog bei Charlotten. Hiernach fällt
vielleicht auf diesen Tag das Billet, das Schöll in den Mai
setzt: „Ein Raja und ein Brame, die von den Dews verfolgt
werden, bitten um ein Mittagsmahl heute in dem Quell Ihres
reinen Lichts. Wenns Ja ist, antworten Sie nicht; denn schon
führt uns die Begier auf die Jagd der zweifüßigen Schlange
und des vierfüßigen Wolfes." Daß an demselben Abend die
Aufführung des Westindiers erfolgt sein könne, habe ich
früher ausgeführt. Freilich führt das Tagebuch von diesem
Abend nur das schwere Gewitter an. Durch die Vorstellung
des Westindiers wurde Frau von Stein zu dem launigen
kleinen Schauspiel veranlaßt, worin sie die Goethe oft befallende
Verdüsterung trifft (meistens schleiche mit ihm herum ein trau=
riges Gefühl über das ewige Erdengewühl), dann aber auf sein
Artigthun mit so vielen Damen spottet. Außer Goethe, der
den Namen Ryno von einem ossianischen Barden erhält, er=
scheinen hier unter den Namen Adelheide, Thusnelde, Kunigunde
und Gertrud die Herzogin Mutter, Fräulein von Göchhausen,
Frau von Werther und Charlotte selbst. Frau von Werther,
welche im Westindier seine Geliebte gespielt, klagt unter
anderm, sie sei Ryno gleichgültig, doch könne sie wohl fühlen,
da sie sonst nicht so gut die Luise gespielt hätte. Daß sie wirk=
lich auf diese nicht eifersüchtig gewesen, deren Empfindsamkeit
Goethe nicht aus der Tiefe des Herzens zu kommen schien,
zeigt die gute Laune der ganzen Dichtung. So wenig diese
ungemein reizende, verführerische Frau Charlotten gefährlich
schien, so wenig empfand sie Eifersucht gegen Corona Schröter,
da sie wußte, daß solche bloß durch äußern Reiz bedingten
Anziehungen ihre auf Herz und Geist beruhende Verbindung
mit ihm nicht anfechten konnten. Es ist eben nur der launige
Spott der am Weimarer Hofe gangbaren sogenannten Mati=
nées, wenn Charlotte hier auf die Klage der Frau von

Werther, ihre Augen könnten ihn am wenigsten rühren, er=
wiedert:

> Er hat mir wohl so mancherlei gesagt,
> Daß, hätt' ich es nicht reiflich überdacht,
> Ich wär' stolz auf seinen Beifall worden.
> Doch treibt ihn immer Liebe fort,
> Ein neuer Gegenstand an jedem neuen Ort.
> Die schönern Augen sind gleich sein Orden;
> Vor die muß es manch treues Herz ermorden.
> So ist er gar nicht Herr von sich;
> Der arme Mensch, er dauert mich.

In dieser Weise konnte unmöglich eine Frau scherzen, in deren
Herz sich der Dämon der Eifersucht eingenistet hatte. Daß ge=
rade ihre Augen eine unendliche Anziehung auf ihn übten,
wußte sie sehr wohl. Der gutmüthige Spaß der ganzen Dich=
tung tritt darin schließlich am deutlichsten hervor, daß die Her=
zogin Mutter und Frau von Werther ein eben so dickes Packet
Briefe von ihm aufweisen, als Frau von Stein besitzt, wogegen
Fräulein Göchhausen nur einer geringen Zahl sich rühmen kann.
Von der Gutmüthigkeit Charlottens zeugt es, daß sie in diesem
Scherze ihrer und der andern auf Goethe versessenen Damen
ebenso wenig schont als Goethe's, von dessen leidenschaftlicher
Neigung sie die vollste Ueberzeugung hatte. Mit welchen Frauen
Goethe damals in nächster Verbindung stand, zeigen unsere
Scenen. Aber auch gegen viele andere am Hofe lebende Damen
zeigte er sich artig, ohne dadurch Charlottens Eifersucht zu er=
regen.

Am Abend des 16. traf er bei der Freundin deren von
ihrem Gute Mörlach zu längerer Anwesenheit eingetroffene
Schwester; beider für den nächsten Tag in Aussicht genommenen
Besuch im Garten vereitelte das anhaltende Regenwetter. Gleich
darauf fühlte er sich unwohl, aber tiefer saß in ihm die Trauer,
daß er die Geliebte, welche nach Pyrmont reiste, bald so lange
entbehren sollte. „Denn was hilft alles!" klagt er. „Die
Gegenwart ists allein, die wirkt, tröstet und erbaut! Wenn sie
auch manchmal plagt — und das Plagen ist der Sonnen=
regen der Liebe. Ich hab' Sie viel lieber seit neulich (wo

fie ihm wieder herzlich zugesprochen hatte, ihr Verhältniß, das nun seit seiner Anstellung ein dauerndes geworden, durch Mäßigung zu schonen): viel theurer und viel werther ist mir Deine Gutthat zu mir, aber auch viel klarer und tiefer ein Verhältniß, über das man so gerne wegschlüpft, über das man sich so gerne verblendet." Am 24. aß er bei ihr zu Mittag, wo sie ihm ihren Rhyno gab, doch scheint sie seinen Besuch auf den nächsten Tag, den letzten ihrer Anwesenheit, sich verbeten zu haben; wenigstens verzeichnet das Tagebuch unter diesem Tage keinen solchen. „Ich werde Sie nicht mehr sehen. Adieu," schreibt er ihr an demselben Tage. „Ich habe kein Adieu zu sagen; denn Sie gehen nicht fort." Er sendet ihr etwas von seiner Schwester, dankt für ihre Matinées (worunter wohl nur Rhyno zu verstehen), in denen sie ihn zu seiner Freude weidlich geschunden, doch freue er sich, daß es nicht so sei; er bittet um ihre große Silhouette und was sie ihm sonst etwa gönnen möge. Noch immer hielt sie ihn nicht gefaßt genug, um ihre eigenen auf ihn bezüglichen Tagebuchbemerkungen ihm mitzutheilen. Goethe selbst fühlte innig, wie sie seine stürmischen Leidenschaften diese Zeit über beruhigt und ihm in ihrer Liebe ein unendliches Gut gewährt habe.

Am Morgen des 25. Juni verließ Charlotte Weimar. Nach ihrer Entfernung hielt Goethe sich meist an den Herzog, Wieland, ihre Schwester und Kinder, doch war es ihm unmöglich, den Verlust ihrer Gegenwart zu verschmerzen. Zuweilen konnte er es nicht verwinden, daß „er stets um derentwillen leben solle, um derentwillen er nicht leben solle". Die Briefe der Freundin, die ihn auch durch kleine Zeichnungen erfreute, beruhigten ihn immer nur auf kurze Zeit. Einmal äußert er, ihre Schwester sei ein liebes Geschöpf, wie er eins für sich haben möchte, und dann nichts weiter geliebt; er sei des Herztheilens satt. So wenig fürchtete er Eifersucht von ihrer Seite. Die gute Wirkung, welche ihre Nähe auf ihn geübt, fühlte er immer mehr schwinden; rastlose Unruhe bemächtigte sich seiner und riß ihn zu manchem Tollen hin, besonders als er mit dem Herzog nach Ilmenau und Stützerbach sich begab. In seiner Verdüsterung, die ihm einmal die bittern Worte eingab, er wolle sich in der Melancholie seines alten Schicksals weiden, nicht geliebt zu werden, wurde er durch die Mittheilung der um ihn besorgten nach Kochberg zurückgekehrten Freundin wonnig überrascht, daß sie zu ihm und dem Herzog nach Ilmenau kommen und dort einen Tag verweilen wolle. Er traf sie zuerst im Gasthofe, wo sie ihm mit einem zahmen Vögelchen auf der Hand entgegentrat. An seinen Lieblingsplatz in die Hermannsteiner Höhle mußte sie ihm folgen, wo er, ihre Hand haltend, ein Zeichen in den Staub schrieb. Waren es die verschlungenen Anfangsbuchstaben ihrer Namen oder ein S, wie er später zur Erinnerung an diesen ahnungsvollen Augenblick ein solches in den Felsen meißelte? Einen ganzen Tag, schreibt er an Herder, sei sein Auge nicht aus dem ihrigen gekommen, sein Herz durch ihre Gegenwart aufgethaut. Er fuhr auch eine Strecke mit ihr auf dem Wege nach Weimar.

Leider übte dieser unerwartete köstliche Besuch, den er und der Herzog so feierlich als möglich zu machen gesucht, nicht die gehoffte beruhigende Wirkung. „Mir ist wohl, und doch so träumig", schrieb er gleich darauf in Erwiederung eines Zettelchens Charlottens, das ihn sehr gefreut hatte. „Ich schwör' Dir, ich weiß nicht, wie mir ist. — Ein Gefühl ohne Gefühl." Damals dichtete er an einem Drama der Falke, dessen Heldin von Lili, deren Verlobung ihn kalt gelassen hatte, viele Züge, aber auch einige Tropfen von Charlottens Wesen haben sollte. Doch wie hätte er, ganz in seine neue Liebe schwermüthig versunken, diese Dichtung zu Ende führen können! Freilich schrieb er in Ilmenau einen ganzen Tag daran, aber damit war auch seine Lust vorüber; vielleicht hatte er eben die Scene gedichtet, die ihn der Freundin wegen besonders anzog. Leidenschaftlich trieb es ihn nach Weimar zurück. Der Herzog hatte sich an einem Beine verwundet, das sich nicht bessern wollte. Goethe drängte ihn zur Rückkehr. Am 13.[1] schrieb er der Freundin: „Lieber Engel, wir kommen. Der Herzog will seinen Fuß in des Prinzen Konstantin Zimmern warten. Ich werde Dich wieder sehen. Und geh' alles, wie's kann." Hier spricht fast

---

[1] Der 17. bei Schöll ist verlesen.

eine Verzweiflung, wie aus Faust, der sich aus Wald und Höhle zu Gretchen zurückgetrieben fühlt. Am Abend des 14. kehrten sie nach Weimar zurück, wo sie bei der Herzogin Mutter speisten. Von den fünf nächsten Tagen schweigt das Tagebuch; auch kein Blättchen aus dieser Zeit zeugt von seiner damaligen wohl sehr verdüsterten Stimmung, wenn etwa nicht in diese Zeit die Zeilen fallen: „Hier, liebe Frau, der Rest von allerlei Bildnerei, die mein Herz unter Ihrer Regierung vollbracht hat. Ich wollt', daß es der letzte Transport wäre, und ich aufhören könnte Sie zu plagen durch meine unhimmlische Gegenwart. Mit allem dem schick' ich auch noch Papier mit für Himmel, Hölle und Fegfeuer. Sein Sie lieb. Gestern hat ich einen Pik auf Euch alle; drum kam ich nicht. Addio." Erst am 20. sagt uns das Tagebuch, daß er mit Charlotten und Frau von Werther, wohl in seinem Garten, gewesen. Den 21. ist er in Charlottens Stube, die er nicht findet, den folgenden Abend bringt er bei ihr zu; den nächsten erwartet er sie vergebens in seinem Garten, aus dem er ihr die versprochene Silhouette schickt, wohl seine eigene für ihren Besuch, die Gräfin Hohenlohe. Den 25. ißt er bei Charlotten, wo er die Silhouette der Gräfin anfertigt, am folgenden Nachmittag und Abend macht er sich den Spaß, die Freundin Englisch zu lehren. Zwei Tage später kommt Charlotte mit Gesellschaft in seinen Garten; ob er mit dieser nach Oberweimar gegangen und bei der Rück= kehr mit ihnen der Mond geschienen, ergibt sich aus der Be= merkung des Tagebuchs nicht sicher. Vier Tage früher hatte er ihr geschrieben: „Beim Monde denken Sie mein." Die Freundin, welche seinen äußerst gespannten Zustand kannte, hatte sich auf den 28., den Geburtstag Goethe's, dessen Besuch verbeten, weil sie fürchtete, dadurch wieder Veranlassung zu einem leidenschaftlichen Ausbruch zu geben. Dennoch kam er, fand aber ihr Zimmer leer. Abends hatte er bloß Wielands Familie in seinem Garten zur Feier seines Geburtstages; später kam Lenz. „Mir wars schon genug, Beste, in Ihrer Stube zu sein", erwiedert er am andern Morgen. „Ich fühlte ganz, wie lieb ich Sie hatte (habe), und ging wieder. Danke für den guten Morgen. Heut kriegen Sie mich nun freilich auf einen

Augenblick. Ich bin in liebevoller Dumpfheit der Ihrige." Er
aß den Mittag bei ihr. Abends in seinem Garten regte der
Vollmond ihn wunderbar auf. „Mir wars gestern sehr wohl
um Sie", schreibt er den andern Morgen. „Es war Ihnen
auch lieb ums Herz, dünkt mich." Den letzten Abend des
Monats speiste er mit ihr und ihrer Schwester.

Um diese Zeit müssen auch die Unterhandlungen mit Corona
Schröter im Gange gewesen sein. Daß diese von Goethe ausgegangen, ist eben nicht zu erweisen. Der „Weimarische Hof-
und Adreß-Calender" führt erst im Jahre 1776 eine Hofkapelle
an, in welcher sich als Vocalisten bloß Frau Caroline Wolf
und Frau Friderike Steinhardt finden. Daß diese nicht aus-
reichten, hatte sich bald ergeben, und so beschloß man eine
Vermehrung der Vocalisten, worauf die Herzogin Mutter als
besondere Freundin der Musik besonders gedrungen haben wird.
Man hatte dazu in Weimar selbst die als Sängerin auf dem
Liebhabertheater beliebte Maria Salome Philippine Neuhaus,
die damals in den ersten Zwanziger Jahren stand und den
von der Döbbelin'schen Truppe zurückgebliebenen Hoftanz-
meister Johann Adam Aulhorn als Bassisten zur Hand. Der
Gedanke, von außen eine neue Kraft zu gewinnen, dürfte
von der Herzogin Mutter ausgegangen sein. Goethe wird
ihre Absicht, Coronen heranzuziehen, um so beifälliger aufgenommen haben, als er wissen mochte, daß diese sich in Leipzig
nicht behaglich fand. Vielleicht war eben die leidige Geschichte
mit dem Grafen vorgegangen, eine Vermuthung, für welche
sich uns ein Haltpunkt unten ergeben wird. Genug, die Herzogin Mutter gab Goethe den Auftrag; dieser aber dachte nichts
weniger, als die Sache persönlich auszurichten, er wandte sich
deßhalb an Freund Steinauer. Biedermann hat folgenden Brief
an diesen mitgetheilt, bei dem er schon an Coronen dachte.
„Dank, lieber Steinauer. So seis dann; laßt die Schnupf-
tücher und kauft das Kleid allein. Habt mich lieb. Die Wagen
rasseln schon, die Pferde klappen; es geht nach Tiefurt. Schicken
Sie aber auch der S. Briefe gerad an mich. Sonst machts
auch Aufenthalt." Der Brief könnte am 30. August geschrieben
sein, wo Goethe Morgens und Mittags beim Herzog allein und

Nachmittags in Tiefurt war. Der 6. Juli, wo die Herrschaften nach dem Fourierbuche Mittags in Tiefurt waren, möchte dafür etwas zu früh sein. Ließ die Herzogin Mutter damals ein Geschenk zur Erinnerung an sie der Schröter zugleich mit dem Antrage machen? Früher könnte ein anderer Brief an Steinauer fallen, in welchem er diesen bittet, ihm zwei Bücher zu kaufen, „auch ihm wieder einmal ein Wort von sich zu sagen und vom Grasaffen." Sehr auffallen muß es, daß Goethe gegen Steinauer Coronens gar nicht gedenkt. Sollte nicht Grasaffe, das Goethe freilich sonst nur von Kindern, sein Mephisto aber auch von Gretchen gebraucht, eine scherzhafte Bezeichnung Coronens sein? Aus derselben Hand wie die Briefe an Steinauer empfing Hirzel auch das Billet: „Trösten Sie den Engel. Wär' ich nur eine Stunde bei ihr. Ich danke für alles. Lieben Sie mich." Es kann kaum ein Zweifel sein, daß auch diese Zeilen, wie Hirzel vermuthet hat, an Steinauer gerichtet, und, dieß angenommen, daß „der Engel" die Schröter ist. Von selbst ergibt sich dann weiter die Vermuthung, daß das Unglück, an dem Goethe seine innige Theilnahme bezeugt, die leidige Geschichte mit dem Grafen war. Das Billet würde dann zwischen die beiden andern an Steinauer gerichteten Briefchen fallen. So viel scheint fest zu stehn, daß Goethe nicht in brieflicher Verbindung mit Coronen sich befand, und er auch seinen Auftrag von der Herzogin Mutter durch Steinauer ihr zukommen ließ. Von der Absicht, Coronen zu berufen, wird auch Charlotte vernommen haben, die aber dadurch nicht bestimmt werden konnte, ihr Verhalten gegen Goethe zu ändern, sondern, wie immer, besorgt war, dessen Leidenschaftlichkeit zu beruhigen, um die Möglichkeit des ihr so sehr am Herzen liegenden Verhältnisses zu erhalten.

Am 1. September muß dieser sich wieder eine ernste Mahnung der Freundin zugezogen haben. Auf ihre briefliche Mahnung scheint sich die ärgerliche Aeußerung vom späten Abend dieses Tages zu beziehen: „Wenn das so fortgeht, beste Frau, werden wir wahrlich noch zu lebendigen Schatten. Es ist mir lieb, daß wir wieder auf eine abenteuerliche Wirthschaft ziehen; denn ich halt's nicht aus. So viel Liebe, so viel Theilnehmung! so viel trefflicher Menschen und so viel Herzensdruck. — Fühlen Sie, daß ich an Sie denke, und daß ich wieder einen Theil des Wegs reiten werde, den ich mit Ihnen gefahren bin. — Sagen Sie Luisen (der Herzogin), daß ich sie noch liebe habe! versteht sich, in gehörigen termes." Die Herzogin scheint ihm gegrollt zu haben, daß der Herzog sich so viel herumtrieb (er fehlte häufig bei Tafel) und jetzt seinen Geburtstag auf einer großen Jagd im Hildburghausischen feiern wollte. Erst am 6. kehrte Goethe von dieser wilden Fahrt zurück, auf der er oft an die Freundin gedacht hatte. Zu ihr zu gehn wagte er nicht, ja am 8. verbat sie sich ausdrücklich seinen Besuch nach Kochberg, wohin sie am folgenden Tage auf längere Zeit ging. Sie wußte, wie tief sie dadurch Goethe's Seele traf, aber diese ihr selbst schmerzliche Maßregel glaubte sie zum Vortheile ihrer Verbindung treffen zu müssen. Daß mit Corona Schröter unterhandelt wurde, mußte sie wissen. Hätte sie irgend Eifersucht gegen diese empfunden, sie hätte unmöglich in diesem Augenblick einen Schritt wagen können, der ihn der gefürchteten Nebenbuhlerin in die Arme trieb. Statt seiner ließ sie Lenz nach Kochberg kommen, der sie im Englischen unterrichten solle, doch unterließ sie nicht, Goethe brieflich zu begrüßen. Nachdem er sich endlich einigermaßen gefaßt, gab er Lenz einen Brief mit, der mit den Worten schloß: „Addio! Mein Herz ist doch bei Ihnen, Liebe, Einzige, die mich glücklich macht, ohne mir weh zu thun. Doch — freilich auch nicht immer ohne Schmerz. Ade, Beste! — Ich sitze oft unter meinem Himmel in Gedanken an Sie. Sie helfen mir abwesend zeichnen, und einen Augenblick, wo ich Sie recht lieb habe, sehe ich die Natur auch schöner, vermag sie besser auszusprechen. Adieu. Wieland sagt, meiner Zeichnung, die ich jetzt mache, säh' man recht an, wen ich lieb hätte." Am Abend desselben Tages erhielt er einen Brief Coronens. Den folgenden Morgen kamen der Herzog und Wieland, mit denen über den Brief verhandelt wurde. Am andern Tage, den 14., aß er bei der Herzogin Mutter, deren Entscheidung er einholte, worauf er denn am 15. die Antwort an Coronen abgehen ließ. Wahrscheinlich ging man auf alle ihre Bedingungen ein. Sie erhielt denselben Gehalt, den sie von dem Leipziger Concert bezog.

Charlotte erfreute den sehnsüchtig ihrer gedenkenden Dichter durch Zeichnungen, mancherlei kleine Sendungen und Briefe, in denen sich ihr Unglaube aussprach, daß ihr schönes Verhältniß Bestand haben werde, da er nicht die ihr versprochene Mäßigung zu üben wisse. „Hängen Sie dem Unglauben nicht so nach!" erwiedert er darauf. „Mein Herz ist nicht so unzuverläßig, wie Sie denken." Hätte er sie für eifersüchtig gehalten, so würde er sich gehütet haben, ihr zu schreiben, wie vertraut er mit ihrer Schwester sei, deren Hand er an einem stillen Abend geküßt, wie er mit der reizenden jungen Karoline Ilten zusammengewesen, die an einer unglücklichen Liebe mit dem Prinzen Konstantin litt und ihn herzlich dauerte, wie er beim Tiefurter Erntefest sehr viel getanzt. Tief schnitt es ihm ins Herz, als der Herzog ohne ihn nach Kochberg gehen mußte und statt seiner Einsiedel mitnahm, dem der gequälte Liebhaber seine Uniform mitgab, damit doch etwas von ihm in ihrer Nähe sei. Seine Freude waren Zeichnungen, die er für sie machte. Als er ihr auf ihren Wunsch Goldsmiths Landpriester schickt, den sie mit Lenz lesen will, schreibt er: „Lassen Sie sichs recht wohl mit ihm sein und lernen recht viel Englisch." Zur Unterhaltung trieb er sich viel in der Gegend herum, besonders mit dem Herzog und dem damals angekommenen wunderbaren Kraftapostel Christoph Kaufmann. Vom 21. September bis zum 5. Oktober ist nur ein Brief an Charlotten, wohl vom 24., erhalten. „Hier schickt Ihnen Ihre Schwägerin (die Hofdame bei der Herzogin Mutter), die ich täglich lieber gewinne, ein Stückchen Dessert zum Zeichen des Andenkens", schreibt er. „Auch der Statthalter [1] läßt Sie grüßen und sagen, er stehe von seiner Bitte nicht ab. Ein braves Weib, setzte er hinzu, habe nichts abzuschlagen, was ein ehrlicher Kerl verlangen dürfe. Alles gibt mir Aufträge an Sie, und niemand weiß, wie schlecht ich im Falle bin sie auszurichten. Ade."

In große Bewegung wurde Goethe durch die am Abend des 1. Oktober erfolgte Ankunft Herders versetzt. Am Abend

---

[1] Das Tagebuch gedenkt seiner Anwesenheit am 24. und 27. Nach dem Fourierbuch aß er am 25., wo Goethe einen Ausflug machte, Mittags und Abends, am 27. Abends am Hofe.

des 5. kehrte Charlotte, deren Schwager Imhoff schon seit dem 1. in Weimar angekommen war, von Kochberg zurück. Goethe besuchte sie am folgenden Morgen; als er den Nachmittag des 7. bei ihr vorsprach (zu Tische hatte sie ihn diesmal nicht geladen), muß er sie wieder durch einen leidenschaftlichen Ausbruch verletzt haben, wenn er sie nicht etwa dadurch beleidigte, daß er ihr Gebot, sie diesmal in Weimar nicht weiter zu besuchen, übertrat. Das Tagebuch bemerkt nur: „Nach Tisch ☉ (.) Finsterniß." Er ging von ihr zu ihrer Schwester, dann zu Herder, wo er den Herzog traf, mit dem er auch zu Mittag gegessen hatte. Den andern Morgen[1] schrieb er der verletzten Freundin, die am folgenden Tage nach Kochberg zurückkehren wollte: „Leben Sie wohl, Beste! Sie gehen, und weiß Gott, was werden wird! Ich hätte dem Schicksal dankbar sein sollen, das mich in den ersten Augenblicken, da ich Sie wiedersah, so rein fühlen ließ, wie lieb ich Sie habe. Ich hätte mich damit begnügen und Sie nicht weiter sehen sollen. Verzeihen Sie! ich seh' nun, wie meine Gegenwart Sie plagt. Wie lieb ist mirs, daß Sie gehen; in einer Stadt hielt' ichs so (daß er sie nicht besuchen dürfe) nicht aus. Gestern brachte ich Ihnen Blumen mit und Pfirschen, konnt's Ihnen aber nicht geben, wie Sie waren. Leben Sie wohl!" Beruhigter fügt er hinzu: „Bringen Sie das Lenzen. Sie kommen mir eine Zeit her vor, wie Madonna, die gen Himmel fährt. Vergebens, daß ein Rückbleibender seine Arme nach ihr ausstreckt, vergebens, daß sein scheidender thränenvoller Blick den ihrigen noch einmal niederwünscht; sie ist nur in den Glanz versunken, der sie umgibt, nur voll Sehnsucht nach der Krone, die ihr überm Haupt schwebt. Adieu, doch Liebe!" Charlotte war durch diesen Brief so ergriffen, daß sie auf dessen Rückseite die Verse schrieb:

> Ob's Unrecht ist, was ich empfinde,
> Und ob ich büßen muß die mir so liebe Sünde,
> Will mein Gewissen mir nicht sagen;
> Vernicht' es Himmel Du, wenn michs je könnt' anklagen.

Die Verse dürften kaum von Charlotten selbst sein; aber auch in diesem Falle deuteten sie nur den Zweifel an, ob die

---

[1] Das Datum des 7. ist ein Irrthum.

Neigung, die sie für den geistsprühenden, ihr ganz zugewandten
Dichter gefaßt, ein Unrecht sei, das ihre Pflicht als Gattin
verletze, und den Wunsch, der Himmel möge ihr dieß eingeben,
damit sie jene aus ihrer Seele reiße. Der bange Zweifel ist
gerade der beste Bürge, daß nichts ihrer Seele ferner liegt, als
den Geliebten ihrer Seele vor jeder andern Neigung zu bewahren, den glücklich Eroberten mit allen Mitteln festzuhalten.
Freilich Stahr (S. 107) hat für diese rührende Beängstigung,
die ihm beweist, Charlotte habe die glühende Leidenschaft im
Stillen lebhaft erwiedert, nur den wohlfeilen Spott: „Der
Himmel legte sich nicht ins Mittel, um dasjenige zu bewerk-
stelligen, was ihre eigene Pflicht und was ihr allein möglich
gewesen wäre." Keil (II, 112) findet darin einen Beweis, daß
sie das Unschickliche dieses Verhältnisses gefühlt, aber Egoismus,
Koketterie und Neigung hätten sie den Entschluß der Entsagung
nicht fassen, vielmehr alles aufbieten lassen, „den genialen jungen Mann festzuhalten". Charlotte fühlte sich stark genug, troß
ihrer Herzensneigung ihrer Pflicht gegen Gatten und Kinder
nichts zu vergeben, wenn sie auch dem so viel verheißenden
Dichter nahe stand, von dem sie fürchten mußte, daß er, ent-
ziehe sie ihm ihre liebevolle Hand, dem wilden Strudel der
Leidenschaften verfallen würde, denen sie ihn zum Theil entzogen
hatte; sie ahnte, daß das Schicksal sie bestimmt habe, seine „Besänftigerin", seine „Beruhigerin" zu werden; und daß sie ihm
dieß geworden, wie viel Schmerz sie ihm und dabei auch sich
selbst bereitet, erkannte Goethe dankbar an, wie er es dichterisch
in seiner Iphigenie verklärte. Für ein solches Gefühl der
edlen Frau haben freilich Stahr und Keil kein Auge, sie halten
sich nur an ihre Pflicht als Gattin; diese aber wußte sie mit
der Sendung als beruhigende und hebende Herzensfreundin
des Dichters zu vereinigen, da ihr Verhältniß zu ihrem Gatten
nur eine konventionelle, auf gegenseitiger Achtung, nicht auf
Liebe gegründete Verbindung in der damals herrschenden Weise
war, und die Freundschaft in jener Zeit innigere Verbindung
unter den beiden Geschlechtern gestattete als heute. Schreibt
ja die reizende Branconi einmal an einen verheirateten Geist-
lichen, an Lavater', dem sie ihre Strumpfbänder sendet: Je

t'envoye quelque chose qui te fera plaisir: je sais
combien j'en ai quand je reçois quelque chose
de toi. Ton mouchoir, tes cheveux sont pour
moi ce que mes jarretières sont pour toi. Toi qui
sait surprendre si agréablement, toi source de
tout amour. Und selbst der nicht so empfindsame Merck, mit
welcher Glut muß er in Goethe's Gegenwart die beiden un=
verheiratheten Hofdamen umarmt haben nach Goethe's Gedicht
Elysium, wo dieser sich erinnert, wie die eine Freundin den
liebenden Arm um den Freund schlang, der andern Brust ihm
entgegenbebte, alle drei, „sich rings umfassend, in heiliger Wonne
schwebten." Das Maß jetziger, äußerlich rücksichtsvollerer An=
standsbegriffe darf man an die damalige Zeit nicht legen.

Doch kehren wir zu Frau von Stein zurück, so suchte diese
den ganz außer sich gesetzten Dichter, der am 8. nichts weiter
in sein Tagebuch schreiben konnte als: „Die ☉ weg", mit sanf=
tem Ernste zu beruhigen. Wenige Tage nach ihrer Entfernung
scheinen Goethe's Zeilen zu fallen: „Ich danke Ihnen, daß Sie
so viel besser gegen mich sind, als ichs verdiene; ich hoffte nichts
von Ihnen zu sehn. Wenn ich mein Herz gegen Sie zuschließen
will, wird mirs nie wohl dabei. Hier die Physiognomik (La=
vaters). Gestern Nacht hab' ich noch gebadet, aber nicht am
Wehre, und herrliche Wahrzeichen gesehen. Adio Gold." Das
Tagebuch erwähnt in dieser Zeit nicht, daß er Nachts gebadet,
wie er am 2. November thut. Man könnte an den 11. denken,
wo er Abends in seinem Gartenhause Klarinette spielen ließ.
Im frohen Gefühle, die Freundin nicht verloren zu haben, fühlte
er sich jetzt wieder beruhigt. Weitere Briefe aus dieser Zeit
fehlen uns. Im Tagebuch lesen wir unter dem 13.: „Seit
Tagen so rein wahr in allem", und darauf „Hoffnungsgefühl".
In der vorigen Nacht hatte er im Garten von Musäus, wo man
Proben für das Liebhabertheater hielt, bis 3 Uhr getanzt und
den Mädchen die Cour gemacht („gemiselt"). An demselben 13.
besuchte er die reizende Frau von Werther. Die „herrlichen
Herbsttage" genießt er bald im Garten, bald in Belvedere, bald
auf einem kurzen Ausfluge. Mit dem Herzog, Wieland und
Herder ist er viel zusammen. Den 20. geht der Herzog nach

Kochberg, von wo er erst am 23. zurückkehrt, an welchem Tage
Goethe bei ihm zu Mittag speist und Abends mit ihm in seinem
Garten ist. Fehlen uns auch Briefe aus dieser Zeit, so dürfen
wir doch für gewiß annehmen, daß das Verhältniß zu Charlotten sich wieder ganz hergestellt hatte, wenn sie ihn auch noch
von Kochberg zurückhalten zu müssen glaubte; er hatte sich endlich darüber beruhigt, wenn auch der Schmerz, sie dort nicht
besuchen zu dürfen, in der ersten Zeit so schrecklich seine Seele
zerrissen hatte, daß die Erinnerung daran ihm Jahre lang zu-
rückblieb, und er durfte hoffen, sie jetzt bald ganz versöhnt wieder zu sehen, sich ihres liebe- und lebensvollen Umganges neu
zu erfreuen, dessen reinigender Einfluß sich kurze Zeit nach ihrer
Rückkehr in den bezeichnenden Worten ausprägt: „Ach, die
acht Wochen Ihrer Abwesenheit haben doch viel in mir ver-
schüttet, und ich bleibe immer der ganz sinnliche Mensch (auf
den nur persönliche Gegenwart wirkt).“ Als er am 26. von
einem Ausfluge nach Jena und Bürgel zurückkehrt, erfindet er
seine Geschwister, in welchen er auf rührende Weise das ihn
bedrängende Gefühl darstellt, wie viel wärmer und inniger
Gatten- als Geschwisterliebe sei, und sich nach seiner Art darüber dichterisch beruhigt, um so die rückkehrende Freundin heiter
begrüßen zu können. Schon am 29. hat er das kleine Stück
beendigt, das er an den beiden folgenden Morgen einem
Schreiber diktirt. Er hatte es mit der Absicht geschrieben, es
bald bei Hofe aufzuführen: er selbst wollte den am Schlusse
durch Mariannens Besitz so beglückten Wilhelm spielen; für
Mariannens Rolle hatte er sich die anmuthige Amalie Kotzebue,
für Fabrice den Registrator Schmidt ausersehen. Die Proben
zu den Liebhabervorstellungen hatten ihn mehrfach mit Amalien
bei Musäus zusammengeführt; dort war es auch wohl, wo er
noch in der Nacht auf den 30. bis Morgens 3 Uhr tanzte.
Wäre Charlotte eifersüchtig gewesen, so hätte sie Goethe's Verbindung mit so manchen jungen Mädchen aufregen müssen.
Wenn man später von einer Liebe Goethe's zu Malchen Kotzebue
sprach,[1] so mochte, da Goethe sie mehrfach besuchte und auch

[1] Was Böttiger (literarische Zustände I, 52) von einer Liebelei mit Kalbs
Schwester Sophie erzählt, die nur der alte Kalb durch seinen Zuruf: „Mädchen mit

in seinen Geschwistern so warm ihren Liebhaber spielte, wirklich davon in Weimar die Rede sein: Charlotte war ihres Freundes
so sicher, daß sie darauf nicht achtete, und gewiß wird sie auch
der bevorstehenden Ankunft Coronens ruhig entgegengesehen haben.

Am 31. kam die Freundin endlich nach Weimar zurück.
Goethe speiste gleich am ersten Abend bei ihr, wo er sie wohl
mit der Handschrift der Geschwister überraschte. Wunderbar
muß dieses erste freundliche Zusammensein nach so langer Zeit
ihn ergriffen haben, doch suchte er sich zu mäßigen. Am nächsten Tage las er die lateinischen Gedichte über die Küsse von
Johannes Secundus. Da er damals an einer wunden Lippe
litt und die Freundin ihm ein selbst bereitetes Heilungsmittel
dagegen angerathen hatte, so fühlte er sich zu den Versen an
den Geist des Johannes Secundus getrieben, wobei ihm
besonders die Elegie vorgeschwebt zu haben scheint, in welchem
die Geliebte vor Liebesglut in die Zunge des Dichters beißt.
Die Verse sind ein merkwürdiges Beispiel, wie Goethe in seinen
Gedichten wirkliche Züge frei verwendet. Seine Lippe ist
wund, und er will sich dazu des Heilmittels der Freundin bedienen. Hier aber klagt der Liebende, daß seiner wunden Lippe
das auf seinem Herde gekochte Mittel aus Wein und Honig
nichts helfen werde, weil es die Liebe ihm nicht reiche. Er ist
von der Geliebten verlassen; da haben die reizenden, Liebe ath-
menden Gedichte des Johannes Secundus ihm so wohlgethan,
daß sein Herz „wieder aus dem krampfigen Starren Erdetreibens
klopfend sich erholte". In der Wirklichkeit hatte der Dichter
die so lange abwesende Geliebte wieder, aber die ihm auferlegte
Entsagung mochte ihm um so schwerer fallen, als er fürchten
mußte, sie irgend zu verletzen, wenn er seinem vollen Gefühle
freien Lauf ließe, und so stellt er seinen Liebenden als von der
Geliebten ganz verlassen dar. In der Wirklichkeit hat er die
Absicht, sich das Heilmittel, das die Geliebte bereitet, von ihr zu
erbitten; hier aber verzweifelt er am Erfolg des Mittels, weil

<hr>

Rath!" gerettet, worauf er diese Liebe mit der Seladonschaft zur reizend auf-
knospenden Kotzebue, die er in den Geschwistern kopirt habe, vertauscht, später
erst seien die Liebschaften mit der Frau von Stein gekommen, beruht auf Bertuchs
zwanzig Jahre später fallenden Aeußerungen, die dazu böttigerisch gefaßt sein werden.

es nicht die Liebe bereitet, die freilich auch so manchen Schmerz mache. Es ist dieß ein mahnendes Beispiel, daß man in Goethe's Gedichten, auch denen, die er Charlotten gab, nicht allen Zügen eine persönliche Beziehung geben dürfe, da der Dichter vielmehr Wirkliches mit Erfundenem frei zu seinem Zwecke verbindet. Selbst das Uebel seiner Lippe übertreibt er; denn mit demselben ritt er nach Erfurt. So ist denn unser Gedicht trotz des zu Grunde liegenden wirklichen Leidens des Dichters eine glückliche Phantasie, zu welcher ihn die lateinischen Kußlieder aufgeregt hatten.

Ehe er am 3. nach Erfurt reitet, bittet er die Freundin, ihm das Heilmittel zu senden; ohne Zweifel legte er das unter den Briefen gefundene Gedicht bei. „Muß ich Sie schon wieder um etwas bitten, um etwas Heilendes?" schreibt er dazu. „Gestern Nacht haben mich Stadt und Gegend so wunderlich angesehen; es war mir, als wenn ich nicht bleiben sollte. Da bin ich noch ins Wasser gestiegen, und habe den alten Adam der Phantaseien (das träumerische Ahnen der Zukunft) ersäuft." Das war wohl keine Stimmung, in welcher er der erwarteten Ankunft Coronens mit leidenschaftlicher Spannung entgegen sah. Als er am 6. die Geschwister an die Mutter und die Fahlmer schickt, die sie ja geheim halten sollen, hören wir, er sei so glücklich, wie ein Mensch sein könne, habe alles, was ein Mensch sich wünschen könne, doch sei er freilich nicht ruhig, da des Menschen Treiben unruhig sei, bis er ausgetrieben habe. Gegen Charlotten zeigte er sich so mäßig und ruhig, daß diese, als er an dem Tage, wo er vor einem Jahre in Weimar angekommen war (sie hatte sich diesen wohl bemerkt), bei ihr aß, ihm alle ihre Tagebuchbemerkungen übergab, die sie ihm bei ihrer Reise nach Pyrmont noch vorenthalten hatte. Wie glücklich er sich dadurch fühlte, zeigt mehr als der Brief vom folgenden Tage das Tagebuch, in welches er das Wort des Psalmisten schrieb: „Was ist der Mensch, daß du sein gedenkst, und das Menschenkind, daß du dich sein annimmst!" Er suchte sich jetzt in jeder Weise zu mäßigen, um sein Glück nicht zu stören, und so zeigte er sich seltener bei der Freundin. In seinem Garten richtete er sich für den Winter ein, obgleich die Tage noch sehr schön waren.

Wenn in seinem Tagebuch vom 9. bis 12. nichts verzeichnet ist, so zeugt das Schweigen dießmal wohl von seiner stillen Ruhe. Daß er am 9. die Freundin besucht, zeigt der Brief vom 10.: „Lenz grüßt Sie, er ist bei mir", schreibt er. „Hier der Mantel; er hat mich wohl gehalten. Akkurat 20 Minuten brauch' ich von Ihrer Stub' in meine. Vielleicht komm' ich, ein paar Seiten Englisch zurückzulegen, eh' Sie (zur Sonntagscour und Concert) nach Hof gehen. Ich maskire mir jetzt das Verlangen, Sie zu sehen, mit der Idee, daß ich Ihnen zu etwas nutz bin." In den folgenden Tagen zeichnete er, und war sehr mit den Proben für das Liebhabertheater beschäftigt, wobei er viel mit jungen Damen zusammenkam. Am 15. wurde Probe von den Mitschuldigen gehalten, bei deren Aufführung man wohl noch nicht auf die Mitwirkung Coronens gerechnet hatte, da man sonst auf diese gewartet haben würde. Keil nimmt es (S. 120) für selbstverständlich, daß diese bei der Vorstellung am 9. Januar die Sophie gegeben, während wir glauben, daß die festgesetzte Rollenvertheilung beibehalten wurde, Corona erst bei einer feierlichen Gelegenheit als Schauspielerin auftrat. An demselben 15. November ging Goethe zu Amalie Kotzebue, die er wegen der Aufführung der Geschwister unterwies („kapellmeisterte"), aber auch Charlotten besuchte er. Die Bemerkungen des Tagebuchs vom 15. gehen, wie auch sonst, durcheinander. Die Probe bei Musäus war natürlich am Abend, und dort wird auch der „Tanz bis 12" stattgefunden haben. Am 16. probirte er, nachdem er bei Wieland gegessen, zuerst mit Schmidt, dann mit Malchen, die im Tagebuch einfach als Misel bezeichnet wird, die Geschwister, und am Abend sah er Coronen. Es ist sehr wahrscheinlich, daß sie eben angekommen war. Die Tagebuchbemerkung „Nachts Corona" läßt es freilich zweifelhaft, wo er sie gesehen, aber nach dem stehenden Gebrauche des Tagebuchs werden wir annehmen müssen, daß Corona ihren Freund Goethe, der ihre Anstellung vermittelt hatte, noch am Abend besucht habe, da weder „zu Corona" steht, noch angegeben ist, wo er sie gesehen habe. Gottschall (S. 896) ist unvorsichtig genug, Coronen zwei Monate früher in Weimar ankommen zu lassen, wodurch denn freilich die ganze Sache verschoben wird.

Mit welchen Gefühlen aber sah Corona den Dichter wieder? Keil ist naiv genug, Wielands begeisterte Darstellung, wie „der schöne Hexenmeister" bei dem Besuche in Stedten alle durch das Vorlesen seiner Schriften und sein geistsprühendes Wesen bezaubert hatte, zu benutzen, um daran die Frage zu knüpfen (II, 109): „Und solche Gefühle sollte der Zauberer, der jetzt siebenundzwanzigjährige Dichter, in Corona's Herzen nicht geweckt, nicht selbst auch gegen die reizende, so ganz zu Verwirklichung seiner Ideale geschaffene Künstlerin empfunden haben?" Goethe und Corona sahen sich jetzt ja nicht zum erstenmal; der Eindruck, den sie zuletzt auf einander gemacht, war höchst bedeutend gewesen, aber kein so nachhaltiger, daß Goethe's Verhältniß zu der Freundin seines Herzens dadurch die geringste Einbuße erlitten und er zu einer nähern Verbindung mit ihr veranlaßt worden wäre; von einem Briefwechsel ist so wenig eine Spur, daß die Zettel an Steinauer entschieden dagegen sprechen. Zog Corona ihn auch wie als vielbegabte Künstlerin, so durch ihre hohe edle Erscheinung und ihre reine Gutmüthigkeit an, nahm er auch an allem innigen Antheil, was er von ihr erfuhr, so war es doch nur ein Auftrag der Herzogin Mutter, der ihn veranlaßte, sich brieflich an ihn zu wenden. In Leipzig hatte sich Goethe außerhalb des Kreises der Geist und Herz beherrschenden Weimarer Freundin befunden und konnte sich ganz dem für ihn neuen Eindruck hingeben; jetzt lag seine Seele in Charlottens Banden, gegen die er gewaltsam die größte Ruhe und Mäßigung beobachten mußte, um nicht das höchste Glück, das er in ihrer herzlichen Liebe fand, zu zerstören, und dabei ward er von so manchen anmuthigen und reizenden Mädchen und Frauen, deren Neigung seinem Herzen wohl that, freundlich angezogen, daß an einen überwältigenden Eindruck von der als Hofsängerin berufenen Corona nicht zu denken ist. Das nahe Du war ihnen wohl seit ihrem ersten Zusammentreffen in Leipzig geblieben und damit ein vertraulicher Ton. Hatte die Geschichte mit dem Grafen erst nach Goethe's Besuch in Leipzig gespielt, so wird er ihren Schmerz zu schonen gewußt, aber am wenigsten sich veranlaßt gefunden haben, an die Stelle des treulosen Grafen, dessen Stand sie geblendet hatte, zu treten. So wird er ihr freundlich und liebevoll entgegengekommen sein, ohne sein Herz an sie zu verlieren. Dieß zeigen die Bemerkungen des Tagebuches und der dauernde Einfluß der Liebe zu Charlotten.

Leider findet sich in unsern Abschriften des Tagebuches vom folgenden Tage eine Verwirrung, doch sehen wir daraus mit Bestimmtheit, daß er an diesem Tage bei Herder zu Mittag aß, Malchen besuchte und Coronen sah, die wahrscheinlich wieder zu ihm kam.[1] Diese mochte wohl ihn über manches zu Rathe zu ziehen haben. Am nächsten Tage, wo der Winter sich einstellte, muß er bis Mittag zu Hause bleiben; um 1 Uhr geht er zu Charlotten, zu der er sich auf den Mittag eingeladen hat, und treibt mit dieser Nachmittags Englisch. Dann kehrt er, ohne einen andern Besuch zu machen, in seinen Garten zurück, wo er in der Nacht ein Modell zu einem Schlitten für Charlotten aus einem Stümpfchen Wachslicht anfertigt. So wenig hat ihn Liebe zu Coronen ergriffen, daß seine Gedanken nur bei der ältern Freundin weilen, der er gern eine Freude machen möchte. Er hatte diese für den folgenden Tag in den Garten eingeladen; leider machte der schreckliche Sturm den Besuch unmöglich. Aber nicht nur tobte draußen der Wind, auch in seinem Herzen sah es trüb aus. „Die Unruhe hat mich heute wieder an allen Haaren", schreibt er Charlotten. Wir wissen schon, wovon die Unruhe herkam, aus früherer Zeit. Das Verhältniß zur Freundin quälte ihn, nicht etwa weil er sich von dieser losreißen und der vor ein paar Tagen angekommenen Corona zuwenden wollte, sondern weil die ruhige Mäßigung, die er diese Zeit über gegen sie hatte bewahren müssen, ihn quälte. Um sich zu beruhigen, reitet er am stürmischen Novembertage noch gegen 4 Uhr aus, wenn er anders ein Pferd erhielt. Auch an den drei folgenden Tagen erwähnt das Tagebuch Coronen gar nicht. Den 20. hat er bei der noch andauernden innern Unruhe die Hauptprobe seiner Geschwister, deren Vorstellung am folgenden Tage allgemeinen Beifall fand. Den 22. ißt er bei Charlotten. Die Tagebuchbemerkungen sind dießmal un-

---

[1] Vgl. Archiv für Literaturgeschichte V, 402.

gemein kurz, was wohl die Folge seines gespannten Zustandes
war; nicht etwa weil er zwischen Coronen und Charlotten schwankte,
sondern weil ihm die verlangte Mäßigung ungemein schwer ward.
Am 23. fehlt jede Eintragung, wenigstens in unsern Abschriften:
denn die Angabe: „Sang Corona das erstemal", gehört auf
den 24., da eben vom sonntäglichen Hofconcert die Rede ist,
wie ja auch die weitererwähnten Concerte vom 1. und 22. Dezember auf den Sonntag fallen. Daß er Coronens erstes
Singen im Concert anmerkt, bezeichnet noch keineswegs, daß sie
damals besondern Eindruck auf ihn gemacht, ihr erstes Auftreten (beim Concert am 17. hatte sie noch nicht gesungen) war
eben für die neue Sängerin, zu welcher er große Zuneigung
besaß, und für den Hof selbst bedeutend; bei den zwei im
Dezember erwähnten Concerten wird Coronens gar nicht gedacht. Zwei Tage später (Goethe hatte Mittags mit einer
andern Person beim Herzog auf dem Zimmer gespeist) ist Ball.
Ob Corona denselben besucht, wird nicht bemerkt. War Goethe
schon bisher sehr aufgespannt gewesen, so stieg sein bitterer Unmuth aufs höchste, als Lenz durch eine seiner Tollheiten ihn
und Charlotten in ein bitterböses Geklatsch brachte. Daß beide
darunter litten, steht fest. Lenz bat später noch Frau von Stein
um Verzeihung. [1] Das Tagebuch bemerkt nur unter dem 26.:
„Lenzens Eselei", was die Möglichkeit nicht ausschließt, daß
die Beleidigung auf dem Balle nach Goethe's Entfernung erfolgte. Vielleicht las er dort — denn eine solche Tollheit wäre
an ihm nicht zu verwundern — ein Scherzgedicht vor, in welchem
er auf das Verhältniß Goethe's zu Charlotten hindeutete, auch
sonstige Personen des Hofes traf. Ehe er von Weimar ging,
ließ er ein kleines Pasquill Goethe durch Herder zustellen, das
er ganz lesen solle, wohl um sich zu überzeugen, daß er ihn
nicht habe beleidigen wollen. Ob Goethe's früher Besuch von
Berka am 27. mit der Geschichte von Lenz, der im Sommer
sich mehrere Wochen dort aufgehalten hatte, zusammenhängt,
läßt sich nicht bestimmen. Was er weiter an diesem Tage vorgenommen, verschweigt das Tagebuch. Am folgenden Tag ist

[1] Von Bertuch wird Böttigers Bericht stammen (I, 53), Lenz habe eine
Klatscherei zwischen der Herzogin Mutter und Frau von Stein gemacht.

noch von „fortwährendem Verdruß" die Rede. Er geht zur Herzogin Mutter, zu Charlotten und zu Fräulein Göchhausen (waren diese drei bei der Sache betroffen?), worauf der Entschluß gefaßt wird, durch Herder Lenz den Befehl zugehen zu lassen, Weimar zu verlassen. Lenz hatte eben Goethe auf das bitterste dadurch getroffen, daß er auf seine Liebe zur Stein gestichelt, und von solcher Unvorsichtigkeit hatte der Hof, der sich Lenzens angenommen und schon manches von ihm erlebt hatte, das Schlimmste zu fürchten. An demselben Tage war nach dem Fourierbuche Abends bei Hofe Komödie und darauf Tafel bei der Herzogin Mutter. Nach Burkhardt wurde am 28. Engels Schauspiel „der Edelknabe" gegeben. Den 29. schrieb Lenz den von Goethe als „dumm" bezeichneten Brief an Herder, von dem nur ein Theil erhalten ist: er wollte gehört sein, ehe man ihn verdamme; die Annahme des ihm zur Reise gegebenen Geldes würde seine Ehre verletzen, die ihm lieber als tausend Leben sei. Da man aber darauf nicht eingehen konnte, weil die Sache zu klar vorlag, bat er am 30. wenigstens um einen Tag Aufschub, worauf er keine weitere Antwort erhielt. Einen ihm offen von Lenz zugesandten Brief an die Herzogin ließ Goethe durch Charlotten dieser mittheilen. „Die ganze Sache reißt so an meinem Innersten", schreibt er bei der Uebersendung, „daß ich erst dadran wieder spüre, daß er tüchtig ist und was aushalten kann." Lenz schied von Weimar am 1. Dezember. Nach Burkhardt wären am 30. November die Mitschuldigen gespielt worden, deren Probe am 15. angeführt wird.

Wir haben diesen Verlauf der Dinge ausführlich gegeben, um darzuthun, wie wenig in dieser für Goethe durch sein Verhältniß zu Charlotten und Lenzens Beleidigung so sehr gespannten Zeit von einer nähern Verbindung mit Coronen, die sich eben erst in Weimar einzuwohnen hatte, die Rede sein kann. Nur in einer Beziehung könnte man meinen, Goethe habe an Coronen gedacht, nämlich bei seiner Lila, aber daß diese ihm schon damals vorgeschwebt, beruht nur auf der irrigen Datirung eines Briefes an Frau von Stein. Der Brief bei Schöll I, 74: „Danke für die Magenstärkung" kann unmöglich am 3. Dezember dieses Jahres geschrieben sein: wie sollte er

an diesem Tage, wo er um 9 Uhr mit dem Herzog in Leipzig
ankam, eine Stunde später nach Wörlitz ging, „in der Schwachheit seiner Sinne", wie er sagt, den ersten Akt eines Stückes
verfertigt haben? Freilich steht am Schlusse des, wie manche
Briefe dieses und des folgenden Monats, auf gerändertes „Zier-
affenpapier" geschriebenen Billets deutlich „d. 3 Dez. 76", aber
nach dem Tagebuch ist es gerade einen Monat später geschrieben.
Das ist so unzweifelhaft als seltsam.

Die letzte Zeit hatte den Dichter so angegriffen, daß er in
dem Vorschlag des Herzogs, ihn auf einer Reise nach Dessau
zu begleiten, wie ungern er sich auch von der Freundin trennte,
ein erwünschtes Mittel sah, sich „aus der tiefsten Verwirrung
sein selbst herauszureißen". Nachdem er am Morgen des 1. Dezem-
bers gepackt, aß er Mittags bei der Freundin, besuchte dann
wohl mit ihr das Concert; an der Abendtafel bei Hofe ist weder
Charlotte noch Goethe. Letzterer besucht Abends noch Bertuch
als Chatoullier des Herzogs und schreibt dann wenige Abschieds-
zeilen an Charlotten, die mit den Worten schließen: „Addio.
Ich ruhe auf Ihrer Hand". Kurz vor der Abreise am nächsten
Morgen (außer Goethe bilden Wedel, ein Jagdlakai und ein Läufer
des Herzogs Begleitung) richtete der Herzog an die auch von ihm
hochgehaltene „liebste beste" Frau einige Zeilen freundlichen Abschiedes, denen Goethe (denn es sollte ein „collegialer Abschied"
der Reisenden sein) die Worte hinzufügte: „Ich preise die Götter,
die uns bei den Schöpfen fassen und uns gleich jenem Propheten
(Habakuk) mit unsern Reisbreitöpfen abseits tragen. Adieu, Beste.
Meine Gedanken wachsen aus Ihren Zwiebeln. Geb' es schöne
Blumen". Die letzten Worte deuten sehr anmuthig darauf, daß
seine Gedanken nicht von ihr weichen, ihm sein Verhältniß zu
ihr immer im Sinne liegt. So schreibt er ihr denn auch, als
sie Abends in Rippach angekommen waren, wo sie ein paar
Stunden schlafen wollten: „Mir ist in all meinen Verwirrungen
immer ein freudiger Aufblick, wenn ich an Sie denke." Daß
die von ihm geschriebene Handschrift der Geschwister von der
Herzogin nicht weiter gegeben werde, liegt ihm so sehr am Herzen,
daß er nicht umhin kann, ihr dieß anzuempfehlen. Wenn er
bemerkt: „Es muß uns bleiben", so bezieht sich dieß nicht auf

das Stück selbst, das ja öffentlich gespielt worden war, das er auch seinen Vertrauten in Frankfurt und der Schwester, freilich mit der dringenden Bitte der Geheimhaltung, mitgetheilt hatte, sondern auf seine Handschrift. Wie er im April die Verse, welche ihr inniges Zusammengehören in der empfindsamen Ausführung des Gedankens darstellen, sie müsse, „in abgelebten Zeiten" seine Schwester oder seine Frau gewesen sein, von ihrer Hand geschrieben, gleichsam als Pfand ihrer Anerkennung, zu besitzen verlangte, so sollte seine Niederschrift der Geschwister, in welchen das höhere Glück der Gattenliebe vor der Geschwisterliebe seinen Ausdruck gefunden, in ihrer Hand bleiben. Freilich hatte er ihr entsagt wie der Wetzlarer Lotte, die auf sie „vorgespukt", aber das Stück sollte in ihrer Hand zum Beweise ruhen, wie schwer ihm die Entsagung geworden. Sein nächster Brief ist aus Wörlitz, wo sie beim Fürsten von Dessau waren, vom 5. „Vielleicht zeichn' ich Ihnen was", schreibt er. „Wir sind bald in die Leute gewohnt, sie bald in uns. Wir hetzen uns mit den Sauen herum, und mir thuts besonders wohl, daß so viel Neues um mich herum lebt. Hernach bin ich wieder einmal schnell in meinem Garten und bei Ihnen. Gute Nacht. Liebe Frau, ich sage Ihnen weiter nichts; denn Sie wissen alles." Weitere Briefe von der Reise fehlen; vielleicht ist wohl einer oder der andere verloren gegangen. In Leipzig blieben sie bei der Rückreise nur einen Tag. Freund Steinauer ward besucht, der sich angelegentlich nach Coronen erkundigt haben wird, auf der vielleicht die Unterhaltung länger verweilte. Am Nachmittag des 21. kehrten sie im Courierritt nach Weimar zurück. Goethe's Seele hatte sich durch die neuen frischen Eindrücke recht ausgeweitet, und mit besten Aussichten sah er in die Zukunft; nichts lag ihm ferner als eine Leidenschaft für Coronen.

———

II.

Bei seiner Rückkehr ward der von den heitern Eindrücken der Reise erfüllte, aber von der Sehnsucht zur Freundin getriebene Dichter von dieser herzlich empfangen. Nachdem er, wohl mit dem Herzog, bei der Herzogin Mutter gespeist, besuchte er Abends Charlotten. Nach dem Tagebuch würde er am späten Abend auch die Gräfin von Werther von Neunheilingen, die durch Schönheit, Geist und Welterfahrung ausgezeichnete Schwester des großen Stein, die damals im vierunddreißigsten Lebensjahr stand und mehrere Jahre später den Herzog so mächtig anzog, kennen gelernt und am Morgen des 24. wieder besucht haben, ohne zu befürchten, die Eifersucht Charlottens zu erregen. Aber ich traue dieser Angabe nicht, sondern glaube, daß das Venuszeichen, welches die Gräfin bezeichnet, hier mit dem Merkurzeichen Wielands verwechselt ist. Von einer damaligen Anwesenheit der Gräfin am Hofe, die wir doch voraussetzen müssen, findet sich in den Fourierbüchern keine Spur. Erst mehrere Jahre später scheint Goethe sie kennen gelernt zu haben; am 6. März 1780 ist sie mit einem W neben dem

Venuszeichen in unsern Abschriften des Tagebuchs bezeichnet. An jenem ersten Abend oder am folgenden Morgen erfreute ihn die Freundin mit einem Geschenke, das ihre innige Liebe und ihr Vertrauen zu ihm so unverkennbar zeigte. Waren es ihre Tagebuchaufzeichnungen während seiner Abwesenheit oder ein Ring, den sie selbst getragen? „Wie ich Ihnen danke, fühlen Sie", schreibt er am Morgen des 23., „sonst hätten Sie das nicht geben. Hier einen Wanderstab, wenn Sie wieder einmal fern von mir in Ihren Thälern wallen. Vielleicht komm' ich zu Tische. Addio." Den Stab hatte er wohl von Wörlitz mitgebracht. Am Mittag war er wirklich bei ihr zu Tische, Abends wohl mit ihr im gewöhnlichen Sonntagsconcert, wo ohne Zweifel Corona sang, deren aber das Tagebuch ebenso wenig gedenkt, als eines Besuches bei dieser, welcher er doch Grüße von Freund Steinauer zu bringen hatte. Erst an diesem Tage scheint Charlotte ihn zur Dichtung eines Feststückes auf den Geburtstag der Herzogin veranlaßt zu haben, und auch der Inhalt desselben dürfte besprochen worden sein. Sie war damals so wenig auf Coronen eifersüchtig, daß sie diesen Vorschlag that, obgleich diese mit Goethe darin Hauptrollen spielen, und sich also näher kommen mußten. Goethe fand sich aber in Folge der ihm immer ungünstigen Dezemberluft und wohl auch der Reiseanstrengungen, besonders des tollen Courierrittes, so angegriffen, daß er am nächsten Tage Arznei nehmen mußte. „Eingenommen, im Garten den ganzen Tag", sagt das Tagebuch, was offenbar heißt, er sei, weil er eingenommen habe, zu Hause geblieben. Keil scheint das mit dem Eindruck in Verbindung zu bringen, den Coronens Anblick und Gesang auf ihn geübt. Ausdrücklich sagt er dieß freilich nicht (II, 118), es ergibt sich aber daraus, daß er später einmal das oft vorkommende „Eingenommen" deutet, „war im Kopf eingenommen". Wenn Goethe am 23., wo er zu Hause bleiben will, die Freundin um „die Geschichte" bittet, wenn sie dieselbe gefunden, so dürfte hierbei eine zu seinem Stücke, der beabsichtigten Lila, zu verwendende Erzählung gemeint sein. Abends sah er Knebel bei sich. Den andern Morgen ging er, wenn wir statt des Venuszeichens richtig das des Merkur vermuthet haben, zu Wieland, speiste

Mittags bei der Herzogin Mutter, ging dann einen Augenblick
zu Charlotten. Am Abend betheiligte er sich an der Christbescherung bei der Herzogin Mutter. Das Tagebuch bemerkt:
„Nachts Christbescherei, Würfelspiel. Gessen. Mit Kaufmann. Ueber Herder. Hohe Nacht. Halb zwölf zurück." Daß
die Christbescherung bei der Herzogin Mutter stattfand, ergibt
sich ziemlich sicher aus Goethe's Einleitung zum Neuesten
von Plundersweilern (1781) wo es heißt: „Herzogin
Amalia hatte die gnädige Gewohnheit eingeführt, daß Sie allen
Personen Ihres nächsten Kreises zu Weihnachten einen heiligen
Christ bescheren ließ. In einem geräumigen Zimmer waren
Tische, Gestelle, Pyramiden und Baulichkeiten errichtet, wo
jeder einzelne solche Gaben fand, die ihn theils für seine Ver-
dienste um die Gesellschaft belohnen und erfreuen, theils auch
wegen einiger Unarten, Angewohnheiten und Mißgriffe bestrafen
und vermahnen sollten." Daß an diesem Abend bei Hofe keine
Tafel war, ergibt das Fourierbuch. Das Würfelspiel war
nicht etwa eine Form der Christbescherung, so daß jeder sich
seine Geschenke erwürfelte, sondern man belustigte sich daran
vor dem Essen. Auch am nächsten 6. Februar finden wir des
Würfelns bei der Herzogin Mutter nach Tische gedacht. Wegen
der Einrichtung der Christbescherung hatte die Herzogin Mutter
Goethe zu Rathe gezogen. Daß auch Corona als Hofsängerin
anwesend war, erleidet keinen Zweifel; aber von einer besondern
Anziehung, die sie an diesem Abend auf Goethe geübt, sagt das
Tagebuch kein Wort. Die Eintragung von diesem Tage schließt:
„Druck, Wehmuth, Glauben." Goethe hat einmal die treffende
Bemerkung gemacht, man urtheile über die Menschen oft ungerecht,
wenn man sie bei Beurtheilung dessen, was sie thun, immer
für gesund nehme. So ist es auch bei Charlotten und Goethe
selbst. Erstere litt sehr oft und war in Folge dessen empfindlich, reizbar und trüb verstimmt, was sie auch gegen den Ge-
liebten aufregte. Auf Goethe's Gesundheit übte die Thüringer
Luft, besonders in den Wintermonaten, einen schlimmen Einfluß,
und so sehen wir ihn dießmal seit seiner Rückkehr bis Anfangs
Februar sehr angegriffen, ja am 18. Januar ward er an der
Tafel der Herzogin Mutter ohnmächtig. So erklärt es sich leicht,

daß er in jener Christnacht, die ihn lebhaft an die Heimat erinnern mochte, wehmüthig gestimmt war, aber der Glaube an sein Glück, das ihm in Weimar eine sichere Stätte gegründet habe, überwand. Ja am folgenden Tage (es war der Geburtstag der Freundin) hatte er den Gedanken, in seinem Gartenhause dem guten Glücke, der ἀγαϑὴ τύχη, einen Weihestein zu setzen, worüber er sich mit dem gleichfalls den 22. in Weimar angekommenen, im Fürstenhause wohnenden Maler Oeier besprach. Wie hätte er ahnen können, daß ihn an demselben Tage, dem ersten Geburtstage, den er mit der Freundin verleben sollte, ein so schreckliches Leid treffen werde! Das Tagebuch bemerkt: „Zu ☉. Viel gelitten. Allein (im Garten gegessen). Noch zu Scharbts. Tiefes, tiefes Leiden!" Keil bewährt hier wieder seine Kunst der Mißdeutung. „Er hatte bei ihr eine jener Scenen zu erleben gehabt", schreibt er (II, 118), „in denen sie ihn ihren Argwohn, ihre Eifersucht erfahren ließ, in denen sie (um mich Lewes' treffenden Ausdrucks zu bedienen) sein ungestümes Verlangen zu zügeln und ihn zugleich in dem süßen Fieber der Hoffnung zu erhalten wußte." Er merkt nicht einmal, daß er hierbei zwei ganz verschiedene Dinge, Eifersucht und Zurückhaltung seiner Leidenschaft, mit einander verwechselt, und die Eifersucht ihr rein willkürlich unterlegt. Wir haben von ihrer Eifersucht noch keine Spur gefunden, und fordern Keil auf, eine solche aufzuzeigen, die er nicht erst selbstbeliebig gemacht. Was es gewesen, was ihm eine ernstliche Zurückweisung zugezogen, ist nicht schwer zu errathen; auch eine Vermuthung der Veranlassung dazu liegt sehr nahe. In der Aufregung der Liebe zu der edlen Frau, die in Weimar seine Herzensvertraute und Leiterin geworden, ließ sich der körperlich angegriffene und dadurch reizbare heißblutige Dichter zu Aeußerungen hinreißen, die sie nicht gestatten konnte. Schon im November hatte er ein Modell zu einem Schlitten für die Freundin gemacht; dieser war jetzt fertig und nichts lag näher, als daß er ihr diesen zum Geburtstage schenken und mit ihr heute oder an den nächsten Tagen in demselben fahren wollte. Ihre Weigerung, ein so kostbares Geschenk anzunehmen und mit ihm zu fahren, konnte heftige Auftritte veranlassen. In der

Verzweiflung seines Schmerzes besuchte er Charlottens Eltern, da der Weg zu der Freundin ihm versperrt war; konnte er sie nicht sehen, so wollte er doch die Ihrigen besuchen und vielleicht dort ein tröstendes Wort von der Mutter hören, die so viel über Charlotten vermochte. Aber auch diese, wenn er sie anders fand, da sie gewöhnlich den ganzen Geburtstag bei der Tochter zubrachte, hatte keine Beruhigung für ihn. Von dort trieb es ihn zu Kalb, in dessen Hause er so lange gastfreundliche Aufnahme gefunden, dann in seinen Garten zurück, Abends zu Herder, wo er wieder Kaufmann trifft, dessen Wunderlichkeit ihn anzieht. Kein Gedanke, daß er Coronen aufgesucht und bei ihr Trost gesucht hätte! Wäre Charlotte eifersüchtig auf diese gewesen, zu keiner schlechtern Zeit hätte sie Streit erheben können, da sie dann eben hätte fürchten müssen, den Geliebten an die schöne vielbegabte Sängerin zu verlieren. Den andern Tag aß er bei Hofe; Charlotte hielt sich zurück, dürfte auch wirklich zu angegriffen gewesen sein. So sah er sie denn auch wohl nicht bei der Nachmittagscour und dem Concert (es war Sonntag); in letzterm sang ohne Zweifel Corona, doch gedenkt das Tagebuch einfach nur des Concertes. Den folgenden Abend war Redoute, bei welcher nach dem Fourierbuche ein Aufzug stattfand, an dem sich wohl Corona betheiligte. Das Tagebuch bemerkt nach Erwähnung der Redoute: „Corona sehr schön." Daß er näher mit ihr verkehrt und sie einen Eindruck auf sein Herz gemacht, davon lesen wir keine Silbe. Keil hatte nicht die geringste Ahnung, daß der Ausdruck sich auf Coronens Erscheinung im Redoutenaufzug beziehen könne, und er scheint anzunehmen, auch Frau von Stein sei auf der Redoute erschienen. Wahrscheinlich hielt sie sich zurück; am Hofe erscheint sie an diesen Tagen nicht, erst wieder bei der Abendtafel des 28. An diesem Tage probirte Goethe seinen Schlitten, mit dem er allein nach Tiefurt fuhr; die geliebte Frau, für die er ihn bestimmt hatte, hielt ihn noch immer von sich fern, und er selbst wagte keine Annäherung, weil sie sich wohl auch jede briefliche Verbindung verbeten hatte. Auch am 29., einem Sonntag, fährt er wieder im Schlitten, geht dann zum Rittmeister Lichtenberg; an der großen Mittagstafel bei Hof nimmt er so wenig als Charlotte Theil. Aber den Abend tanzt er bis Mitternacht und ist „sehr vergnügt". Wo diesen Abend Ball war, wissen wir nicht; wahrscheinlich war auch der Hof dabei, da das Fourierbuch von diesem Abend nichts meldet. Seine Lustigkeit war wohl ein Rückschlag seiner schmerzlichen Spannung. In der Verzweiflung tanzte er hier mit den jungen Mädchen. Auch am andern Abend ist er auf dem Balle, dieß= mal bei dem Obermarschall von Witzleben: aber er hielt es dort nicht lange aus, wahrscheinlich befiel ihn der Gedanke an den Groll der Freundin, die noch immer ihm nicht vergeben zu wollen schien. Wie wenn dieses Verhältniß, das ihm in Weimar seinen festen Seelenhalt gab, gebrochen bleiben sollte? Wohin waren dann seine schönen Träume auf eine glückliche Zukunft? Das am Schlusse der Eintragung dieses Tages stehende Delgist spottet bisher der Deutung. An Quälgeist ist kaum zu denken. Endlich am letzten Jahrestage ist Frau von Stein bei der großen Hoftafel und nimmt um 3 Uhr an der Schlittenfahrt nach Tiefurt Theil, von der sie erst spät nach der Abendtafel zurückkommen. Goethe ißt Mittags bei Wieland, zu dem er in seiner Noth flüchtet, fährt Abends allein im Schlitten nach Tiefurt, wobei er diesen selbst „zer= schlägt". Das Tagebuch schließt: „Wunderbare Wirthschaft in der Laube. Fieberhafte Wehmuth." Sah er hier in der Laube ein lustiges Treiben, das ihn noch wehemüthiger stimmte? So schloß das Jahr für ihn in fieberhafter Spannung. Charlotte hatte seine leidenschaftliche Glut mit Ernst zurückgewiesen und wohl mit völligem Bruche gedroht, vorab sich jede Annäherung von seiner Seite verbeten. Er selbst fand in der Verbindung mit ihr sein einziges Glück, jeder Gedanke an Coronen lag ihm fern. Seit diese als Hofsängerin angestellt war, hielt er sich eher von ihr zurück, als daß er sie aufgesucht hätte, und sie selbst war vielleicht eben durch diese Zurückhaltung verletzt, am wenigsten konnte er in ihr einen Ersatz der ideenvollen Herzens= freundin finden, die sein ganzes Vertrauen besaß.

Erst mit dem ersten Jahrestage 1777 scheint Charlotte sich ihm wieder genähert zu haben. Das Tagebuch gibt darüber keine Auskunft, da es nur ganz überraschend am 2. berichtet,

er habe bei der Stein gegessen. Die Eintragung des 1. Januar wird unvollständig sein, was sich, wenn es nicht etwa
Schuld des uns vorliegenden Auszugs ist, daraus erklären würde,
daß er damals sehr angegriffen war. „Den Tag über abge-
spannt zugebracht und fatal“, schreibt er. „Abends fieberhafte
Hitze“. Körperlich fühlte er sich nicht weniger angegriffen, als
er innerlich litt. Höchst wahrscheinlich sah er Charlotten Abends
am Hofe bei der Cour und bei der Herzogin, wo sie mit ihm
über das Geburtstagsstück sprach und ihn zum andern Mittage
einlud. Später war er bei Wieland; hier traf er den Herzog
und Coronen. Daß er absichtlich dort mit letzterer zusammengetroffen, sagt das Tagebuch nicht. Keil selbst verwechselt (II.
119) hier das Venus- und Merkurzeichen, und läßt die Zusammenkunft bei der Gräfin Werther erfolgen. Daß Goethe
Abends seinen Neujahrsbesuch bei dem ihm damals so vertrauten
Wieland machte, kann nicht auffallen. Da ihn Charlotte am
vorigen Tage an das Stück gemahnt hatte, so sprach er am
nächsten Morgen über die Dekorationen und die ganz neue Einrichtung der Bühne mit dem Maler Kraus und dem Maschinisten
Mieding. Mittags aß er bei Charlotten, und wenn er Abends
zu Coronen ging, so erklärt sich dieß eben daraus, daß diese
in dem Stücke, wo Lila nach der ersten Fassung die Heilung
ihres Gemahls bewirkte, eine Hauptrolle übernehmen sollte, und
es sich um die Melodien der einzulegenden Lieder handelte.
Daß es ihm Nachts fieberhaft wurde, hängt mit nichts
weniger als dem Kampf seiner Neigungen zusammen; es war
rein körperlich. Schwerlich dürfte er lange bei ihr verweilt
haben, jedenfalls ist es verkehrt, mit Keil (II. 119) nach Erwähnung des Besuches zu sagen: „Er befand sich in einem
fieberhaften Zustande“. Am andern Morgen empfing er ein
Abends spät von der Freundin geschriebenes Zettelchen, worin
diese eines Vorwurfs der Herzogin gedacht hatte. Sogleich erwiederte er:[1] „Gestern Abend ist mirs noch sehr dumm worden.
Ich hab's Huflanden (dem Arzte) gemeldet und was einge-

---

[1] Daß der Brief bei Schöll (I, 4) von diesem, nicht vom vorigen Jahre sei,
habe ich bereits in der Schrift „Goethe und Karl August“ (I, 43) bemerkt. Um
solche Kleinigkeiten kümmern sich Stahr und Keil nicht.

nommen. Werde zu Haus bleiben. Auch schwerlich zur Redoute kommen. Dank für Ihr Wort gestern Nacht. Ich soll
wohl mit den Menschen, spür' ich, sobald noch nicht aus-
einanderkommen. Grüßen Sie die Herzogin. Ich weiß doch
allein, wie lieb ich Euch habe." Denselben Abend antwortete
er auf eine von einem Briefchen begleitete Sendung:[1] „Danke
für die Magenstärkung und Stärkung im Glauben. Die Farbe
ist wohl recht, nur muß man sehen, wie sie sich zu Nacht aus-
nimmt und daß sie recht gleich gefärbt wird.[2] Heut hab' ich
in der Schwachheit meiner Sinne den ersten Akt verfertigt.
Addio, Beste. Grüßen Sie den Freund Oger.[3] — Darf ich Sie
bitten, auf der Redoute dieses Band mir zum Gedächtniß zu
tragen". Das Verhältniß war demnach so ganz wieder hergestellt, daß sie bei der Redoute dieses Abends ein Band von
ihm trug. Den andern Morgen schreibt er: „Indeß Sie lustig
waren, war ich fleißig; hier haben Sie ein Stück (von Lila).
Ich bin wohl wieder ganz leiblich, komme wohl heute zu Ihnen.
Leben Sie froh bis dahin". Wenn das Tagebuch ihn diesen
Mittag bei der Herzogin Mutter speisen läßt, so beruht dieß
wohl auf einer Verwechslung des Sonnen- und Mondzeichens,
welche die Abschrift auch sonst zeigt. Nachdem er bei Charlotten
zu Mittag gegessen, ging er aufs Theater, um dessen neue Einrichtung anzusehen. Von einer vertraulichen Annäherung an
Coronen zeigt sich keine Spur, wenn Goethe auch mehr als bisher mit ihr verkehrte, da sie bei seinem neuen Stücke thätig sein
sollte. Mit ihr und wahrscheinlich der Hofdame Waldner fährt
er am 6. nach Tiefurt, wobei er die Fräuleins „ärgerte", was
gerade nicht auf eine Leidenschaft deutet. Abends kehrte er
vergnügt zurück und ging zu Musäus, wo der Vormünder
probirt wurde. Wenn er Abends Coronen besuchte, so folgte
er wohl nur einer Einladung derselben. Daß er dort bis zu
10 Uhr blieb, würde noch weniger auffallen, wenn damals
schon ihre Freundin Wilhelmine Probst bei ihr gewohnt hätte,

<hr>

[1] Vgl. oben S. 94.

[2] Es ist wohl von einem Kostüme, vielleicht der Feen, die Rede.

[3] Ihr Gatte, der in ernsten Tänzen sehr gewandt war, war für die Rolle des
Oger bestimmt. Der Name kann im Briefe „Oger" oder „Oge" gelesen werden.

wie Keil annimmt; aber auch ohne dieß kann es nicht als an=
stößig gelten, daß er die seit seiner Jugend befreundete Sängerin,
mit welcher er nach Tiefurt gefahren war, Abends besuchte.
Jedenfalls hängt das Herzklopfen und die fliegende Hitze, welche
ihn in der folgenden Nacht nicht schlafen ließen, nicht mit
leidenschaftlicher Liebe zu Coronen zusammen, sondern waren
rein körperlich. Am 7. schrieb er an Oeser wegen einer Park=
dekoration zu seinem Stücke, von dem während der Anwesenheit
desselben im Dezember noch keine Rede gewesen war. Bei der
großen Schlittenfahrt, die der Hof am andern Mittag nach Tiefurt
veranstaltete, fuhr Goethe, da die Damen dazu verlost wurden,
Fräulein Lina Oppel. Am Abend fuhr man zur Herzogin
Mutter, [1] wo getanzt wurde. Goethe aber fühlte sich hier traurig
gestimmt. An die Freundin, die keinen Theil daran genommen,
schreibt er den andern Morgen: „Wie haben Sie geschlafen, liebe
Frau? Ich recht wohl. Befinde mich auch munter und gut.
Ich schreibs Ihnen, weil ich weiß, daß es Ihnen lieb ist.
Gestern hat mich ein einzig Gefühl gefreut, daß ich auf künf=
tigen Sommer viel für Sie zeichnen werde." So sehr hingen
alle seine Sinne an ihr, wenn er auch gegen andere Damen
freundlich und artig war. Die Vollendung der Lila und die
Vorbereitungen zur Aufführung nahmen ihn lebhaft in Anspruch.
Daß in der Vorstellung der Mitschuldigen am 9. Corona
die Rolle der Sophie gespielt, ist eine unwahrscheinliche An=
nahme Keils, noch wunderlicher, daß er Goethe's Bemerkung
„schlecht gespielt", um nichts auf seine liebe Corona kommen
zu lassen, nicht auf das Spiel, sondern auf das Stück bezieht,
ein pfiffiges Mittel, das unsere Schauspieler sich merken mögen.
Dieses willkürlich angenommene Auftreten Coronens in den
Mitschuldigen ist Keil gar erwünscht, um sie schon damals
mit Goethe auf der Bühne ihre Liebesgefühle austauschen zu
lassen. Von der Redoute des 10. hören wir nichts. Goethe
schlief die folgende Nacht, wahrscheinlich weil er lange auf der
Redoute gewesen war, beim Herzog. Vielleicht schrieb er dort
den 11. an Charlotten auf blau Papier die Worte: „Danke für

<hr>

[1] In der Abschrift des Tagebuchs sind wieder das Sonnen= und Mondzeichen
verwechselt.

den guten Morgen und bitte um Erlaubniß, mit Ihnen essen zu dürfen." Er war wirklich Mittags bei ihr, fuhr dann auf dem Schlitten das „Misel" nach Belvedere. Welche Dame hier gemeint sei, ist nicht zu sagen; man könnte an die Waldner denken, aber auch an Amalie Kotzebue, die er im vorigen November mehrfach als „Misel" bezeichnet hatte. Wenn er diese Zeit über nicht so häufig bei Charlotten sich befand, so nahmen ihn eben der Herzog und sein Stück, dessentwillen er auch Seckendorf besucht, der die musikalische Komposition übernommen hatte, in Anspruch, und daß wir jeden auch nur kurzen Besuch bei Charlotten in unserer Tagebuchsabschrift verzeichnet finden sollen, ist kaum anzunehmen.

Wie dieses sich aber auch verhalten möge, fest steht, daß am 12. Goethe mit Coronen und dem Herzog bei Frau von Stein zu Mittag speisten, was kaum denkbar, wenn Charlotte auf die Sängerin so eifersüchtig gewesen wäre, wie ihre Ankläger es sich nun einmal in den Kopf gesetzt haben. Weßhalb Corona mit zu Tische war, können wir vermuthen. Goethe nahm wegen der Costüme die Sorge Charlottens selbst noch in spätern Zeiten in Anspruch, und wir fanden eine darauf bezügliche Bemerkung schon am 3. Wahrscheinlich sollten beide Frauen, da Corona in der Kostümkunde außerordentlich bewandert war, sich darüber vereinigen. Keil kommt auch hier wieder mit seinen Eifersuchts-gedanken. Die Reize Coronens hätten ihr die Gefahr, den ge-liebten Dichter zu verlieren, um so näher erscheinen lassen müssen, und so sei ihre Eifersucht rege und immer lebhafter geworden. Ganz sonderbar, daß die Eifersüchtige ihre Neben-buhlerin mit dem Geliebten zu Tisch ladet, wie sie auch das Geburtstagsstück so eifrig betrieben hat, welches Coronen mit dem Dichter in die gefährlichste Verbindung brachte. Das Tage-buch sagt, nachdem es des Zusammenessens bei Charlotten ge-dacht hat, nichts weiter als: „Streit über Raphael. Abend(s) Mondenzeichnung". Es steht hiernach nicht einmal fest, ob der Streit geführt wurde in der Gegenwart Coronens und des Herzogs. Gottschall aber wagt die Angabe willkürlich zu er-gänzen: „Doch schien das Gespräch nicht recht in Gang zu kommen; man disputirte über Raphael." Wer gibt ihm denn

das Recht, einen haltlosen Einfall auf gleiche Stufe mit über-
lieferten Thatsachen zu setzen? So kann man freilich, was man
will! Keil denkt sich, die Unterhaltung habe vielleicht nur von
bildender Kunst gehandelt. Goethe hatte damals in der Handschrift zum dritten Bande von Lavaters physiognomischen
Fragmenten dessen Aeußerungen über Raphael ausgeschnitten
und dachte eine eigene Behandlung des Gegenstandes dafür
einzuschieben. Er wird seine Ansicht darüber entwickelt, Frau
von Stein etwa auf Lavaters Seite sich gestellt haben. Daß
Charlotte ihre eigene Ansicht lebhaft vertheidigte, wird man
nicht als Streitsucht auslegen dürfen. Wahrscheinlich zeichnete
er bei ihr Abends den Mond. Den folgenden Tag zeichnete
er wieder in seinem Garten, wobei er wohl an Charlotten
dachte. Wir erinnern an seine Aeußerung vom 8. Er fühlte
sich damals so glücklich, daß er am 15. wieder an den Weihestein dachte, welchen er der Glücksgöttin in seinem Garten setzen
wollte. Aber als er Mittags bei Charlotten aß oder nach
dem Essen kam es wieder zum Streite, wahrscheinlich auch dießmal
über die Kunst, und sie konnten sich darüber nicht verständigen,
doch zeichnete er am Abend bei ihr am Monde weiter. Den andern
Morgen kam er zur Freundin, um wegen der morgigen großen
Eisfahrt, bei welcher man auf dem Eise essen wollte, sich näher
zu besprechen. Die Eisgesellschaft vergnügte sich und Goethe
söhnte sich bei dieser Gelegenheit in Betreff ihres Streitpunktes
mit der Freundin glücklich aus. Daß er später ins Wasser fiel,
dürfte diese in großen Schrecken versetzt haben. Ob Corona
sich bei dem Eislauf betheiligte, wissen wir nicht. Abends aß
er mit Charlotten zur Nacht und, wenn er später zur Redoute
ging, wird ihn die Freundin dorthin begleitet haben. Die Eisfahrt hatte alle Theilnehmer so sehr vergnügt, daß sie am folgenden Tage wiederholt wurde. Abends war Goethe wohl mit
dem Hofe bei der Herzogin Mutter, wo er bei Tische ohnmächtig
wurde. Die Aufführung der Lila rückte immer näher. Am
19. begibt er sich deßhalb zu Seckendorf, dann zu Coronen, mit
welcher er zu Mittag speiste, was keineswegs einen Schluß
auf leidenschaftliche Neigung gestattet. Von Coronen geht er
zu Charlotten. Den nächsten Tag hat er morgens Probe der

Tänzer, zu Mittag speist er bei Charlotten, Nachmittags probirt er den ersten Akt des Stückes, wobei wohl Coronen zugegen war. Die weiteren Proben, bei denen Corona mitwirkte, hielten den Dichter so sehr in Thätigkeit, daß er darüber sein Tagebuch vergaß. Die Aufführung am 30. fand vielen Beifall. Goethe spielte den Doktor, wie sich aus dem Lobgesang auf Goethe nach der ersten Vorstellung ergibt; in diesem wird ihm Dank für sein „entzückend Spiel" dargebracht, wo „Doktor einen Zauberkreis um alle Sinne gewunden, Herz und Seele magisch gebunden" habe. Wenn es im Tagebuch heißt: „Sternthal gespielt", so nennt er hier das ganze Stück von der Person, um die es sich handelt. Keil nimmt ohne weiteres an (II, 124 f.), Corona habe die Lila gespielt; das ist aber nicht allein nicht erwiesen (nach Burkhardt sind als Mitwirkende nur bekannt: Frau von Lynker, die Sängerin Steinhardt, Aulhorn, Schalling und Seidler), sondern ergibt sich dadurch als kaum glaublich, daß bei der zweiten Aufführung ein Fräulein von Witzleben die Lila spielte, da nicht anzunehmen, Corona habe ihre Rolle abgegeben. Diese gab wohl die Fee Sonna, dagegen Frau Steinhardt die Fee Almaide, welches die beiden Hauptrollen für die Sängerinnen waren. Die Einübung der Chöre leitete der Hofmusiker Zahn. Am 31. war Geburtstagsredoute, von der das Tagebuch nur berichtet „sehr voll".

Daß durch das Zusammenspielen mit Coronen sich eine innigere Neigung zu dieser gebildet, davon fehlt es an jeder Spur. Wenn Goethe in der Nacht nach der Redoute „Phantasie! (doch wohl Phantasien) Herzklopfen" hatte, so hängt dieß mit geistiger Aufregung nur in soweit zusammen, als übermäßige Anstrengung die körperliche Reizbarkeit gesteigert hatte. Am 2. ißt er bei Charlotten zu Mittag, nachdem er ein neues Quartier ihrer Familie auf der sogenannten Sattelkammer mit dem Herzog ausgemacht hat; den 3. nimmt ihn der Hof in Anspruch; die folgende Nacht ist er ruhig und den ganzen Tag heiter. „Ich hab' einen schönen Tag gehabt", schreibt er Abends, „und versucht, wie's thut, Sie nicht zu sehn. Dafür haben Sie denn zwei Gesandtschaften des Tags, Morgens Blumen und Abends Würste. — Ich sitze an meinem einsamen Feuer und habe Sie sehr lieb." Man fühlt fast aus jedem Worte, welche stille Beruhigung über ihn gekommen war. Den 5. hat er wieder eine bewegte Nacht. Am Morgen des 6. besucht er Charlotten, Mittags muß er bei der Herzogin Mutter essen; von hier geht er zu Coronen, wohl weil er wegen einer Theatervorstellung, etwa wegen Erwin und Elmire, das mit den Arien der Herzogin Mutter gegeben wurde, oder wahrscheinlicher wegen der neuen Bearbeitung der Lila sie sprechen wollte. Den 7. ist er wieder bei Charlotten, aber er fühlt sich gewaltig aufgeregt, und so entschuldigt er sich beim Herzog, daß er mit ihm die Redoute nicht besuchen kann.

Höchst bedeutungsvoll ist, was wir unter dem 8. lesen: „Abend(s) Crone und Herzog (Jupiterzeichen) bei L. (wohl Bezeichnung der Waldner) ertappt." Das Ertappen, noch mehr die Eintragung des folgenden Tages: „Zur Herzogin. Mit Herzog ausgemacht das Benehmen. Gegen 11 zu L. ᛭ ᛭ (d. h. lieb)", deuten darauf, daß Goethe schon vermuthet, der Herzog schleiche der schönen Sängerin nach und suche zu ihr ein näheres Verhältniß, wobei er wohl daran dachte, daß Corona durch den Rang jenes Grafen sich hatte blenden lassen. Je lebhafter Goethe wünschte, eine innigere Verbindung zwischen dem Herzog und der Herzogin herzustellen (auch Lila hatte deßhalb die Gattenliebe so schön verklärt), um so ärgerlicher war ihm diese Liebschaft, um so mehr als er fürchten mußte, die Herzogin werde ihm hiervon, wie von so manchem andern, die Schuld zuschreiben. So erklärte er sich denn darüber auf das entschiedenste gegen den Herzog, der sich zuweilen eine ernste Lektion von ihm gefallen ließ. Die Herzogin selbst setzte er davon in Kenntniß und sprach auch der Waldner zu, ein solches Verhältniß nicht zu begünstigen. Hatte er aber hier gleichsam den Herzog von der Liebschaft zur Sängerin zurückgehalten, so mußte er selbst auch jedes leidenschaftliche Verhältniß zu derselben meiden, um nicht den Schein auf sich zu ziehen, als habe Eifersucht dazu ihn bestimmt. So wurde denn gerade die gestörte Liebschaft des Herzogs, bei welcher wir wohl glauben dürfen, daß Corona sich gegen diesen, der sie später marmorkalt nannte, nichts vergeben haben werde, für Goethe eine Veranlassung, von seiner Seite jedes leidenschaftliche Verhältniß zu meiden, und es ist nicht der geringste Grund zur Annahme vorhanden, Corona habe irgend einen Versuch gemacht, des Dichters Liebe für sich zu gewinnen. Keil scheint freilich trotz allem dem Dichter Eifersucht unterzulegen, wenn er sagt (II, 123), das „Ertappen“, wie er es nenne, habe ihn gemüthlich erregt. In das Concert, in welchem doch wohl Corona sang, that er am 9. nur „einen Blick“. Am 10., Fastnachtsmontag, könnte das drollige Spektakelstück Dido auf der bürgerlichen Bühne gegeben worden sein.[1] Im vorigen Jahre war Goethe selbst am Fastnachtsmontag auf dieser Bühne als Velcour aufgetreten. Das Tagebuch übergeht diesen Tag. Wie ganz glücklich dieser sich fühlte, ergibt sich aus der Bemerkung vom 11.: „Mit ☉ gessen. Glücklicher Abend. In der Bauernmaske auf die Redoute.“ Er blieb bis zum Abend und ging dann mit Charlotten zur Fastnachtsredoute. Freilich, wer Skandal sucht, wird auch diesen „glücklichen Abend“, der auf die reine Seelenstimmung der Geliebten deutet, auf schändliche Weise deuten können; wenigstens hat man spätere ebenso unverfängliche Ausdrücke so arg mißdeutet. Den 12. oder 13. scheint sich Charlotte nach Kochberg begeben zu haben; das Tagebuch, welches am 12. nur das späte Aufstehen meldet, am 13. ganz schweigt, berichtet ihre Wiederkehr am Abend des 17. In der Zwischenzeit geht er am 14. auf die Redoute, wo die fünf für Lila gemachten, aber nicht gebrauchten Vogelmasken erschienen. Er sah hier wohl Coronen, gegen die er, wie immer, artig gewesen sein wird. Das Tagebuch erwähnt ihrer dabei nicht. Den 15. hat er den Besuch der Waldner, Coronens und des Herzogs in seinem Garten; daß sie zusammen gekommen, wird nicht gesagt, wahrscheinlich war Corona, welche Goethe eingeladen hatte, ihn in seinem Garten zu besuchen, von der Waldner begleitet gewesen. Eine sonstige Veranlassung zum Besuche braucht man nicht anzunehmen. Gewiß lag diese nicht in dem neulichen „Ertappen“, wie Keil annimmt, oder

[1] Burkhardt (Grenzboten 1873) III, 8** vermißt für die von mir erwähnte Aufführung dieses Stückes „quellenmäßige Belege“. Aber schon Riemer (II, 621 f.) hatte dafür den bereits 1837 gedruckten Brief von Goethe's Mutter mitgetheilt, der darüber genauere Mittheilungen macht.

in der an diesem Abende wiederholten Vorstellung der Gast=
wirthin. Daß Corona in dieser aufgetreten sei, steht nichts
weniger als fest. Es handelte sich damals um eine wiederholte
Vorstellung der veränderten Lila. Dieser wegen besucht er am
16. Seckendorf, von welcher er zu Coronen geht, die das Tage=
buch dießmal mit ihrem Zunamen nennt, und er bleibt bei ihr
zu Tisch. Darauf zieht es ihn zu Wieland. Er fühlte sich so
beruhigt, daß er am Abend in seinem Garten an Wilhelm
Meister diktirt. Vielleicht hatte Charlotte an dem glücklichen
Abend vor ihrer Abreise ihn aufgefordert, an die Ausführung
dieser Dichtung zu gehen, von welcher er ihr manches vertraut hatte.

Wahrscheinlich besuchte er die zurückgekehrte Freundin gleich
an demselben Abend und zeichnete bei ihr, wie er pflegte; denn
das „Gezeichnet" zwischen der Erwähnung ihrer Wiederkehr und
der Rückkunft in seinen Garten Abends um 10 Uhr kann doch
nur auf den Besuch bei Charlotten gehn. Am 18., wo es sehr
kalt war, erwähnt das Tagebuch nur des an diesem Tage ab=
gehaltenen Concerts und der Witterung; vom 19. bis 22. schweigt
es ganz. Es waren wohl Tage stillen Glückes. Davon zeugen
die Briefe an Lavater vom 19. und an Johanna Fahlmer vom
21. Zwischen beide fallen die Worte vom 20. an Frau von Stein:
„Ich habe dem Herzog gerathen, heute bei Ihnen zu essen. Er
ist nicht in den besten Umständen. Wenn Sie uns mögen,
kommen wir um 1. Machen Sie aber weiter keine Umstände.
Hier schicke alten Wein. Addio." Den alten Wein, mit dem
er sparsam war, hatte er von seiner Mutter bekommen.

· Am Ende des Monats nehmen ihn außer den Geschäften
die Proben seiner Lila und der Hof sehr in Anspruch, der den
Herzog Ferdinand von Braunschweig eine Woche lang zum Be=
suche hatte. Den 23. begleitet er Coronen aus der Probe der
Lila nach Hause. Die nächsten acht Tage lang wird ihrer im
Tagebuch nicht weiter gedacht, obgleich er bei zwei weitern
Proben der Lila und am 3. März bei der Aufführung mit ihr
zusammenkam. Daß Corona auch in Erwin und Elmire am
1. März gespielt habe, ist wenigstens nicht erwiesen. Keil be=
nutzt aber solche unerwiesene Behauptungen, um seine Darstellung
aufzuputzen und der Sängerin und Goethe, wo möglich zärt=

liche Empfindungen wenigstens auf der Bühne in den Mund zu legen. Bei Charlotten ist Goethe am Abend des 24., wo er Frau von Werther trifft. Die Bewegung des Herzens, welcher er darauf gedenkt, ist nicht auf diesen Besuch zu beziehen. Den 27. speist er Abends mit der Freundin und fährt auch wohl mit ihr an Hof.

Die Bewegung des Herzens scheint Goethe am Anfange des März einmal hingerissen und Charlotten veranlaßt zu haben, ihn wieder einige Zeit entfernt zu halten. Keil hat dieß übersehen, sonst würde er wohl hier wieder von Eifersucht gesprochen haben, welche durch das Zusammenspielen in Lila veranlaßt worden. Charlotte war stets besorgt, die Möglichkeit ihres innigen, für sie nothwendig gewordenen Verhältnisses zu erhalten; deßhalb mußte sie seine oft aufflutende Leidenschaft eindämmen und jedes freiere Benehmen am Hofe und sonst, das sie in das Gerede der Welt bringen konnte, ihm entschieden verweisen. Der Hof, besonders die Anwesenheit des Statthalters von Erfurt, nahm Goethe am 4. sehr in Anspruch. Nach dem Hofe besucht er am 4. wieder einmal Coronen, nicht aber an dem folgenden Tage, wo ihn die Trennung von der Stein sehr drückte. Am 5. that er sich „lächerliche Gewalt" an, sie nicht zu sehn; den 6. schreibt er der Freundin, die Tags darauf mit dem Statthalter nach Erfurt fuhr, wobei er sie, trotz der Einladung desselben, nicht begleiten durfte, er wisse nicht, ob er es heute über sich vermöge, von ihr fern zu bleiben. Da er ihr nichts schicken darf, sendet er etwas für ihren Fritz. Zu seiner Ueberraschung erfreute ihn Charlotte mit einigen Zeilen. „Wenn Sie nicht nach Hof gingen, käm' ich doch", erwiedert er. Auch nach Charlottens Rückkehr von Erfurt, durfte er zu dieser zunächst noch nicht kommen. Am Nachmittag des 9. besuchte er Coronen, aber er „kriegte Picks" und ging nach Hause. Was ihn bei ihr geärgert, können wir nicht errathen. Sechs Wochen lang erwähnt das Tagebuch ihrer nicht mehr, mit Ausnahme des 24., wo er sie Abends bei Wieland mit dem Herzog traf. Dagegen bezeugen Tagebuch und Briefe die innigste Verbindung herzlicher Freundschaft zu Charlotten, deren Porträt er zeichnet, für deren neue Wohnung

er thätig ist, der er überall als treuester Hausfreund zur Seite
steht. Als er am 17. März den Grund zu seinem Angebäude
im Garten legt, muß sie ihm etwas schicken, um es in denselben wohl verwahrt zu senken, aus dem es wohl die Folge-
zeit wieder einmal zu Tage bringen wird. Den Weihestein des
guten Glückes setzt er endlich am 5. April, nachdem er Abends
vorher bei Charlotten gewesen. Sein Glück fand er eben in
ihrer innig theilnehmenden Liebe.

Was soll man aber sagen, wenn Keil behauptet (II, 129),
eben so oft und fast noch mehr als die Frau Baronin habe
Goethe Coronen besucht, wodurch schon im Beginn des Frühlings die Eifersucht derselben rege geworden. Darauf bezieht
er einen Brief, den Schöll nach unsicherer Vermuthung vor den
20. April setzt und der gar nicht von Charlottens Verhältniß
zu ihm, sondern ihrem „Betragen zu den andern Sachen, die
ihn plagen", d. h. der Theilnahme an seinen geschäftlichen Un-
annehmlichkeiten spricht, sonst die innigste, durch kein Wölkchen
getrübte Liebe zeigt. Welcher Dämon mag ihm in die Zeit
vom 10. März bis zum 18. April häufige Besuche in das von
ihm selbst herausgegebene Tagebuch eingeschmuggelt haben, von
denen ein gewöhnlicher Blick eben nichts sehen kann. Da ist es
freilich nicht zu verwundern, daß die Tagebuchbemerkung zwischen
dem 13. und 18. April: „Viel in der Seele herumgeworfen",
auf Frau von Stein und Coronen bezogen werden soll, als ob
nicht außer seiner Liebe ihn so manches beschäftigt und beunruhigt hätte. Das ist jenes „mancherlei", von dem er, wie er
einmal der Freundin schreibt (I, 94), Abends an ihren Augen
ausruhen wolle. Auch Gottschall blickt durch Keils Brille, wenn
er behauptet: „Goethe und Corona sieht man fast alle Tage zusammen, schon in der Frühe des Morgens, bei dem Mittag-
und Abendessen, bei den Abendproben, oft im Garten bis in
die Mondscheinnächte hinein, und dieß ging mit Pausen Jahre
hindurch." Welch eine ungeheure, bei ruhiger Betrachtung
unmögliche Uebertreibung in dieser Behauptung liegt, beweist das Tagebuch mit seiner unparteiischen Stimme. Auch
das ist eine ganz der Wahrheit zuwider laufende Behauptung
Gottschalls, seit Coronens Ankunft hätten sich Streit und

Versöhnung im Verkehr Goethe's mit Charlotten häufiger ab=
gelöst.

Was ihn veranlaßte, am 19. April nach so langer Zeit
Coronen wieder zu besuchen, läßt sich nicht sicher behaupten.
Wahrscheinlich war jetzt erst ihre Leipziger Freundin und Ge=
sellschafterin, Wilhelmine Probst, die Tochter des Kunstgärtners
des Richterschen Gartens, die Wieland launig ihre „dicke Cy=
passis" nennt, in Weimar zu dauerndem Aufenthalte angekom=
men; denn das Tagebuch berichtet an diesem Tage: „Zu Crone.
Essen. Besuchten mich im Regen; ich begleitete sie wieder und
blieb Abends." Die Gegenwart der Freundin ließ jetzt den
Ausbruch leidenschaftlicher Spannung weniger fürchten. Frei=
lich könnte man denken, eine neue Theatervorstellung habe den
Besuch veranlaßt, da am 25. wirklich „Komödie" war, aber
schon die unbestimmte Bezeichnung „Komödie", deren sich Goethe
bedient, und die Nichterwähnung aller Proben zeigt, daß er selbst
dabei nicht betheiligt war. Tags darauf besucht er nach der
Hoftafel Charlotten, und wohl mit ihr ging er zum Concert, in
welchem Corona gesungen haben dürfte. Die folgenden Tage
scheint er zur Herstellung seiner angegriffenen Gesundheit sich
eines freiern Lebens gefreut zu haben. Vom 21. bis zum 29.
wird Charlottens gar nicht gedacht, doch zeigen datirte Briefe,
vom 27. bis 29., daß er mit ihr in schriftlicher Verbindung blieb.
Es scheint von ihrer Seite damals eine Entfernung stattgefunden
zu haben. Am 26. ißt er wieder, wie vor einer Woche, bei Coronen
zu Mittag, zwei Tage später besucht er diese Abends nach der
Rückkehr von der Kirchweihe zu Mellingen. Leider läßt sich
nicht nachweisen, wo Corona damals wohnte; später wissen wir
freilich, daß sie in der Stadt ihre Wohnung gehabt, aber früher
dürfte sie in einem Gartenhause, wie in Leipzig, ihre Wohnung
gehabt haben, wie ja auch die Sängerin Rudorf vor der Stadt
wohnte, auch deren Freund Knebel einige Zeit, als er seine
Stellung beim Prinzen Konstantin verlassen hatte. So hatte
seit der Ankunft ihrer Gesellschafterin wieder eine freundlichere
Annäherung stattgefunden, aber von einer leidenschaftlichen
Neigung fehlt jede Andeutung. Am 27. hatte er Charlotten
gefragt, wie und wo sie heute sei, eben so am folgenden Tage,

wo er den Wunsch, sie zu besuchen, in die Frage kleidet:
„Wenn der englische Sprachmeister einmal käme?" Am 29. will
er bei dem schönen Tage im Garten bleiben, doch fragt er, ob
sie nicht mit dem Mifel (dem Fräulein von Jlten) komme. Da
sie nicht kommt, begibt er sich zur Kirchweihe. Erst am folgenden Tage kommt er wieder zu Charlotten, die er vergnügt
findet; er liest mit ihr im Othello. Aber auf einmal befällt
ihn eine seltsame Trauer, und er fühlt sich so unwohl, daß er
sich nach Hause fahren lassen muß. So reizbar zeigte sich noch
immer seine empfindliche, durch das trübe Frühlingswetter angegriffene Natur. Er schläft die Nacht sehr gut, aber am
Morgen sitzt ihm noch „ein stiller trauriger Zug" über der
Seele, so daß er sich entschließt, zu Hause zu bleiben, doch geht
er später nach Tiefurt. Als Charlotte am 2. Mai einen kleinen
Ausflug macht, sendet sie ihm ein Zettelchen, worin sie des
Eindruckes einer seiner Schriften gedenkt, die sie wieder gelesen
hatte; denn nur darauf kann seine Erwiederung gehen: „Es muß
Sie wunderlich dünken, das Vergangene von mir zu lesen."
Man kann an Werther denken, da Goethe ihr selbst vor
Kurzem geschrieben hatte, in diesem, den er von ungefähr in
die Hand genommen, sei ihm alles wie neu und fremd gewesen.
Am Abend waren der Herzog, Seckendorf, Corona, Mine und die
Hofsängerin Neuhaus in seinem Garten. Wenn er dabei in seinem
Tagebuch bemerkt: „Ausgelassen lustig", so geht das natürlich auf
die Gesellschaft. Keil (II, 130) macht sich ein Vergnügen daraus, dieß mißzuverstehen und die ausgelassene Lustigkeit mit
auf Goethe selbst zu beziehen, um eine Unwahrheit in seinem
Briefchen an Charlotten zu entdecken, durch die er die leicht
reizbare Frau habe beruhigen wollen. Aber hätte er wirklich
vermeiden wollen, sie zu reizen, so durfte er ihr nicht schreiben,
wie er thut: „Ich erhielt's (Ihr Zettelchen), als der Herzog
und noch Jemand und ein paar Vertrautinnen, zu denen
Seckendorf gestoßen war, bei mir im Garten saßen, viel lärmten
und Unordnung machten"; mußte ja der Jemand und die
paar Vertrautinnen Charlotten, wenn sie anders reizbar
war, sehr aufregen. Man sieht, Goethe fürchtete nicht, die
paar Vertrautinnen würden die Freundin eifersüchtig machen.

Und was brauchte er überhaupt der Gesellschaft in seinem Garten zu gedenken? Am 3. ladet er sich auf den Mittag zur Freundin ein, für die er auf einen Blumenstrauß sinnt. Auch den folgenden Tag ißt er bei ihr; Nachmittags kommen ihre Kinder nebst deren Hofmeister zu ihm in den Garten, und da sie bei ihm das Gewitter abwarten und die Nacht bei ihm bleiben wollen, bittet er sie um Erlaubniß. „Gute Nacht, Beste!" schreibt er. „Hab' ich doch Ihre Kinder, da Sie so weg müssen." Sie wollte am 6. auf einige Tage nach Kalbsrieth. Wie tief es ihn schmerzte, sie zu missen, zeigen seine eifersüchtigen Zeilen vom 5.: „Sie müssen viel draußen in der Welt zu suchen haben, da Sie nicht einmal die paar Tage, da Sie so nach Kochberg gehen, warten können. Ich sage aber nichts drüber. Und komme wohl." Und er wird gekommen sein, obgleich das Tagebuch an diesem Tage nur der Tüncher in seinem Garten gedenkt. Noch am Morgen der Abfahrt begrüßt er sie mit Blumen und der Klage, daß er durch ihre Entfernung von mehr als einer Seite verwaist, mit ihr nicht nur seine Liebe, sondern auch seine Tugend verreist sei. Aus allen solchen Bekenntnissen kann man freilich nichts schließen, wenn man meint, Goethe sei in den Aeußerungen gegen Charlotten unwahr. Aber wer in aller Welt gibt Herrn Robert Keil das Recht, Goethe der Unwahrheit zu zeihen! Während Charlottens Entfernung kommt Corona einmal in Goethe's Garten und bleibt bei ihm den ganzen Tag; er selbst besuchte sie nicht. Wenn das Tagebuch am 9. bemerkt, Abends sei Charlotte von Kalbsrieth zurück gewesen, so deutet dieß wohl auch darauf, daß er sie noch besucht. Nach ihrer Rückkehr, behauptet Keil, habe Goethe's Verkehr mit beiden Frauen fast Tag für Tag gewechselt (II, 120). Das ist wieder eine seiner beliebten Entstellungen, die nicht scharf genug gerügt werden können. Vom 15. bis zum 31. besucht Goethe Coronen einmal, am Abend des 16., er trifft sie am 19. auf dem Spaziergange im Stern (daß sie bis zur Nacht bei ihm im Garten gewesen, ist offenbares Mißverständniß), am 24. besucht sie ihn frühe und kommt zu ihm zu Tische. Und Charlotte? Am 15. ißt sie bei ihm im Garten, am 17. ißt er bei ihr Abends, am 18. zugleich mit dem Herzog, am 20. speist er mit ihr und geht mit ihr, der Waldner und Fräulein von Oppel spazieren, Abends ißt er mit ihr Spargel, findet sich aber traurig, so daß er erst durch die „Mifels", die Fräulein Ilten, lustig wird. Auch am 22., 23., 26. und 31. (vom 27., wo er einmal nicht kommt, bis zum 30. fehlen die Eintragungen) ist er bei ihr, speist mit ihr, und begleitet sie zur Ansicht der neuen Wohnung. Ja, daß er, was das Tagebuch verschweigt, auch am 25. bei ihr war, bezeugen die Zeilen vom folgenden Tage. Und das nennt Keil „wechseln fast Tag für Tag", da doch auf einen Besuch Coronens neun bei Charlotten kommen.

„Dieser trauliche Verkehr des Dichters mit der schönen allge= feierten Sängerin" habe Charlotten nicht unbekannt bleiben können und ihren Argwohn, ihre Eifersucht immer mehr rege gemacht, meint Keil (II, 131), besonders da der Ton seiner Zettel, der früher so stürmisch gewesen, jetzt ein ruhiger geworden. Freilich kann er bei seiner völligen Verkennung Charlottens gar nicht auf den Gedanken kommen, daß dieß eine Einwirkung von Charlotten selbst sei, daß gerade diese auf seine Beruhigung gewirkt und sich derselben gefreut. Doch Keil behauptet (II, 131): „Goethe erhielt von ihr — der Gattin und Mutter! — immer von neuem Vorwürfe über Unbestand und Untreue gegen sie." Das beweist er mit den Worten: „Sie werfen mir vor immer, daß ich ab= und zunehme in Liebe; es ist nicht so, es ist nur gut, daß ich nicht alle Tage so ganz fühle, wie lieb ich Sie habe", die doch nur auf Ungleichheit seines Verhaltens gehen, daß er bald lebhaft, bald kalt und trübselig sei, nicht auf Untreue.

Gegen den 9. Juni ging die Freundin nach Kochberg. Das Tagebuch gedenkt in dem Anfang des Monats keiner Besuche Char= lottens und Coronens. Nach den Briefen sah Goethe erstere am 1. und zu Belvedere am 8.; aber auch andere Besuche oder Zusammen= künfte sind wohl unerwähnt geblieben. Wie wenig er ihre Eifer= sucht fürchtete, ergibt sich aus dem Briefe nach Kochberg vom 12. „Seit Sie weg sind, fühl' ich erst, daß ich etwas besitze, und daß mir was obliegt", schreibt er: „Meine übrigen kleinen Leidenschaften, Zeitvertreibe und Mifeleien hingen sich nur so an den Faden der Liebe zu Ihnen an, der mich durch mein jetzig Leben durchziehen hilft. Da Sie weg sind, fällt alles in Brunnen." Seltsam ist, wie Keil gerade diese Stelle (II, 132) anführen kann, ohne zu sehen, daß Goethe selbst der von ihm als so eifersüchtig ausgegebenen Frau gegenüber seine „Miseleien" gesteht. Sollte Charlotte das Verhältniß zu Coronen für etwas anderes als eine unschuldige Miselei gehalten haben? Aber Keil benutzt diese Stelle wieder, um die Versicherung Goethe's für „im Grunde unwahr" zu erklären. Merkt denn der gestrenge Kläger nicht, zu welchem Gimpel er den guten Johann Wolfgang Goethe macht, wenn er die Eifersucht der Freundin, statt sie zu beruhigen, durch Erwähnung seiner Miseleien aufregte. Klüglich verschweigt er auch, daß es den Liebenden am 15. zur Freundin nach Kochberg trieb. Bei der Rückkehr am 16. wurde er durch die Kunde vom Tode seiner Schwester erschüttert, was er der Geliebten sofort meldete, die ja an der Heimgegangenen innigen Antheil genommen, auch in brieflicher Verbindung mit ihr gestanden hatte. Charlotte kam darauf nach Weimar. Am 20., 21. und 22. war er bei ihr, am 21. auch bei Coronen, die ihm sofort ihre Theilnahme bezeugt haben wird. Die Tagebuchbemerkungen schweigen ganz von den letzten acht Tagen des Monats. Die Freundin ging in dieser Zeit nach Pyrmont. Als er am 4. Juli mit dem Hofe in Dornburg ist, kann er nicht unterlassen, den Rückweg über Kochberg zu nehmen, wo er sich der Kinder Charlottens freut. „Engel, es ist jetzt mein Einziges, daß ich Sie noch liebe, wie immer", schreibt er der fernen Freundin, um die er jetzt ängstlich besorgt war, da sie einen schweren Verlust fürchtete. Wie das vorigemal nach der Rückkehr von Kochberg ihn die Kunde vom Tode der Schwester getroffen hatte, so empfing ihn jetzt ein trauriges Briefchen der Freundin, welches ihren Verlust meldete. Der gegenseitige Antheil am erlittenen Verluste brachte sie sich einander noch näher. An demselben Tage besuchte ihn Corona mit ihrer Gesellschafterin und deren eben bei ihnen verweilendem Bruder. Am 11. trieb es Goethe zum drittenmal nach Kochberg, von wo er nach drei Tagen wieder nach Weimar kam. Erst am 29. kehrte Charlotten von Pyrmont zurück. Am 18. und 19. zeichnete er Coronen in seinem Garten; den 26. besuchte er sie Abends, ehe er in seinen Garten zurückkehrte.

Dieses seltene Zusammentreffen mit der anmuthigen Künstlerin zeugt von nichts weniger als von warmer Neigung. Das Zeichnen war damals seine Lust; zeichnete er ja auch den alten Doctor Siebers. Am 30. Juli finden wir ihn Abends bei Charlotten, die Anfangs August (das Tagebuch übergeht die ersten acht Tage des Monats) wieder nach Kochberg eilt. Hier begann sie ein Tagebuch, das sie bis zum Ende des Jahres fortsetzte; leider sind die Blätter aus dem noch erhaltenen Buche ausgeschnitten. [1] Von seiner herzlichsten Anhänglichkeit an die durch ihren Verlust noch immer tiefgebeugte Freundin zeugen die den Grund seiner Seele enthüllenden Worte vom 11.: „Ich muß mich fest halten, sonst risse mich Ihr Kummer mit weg, und da ist mir's so weh, daß ich das Einzige, was meinem Herzen übrig bleibt, Ihr Andenken, oft weg halten muß." Keil wird freilich auch diesen reinen Ton seiner Seele für „im Grunde unwahr" halten. Das hier sehr lückenhafte Tagebuch gedenkt nur eines Besuches, den Corona am Morgen des 25. dem Freunde gemacht. Zwei Tage später schreibt er Charlotten beim Packen zur Reise nach Ilmenau und Eisenach, wohin er des Landtags wegen mußte, seine Verständnisse seien dunkel, nur sei es ihm ziemlich klar, daß er sie liebe. Unendlich gelassen gehe er von Weimar weg, da er dort nichts habe, was ihn hielte. Aber als er an demselben Nachmittag „dunkel" von Weimar wegritt, konnte er sich nicht enthalten, den Weg nach Kochberg einzuschlagen. „Fand sie froh und ruhig, und mir wards so frei und wohl noch den Abend", berichtet das Tagebuch, „und wachte an meinem Geburtstag mit der schönen Sonne so heiter auf, daß ich alles, was vor mir liegt, leichter ansah." Daß er nach Ilmenau zum Herzog mußte und es dort wieder zu tollem Treiben kommen, daß er in Eisenach von Geschäften und Vergnügen viel „geschunden" werden würde, lag ihm schwer auf der Seele; er ahnte, daß er nach der stillen Beruhigung zu Weimar um so leidenschaftlicher sich zum Tollen hinreißen lassen werde, nur für seine Liebe fürchtete er nichts. Welche unendliche Tiefe seiner einzigen Herzensneigung athmen die

---

[1] Vgl. meinen Aufsatz über die handschriftliche Sammlung Goethe'scher Gedichte von Frau von Stein im Archiv VI, 1.

wenigen Briefe dieser Reise, zu der ihn ein ermuthigendes Wort der Kochberger Freundin „gesegnet" hatte! Auf einen Brief von ihr antwortet er: „Ja, lieb Gold, ich glaub' wohl, daß Ihre Lieb' zu mir mit dem Absein wächst. Denn wo ich weg bin, können Sie auch die Idee lieben, die Sie von mir haben; wenn ich da bin, wird sie oft gestört, durch meine Thor= und Tollheit." Welches Licht wirft diese einzige Aeußerung auf den Grund der zeitweiligen Mißstimmung Charlottens und ihres Fernhaltens! Freilich wird Keil unter der Thor= und Tollheit auch die Verbindungen mit anmuthigen Frauen und Mädchen, besonders mit Coronen, verstehen wollen, wie deutlich auch vor= liegen mag, daß nur seine leidenschaftlichen Ausbrüche Char= lotten zu ihrer strengen Wachsamkeit nöthigten. Zum Trotze von Keils Eifersuchtstheorie schreibt Goethe: „Eifersüchtig auf mich sind Sie nicht", und daß er dieß wirklich glaube, beweist er dadurch, daß er seiner „Wirthschaft mit den Frauen" und seiner Einladung von „Misels" auf die Wartburg gedenkt, mit der Bemerkung: „Sie versichern mir alle, daß sie mich lieb haben, und ich versichere sie, sie seien charmant." Das Tage= buch berichtet ganz trocken: „Die Gesellschaft der Mädchen auf der Wartburg." Freilich war er mit den Mädchen artig, für die er in Ruhla Taschentücher kaufte, und Victoria Streiber, die Tochter von Klopstocks Fanny, zog ihn vor allen an, aber es war eben nur Miselei; er war ihr gut, wie auch Coronen. Wenn er letztere am Tage nach seiner am 10. Oktober kurz vor Mit= tag erfolgten Rückkehr besucht, und darauf den Maler Kraus, so dürfte dieß mit seinem auf der Wartburg begonnenen, zur Geburtstagfeier der Herzogin bestimmten Possenspiel die Em= pfindsamen zusammen hängen, in welcher Corona eine Haupt= rolle zu spielen hatte; vielleicht handelte es sich schon um sein dazu gehörendes Monodrama Proserpina, das eben Corona allein spielen sollte. Er freute sich seiner gehofften stillen Häuslich= keit in seinem nun fast vollständig eingerichteten „Gartenhüttchen" leider nur wenige Tage, da ein Leiden des Herzogs ihn nöthigte, bei diesem die meiste Zeit zubringen. In dem „kleinen Concert" am 22. hörte er vielleicht Coronen singen. Am Nachmittag des 24. besuchte ihn diese mit ihrer Gesellschafterin, die den

Herzog bei ihm trafen. Er begleitete diese vielleicht zur Herzogin Mutter,[1] deren Geburtstag gefeiert wurde, zu welchem er ein Gedicht auf Seide hatte drucken lassen. „Gesungen und leiblichen Humors", sagt das Tagebuch.

Den 25. scheint Charlotte zurückgekehrt zu sein, die er gleich am andern Morgen besuchte; sie vertraute ihm ihren Aerger über die Herzogin. Sie scheint verstimmt gewesen zu sein; auch er selbst fühlte sich wohl gedrückt. Vielleicht gab Goethe damals der Freundin die handschriftliche Sammlung seiner Gedichte, von denen er die ältern verbessert hatte. Den 27. bezeichnet er als einen „stillen halbtraurigen Tag"; von den beiden folgenden sagt das Tagebuch nur, daß am erstern Conseil war. Den 30. nimmt er wieder ein. Corona und Mine besuchen ihn; er liest ihnen den Satyros, der am allerwenigsten zu einem empfindsamen Verhältnisse paßte. Abends dichtete er drei Capitel seines Wilhelm Meister, den Charlotte ihm ans Herz gelegt zu haben schien. Aber am folgenden Morgen erhielt er von dieser einen traurigen Brief, auf den er erwiedert: „Warum das Hauptingredienz Ihrer Empfindungen neuerdings Zweifel und Unglaube ist, begreif' ich nicht. Das ist aber wohl wahr, daß Sie einen, der nicht fest hielte in Treue und Liebe, von sich wegzweifeln und träumen könnten, wie man einem glauben machen kann, er sehe blaß aus und sei krank." Da haben wir es ja! „Von neuem entbrannte die Eifersucht der Frau Oberstallmeisterin", schreibt Keil mit froher Befriedigung (II, 133). Wir wissen, daß Charlotte trübseligen Gedanken nur zu sehr nachhing, daß ihre Hoffnung auf ein dauerndes Glück des Lebens durch Träume und Einbildungen getrübt wurde. Goethe wußte dieß wohl, auch daß dieß mit Blutwallungen zusammenhing, weßhalb er ihr in Kochberg gerathen hatte, sich des Kaffees zu enthalten. Daher kam auch wohl zum Theil ihre Spannung mit der Herzogin. Auf diese ihre düstere Furcht, daß ihr glückliches Verhältniß zu Goethe gestört werden möge, bezieht sich der „Zweifel und Unglaube", nicht auf eine Eifersucht, die ihr Corona eingeflößt, von der eben nirgends eine Spur zu ent-

---

[1] In der Abschrift des Tagebuchs steht hier wieder irrig das Sonnen= statt des Mondzeichens.

decken, wenn man sie nicht erst hinein= statt herausssieht. Sie
betrachtete diese Verbindung als eine seiner vielen „Miseleien",
wie die mit der Waldner, da sie tief empfand, ihr Verhältniß
beruhe auf festem Grunde; sie wußte sich als Vertraute seines
Herzens, die nun auch die Liebe zu seiner Schwester geerbt habe.
Am Abend dieses Tages finden wir ihn wieder bei der Freun=
din, die er darauf hingewiesen hatte, daß heute sein Namens=
tag und zugleich Reformationsfest sei.

Den 1. November bleibt er zu Hause, da er sehr viel zu
besorgen hat; Abends sendet er ihr aus Frankfurt erhaltene
Trauben. Von den folgenden Tagen schweigt das Tagebuch;
vom 8. bis zu seiner Abreise am 29. findet sich nicht die ge=
ringste Erwähnung Coronens, was wenigstens zeigt, daß kein
näheres Verhältniß derselben zu Goethe stattfand, mag er auch
an drittem Orte mit dieser zusammengekommen sein. Am zweiten
Jahrestag seiner Ankunft in Weimar schreibt er Charlotten:
„Diese (zwei Jahre) noch einmal zu leben!?? Nun, am Ende
doch." Alles, was er erlitten, hat ihm doch die Freude an
dem mannigfachen Genusse nicht rauben können. Bei dem
Rückblicke auf diese Zeit ward es ihm „wunderbar, fröhlich und
rührend", daß das Schicksal ihm so viel gegeben, ihn jedes
Gut erst ganz habe auskosten lassen, ehe es ihm ein neues ge=
geben und er „in die ihm ehedeß entferntesten Gefühle und
Zustände" (die Staatsverwaltung) lieblich (durch die Hand der
ihn haltenden und hebenden Liebe) hineingeleitet worden." Den
Abend brachte er bei Charlotten zu. Am 8. schreibt er ihr,
wie er gestern Abend gedacht, das Schicksal habe es mit ihm
wie mit den Linden gemacht, denen man alle schönen Aeste ab=
schneide, damit sie nicht absterben, wodurch sie freilich die ersten
Jahre wie Stangen daständen; sie setzt in ihrer Erwiederung
launig das Gleichniß fort, indem sie meint, deßhalb sei auch
neuerdings kein Schatten und kein Hort drunter. Mag hierbei
auch Neckerei mit unterlaufen, er fühlte sich damals wirklich
gedrückt und beengt, so daß auch die Gegenwart der Freundin
ihn nicht ganz beleben konnte, er zuweilen verstimmt und miß=
muthig sich zeigte. Am 9. aß er bei Charlotten, mit welcher
er über die Verhältnisse des Herzogs sich ernstlich besprach, dann

kam ihr Gatte und Fräulein Waldner, mit denen sie zur ersten Cour und Concert bei dem von Belvedere zurückgekehrten Hofe sich begaben. Daß er sie bei der „schönen Mondnacht" nicht nach Hause begleitete, zeigen die Zeilen des folgenden Tages, mit denen er ihr Trauben sandte, ehe er nach Ettersburg fuhr. Am 11. hatte er bei Charlotten einen „guten Mittag"; er fühlte sich an ihrer Seite ganz glücklich. Die Vollendung der Einrichtung ihrer neuen Wohnung nahm ihn lebhaft in Anspruch. Am Nachmittag des 12. besucht er sie, geht aber nicht mit ihr ins Hofconcert. Das schöne Wetter stimmte ihn heiter und froh, aber auch bei der trüben Nacht des 14., wo er spät von der heute eingezogenen Freundin kam, war es ihm „hold in der Seele." Am folgenden Tage trifft er die Waldner bei der Freundin, den 16. speist er bei dieser, besucht mit ihr und ihren Kindern seinen Garten und geht Abends nach dem Hof wieder zu ihr. „Stiller heitrer Tag. Der Himmel trüb", heißt es im Tagebuch. Aber er fühlte, daß er für den Winter noch einer neuen Durchlüftung und Stärkung in frischer Natur bedürfe, und so entschloß er sich zu einer „heimlichen Reise" in den Harz, wo möglich bis zur Spitze des Brockens; von dort aus wollte er mit dem Herzog in Eisenach zusammentreffen, an dessen Jagd er sich nicht betheiligen mochte. Aus dem Goethe eigenthümlichen Aberglauben, bedeutende Pläne, die man andern anvertraue, liefen unglücklich aus, theilte er weder dem Herzog noch Charlotten Ziel und Zweck seiner Reise mit, sandte ihr aber von der Reise die liebevollsten Briefe, in denen er von den Orten, wo er schrieb, nur den letzten Buchstaben bezeich= nete; erst als er seinen innigsten Wunsch erfüllt, trotz aller Abhaltungen mitten im Winter den Brocken erstiegen hatte, verrieth er ihr, wo er sich befinde. Seine herzlichen, von rein= ster Liebe erfüllten Briefe mußten Charlottens Seele mit der vollen Gewißheit erfüllen, daß er ihr ganz angehöre, daß sie ihm vertrauen dürfe. Was hätte sie von Coronen fürchten sollen, mit welcher ihn nur freundliche Neigung und das Gefühl ihrer hohen Kunstbegabung und ihres gutmüthigen Herzens verbanden! Am Mittag des 16. kehrte er voll freudiger Empfindung seines in Charlotten ihm gesicherten Glückes nach Weimar zurück.

III.

Vom 16. Dezember 1777 bis Ende November 1778.

Den Rückkehrenden, dessen herrliche Briefe Charlotten auf den edlen Grund seiner Seele so tief hatten schauen lassen, nahm sie mit herzlicher Liebe auf. Das dürfen wir annehmen, obgleich das Tagebuch bis zum 29., die uns vorliegenden Briefe bis zum 26. schweigen. Goethe fand so manches, was während seiner Reise liegen geblieben war, nachzuholen, mußte an den Proben zu seinen Mitschuldigen, worin dießmal wohl zuerst Corona als Sophie mit ihm als Alcest spielen sollte, sich betheiligen und seine Empfindsamen vollenden, die vor seiner Reise wohl noch nicht über den zweiten Akt hinausgekommen waren. Am Abend des 24. war die gewöhnliche Christbescherung bei der Herzogin Mutter, den 25. begrüßte und beschenkte Goethe die Freundin zum Geburtstag, doch muß er sie wieder durch ein leidenschaftliches Wort verletzt haben, da sie dießmal sich seine Begleitung zur Redoute verbat. Da wollte er denn auch selbst nicht hingehen, sondern den Abend zur Vollendung seiner Empfindsamen verwenden. Er schickte ihr aber die verlangten Briefe Plessings, den er so geheimnißvoll in Wernigerode besucht hatte. Am Morgen des 30. schickt er der Freundin, die er wohl am vorigen Tage nicht gesehen hatte, mancherlei, eine

Blume, die er beim Ausritt vom Harze unter dem Schnee aus einem Felsen für sie gebrochen, einige angefangene Zeichnungen und eine wohl bei seinem Garten geschossene Ente; zugleich bittet er um seine handschriftliche Gedichtsammlung, in die er etwas einschreiben wolle, ohne Zweifel die nun durchgesehenen auf der Harzreise gedichteten Strophen. „Ich bin still in meiner Hütte", schreibt er. „Heut Abend sehen Sie mich in dem Leichtsinn der Repräsentation." Aber einer nach Absendung dieser Zeilen er= folgten Einladung der Herzogin Mutter konnte er sich nicht ent= ziehen; er fand diese lustig und gut. Die am Anfang des Jahres so schlecht gegebenen Mitschuldigen wurden an diesem Abend „glücklich gespielt". Man könnte freilich denken, das lebendige Zusammenspiel Coronens und Goethe's werde Char= lottens Eifersucht so erregt haben, daß diese unter irgend einem Vorwande nicht bei der Vorstellung gewesen, aber das wären eben nur Annahmen, die als solche nichts beweisen können. Daß Corona sich Goethe jetzt vertraulicher genähert, ergibt sich aus den Tagebuchbemerkungen der nächsten Zeit; sie fühlte wohl jetzt erst festen Boden in Weimar, so daß sie frei und froh sich dem Leben hingeben konnte. Am letzten Jahrestage erwähnt das Tagebuch gar keines Besuches, was aber nichts weniger be= weist, als daß Goethe keine solche gemacht. Nur den Abend blieb er zu Hause, wo er „Briefe und das ganze vergangene Jahr zusammenpackte"; dabei mußte er der Herzensfreundin gedenken, die ihm so viel geworden war. Charlotte hatte sich den Abend wohl anders versagt, ging vielleicht zur Herzogin. Auch Co= ronens Bild mußte beim Rückblick auf das vergangene Jahr vor seiner Seele schweben, aber ohne daß es sein festbegründetes Verhältniß zu Charlotten ins Schwanken zu bringen ver= mocht hätte.

Goethe's Verstimmung, daß er mit der Freundin nicht den letzten Jahresabend hatte verleben können (sie hatte wohl ein Aufwallen in einem so merkwürdigen Augenblicke, wie es der Jahreswechsel besonders für Goethe war, fürchten zu müssen geglaubt), ergibt die Aeußerung vom folgenden Morgen: da er so gern ihr etwas zum neuen Jahre habe schenken wollen, aber nichts gefunden, habe er ihr von seinen Haaren schicken wollen, die er schon aufgebunden gehabt, als es ihm vorgekommen, diese Bande hätten für sie keinen Zauber; heute hoffe er sie doch einmal zu finden. Hiernach muß sie mehrere Abende nicht zu Hause gewesen sein. Dennoch befand er sich so „rein ruhig", daß er am Morgen an dem von der Freundin ihm empfohlenen Wilhelm Meister schrieb, dessen erstes Buch der Vollendung nahe war. Der Herzog besuchte ihn und sprach viel mit ihm über innere und äußere Gegenstände. Nachmittags kamen Corona und Mine, mit denen er in die Stadt ging, nicht etwa zum Hause Coronens, die wahrscheinlich draußen wohnte. Wohin er in der Stadt gegangen, sagt das Tagebuch nicht. Wahrscheinlich besuchte er zuerst Charlotten, ging dann mit ihr oder allein zur Hofcour. Wo er die „traurige Nachricht vom Tode der B." empfing, deren „Schmerz er mitgenoß", wie das Tagebuch sagt, wissen wir eben so wenig, als wer die B. war. Hier ist wohl in der Abschrift vor dieser Angabe: „Zu ⊙" ausgefallen und von einer Freundin Charlottens die Rede. Dieser Verlust scheint die Ursache, weßhalb Charlotte während der brittehalb ersten Monate des Jahres gar nicht an der Hoftafel erscheint. Am folgenden Morgen gelang ihm die Vollendung des ersten Buches von Wilhelm Meister, das wahrscheinlich mit der freudigen Aussicht des Helden schloß, ein ausgezeichneter Schauspieler und in Mariannens Besitz der Schöpfer eines Nationaltheaters zu werden, wo dann Gelegenheit geboten war, den Besitz der Geliebten in glänzendsten Farben zu schildern. Den Mittag ißt er bei der Herzogin Mutter, geht dann zur Probe des Westindiers, in welchem er wieder den Belcour spielen, aber weder Charlotte, noch Frau von Werther ihre frühern Rollen behalten, auch Corona nicht mitwirken sollten. Belcours Geliebte scheint dießmal die Hofdame der Herzogin, Fräulein von Wöllwarth, gegeben zu haben, die weniger als die Waldner den Dichter anzog; außer ihr werden von Damen bei dieser Vorstellung nur Frau Capellmeister Wolf, die wohl die früher von Charlotten gespielte Rolle übernahm, und die Göchhausen genannt, die auch früher mitgespielt hatte. Die Rolle des Vaters hatte der berühmte Eckhof übernommen; auch der Herzog und sein Bruder betheiligten sich. Charlottens

Eiferſucht hätte ſich dießmal gegen die Wöllwarth wenden müſſen. Nach der Probe ging Goethe zu Charlotten, wo er ihre Mutter fand; auch ihr Gatte kam darauf. „Dunkel und Stille“ (doch wohl „ſtille“) heißt es im Tagebuch. Daß dieß ſich auf die Stimmung beziehen könne, welche durch den Todesfall veranlaßt ſei, ahnt Keil (II, 337) freilich nicht. Den andern Tag ward vom Hofe eine Schlittenfahrt nach Tiefurt veranſtaltet, wobei Goethe die ihm wohl durchs Loos zugefallene Waldner fuhr. Man war ganz luſtig und ebenſo ging es bei der Herzogin Mutter Abends bis nach Mitternacht ſehr heiter zu. „Amtmanns geſpielt. Nachts die Fraße mit dem Ständchen“, berichtet das Tagebuch. Je länger ſich Goethe zurückgehalten hatte, um ſo leichter ließ er ſich zu übermüthiger Laune hinreißen. Aber Tags darauf, an einem Sonntag, ſpeiſt er wieder, wie gewöhnlich alle Sonntage, Mittags bei Charlotten und bleibt bis Abend. Keil übergeht dieß, weil es ihm unbequem iſt, da es auf ein herzliches Verhältniß deutet. Freilich an den beiden nächſten Tagen erwähnt das Tagebuch Charlottens nicht. Wenn Goethe am 5. „mit allen“ im Schlitten nach Ettersburg fährt, wo man unter „allerlei Tollheit“ auch eine Komödie extemporirt (Abends kehrte man unter Fackelbeleuchtung zurück), am 6. in der Komödie iſt, ſo nahm Charlotte daran nicht Theil, da ſie ſich längere Zeit in ſtiller Trauer von allen Vergnügungen zurückhielt. Am 7. ſpeiſt Goethe wieder bei der Freundin, mit der er in Begleitung ihrer Kinder in ſeinen Garten geht. Hier beſehen ſie Blätter von Hogarth. Wenn es unmittelbar darauf im Tagebuch heißt: „Viel geſchwätzt vom Herzen aus“, ſo möchte dieß doch nicht mit Keil auf die „Hogarths“ zu beziehen ſein, die ſie beſahen, wenn auch freilich dieſe auf Hogarths Schönheitslinie führen und ihn auf die Liebe bringen konnten, deren Linie, wie er an Lavater ſchrieb, der reine Punkt der Schönheitslinie ſei, da Liebe der Punkt, wo Stärke und Schwäche ſich vereinigen. Die Freundin begleitete ihn nicht nach Belvedere, wohin er um 4 Uhr zu den Herrſchaften mußte; er fuhr auf dem Schlitten des Herzogs zurück, ging dann ins Concert bei der Herzogin Mutter, wo wohl Corona ſang, blieb aber nicht lange. Den 8. fand die erste Probe des Westindiers mit Eckhof statt. Charlotte, deren Blick wieder Kummer und vielleicht körperliches Leiden umflort hatte, warf ihm in einem Briefe vom 9. Launenhaftigkeit vor; aber zugleich scheint sie ihn um die Schlüssel zu dem ihr den Eingang in den Stern verschließenden Gatterthore gebeten zu haben, da sie dadurch den Weg zu Goethe's Garten bedeutend abkürzen konnte. „Nehmen Sie hier den Schlüssel zu meinen Gegenden", erwiedert dieser; „den andern Schlüssel (zu meinem Herzen) haben Sie lange. Ich hab' Launen, so scheints; denn ich hab' Unrecht und hab' doch Pits, und weiß, daß ich Unrecht habe. Aber es scheint, ich soll wieder einmal fühlen, daß ich Sie sehr lieb habe, und was ich Sie gekostet habe u. s. w. Dem sei, wie es wolle, ich mag und kann Sie nicht sehen. Addio, Beste." Er fürchtete, sein Schmerz werde in ihrer Gegenwart ihn leidenschaftlich hinreißen. Von der Redoute desselben Abends blieb sie wohl zurück. Goethe, der erst um 2 Uhr Nachts davon gekommen war, besuchte sie Abends, ehe er zu seinem Garten zurückkehrte. Den Mittag hatte er, das erstemal seit langer Zeit, wieder bei Coronen zu Mittag gegessen, mit welcher er manches wegen seiner Empfindsamen zu besprechen haben mochte. Morgens hatte er Wielands Familie, Eckhof und den Prinzen August von Gotha besucht, Nachmittags bei der Herzogin vorgesprochen, war dann wieder zum Prinzen gegangen. Bei aller Bewegung des äußern Lebens scheint es ihm innerlich unwohl gewesen zu sein, so daß er nicht weniger empfindlich als die Freundin war. Am 11. scheint Charlotte wieder ein ihn treffendes Wort bei Uebersendung eines Gerichtes geschrieben zu haben, das ihn doppelt getroffen haben muß, da er gewöhnlich Sonntags bei ihr speiste; freilich hatte er diesmal Eckhof zu Tische, wobei seinem alten Rheinwein wacker zugesprochen wurde. Goethe erwiederte: „Danke für die leibliche Nahrung. Der alte Eckhof ist bei mir. Wir scheinen unsere Empfindungen neuerdings auf Spitzen zu setzen. Abieu, Gold. Es ist und bleibt doch immer beim Alten." Keil spricht (II, 137) davon, die Frau Baronin scheine ihr altes kokettes Spiel des Anziehens, Abstoßens und Wiederanziehens erneuert zu haben; er beschwere sich in seinen Briefen darüber, daß sie zu wenig seiner achte, seine Empfindlichkeit nicht schone und ihn absichtlich entferne. Das sieht er aber nur eben hinein; wirklich zeigt sich nur, daß sie beide damals empfindlich gegen einander waren und sich, wenn auch in verschiedenen Tönen, gegenseitig sagten, was einem am andern mißfalle. Selbst Keil wagt dießmal nicht von Eifersucht zu sprechen. Noch an demselben Abend besucht Goethe die Freundin, ehe er zum Prinzen geht. Den nächsten Morgen schreibt er: „Ich habe heute früh schon meine traurigen stockenden Geister im Schnee gebadet; ich denke, das soll ihnen frische Sinnen geben." Zugleich fragt er an, ob sie den Platz vor der Höhle aufgeräumt und Feuer dahin wolle; wenn Tanzprobe sei, komme er um 10 Uhr. Die Balletprobe zu den Empfindsamen fand wirklich Morgens statt; bei Charlotten aß er zu Mittag, mußte dann zur Probe des Westindiers, der endlich glücklich gespielt wurde. Gleich darauf bemerkt das Tagebuch vor dem 17., er habe „traurig in sich gezogene Tage" gehabt, obgleich es an äußerer Unterhaltung aller Art nicht fehlte, ja daß er sich nicht in sich zurückziehen konnte, verstimmte ihn noch mehr. Und nun fand man gar am folgenden Morgen, als er eben mit dem Herzog auf dem Eise war, die Leiche der Tochter des Obersten von Laßberg, die sich, wie man sagte, aus Liebesgram am vorigen Abend ertränkt hatte. Man hatte die Leiche in die untern leeren Räume der Wohnung Charlottens gebracht, wo Goethe Nachmittags hinkam, um das zur Bestattung Nöthige zu besorgen. Er selbst und die Freundin waren auf das tiefste ergriffen. Von ihr ging er zu den Eltern, um sie zu trösten und die getroffenen Anordnungen mitzutheilen, dann zur Probe der Empfindsamen. Unter welchen Gefühlen mußte diese stattfinden, da das Stück selbst eine Parodie der Empfindsamkeit war, die hier ein so trauriges Opfer gefordert, vielleicht gar die Unglückliche selbst zu den Mitwirkenden gezählt hatte! Nach den Worten des Tagebuchs: „Zu Cronen aus der Probe" muß Corona nicht bei der Probe zugegen gewesen sein, was sich daraus erklärt, daß sie in den drei ersten Akten gar nicht aufzutreten hatte; es galt zunächst wohl nur die Probe mit den vier jungen Hoffräuleins, der Neuhaus als Feria und Aulhorns als Merkulo. Er brachte

Coronen wohl Nachricht vom Erfolg der Probe und von der Aufschiebung der folgenden auf Veranlassung des unglücklichen Ereignisses. Am Nachmittag des 18. ging er von der Hoftafel (es war Sonntag) zu Charlotten, von dort nach Hause, um zu zeichnen, was ihm aber nicht gelang; es trieb ihn, an dem schaurigen Ort, wo die Unglückliche in die Ilm gesprungen war, dort eine Stelle als Andenken an sie herzurichten. Daran arbeitete er am 19. mit dem Hofgärtner bis zum Dunkel, später noch allein; die Trauer hatte ihn so angegriffen, daß er selbst den Abend nicht mehr aus dem Hause gehen konnte, weßhalb er Charlotten nur brieflich begrüßte. Auch in den folgenden Tagen fand er sich so bewegt, daß er das Tagebuch darüber ganz vernachlässigte. Dann kamen die vielen Proben der Empfindsamen, die endlich am Geburtstage der Herzogin mit großem Beifall aufgeführt wurden. Besondern Beifall erntete Corona in der für sie wie gemachten Rolle der Proserpina. Keil behauptet (II, 138 f.), Goethe habe die eingeschobene Proserpina in dem Jahre 1776 für Coronen gedichtet, weil das Monodrama sich zu einer für diese nach Mimik und Deklamation angemessenen Produktion zu eignen geschienen habe. Daß Goethe die Proserpina 1776 gedichtet, beruht auf Niemers (II, 38), wie man längst eingesehen hat, ganz falscher Deutung einer auf Lila bezüglichen Stelle eines Briefes an Oeser. Wenn Goethe im Mai 1815 die Proserpina ein „nun bald vierzigjähriges Monodrama" nennt, so kann dieß eben so wenig als durchaus zuverlässig gelten, als wenn er acht Jahre später in den Annalen sagt, Proserpina sei, wie Lila, die Geschwister und Iphigenie, bei Gelegenheit eines Liebhabertheaters und festlicher Tage gedichtet und aufgeführt und freventlich in den Triumph der Empfindsamkeit eingeschaltet worden. In solchen Dingen täuschte den Dichter später sein Gedächtniß sehr oft. Er fand das Stück als Monodrama besonders abgedruckt im Februarheft 1778 des Merkur und dachte sich, da ihm selbst keine genaue chronologische Bestimmung vorlag, es sei für sich allein vor dem Triumph der Empfindsamkeit gedichtet worden. Goethe's Mutter schreibt am 20. März 1778 an Lavater bei Erwähnung

eines neuen Dramas ihres Sohnes, das Monodrama Pro=
serpina (im Merkur) mache einen Theil davon. Proserpina
ward schwerlich für sich gedichtet und erfunden, sondern mit
den Empfindsamen. Goethe hatte bei der Dichtung Coronen
im Sinne, die sich bei der Darstellung auf das trefflichste be=
währte und hier zuerst ihre besondere Befähigung zu heroisch=
tragischen Rollen zeigte. Nicht bloß bei Goethe, sondern in den
Augen der ganzen gebildeten Weimarer Gesellschaft hatte Corona
durch diese Darstellung bedeutend gewonnen.[1] Uebrigens würde
Charlotte, wäre sie zur Eifersucht geneigt gewesen, nur zu
viele Ursache dazu bei dieser Vorstellung gehabt haben, da
außer Coronen und der Neuhaus noch vier junge Damen,
Sophie von Raschau, Minna von Kalb, die ihr sehr befreundete
Karoline von Ilten und Amalie von Lyncker, mit Andrason=
Goethe in nahe Verbindung kamen.

Daß Goethe's Verhältniß zu Charlotten zuweilen sehr kühl
geworden, beweist Keil mit dem launigen Briefchen vom
1. Februar: „Es ist doch hübsch von Ihnen, daß Sie den, den
Sie nicht mehr lieben, doch mit eingemachten Früchten nähren
wollen. Dafür dank' ich, obs gleich aussieht, als wenn Sie
mir Gerichte schickten, damit ich nicht kommen soll, sie bei Ihnen
zu verzehren." Auf welche Aeußerung der Freundin sich die
Bemerkung beziehe, sie liebe ihn nicht mehr, ist freilich schwer

---

[1] Einen wunderlichen Bericht gibt Burkhardt (Grenzboten 1873, III, 10):
„Bei der ersten Vorstellung ließ Goethe die phantastische Rolle der Mandandane
durch den Andrason aufführen, der als Eremit gekleidet in einem Monologe die
traurigste Stimmung über seine unglückliche Ehe kund gab. Der Griff erwies sich
nicht als ein glücklicher, da Goethe's Spiel, weil er zu schnell sprach und seine Be=
wegungen, wie überhaupt, eine gewisse Steifheit hatten, keinen günstigen Eindruck
machten. Dieß war ihm selbst nicht entgangen und somit behielt er in der zweiten
Aufführung seinen Charakter als König allein und seine Gemahlin Proserpina
figurirte neben ihm." Mir ist es unbegreiflich, wie Goethe habe darauf kommen
können, selbst als Andrason die Proserpina zu spielen; für Coronen wäre dann
nur die allerunbedeutendste Rolle am Schlusse übrig geblieben. Burkhardt muß hier
seine Quellen, wie leider auch sonst, arg mißverstanden haben. Es wäre zu wün=
schen, daß er nach seinem, wie es jetzt liegt, ganz unbrauchbaren Aufsatz über das
Weimarische Liebhabertheater urkundlich die Angaben veröffentlichte, worauf derselbe
sich stützt, damit man wisse, was wirklich feststehe, was auf bloßer Vermuthung, ja
Mißdeutung beruhe.

zu errathen; man könnte etwa an eine Bemerkung denken, das Stück habe ihm alle empfindsamen Herzen geraubt; jedenfalls konnte weder Charlotte in vollem Ernste ihm erklären, sie liebe ihn nicht mehr, noch er ihr dieß in so trockener Weise Schuld geben, es muß irgend eine neckische Ausbeutung ihrer Worte zu Grunde liegen. Während er in der ersten Woche des Februar sich „in immer gleicher, fast zu reiner Stimmung" fühlt, wird er mit Charlotten sich freundlich zusammengefunden haben, wenn er freilich auch schweigsamer und stiller sich zeigte. Am 10. fand eine Wiederholung der Empfindsamen statt. Daß er in den vorhergegangenen Tagen die Freundin nicht gemieden, dürfte sich auch aus der Aeußerung vom 11. ergeben, er fühle, daß er heute wieder im Verborgenen bleiben müsse, da er dieß nicht sagen könnte, wenn er dieß in der Regel gethan hätte. Die „fortdauernde reine Entfremdung von den Menschen", deren das Tagebuch am 12. gedenkt, bezog sich nicht auf die Freundin mit, in welcher er einen festen Halt gefunden hatte, der er voll vertrauen durfte, mit der er in herzlicher Familienverbindung lebte, so daß er unbedenklich von ihrem Hause verlangen durfte, was er entbehrte. Am 13. ißt er bei ihr zu Mittage, geht dann mit ihr spazieren, Abends kommt er wieder zu ihr und wandelt mit ihr im Mondschein, was wohl beweisen dürfte, daß sie jetzt den Ausbruch seiner Leidenschaftlichkeit nicht mehr fürchtete, sondern auf seine gefaßte Beruhigung vertrauen zu dürfen glaubte. Wer einen im Mondschein gemachten Spazier-gang einer ältern verheirateten Dame mit einem jüngern Manne an und für sich anstößig hält, dem kann man freilich seine An-sicht von Schicklichkeit nicht benehmen, aber wenn die sonst so leicht das Gerede der Welt fürchtende, auf strengen Anstand haltende Frau sich einen solchen Spaziergang gestattete, so bürgt dieß gerade auf ihr volles Vertrauen zu dem Freunde. Am folgenden Tage aß er dann auch wieder einmal bei Coronen, mit welcher er wohl wegen der Veränderung und Wiederholung seiner Lila Rücksprache nahm; am wenigsten kann dieß als Be-weis von steigender Innigkeit des Verhältnisses gelten. Den 15. finden wir ihn wieder bei Charlotten zu Tische. Als er am 18. zu Hause bleiben wollte, was er der Freundin wohl am vorigen Tage mitgetheilt hatte, sandte ihm diese ihren Fritz mit einem Frühstück. „Wenn Sie mir was dazu von sich ge= sagt hätten, wär's noch hübscher gewesen", fügt er seinem Danke hinzu. „Adieu. Ich schicke Ihnen eine aufkeimende Blume; ich habe weiter nichts". So ruhig und rein hatte sich ihr Verhältniß gestaltet. Am 20. sendet er ihr und ihrem Fritz, der ihm immer werther ward, etwas zum Frühstück, mit der Bitte, die Götter möchten freundlich mit ihr sein, wie sie es mit ihm seien. Wahrscheinlich besuchte er sie an diesem Tage. Weil er an Blutwallungen litt, begann er geistiger Getränke sich zu enthalten. Man bereitete damals eine Vorstellung von Gozzis glücklichen Bettlern vor. Auch Goethe muß darin eine Rolle gehabt haben, obgleich Burkhardt ihn unter den Mitwirkenden nicht nennt, dagegen war Corona davon aus= geschlossen, da Prinz Konstantin mitspielte und sonst nur hof= fähige Personen mitwirkten, von denen Fräulein von Wöllwarth die Angela gab. Charlotte machte sich einmal, wahrscheinlich am Morgen des 21., den Scherz, Goethe Bedingungen vorzu= schreiben, denen er sich in Zukunft zu unterwerfen habe, worauf er erwiderte: „Die drei ersten Punkte ohne weiteres zugestanden. Was den vierten betrifft (wahrscheinlich daß sie ihn, wenn er sich leidenschaftlich hinreißen lassen sollte, verliebt nenne), ob= gleich der Vordersatz falsch ist, so sei doch auch Ihnen das un= überwindliche Gelüst, mich zu schelten, gewährt. Nur daß Sie mir diesen Titel nie geben, wenn ich ihn nicht verdiene, und nie, als wenn Sie mir recht gewogen sind." Die launigen Zeilen waren mit einer trauernden Ariadne gesiegelt, was die Neckerei steigerte. Zu gleicher Zeit meldete er, gestern Abend hätten sie gethorheitet, er aber sich des Weines und des Punsches enthalten, und er könne seine Rolle recht schön. Den 22. be= ginnt er die Waldner zu zeichnen, worin freilich Keils Charlotte einen Grund zur Eifersucht gefunden haben würde, mochte dieß nun in seinem Gartenhause geschehen oder im Zimmer der Waldner selbst. An diesem und dem folgenden Tage ißt er bei Charlotten zu Mittag. Am Nachmittag des 24. hatte er wieder einmal einen Besuch von Coronen, die mit der Zither zu ihm kam, was wohl darauf deuten möchte, daß sie in seiner Nähe wohnte, nicht erſt aus der Stadt zu ihm zu kommen brauchte. Am Schluſſe des Monats gibt das an den drei letzten Tagen ſehr dürftige Tagebuch keine Kunde von Beſuchen bei Charlotten und Coronen, und vom erſten Drittel des folgenden hören wir faſt nur, daß er „ſtockende, verſchloſſene Tage" gehabt. Daß das Verhältniß zu Charlotten keine Störung erlitt, bezeugen die freundlichen Zeilen vom 25. Februar und 7. März. Corona ſpielte mit Goethe am 27. Februar in Erwin und Elmire, dagegen haben wir von einer Wiederholung Lilas, deren erſten Akt er am 15. Februar neu diktirt hatte, keine Spur. Wird auch in den am 11. März wieder beginnenden Tagebuchbemerkungen bis zum 14. Charlottens nicht gedacht, ſo doch ihrer Kinder, mit denen er am 13., wie ſchon am 7., auf der Wieſe Ball ſpielt. Wir dürfen nicht zweifeln, daß er ſie auch in dieſen Tagen beſuchte, vielleicht anderwärts mit ihr zuſammentraf. Am Abend des 13. ging er nach der Vorſtellung des poetiſchen Landjunkers auf dem Rückwege zu Coronen. Daß er „in ſchönem beſtätigten Weſen war", bezieht ſich nicht auf dieſen Beſuch, ſondern auf die Stimmung des ganzen Tages. Wenn er zwei Tage darauf ſchreibt: „Zu ⊙ zu Tiſche. Lebhaftes Geſpräch. Seltſame Gährung in mir", ſo ward letztere nicht etwa, wie es Keil (II, 145) mißdeutet, Folge des Geſpräches, ſondern es bezeichnet eben die Stimmung, in welcher er an dieſem Tage ſich befand. Abends nach der Probe der glücklichen Bettler ſprach er wieder bei Coronen vor, da Charlotte an dieſem Abend wieder, zuerſt nach ſo langer Zeit, an der Hoftafel war; Corona ſelbſt hatte, wie bemerkt, in dem Stücke keine Rolle, was aber Keil nicht hindert (II, 145), ſie darin glänzen zu laſſen. Daß Goethe am 18. Stein und deſſen Gattin auf der Fahrt nach Allſtedt bis Noldisleben zu Pferde begleitet habe, wird von Keil übergangen· als er fünf Monate ſpäter nach Allſtedt fuhr, erinnerte er ſich dieſer Begleitung. Den 22. finden wir ihn zu Mittag bei Charlotten, wo er bis gegen Abend bleibt. Den folgenden Tag begegnete er Coronen im Stern oder ſie kam zu ihm in den Garten; denn die Tagebuchbemerkung iſt zweideutig. Den 25. iſt Charlotte Abends wieder an der Hoftafel. Am Morgen des 26. ſandte er ihr „freundliche Blumen", um sie „für seine stumpfe Gesellschaft zu entschädigen." Den 27., wo er, wie auch an den nächsten Tagen „ganz fatal gedrückt von allen Elementen" war, machte er Morgens Silhouetten, wozu er sich Papier von der Freundin erbat, bei der er sich zum Mittagessen einlud. Abends kamen die glücklichen Bettler zur Aufführung, die Charlotten sehr erfreuten, wie ihr launiges gereimtes Briefchen vom nächsten Morgen an Knebel zeigt. Am 29. ißt Goethe, wie gewöhnlich Sonntags, bei Charlotten zu Mittag, wo er deren Mutter trifft; er fühlt sich aber von dem auf ihm lastenden Drucke so aufgeregt, daß er früh aufbrechen und einen Ritt machen muß. Zwei Tage darauf sendet er der heute zur Hochzeit des Kammerpräsidenten Kalb gehenden Freundin (er selbst hatte sich entschuldigt) ein Stück Kuchen zum Frühstück.

Den Anfang des April verlebte er bei den schönen Frühlings= tagen still und ruhig mit der Freundin, dann aber ergriffen ihn, in Folge des bei dem drohenden Kriege im Herzog sich erhebenden Kriegsgefühls „tausend Gedanken" an Weimars Verhältnisse und Schicksal, und auch seine Stimmung gegen Charlotten wurde durch böse Gedanken getrübt; wie diese früher, so scheint er selbst jetzt von Zweifeln an der ungestörten Fortdauer ihrer Verbindung geplagt worden zu sein, zunächst auf Veranlassung bezeigten Mißfallens. Gegen den 10. schreibt er ihr, er komme nicht, ob er gleich gern käme, woraus sie sehe, daß es ihm Ernst sei, obgleich er sehr wohl wisse, wie sie seine Piks traktire. „Adieu, lieber Engel", fügt er hinzu; „hier schick' ich Ihnen Blumen. Wenn ich's übers Herz bringen kann, so geh' ich auf den Montag (den 13.) fort (auf Ilmenau, wo der Herzog war). Wenn man nicht sagen kann, wie lieb man eins hat, so scheint's, man wollte sich mit Bösem helfen, wenn's im Guten nicht fort will." Eifersucht war es nicht, was die kleine Spannung hervorrief, sondern, wie früher, ein leidenschaftlicher Ausbruch seines Gefühls; ihn an Coronen zu verlieren, fürchtete Charlotte am wenigsten. Sonntags wird er an der Mittagstafel der Freundin nicht gefehlt haben, obgleich das Tagebuch nur das Ordnen seines Hauswesens und seine Gedanken an Egmont erwähnt. Die Freundin scheint damals von den Gedichten des Freundes, die sie in dessen Handschrift besaß, einzelne, die ihr besonders gefielen, um sie dadurch sich noch mehr eigen zu machen, in dasselbe Buch, in welches sie in der zweiten Hälfte des vorigen Jahres ihre Tagebuchbemerkungen eingetragen hatte, von Zeit zu Zeit, wie sie sich angemuthet fühlte, eingeschrieben zu haben. [1]

Ehe er am Morgen des 13. nach Ilmenau reitet, sendet er der Freundin die verlangten Lieder und ein Vergißmeinnicht; dabei kann er ihr nicht verschweigen, daß Ahnungen „wie Spinnen ihm übers Herz krabbeln." Corona, die ihm vielleicht die Lieder verschafft, ritt mit ihm bis Kleinhettstedt vor Stadt Ilm. In Stützerbach kam es wieder zu den alten Tollheiten. Am Nachmittag des 15. kehrte er im Schneegestöber mit dem Herzog zurück. Den 16., am grünen Donnerstag, gab er den Kindern der Freundin und Herders das Eierfest im Komödiensaal und war Abends bei Charlotten. Charfreitag wurden Hasses I tre fanciulli bei der Herzogin Mutter gesungen, wobei Corona sich ausgezeichnet haben wird. Diese kam den nächsten Nachmittag mit Minen zu ihm in den Garten. Daß er mit ihnen ge= scherzt und sie im Regenwetter durch den Garten getrieben, be= ruht auf Keils Mißdeutung des Tagebuchs. Am schönen Oster= morgen schickt er Charlotten einige Blumen seines Gartens, mit der Bitte: „Wenn Sie lieblich sind, lieben Sie mich." Später wird er die Freundin persönlich begrüßt haben. Den Abend des 20. war er freundlichst mit ihr zusammen. Ehe er am fol= genden Morgen den Statthalter nach Erfurt begleitet, sendet er mit dem Danke für gestern Abend einen Strauß und Bohnen. Als er den nächsten Abend mit dem Statthalter nach Weimar zurückkehrte, wo Hasse's Oratorium wiederholt ward, fand er Charlotten nicht zu Hause. Etwas von Erfurt Mitgebrachtes schickte er am andern Morgen; später stellte er sich selbst bei ihr ein, ging aber dann zu Coronen, bei der er zu Mittag aß. Denselben Tag schrieb Charlotte ihrer künftigen Schwägerin, Sophie von Schardt, sie habe eine heimliche Ahnung von seltener Liebe für sie; noch sei es Zeit, daß ihr ein Engel begegne, da ihr Herz im Zuschließen gewesen (keines weitern Antheils an neuen Freunden mehr fähig). Von den nächsten fünf Tagen

---

[1] Vgl. das Archiv für Literaturgeschichte VI, 1.

berichtet Goethe, bei schönem Wetter und „wenig fatalen Ge=
schäften habe er still und rein mit den Seinigen verlebt." Wer
aber gehörte ihm inniger an als Charlotte? Wir machen hier
auf den Ausdruck besonders aufmerksam, weil man ähnliche an
andern Stellen schändlich mißdeutet hat. Den 25. sandte Goethe
der Freundin aus seinem Garten eine Hyacinthe nebst Versen,
die ihr Gruß und Frieden von dem sagen sollten, der sie immer
treu und besser geliebt, als sie glauben möge. So sehr fühlte
er sich von herzlich reiner Liebe gegen die Freundin erfüllt, die
weit entfernt war, sein freundlich vertrauliches Verhältniß zu
Coronen ihm zu verargen. Diese besuchte ihn am Abend des
30. April und am Nachmittag des 1. Mai mit ihrer Gesell=
schafterin. Denselben Morgen hatte er die ältere Freundin ge=
beten, auf den nächsten Tag den beabsichtigten Ausflug nach
Buffart zu verabreden, woran auch der Hof, ihr Gatte und
Kinder Theil nehmen sollten. Mit den Kindern wollte Goethe
die Felsenburg ersteigen, was aber nicht gelang. Den Abend,
den Charlotte in den „Freuden der Welt" zubrachte, sandte er
durch die Kinder ihr noch einen guten Abend und eine Blume.
Von den acht nächsten Tagen, die der mit dem Herzog unter=
nommenen Reise nach Leipzig, Wörlitz und Berlin vorhergingen,
fehlt uns jede nähere Kunde. Von Leipzig aus schreibt er der
Freundin, sie gingen mit dem Fürsten nach Dessau; wenn sie
sonst Seltsames höre, möge sie sich allenfalls wundern, aber nicht
für sie fürchten. Aus demselben Aberglauben, der ihn das Ziel
seiner vorigen Winterreise nicht verrathen ließ, verschweigt er
jetzt, daß sie nach Berlin gehen. Zugleich sendet er ihr Zeug
zu ein paar Westchen, die wie ein Küraß stehn würden. Die
Herzogin, die Waldner und ihren Gatten läßt er grüßen und
bittet sie um Briefe, wenigstens für die Zeit ihrer Rückkunft
nach Leipzig. Sein Philipp soll ihr seine Hauptschlüssel geben.
Auch von der Weiterreise macht er ihr vertrauliche Mittheilung.
Den 24. äußert er seine Sehnsucht nach ihr; da sie statt über
Leipzig über Allstedt zurückgehen werden, bittet er um ein
Briefchen dorthin.

In Weimar, wohin Goethe am 1. Juni Nachmittags 1 Uhr
mit dem Herzog zurückkehrte, fand er die Gegend unerwartet

schön. Bei der Grottenanlage im Stern traf Wieland denselben Abend Goethe „in Gesellschaft der schönen Schröterin, die in der unendlich edlen attischen Eleganz ihrer ganzen Gestalt und in ihrem ganz simpeln und doch unendlich raffinirten und insidiosen Anzug wie die Nymphe dieser anmuthigen Felsengegend aussah." Der Herzog hatte sie eben verlassen. Corona war von Minen begleitet; zufällig hatten Goethe und der Herzog sie hier ge= troffen. Ersterer hatte sich gleich nach Tiefurt begeben, dann auf eine seltsame Nachricht nach Weimar zurück, um nach ge= nommener Einsicht von Briefen wieder Tiefurt aufzusuchen. Aus jenem Zusammentreffen darf man am allerwenigsten einen Schluß ziehen, doch sehen wir aus Wielands Schilderung, welch einen reizenden Eindruck Coronens Erscheinung in den von Goethe begonnenen neuen Anlagen bildete und daß diese „Felsenscene" an einem Ilmfalle, dem Stern, Goethe's Garten und einem lieblichen Wiesenthal gegenüber, ein Lieblingsaufenthalt der= selben war.

Von den nächsten Tagen des Juni sagt das Tagebuch nur, daß er „genügt (vergnügt?) und still" gewesen; sonst führt es aus dem ganzen Monate nur an, daß er am 20. mit dem Herzog nach Tiefurt gegangen. Gerade zu derselben Zeit war Char= lottens älterer Bruder mit seiner jungen Gattin angekommen, die am 2. bei Hofe vorgestellt wurde. Goethe fand sich recht glücklich, nur wurde ihm die Freundin durch die vielen Ein= ladungen, denen sie sich jetzt in Folge der Ankunft ihrer Schwä= gerin nicht entziehen konnte, mehr, als er wünschte, entzogen. Auch mußte Charlotte selbst größere Gesellschaften geben, an denen er nicht Antheil nehmen mochte. Am Sonntag den 14. speist er wieder bei der Freundin, gegen die er äußert, sie werde zärtlich geliebt. Bei Uebersendung der ersten Rose seines Gartens schreibt er: „Jupiter mochte von der Schlange keine Rose, Sie werden diese von einem Bären nehmen. Gehört er nicht unter die feinen, gehört er doch unter die treuen Thiere." Aergerlich, daß sie im schlechten Wetter den bösen Weg nach Kalbsrieth machte, bemerkt er ihr am 17.: „Ich bin leider an Ihre Liebe zu festgeknüpft; wenn ich manchmal versuche, mich los zu machen, thut es mir zu weh; da laß ich's lieber sein." Als sie am 29.

von einer Gesellschaft zurückkehrte, empfing sie die empfindlichen
Zeilen: „Ihren Gruß erhielt ich, als ich von leichten Träumen
die Augen öffnete; meinen Dank und Blumen finden Sie nach
lebhaftern Eindrücken. Ueberhaupt bitt' ich Sie immer zu thun,
als wenn ich nichts sagte; denn ich sehe nicht ein, woher mirs
kommen dürfte, Ihnen irgend ein Vergnügen zu beneiden. Auch
sind Dinge im Anfang am empfindlichsten; wenn's aber muß,
gibt sich's denn nach und nach. Leben Sie wohl, Liebste."
Noch ehe sie nach Kochberg sich begab, erfreuten Charlotten
und ihre Schwägerin sich des heitern von Goethe und Seckendorf veranstalteten Luisenfestes.

Nach Kochberg schreibt er am 16. der Tags vorher mit
dem Herzog dorthin gegangenen Freundin, in der durch ihre
Abreise entstandenen Leere helfe er sich, so gut er könne, er
traktire Misels, reite und laufe herum. Ihre Eifersucht fürchtete
er nicht zu erwecken, wenn er sich gegen Coronen, die Waldner
u. a. artig zeigte. Er litt unterdessen körperlich wie auch durch
manche unangenehme Verhältnisse, die er durchschaute. Ihr
Aufenthalt zu Kochberg dauerte vorab nur kurze Zeit. Wir
wissen nicht, wann Charlotte zurückkehrte, da das Tagebuch
vom 15. bis zum 28. schweigt. Am 29. geht Charlotte Abends
mit ihm spazieren, wobei später Knebel sie begleitete. Auch
in den folgenden Wochen bis zum 8. September, wo Charlotte
auf längere Zeit wieder nach Kochberg ging, übte sie auf ihn
ihre alte Anziehungskraft. Leider fließen die Tagebuchbemerkungen
in dieser Zeit sehr sparsam. Sie erwähnen nur eines Besuches
der Freundin, am 7., den wir auch durch einen Brief von diesem
Tage kennen. Den 9. ging Goethe mit dem Herzog und Wedel
auf einige Tage nach Allstedt, wohin der Fürst von Dessau kam.
Hier zeichnet und tuscht er etwas für die Freundin an demselben
Fenster, wo sie vor fünf Monaten gezeichnet hatte. Von Allstedt schreibt er durch einen nach Weimar abgehenden Husaren
des Herzogs, und meldet ihr unter anderm, daß sie die Misels
von Kalbsrieth getroffen; der Herzog und Wedel hätte so lange
mit Karolinchen (von Ilten) gespaßt, bis diese weinend weg-
gegangen. Am Abend des 22. war auch Charlotte bei dem
Abendessen in der zum 9. Juli erbauten Einsiedelei, und genoß

mit die herrliche im Rembrandtschen Geschmack gehaltene Illumination, die Goethe der von ihrer Kunstreise an den Rhein zurückgekehrten Herzogin Mutter veranstaltete. Den 31. verlor Charlotte ihre Schwiegermutter.

Am Tage nach ihrer Abreise trieb es ihn von Weimar weg, wohin er am 18. zurückkehrte. Die Freundin hatte ihm dießmal, da sie sich verletzt fühlte, kein Wort des Abschiedes hinterlassen und sich seine Besuche in Kochberg verbeten. Am 19. sendet er ihr die auf seiner Reise an sie geschriebenen Zettelchen. „Daß Sie an mich denken und schreiben, verlange ich nicht", äußerte er am 24.; „ich würde eifersüchtig sein (daß er nicht bei ihr sei), und was draus folgt. Ich nehm' alles als Geschenk an." Und am 1. October bei Uebersendung von Pfirschen: „Es ist immer eben derselbe, um nicht zu sagen, immer mehr derselbe, der Ihnen guten Abend sagt." Damals übernahm Goethe die Theaterwirthschaft. Schon am 2. fand die erste Probe von Goethe's Jahrmarkt statt, in welchem Corona die Tirolerin übernommen hatte. Mit dieser war er Abends nach dem Concerte bei der Herzogin Mutter. Den 5. war wieder Probe, einige Tage später in Ettersburg, wohin auch Corona gekommen sein muß, die nicht allein die Tirolerin, sondern auch in Molières übersetztem Arzt wider Willen die Lucinde geben sollte. Charlottens Ernst spielte den Zitherspielbuben. Corona zog so wenig Goethe von Charlotten zurück, daß es diesen am 11. nach Kochberg trieb, von wo er am 12. zurückkehrte. Auch Charlotte selbst kam auf einen oder ein paar Tage nach Weimar und erfreute ihn mit einer Tasse, da die vor ein paar Jahren geschenkte zerbrochen war. Sie war gekommen, um mit der Herzogin zur Zusammenkunft mit ihrem Bruder, dem Erbprinzen, nach Erfurt zu gehn. Am 15. war sie Mittags, am 16. Abends bei der Hoftafel. Den 19. kam die ihr sehr geneigte Erbprinzessin von Braunschweig nach Weimar. Mit ihr nahm sie am 19. Mittags und Abends an der Hoftafel Theil. Die Theateranstalten und Proben zu Ettersburg nahmen Goethe außerordentlich in Anspruch. Am 20. kamen sein Jahrmarkt und das Lustspiel Molières endlich zur Aufführung; in letzterem gab Goethe den Lucas, im andern den Marktschreier, Haman und Mardochai.

Nach der Aufführung war großer Ball. Am 21. ward Cour in Belvedere gehalten, wo Charlotte Mittags und Abends bei Tafel war, wie auch am 23. wieder zu Mittag. Die Erbprinzeß von Braunschweig hatte sich schon am 22. entfernt.

Charlotte kehrte wohl am 24. nach Kochberg zurück; es war der Geburtstag der Herzogin Mutter, von dessen Feier sich Goethe dießmal zurückhielt. Daß ihn Corona in dieser Zeit angezogen habe, wissen wir nicht. Den 31. schreibt er Charlotten, die Umstände spielten wieder mit ihm Ball, da er überall in Anspruch genommen werde; sonst würde er bei den schönen Tagen zeichnen. Den 3. November beklagt er sich, daß er nichts von ihr höre. „Es lebe die Gegenwart, und ich wollt', Sie wären wieder hier", schreibt er. „Des Abends wird nun meist zu Hause geblieben. Gestern waren Herders da und der Herzog und Seckendorf; bis 8 Uhr Musik, nachher aßen wir und zum Nachtisch las ich was, das zu lachen machte und verdauen half. Ich habe wieder eine Schere zugerichtet, um eine große Herde zu scheren und gelegentlich zu schinden.[1] Daran hindern mich eifrige Gedanken an einen Theaterbau, dazu ich unablässig Risse kritzle und verkritzle, nächstens ein Modell hinstellen werde, dabei es bleiben wird. — Wenn Sie abwesend an meinen Seelenumständen Theil nehmen, so dient zur Nachricht, daß sie ruhig beschäftigt, liebreich und possenhaft sind. Grüßen Sie Steinen und die Kinder. Die W . . . (Waldner) wird alle Tage koketter, mit meinem Lieben gehts auch nicht vom Fleck; ich schieb's auf die Jahrszeit, daß mich Mauern und Hängematten mehr unterhalten, als die Misels. — Dem Herzog ist wohl, wir sind einmal viel zusammen." Keil hütet sich wohl, diese Stelle anzuführen, welche gegen jedes innigere Verhältniß zu Coronen spricht, wenn er nicht etwa wieder mit seinem „im Grunde unwahr" dazwischen fährt. Am 6. mußte er noch einmal, wie er schon der Freundin geschrieben hatte, „zum Schluß diesjähriger

[1] Das Narrenschneiden nach Hans Sachs, wobei Goethe als Wunderdoktor eine große Zahl zierlich geschnitzter Narren dem Kranken aus dem Wamms zog, kann nicht gemeint sein; dieses muß Goethe vorher einmal, wohl zu Ettersburg, aufgeführt haben, da Henriette Knebel schon am 30. Oktober von der „Narrenoperation von Hans Sachs" durch ihren Bruder gehört hatte.

Landunlust" in seinem Jahrmarkt auftreten. Die Tyrolerin ward dießmal von Fräulein Wöllwarth gespielt. Nach Burkhardts Bericht würde, da unter den veränderten Rollen (Fräulein von Ilten spielte das Pfefferkuchenmädchen, Madame Gambü (?) das Milchmädchen) sich Corona nicht findet, diese gar nicht mitgespielt, aber ihre Freundin Mine, wie früher, die Frau Amtmann gegeben haben. Welches Stück dazu gegeben wurde, ob etwa wieder Molières Lustspiel, wissen wir nicht. Manchmal ging Goethe in Charlottens Haus, wo unter seiner Aufsicht die Zimmer wieder hergestellt und gereinigt worden waren. Immer dringender verlangte er nach der Rückkehr der Freundin, welche sich seinen Besuch wohl verbeten, wenigstens jede Einladung an ihn unterlassen hatte, so daß er am 15. den Herzog nicht nach Kochberg begleiten durfte. Dieser scheint sich damals zu Coronen hingezogen gefühlt zu haben; denn wenn am 11. Concert in der Einsiedelei, am 12. beim Herzog im Tagebuch erwähnt wird, so dürfen wir auch die Veranstaltung des ersten wohl dem Herzog zuschreiben, da weder die Herzogin Mutter noch die Herzogin in Weimar anwesend waren, von denen erstere am 19., die andere am 20. zurückkehrte. „Es ist sehr gut, daß Sie kommen", schreibt er am 21. der Freundin, die ihm etwas überschickt hatte; „ich kann Sie nicht mehr im schwarzen Kochberg denken. Gestern haben wir der Herzogin die erste Nacht ihrer Ankunft[1] erhellt; da sollten Sie auch bei sein, hofft' ich. Grüßen Sie alle und Fritzen besonders, den das Versprochene erwartet." Tags vorher war Corona erkrankt. Seinen Antheil daran bezeugt die Eintragung dieses Umstandes in sein Tagebuch. Gleich darauf kehrte die Freundin, die er fast ein ganzes Vierteljahr lang nur einmal in Kochberg und kurze Zeit in Weimar gesehen hatte, endlich zu ihm zurück. Sie hatte ihn, der sein ganzes Vertrauen nur ihr geben konnte, wieder einmal so lange von sich fern gehalten, nachdem auch vorher in Weimar die Theilnahme an mancherlei Vergnügen, zu denen die Verbindung mit ihrer jungen Schwägerin sie veranlaßte, ihm mehr als sonst ihre Gegenwaet entzogen hatte. Möglich, daß ihre

[1] Durch ein Fest in Tiefurt. Am 20. war Goethe Abends daselbst.

dem Stolbergischen Kreise verwandte kleine Schwägerin sie etwas
gegen Goethe verstimmt hatte; aber ihr jetziges Fernhalten erklärt sich schon daraus allein, daß der ihr ganz vertrauende
Dichter noch immer zu leidenschaftlich bewegt war, auch ihren
Umgang zu sehr zu beschränken schien, da er es nicht ertragen
konnte, wenn sie die Abende anderwärts verbrachte. Nicht sie,
sondern Goethe zeigte sich eifersüchtig und leidenschaftlich ge-
spannt. Daß sie von Coronen und Goethe's andern „Miseleien"
nichts fürchtete, liegt klar vor Augen.

IV.

Charlottens innige Theilnahme in Goethe's höchst gespannter geschäftlichen Stellung und seinem verschlossenen Missmuth. Verdacht gegen Coronen. Zerwürfniss, Versöhnung. Iphigenie. Coronens Triumph als Künstlerin. Goethe's herzlichste Vertraulichkeit mit Charlotten. Anmuthiges Zusammenleben mit Coronen. Charlotte geht nach Kochberg, wo Goethe sie besucht, der während ihrer Abwesenheit sich mit Coronen viel zusammenfindet. Goethe reist mit dem Herzog nach der Schweiz. Herzliche briefliche Verbindung mit Charlotten. Rückkehr.

Vom Ende November 1778 bis zum 14. Januar 1780.

Mit herzlicher Freundschaft kam Charlotte dem ihm so innig ergebenen, ihr einzig vertrauenden jungen Dichter entgegen, und hob den von so manchen Sorgen Gequälten durch ihren reinen Antheil. Coronens Krankheit war bald gehoben oder wird sich unbedenklich gezeigt haben; wir finden der anmuthreichen Künstlerin erst am 7. Dezember wieder im Tagebuch gedacht. Ein Unglücklicher in Gera, dessen er sich in Abwesenheit der Freundin seit dem 2. November angenommen hatte, erregte damals seine Besorgniß, da derselbe jedem Rathe unzugänglich schien. Auch Knebels Schwermuth beunruhigte ihn. Anfangs Dezember ist er „zugefroren gegen alle Menschen." Am Abend des 5., dem ersten Tage, wo das Tagebuch wieder einzelne Angaben macht, geht er Abends zu Charlotten, wo gelesen wird. An demselben Morgen hatte er, wie an den vorigen Tagen, an Egmont geschrieben, dessen Vollendung ihm wohl Charlotte ans Herz gelegt hatte. Den folgenden Tag, einem Sonntag, reitet er nach Tiefurt; dießmal speist er nicht bei der Freundin, die er aber nach dem Hofconcert besucht, wo er ihre Mutter bei ihr findet. Am nächsten Tage speist er bei Charlotten; Abends besucht ihn Corona mit ihrer Gesellschafterin. Wunderlich legt

Keil darauf Gewicht, daß Goethe, der gegen alle Menschen
zugefroren gewesen, Coronen „empfangen“ habe (II. 153). Von
einem Empfang spricht das Tagebuch nicht im geringsten,
nur von ihrem Besuche, den er freilich artig empfangen haben
wird: aber daß er offener gegen den Besuch gewesen, als gegen
die ältere Freundin, die er selbst aus freien Stücken besuchte, werden wir uns doch wohl nicht etwa Keils Vorurtheil
zu Liebe einbilden sollen. Coronens wird während des ganzen
Monats nicht mehr gedacht; denn daß ihr Name einmal falsch
in unserer Abschrift steht, werden wir bald sehen. Dagegen ist
er am 9. nach dem Conseil wieder bei Charlotten zu Tische.
„Wenig, aber gut nach Tische gesprochen“, bemerkt das Tagebuch. „Sie kommt mir immer liebenswürdiger vor, obgleich
fremder, wie die übrigen auch.“ Sollen wir etwa Keils wegen
dessen geliebte Corona davon ausnehmen? Was hätte Goethe
für ein höheres Lob der älteren Freundin spenden können, als
daß er sie immer liebenswürdiger fand — und das zu einer
Zeit, wo man nach Keil glauben sollte, Corona habe ihn ganz
an sich gefesselt. Wie herrlich offenbart sich Goethe's rein inniger
Dank in den von Keil geschickt übergangenen Zeilen, die er
am 10. Nachmittags um 2 Charlotten schrieb: „Vorm Jahre
um diese Stunde war ich auf dem Brocken und verlangte von
dem Geist des Himmels viel, das nun erfüllt ist. Dieß schreib'
ich Ihnen, daß Sie auch in der Stille an diesem Jahresfest
Theil nehmen. Behalten Sie mich lieb auch durch die
Eiskruste; vielleicht wird's mit mir wie mit gefrornem Wein.“
Am folgenden Tage ißt er bei der Herzogin Mutter und nach
der Komödie will er das ihm auf den Mittag zugedachte Stück
Braten bei Charlotten verzehren. „Danke, Beste,“ schreibt er,
„daß Sie nach meinen Verworrenheiten fragen; Gott hat den
Menschen einfach gemacht, aber wie er gewickelt wird und sich
verwickelt, ist schwer zu sagen.“ Am Abend des 11. besucht er
das Theater, wo Feuer in der Schule gegeben wurde, war
dann bei der Herzogin Mutter zum Tanze. Ten 15. sprach er
kurze Zeit bei Charlotten vor. Auf ein verlorenes Zettelchen,
das Charlotten sehr beunruhigte, beziehen sich die Zeilen:
„Meine Worte haben keinen schlimmen Sinn, sie waren nur

kauderwelsch; wenn ich Sie sehe, will ich sie leicht erklären. Vertrauen Sie und machen Sie sich keine Plage um meinetwillen; denn das Leben ist vorübergehend und die gute Zeit nicht wiederbringlich." Auch ihr Gatte scheint damals um ihn besorgt gewesen zu sein, worauf die Tagebuchbemerkung deutet: „Gutheit von Steinen. Warnung solcher Menschen gut, aber nur selten. Oefters ziehen sie einen in ihre enge, arme Vorstellung." Besonders gegen den Minister von Fritsch war er sehr erbittert und unterließ nicht, dem Herzog, der so manches von diesem dulde, harte Dinge darüber zu sagen.

Während dieser Noth läßt Keil Coronens Lebensbeschreibung in Goethe's Hände kommen, durch deren Mittheilung diese dem geliebten Freunde einen schlagenden Beweis ihrer Neigung und ihres aufrichtigen Vertrauens gegeben. Seine große Kunst des Mißverstehens läßt ihn die Worte: „Kriegte die Lebensbeschreibung von Crone" nicht allein mit den freilich in seiner Abschrift, wenn der Abdruck richtig ist, bloß durch ein Komma davon getrennten Worten: „Dachte über die Musik und Zeichenakademie", sondern auch mit dem vorhergehenden Satze: „Jedes Menschen Gedanken- und Sinnesart hat was Magisches", in Verbindung setzen. So schreibt er denn dieser glücklich entdeckten Lebensbeschreibung Coronens gar einen mittelbaren Einfluß auf das Aufblühen der Zeichenschule unter Goethe's Pflege zu. Man braucht aber nur die Stelle des Tagebuchs scharf ins Auge zu fassen, um sich zu überzeugen, daß die Erwähnung der Lebensbeschreibung und die Gedanken über die Musik und die Zeichenakademie weder etwas miteinander zu thun haben noch mit dem vorigen. Was aber die Hauptsache, die Lebensbeschreibung Coronens verpufft, wenn man die Briefe an jenen Unglücklichen in Gera, dessen Goethe schon Ende Novembers gedacht hat, vergleicht. „Fangen Sie bald an, Ihr Leben zu beschreiben, und schicken mir's stückweise", bittet Goethe diesen am 14. Dezember, und am 3. Januar, wo er ihm 5 Louisdor schickt, schreibt er: „Ich erwarte die Fortsetzung Ihres Lebens, danke für Ihr Vertrauen". Darnach kann kein Zweifel bestehen, daß der Anfertiger der Abschrift des Tagebuches das vorgefundene Kr (auch sonst wechseln K und C hier im Anfange von Namen) irrig als Crone ergänzt

hat. Bald darauf heißt es im Tagebuch: „Klauer fing an
Fritzens (von Stein) Statue an. Mir war die ☉ sehr lieb
gutmüthiger Schnack". Keil verschweigt, daß Burkhardt statt
„Schnack" hat „Sohn" und Komma nach lieb, und er führt
die Stelle so an, daß man glauben sollte, Charlotte selbst werde
als „gutmüthiger Schnack" bezeichnet. Nach allem diesem vergleiche
man nun Keils langgedehnten, dreimal mit einem „während"
anhebenden Satz S. 153, und man wird sich eines lauten
Lachens über diese platzende Blase nicht enthalten können. Mit
solchen Mitteln wagt Keil die als höchst innig und seelenhaft
erwiesene Verbindung mit Charlotten unter die Neigung des
Dichters zu Coronen, mit welcher dieser sich nur selten zu=
sammenfindet, herabzudrücken.

Auch Goethe's aus dem Ende des Jahres erhaltene Briefe
bezeugen die innige, jetzt ganz beruhigte Liebe, die freilich in
der Ferne sich gern eines Andenkens der Geliebten erfreut. Als
er am Morgen des 30. sich von ihr verabschiedete (Nachmittags
ging es zur Jagd nach Apolda), hätte er sie gern um ihr Hals=
tuch gebeten, was er aber nicht wagte, da die Mutter bei ihr
war, doch gab sie ihm eine ihrer Schleifen mit, welcher er am
andern Morgen einen schönen guten Morgen aufküßte. Am
letzten Abende des Jahres kehrte er vergnügt zurück; er besuchte
die Freundin, die ihm als Pfand der Liebe ihren Fritz die Nacht
über mitgeben mußte. Neujahrstag speist er Mittags bei der
Freundin, dann geht er zur Hofcour. Das neue Jahr brachte
ihm viel neue Arbeit, da der Herzog ihm auf seinen Wunsch
den Vorsitz der Kriegskommission übertragen hatte, die bisher
sehr unordentlich geführt worden war. Den 2. Januar dichtete
er, wie es scheint, das schöne Lied an den Mond, in welchem
es von diesem heißt, er breite seinen Blick lindernd über sein
Gefild, „wie der Liebsten Auge mild über mein Geschick". Schon
damals sann er darauf, der Freundin zu ihrem Namenstag (im
Juli) einen Tisch seiner eigenen Erfindung machen zu lassen,
wozu er alles einzeln selbst ausgesucht und angeordnet hatte.
Den zweitfolgenden Nachmittag findet er Coronen auf dem Eise,
wo er bis zum Aufgange des Mondes verweilt. Daß er sie nach
Hause begleitet, läßt Keil (II, 157) wohl irrig das Tagebuch

sagen.[1] Ob Corona in diesem Jahre erst Schlittschuh gelaufen, wissen wir nicht; wahrscheinlich wollte sie auch in dieser Kunst den Einwohnern Weimars, bei welchen Goethe sie eingeführt hatte, nicht nachstehen. Dieser fühlte sich so angezogen, mit der anmuthigen Künstlerin zusammen zu laufen, daß er so lange sich der anstrengenden Uebung hingab. Daß beide damals allein auf der Schwanseewiese gelaufen, ist nicht gesagt. Vielleicht schwebte dieser reizende Lauf dem Dichter noch sehr spät bei Flavio und Hilarie in den Wanderjahren (II, 5) vor. Daß Goethe einen leidenschaftlichen Zug seiner Seele zu der ungemein anmuthigen, durch ihre gewählte Tracht verführerischen Künstlerin zuweilen empfunden, wollen wir keineswegs in Abrede stellen, aber er wußte sich vor einem Ausbruche derselben zu hüten, und Corona selbst hielt sich zurück, was ihr bei ihrer etwas kältern Natur und der Rücksicht auf ihre Stellung am Hofe leichter wurde. Ihr Stolz war es, als Künstlerin zu glänzen; deßhalb lag ihr nichts ferner, als sich durch andere Bande zu fesseln, welche ihr hierbei hindernd entgegentreten, ja ihr weiteres Auftreten als Künstlerin unmöglich machen konnten. Darum hatte sie auch in Leipzig alle Bewerbungen von der Hand gewiesen, und der ein= zige Fall, wo sie sich durch vornehmen Rang hatte blenden lassen, warf wohl noch immer seine trüben Schatten in ihre Seele und mahnte sie zur Vorsicht. Wie wenig das Verhältniß zu Charlotten durch Coronen litt, zeigen die folgenden, klüglich von Keil über= gangenen Tage. Am Abend des 5. war Goethe bei Charlotten, die er sehr lieb fand, und er schwatzte viel mit ihr.[2] Die folgende Eintragung: „Mit Militärökonomie beschäftigt. Wenig Baukunst, viel auf dem Eis. War ☉ sehr lieb. War ich sehr in mir", be= zieht sich wohl auf die Tage vom 6. bis 8. An letzterm scheint er gegen die Freundin geschwiegen zu haben, der er am 9. schreibt: „Einen guten Morgen von Ihrem stummen Nachbar. Das

---

[1] „Auf dem Eis bis Monds Aufgang mit Crone nach Hause sehr müde," steht bei Keil. Nach Crone ist Punkt zu setzen. Mit Crone soll bezeichnen, daß er so lange mit ihr gelaufen. „Nach Hause" deutet auf sein eigenes Haus.

[2] Nach der Burkhardtschen Abschrift wäre Crone auch an diesem Tage aufs Eis gekommen. Aber schon der Ausdruck nach Tafel (nicht Tisch) zeigt, daß das Mondzeichen der Herzogin Mutter hier richtig ist.

Schweigen ist so schön, daß ich wünschte, es Jahre lang halten zu dürfen. Etwas von meiner Jagd (eine Ente?) kommt mit, und ich heute Mittag, wenn Sie mich wollen." Daß das Tagebuch nicht des Mittagessens gedenkt, beweist nicht, daß er zu Hause geblieben.

Goethe muß um diese Zeit wieder dahinter gekommen sein, daß der Herzog viel mit Coronen verkehre, diese oft besuche. Am Abend des 10., nach dem Sonntagsconcert, hatte Goethe „eine radicale Erklärung mit dem Herzog über Crone". Seine Vermuthung, fügt er hinzu, sei „theils bestätigt, theils vernichtet worden", und er schließt dann mit dem Gebete: „Endet's gut für uns, ihr, die ihr uns am Gängelbande führt!" Die Besuche des Herzogs bestätigten sich, aber nicht, daß Corona sich durch diesen blenden ließ. Anderthalb Monate, bis zur Aushebungs= reise, gedenkt das Tagebuch weder Charlottens noch Coronens, nur wird von letzterer am 25. Februar erwähnt, daß sie in Theaterangelegenheiten, wegen Shakespeares beider Vero= neser, bei ihm gewesen.

Irren wir nicht sehr, so haben wir hier das Zerwürfniß, von welchem uns der einzige bisher bekannte Brief Goethe's an Coronen, von dem weder Stahr noch Keil etwas wissen, Kunde gibt. Trägt Goethe's Brief, den Hirzel 1871 in seinen Mittheilungen „Zur Hausandacht für die stille Gemeinde" be= kannt gemacht hat, auch keine Adresse, so kann doch eben nur an Coronen gedacht werden. Wir geben den vollen Wortlaut des merkwürdigen Briefes. „Wie oft hab' ich nach der Feder gegriffen, mich mit dir zu erklären! Wie oft hat mir's auf den Lippen geschwebt! Ich habe groß Unrecht, daß ich es so lang habe hängen lassen und kann mich nicht entschuldigen, ohne an Saiten zu rühren, die zwischen uns nicht mehr klingen müssen. Wollte Gott, du möchtest ohne Erklärung Friede machen und mir verzeihen. Mein Zutraun hast du wieder, meine Freund= schaft hast du nie verloren, auch jenes nicht. Bin ich irre ge= worden, so war's so menschlich. Aber darin hab' ich am meisten gegen dich gefehlt, daß ich dich die letzte Zeit nicht mit einer eifrigen Erklärung beruhigte. Ich will nicht anführen, was mich entschuldigen könnte; vergib mir (ich habe dir ja auch vergeben) und laß uns freundlich zusammen leben. Das Vergangene können wir nicht zurückrufen, über die Zukunft sind wir eher Meister, wenn wir klug und gut sind. Ich habe keinen Argwohn mehr gegen dich; stoß mich nicht zurück und verdirb mir nicht die Stunden, die ich mit dir zubringen kann; denn so muß ich dich freilich vermeiden. Noch einmal verzeih mir! Mehr kann ich nicht sagen, ohne dich aufs neue zu kränken. Mein Herz ist gegen dich gesinnt, wie du es wünschen kannst; nimm es so an. Verlangst du mehr, so bin ich auch bereit dir alles zu sagen. Adieu! Möchte doch das so lange schwebende Verhältniß endlich fest werden. (Nachschrift.) Danke für Kuchen und Lied, und schicke dagegen einen bunten Vogel." Wir sehen, Corona war es, welche die Hand zur Versöhnung bot, wobei sie außer einem Kuchen auch ein Lied sandte. Es könnte dieß eine Tonsetzung von Goethe's Lied an den Mond sein, das dieser ihr wohl mitgetheilt hatte. Charlotte besaß eine solche für Klavier, bei welcher man bisher nur auf Seckendorf gerathen hat; aber sie könnte sehr wohl von Coronen sein. Wir sehen, daß Argwohn, der sich nicht bestätigte, der Grund des Zerwürfnisses war. Goethe hatte sich wohl schon vor dem 10., oder doch an diesem, wo sie im Hof= concerte sang, kalt und verstimmt gegen sie gezeigt; auch nach der an demselben Abend erfolgten Erklärung des Herzogs wird er ihr noch gegrollt haben, daß sie nicht offener gegen ihn ge= wesen, und er konnte sich nicht entschließen, sich selbst über eine so unangenehme Sache zu erklären, auch nicht zur frühern Freundlichkeit zurückfinden. Mehrfach kam er mit ihr an drittem Orte zusammen, besonders bei den durch die Geburt der Prin= zessin veranlaßten Hoffesten, aber er blieb kalt und trocken. Endlich konnte Corona, die wohl vom Herzog den Grund seines veränderten Betragens erfahren hatte, nicht länger sich zurück= halten, und so frug sie, was ihn gegen sie verstimmt habe, und bat um Herstellung ihres freundschaftlichen Verhältnisses. Goethe war durch ihre Güte betroffen; er fühlte, wie sehr er gegen sie im Unrecht sei, bat um Verzeihung, wobei er jedes Wort mied, das durch den Anklang an seinen Verdacht, sie verletzen könnte, versicherte sie seines vollen Zutrauens und seiner Freundschaft, und sprach den Wunsch aus, das gute Verhältniß möge wieder hergestellt werden. Wenn er bemerkt, dieß sei so lange schwe=

bend gewesen, so denkt er an das Schwanken zwischen höhern und niedern Wärmegraden; jetzt soll es auf wahres Zutrauen und Freundschaft fest gegründet sein, von jeder Leidenschaftlichkeit sich fern halten. Auf diese Weise scheint uns der merkwürdige Brief Goethe's ganz den uns bekannten Verhältnissen des Anfangs des Jahres 1779 zu entsprechen. Er dürfte kurz vor dem 14. Februar geschrieben sein, also gerade in der Zeit, wo der Dichter den Plan zu seiner Iphigenie im Sinne hatte, deren Heldin Corona darstellen sollte.

Kehren wir zu Charlotten zurück, so zeigt das Schweigen des fast nur allgemeine Bemerkungen über Geschäftliches, Weimars politische Stellung und sein körperliches Befinden enthaltenden Tagebuches, daß das Verhältniß unverändert blieb. Klauers Fortschritt an der Büste von Fritz erfreute ihn sehr.

Nur wenige Briefe geben von dieser Zeit Zeugniß. Am 14. Januar dankte Goethe der Freundin für das Ueberschickte. Unmittelbar vorher war die Tante ihrer Schwägerin, die Gräfin Bernsdorf, mit ihrem Verwalter, dem bekannten Literaten Bode, nach Weimar gezogen. Dem Danke für ein von Charlotten gesandtes Frühstück fügte er um diese Zeit die Worte hinzu: „Wünsche Glück zur Vermehrung der Freundschaft. Und schicke hier einige neue Möbels (Bilder, die er sonst auch wohl als Hausrath bezeichnet). Es ist wohl ein Jahr, daß ich sie bei mir nicht mehr ansehe; vielleicht seh' ich sie wieder, wenn sie bei Ihnen hängen." Am 3. Februar wurde die Herzogin von einer Prinzessin entbunden; zur Taufe kamen am 4. die Herrschaften von Gotha. Diese und die nächsten Tage nahmen Goethe so in Anspruch, daß er am 8. der Freundin gesteht, er müsse sich erst wieder an seine Wohnung gewöhnen, wobei er sie um etwas zu essen bittet. Das Tagebuch schweigt vom 4. bis 13. Während dieser Zeit war der Entschluß in ihm gereift, da der Geburtstag der ihrer Entbindung nahen Herzogin nur stille gefeiert worden war, dem Ausgang derselben durch eine würdige Theatervorstellung eine besondere Weihe zu geben, und dazu hatte der Dichter sich den Stoff der Sühne der Greuel des Geschlechtes des Atreus durch die reine Priesterin Iphigenie gewählt. Charlotten wird er seinen Plan mitgetheilt und diese ihn zur Ausführung desselben dringend gemahnt haben. Es ist lautere Thorheit, wenn Keil zu behaupten wagt, Corona habe Goethe als Iphigenie vorgeschwebt, ihm „Wesen, Farbe und Züge dazu geliehen“; die Annahme, daß dieß Frau von Stein gewesen, werde durch kein Wort der Dichtung selbst gerechtfertigt (wird dieß etwa Keils jedenfalls neue Annahme?) und es heiße die Stimmung von 1781 auf 1779 übertragen, wenn man annehme, Goethe habe bei Iphigenien an Charlotten gedacht. Es ist ein Greuel, daß so etwas geäußert und halb oder ganz nachgesprochen werden konnte. In welcher Frauenseele war denn Goethe die Wunderkraft reiner Weiblichkeit, die den leidenschaftlichen Stürmer beruhigte, aufgegangen, in Charlotten oder in Coronen? welche von beiden hatte sein ganzes Herz hingerissen und es „in die ihm fremdesten Zustände lieblich eingeführt“, welche war ihm zu seinem Leben unentbehrlich, so daß „alle andern Liebeleien sich nur an diesen Faden hingen“? In Frau von Stein, nicht in der vielbegabten, anmuthigen Künstlerin, der er wohl wollte, die er aber nie zur Vertrauten seiner Seele machte, hatte sich ihm hehre Weiblichkeit offenbart; sie war ihm als „Besänftigerin“ erschienen seit den ersten Tagen, wo er sich zum Entschlusse neigte, in Weimar zu bleiben, sie hatte ihn in den schlimmsten Stunden gehalten und gehoben und schon bei seinem Drama der Falke hatte er seiner Heldin einige Tropfen von ihrem Wesen geben wollen. Daß Charlotte „das leidenschaftliche Dichtergemüth Goethe’s beruhigt“ habe, „Mäßigung dem heißen Blute tropfend“, gibt Keil zu, ohne zu bemerken, daß gerade ganz ähnlich Iphigenie auf Orest wirkt; das ist ihm gar nichts gegen die Thatsache, daß Corona Iphigenien zuerst gespielt und, als er sich zu dieser antik einfachen Dichtung, deren Seele seine eigenen drei letzten Jahre ihm eingaben, entschloß, gerade auf Coronens hohe künstlerische Befähigung gerechnet hatte. Läßt sich ein Dichter durch eine Schauspielerin allein zu einer bedeutenden Dichtung bestimmen? Der Trieb zu ihr ist ein innerer. Lächerlich ist es, wenn Reichardt zum Zeugen dafür angerufen wird, daß „die Iphigenie für die edle Corona gedichtet wurde“: in dem offenbar gemeinten Sinne, daß Goethe sich diese als Darstellerin der Iphigenie dachte, da ihre Befähigung zu

heroisch-tragischen Rollen in seiner Proserpina ihm so glän-
zend aufgegangen war, liegt es klar vor und bedarf es dazu
weder des Ausspruchs von Reichardt noch des ähnlichen von Falk,
die beide nichts Genaueres davon wissen konnten; in dem andern
Sinne aber, den Keil damit verwechselt, daß Corona das Vorbild von Jphigeniens hoher, reiner, die Seele milde beruhi-
gender Weiblichkeit sei, widerspricht es unserer ganzen Kenntniß
der Verhältnisse. Wenn nun Keil gar die Dichtung selbst und
ihre Entstehungsgeschichte zum Beweise anführt, daß Corona
bei der dichterischen Gestalt Jphigeniens der Seele des Dichters
vorgeschwebt, d. h. doch ihn dazu begeistert, ihm die Grundzüge
ihres Wesens geliehen habe, so weiß man nicht, wie man eine
solche Behauptung anständigerweise bezeichnen soll. Charlotte
war es, welcher er seine Absicht, wie alles, was er unternahm,
vertraute, und die von den Fortschritten des Stückes genau
unterrichtet wurde, die während der Dichtung mit ihm in steter
persönlicher und brieflicher Verbindung blieb. Am 14. vertraut
er dieser, den ganzen Tag brüte er über Jphigenien, so daß
ihm der Kopf ganz wüst sei. Er muß sie also von seinem Stücke
unterrichtet haben, auch von dessen höherer Bedeutung, da er
darauf deutet, es solle nicht ganz mit Glanzleinwandlumpen
gekleidet sein. Den Morgen hatte er am Stücke diktirt, dann
mit ihren Kindern Fritz und Karl gebadet; für den Abend ließ
er sich Musik kommen, „die Seele zu lindern und die Geister
(der Dichtung) zu entbinden". Er wollte eben dießmal den Sonntag
sich möglichst zurückhalten, um Jphigenien zu fördern. Von
den folgenden Tagen sagt das Tagebuch, er habe die Zeit her
meist gesucht, sich in Geschäften aufrecht zu erhalten und bei allen
Vorfällen fest zu sein und ruhig. Am 21. wird er wohl, wie
gewöhnlich Sonntags, bei der Freundin zu Mittag gewesen sein.
Den folgenden Abend meldet er ihr, daß er ein Quatro in
der Nebenstube habe; er sitze und rufe die fernen Gestalten leise
herüber; eine Scene solle sich, wie er denke, heute absondern;
drum komme er schwerlich. Zwei Tage später „träumt" er Abends
an Jphigenien. Den 25.—27. halten ihn die Kriegskommission, das Conseil und die Aushebung der jungen Mannschaften
in Thätigkeit.

Am 28. Februar beginnt er eine Aushebungs- und Straßen-
besichtigungsreise. Von Jena theilt er am 1. März der Freundin
mit, daß sein Stück rücke; den folgenden Tag hören wir, es
forme sich und kriege Glieder, ja er hofft es bei seiner Rückkunft fertig mitzubringen. Seine Briefchen an Charlotten athmen
volles Liebesglück. In Apolda erfreuen trauliche Zeilen die
Freundin, doch geräth er in Versuchung, von hier, wo er die
drei ersten Akte seines Stückes zusammen schreibt, einen Ausflug nach Weimar zu machen. „Es wäre recht schön gewesen,
wenn Sie gekommen wären", schreibt er. So waren, während
er die drei ersten Akte seiner Iphigenia schreibt, seine Gedanken immer der Geliebten zugewandt, mit der er sich über das
Stück unterhalten hatte; sollte er daneben etwa immer die Darstellung Coronens im Auge gehabt, nicht aus seiner durch das
für ihn so unendlich bedeutende dreijährige Verhältniß zu Charlotten angeregten dichterischen Begeisterung geschöpft haben? Am
12. kehrt er nach Weimar zurück. Wenn es im Tagebuch heißt,
er habe am 13. Abends im Garten die drei ersten Akte vorgelesen, der Herzog und Knebel seien bei ihm essen geblieben,
so schließt diese Angabe nicht nothwendig die Anwesenheit von
Charlotten aus, da man glauben darf, es seien noch andere, als
die zum Essen blieben, anwesend gewesen. Den andern Tag
wird die Abschrift der Rollen besorgt. Den 15. sandte er Knebel
die drei ersten Akte, um sie Herder, auch Seckendorf mitzutheilen.
Vielleicht überbrachte er selbst Coronen ihre Rolle. Prinz Konstantin sollte den Pylades, Knebel den Thoas und Oberconsisto-
rialsekretär Seidler (Sohn des verstorbenen Oberconsistorialraths)
den Arkas geben. Charlottens wird in diesen Tagen gar nicht
gedacht, obgleich es unzweifelhaft, daß er sie besucht. Die Ueber-
gehung dieser Besuche fanden wir schon früher, wie auch wieder
später einen ganzen Monat lang; sie verstanden sich gleichsam
von selbst, fast wie alle geschäftlichen Arbeiten und Sitzungen,
die auch nicht regelmäßig verzeichnet werden.

Von Ilmenau sendet er Charlotten gleich am ersten Abend
einen Gruß; eine ganze halbe Stunde habe er sich mit ihr noch
unterhalten. Auch vom nächsten Abend finden sich einige Zeilen.
Nachdem der vierte Akt gelungen war, kehrte er am Morgen

des 21. nach Weimar zurück. Den 23. sendet er Charlotten Blumen mit der Bemerkung: „Da mir Worte immer fehlen, Ihnen zu sagen, wie lieb ich Sie habe, schick' ich Ihnen die schönen Hyeroglyphen der Natur, mit denen sie uns andeutet, wie lieb sie uns hat." Endlich am Abend des 28. ward Iphigenie vollendet, den 29. das ganze Stück in Tiefurt in Gegenwart der Gothaischen Herrschaften [1] vorgelesen. Das Tagebuch schreibt: „War diese Zeit her wie das Wasser klar, rein, fröhlich." Da die Aufführung des Stückes jetzt auf Osterdienstag, den 6. April festgesetzt war, so nahmen Proben und Theatereinrichtung Goethe außerordentlich in Anspruch, doch versäumte er darüber nicht, am Grünendonnerstag, den 1. April, den Kindern das gewohnte Eierfest, dießmal bei guter Witterung im welschen Garten, zu geben. Das Tagebuch schreibt von der Aufführung am 6.: „Gar gute Wirkung davon, besonders auf reine Menschen." Ohne Zweifel war auch Charlotte zugegen, die sich des herrlichen Stückes, welches die Macht reiner Weiblichkeit verklärt, herzlich gefreut haben muß, um so mehr, als sie sich bewußt war, daß sie die Muse gewesen, die ihm den Geist der Dichtung einge= geben, die den leidenschaftlichen Stürmer, wie Iphigenie den Drest, beruhigt und ihn die Wunderkraft eines tiefen, reinen weiblichen Herzens hatte empfinden lassen. Corona und Goethe feierten bei der Darstellung den höchsten Triumph. An Coronen rühmte man das „schön gemäßigte Spiel", das in ihrer Natur lag und von Goethe besonders ihr ans Herz gelegt worden sein wird; „das Junonische ihrer Gestalt, Majestät in Anstand, Wuchs und Geberden" vereinigten sich, wie Falk nach der Erinnerung Weimarischer Kunstfreunde berichtet, in dieser Iphigenie mit vielen andern seltenen Vorzügen der ernstern Grazie. Goethe bewunderte in dieser hervorragenden Leistung die innigste Ver= bindung von edler Natur und feiner Kunst. Von ihm selbst als Drest sagte Hufeland, der als siebenzehnjähriger Jüngling der Vorstellung beiwohnte, noch nie habe man eine solche Vereinigung physischer und geistiger Vollkommenheit, wie in ihm, erblickt.

[1] Dieß entnahm ich schon früher einer Angabe in Riemers Nachlaß, die nur auf einer vollständigern Abschrift der Tagebücher beruhen kann. Im Tagebuch ist offenbar nach Kalb Punkt zu setzen. Lichtenberg und Kalb besuchten ihn morgens.

Diese Iphigenie und dieser Orest hoben sich gegenseitig durch tief gefühltes und wohl durchdachtes Spiel. Sie erschienen beide in griechischem Gewande, und Corona gefiel sich darin so wohl, daß sie es von da ab auch außer der Bühne trug, indem sie den Schnitt ihrer Kleider möglichst dem griechischen näherte. Ja, es war ein Paar, wie man es wohl nie seit dieser Zeit mehr auf einer Bühne gesehen. Wenn aber Stahr bei dieser Gelegenheit meint, sie seien auch ein von der Natur zum innigsten Zusammenleben geschaffenes Paar gewesen, und es als ein tragisches Geschick in Goethe's Leben betrachtet, daß er an der Verbindung mit diesem in jeder Beziehung zu ihm passenden und seiner würdigen, von ihm als Künstlerin und Frau so hoch verehrten und geliebten weiblichen Wesen durch äußere Einflüsse getrennt worden, um dann seinen Stein gegen Charlotten, die eigensüchtige Hintertreiberin dieses Glückes, desto grimmiger zu schleudern, so müssen wir dagegen entschiedenen Widerspruch erheben. Weder Corona noch Goethe waren damals im Stande, ein wirklich beglückendes Familienverhältniß einzugehen. Daß Corona, so lange sie auf der Höhe ihrer Kunst stand, je ein aus der Tiefe der Seele fließendes Verlangen zu einer ehelichen Verbindung gefühlt, die sie der geliebten Kunst und der mächtigen Wirkung als Künstlerin entziehen mußte, ist mehr als zweifelhaft, und hätte Goethe's glühende, in sich immer mächtig strebende, ihn unruhig forttreibende, oft tief in sich versinkende, oft in ausgelassene Lust und jugendtollen Uebermuth ausbrechende Natur damals die Fessel des Familienlebens ertragen! Auch fehlte Coronen wohl zu sehr jenes Wohnen in sich, das dem Geist wahren Gehalt und tiefes Gefühl seiner selbst bietet, ihm Ideenreichthum gewährt, ihn auf die Empfindungen und Gefühle anderer anklingend eingehen läßt — sie war eine geborene, auf Wirkung nach außen gestellte Künstlerin. Zu einer Verbindung aufs Leben fühlten sich beide nie gegen einander gestimmt, wenn auch die unendliche Anmuth dieser künstlerischen Natur Goethe zuweilen mächtig hinriß und Corona dem strahlenden Glanze seines Wesens sich nicht ganz entziehen konnte. Daß wirklich eine Verbindung zwischen ihnen in naher Aussicht gestanden, beruht auf grobem Mißverständniß.

Am 8., wo Goethe bei der Herzogin Mutter speiste, klang ihm der mächtige Eindruck seiner Iphigenie noch freundlich nach. Als er am Abend desselben Tages nach Tiefurt ritt, nahm er Charlottens geliebten Fritz mit sich aufs Pferd. Zwei Tage später schickt er der Freundin „zum freundlichen guten Morgen" eine vom Regen herausgelockte Blume. Der Vorwurf, daß sie gar nicht artig gegen ihn sei, bezieht sich wohl darauf, daß sie ihm noch kein freundliches Wort an diesem Tage hatte zukommen lassen. Den 12. ward Iphigenie wiederholt und auch dießmal verfehlte sie ihre Wirkung nicht. Der schöne Frühling heiterte den Dichter auf, wie sich dieß in den Versen ausspricht, mit denen er am 19. den Morgengruß der Freundin erwiedert. Den 20. aß die Herzogin mit ihrer Hofdame Wöllwarth, Charlotten und Goethe in der jetzt als Kloster bezeichneten, neu hergerichteten Einsiedelei. Nachmittags fuhr er nach Belvedere. Ehe er am Morgen des 21. mit dem Herzog, Wedel und Herder nach Jena fährt, begrüßt er Charlotten freundlich, ebenso am folgenden Tage von Kahla aus. Erst am 24. kehrte er zurück, wo er Mittags bei Charlotten speiste. Auch die folgenden Tage bis zum 8., wo die Freundin nach Gotha ging, blieb das Verhältniß ungestört; freilich ward Goethe am 7. ärgerlich, als er von anderer Seite hörte, sie trete morgen doch die aufgegebene Reise nach Gotha an, aber sie wußte ihn vor der Abreise auf das schönste darüber zu beruhigen. Ueber ihrem Billet vergaß er alles und sagte der „Besten, Unveränderlichen" herzlich Lebewohl. Aus den Briefchen vom 12. bis 14. weht inniges Liebesglück, das nicht die geringste Einbuße durch die freundliche Verbindung mit Coronen erlitt. Zu Ettersburg trat er mit dieser, Fräulein von Wöllwarth und Einsiedel in seinem Leipziger Schäferspiel die Laune des Verliebten auf. Das Tagebuch hat zwischen dem 8. und 25. die Bemerkung: „Nähe zu ☉", welche so einfach schön die reinste Vertraulichkeit bezeichnet. Pfingstsonntag, den 23., schreibt er ihr: „Wenn ich nur was anders hätte, Ihnen zu schicken als Blumen und immer dieselbigen Blumen. Es ist wie mit der Liebe; die ist auch monoton." Die Freundin scheint ihn zur Vollendung Egmonts aufgefordert zu haben, die er ihr auf den 1. Juni versprach; doch schon am 26. fühlt er, daß

er, obgleich das Stück rücke, doch die Frist nicht einhalten könne
Den 29. ging er seinem Freunde Merck nach Erfurt entgegen,
wo ihn ein Briefchen Charlottens am andern Nachmittag außer=
ordentlich erfreute. Am 31. kehrte er mit Merck, den der Herzog
und die Herzogin Mutter auf einem Aussichtspunkte des Etters=
berges empfangen hatte, nach Weimar zurück.

Die Anwesenheit dieses Freundes (bis zum 13. Juli) war
für Goethe von heilsamen Folgen, da dieser mit seinem klaren
Verstande und seiner frischen Beobachtung ihn manches ganz
neu sehen ließ. Auch sein Verhältniß zu Charlotten und Coronen
wird zur Sprache gekommen sein, ohne daß der scharf blickende
und unbefangen rücksichtslose alte Darmstädter Freund sich be=
denklich geäußert hätte, wie einst über seine Neigung zu der
Wetzlarer Lotte. In Ettersburg spielte Goethe mit Coronen im
Jahrmarkt, im Arzt wider Willen und in Iphigenien;
auch zeigte sich die Künstlerin wieder in der dießmal für sich
allein gegebenen Proserpina. Von dem ungetrübten Verhältniß
zu Charlotten zeugen die wenigen erhaltenen Briefe. Da der
zum Namenstagsgeschenk bestimmte Schreibtisch trotz alles Drän=
gens und Treibens nicht fertig geworden war, so schickte Goethe
ihr zum 5. Juli, da es ihm nicht gelungen sei, ihr zum Morgen=
gruß ein Zeichen seiner anhaltenden Beschäftigung für sie zu
geben, das Schönste von seinem Hausrathe, ein Bild der hei=
ligen Cäcilie. Den 13. nach Mercks Abreise zurückgekehrt, speiste
er Mittags bei der Freundin. Mercks Gegenwart habe ihm
nichts verschoben, vertraute er damals seinem Tagebuch, nur
wenige dürre Schalen abgestreift und im alten Guten ihn be=
stätigt. „Auch, dünkt mich, sei mein Stand mit Cronen fester und
besser". Das ist jene Stelle, die, wie schon oben S. 18 f. bemerkt
wurde, Stahr ganz unverständig auf eine eheliche Verbindung
bezogen hat. Was Goethe unter einem festen Stande meinte,
zeigt, wenn es eines solchen Zeugnisses anders noch bedürfte, die
oben S. 150 angeführte Stelle aus dem Briefe an Coronen
selbst. Wie wenig er damals daran dachte, Charlotten aufzugeben
und sich mit Coronen ehelich zu verbinden, ergibt sich aus unse=
rer Entwicklung. Freilich Keil (II, 174) tritt hier ganz Stahr bei,
als ob die Sache selbstredend sei, ja er findet es bezeichnend, daß

hierbei der Frau von Stein mit keiner Silbe erwähnt werde. In welcher Weise denn bezeichnend? Das Gefühl, daß er jetzt „schöne Gewißheit" habe, führt Goethe auf eines seiner Verhältnisse, das lange „schwebend" gewesen, in welches erst in der letzten Zeit eine gewisse Festigkeit gekommen, obgleich er noch immer wohl zuweilen von Coronens Reizen leidenschaftliche Anmuthungen erlitt. Die Verbindung mit Frau von Stein hatte sich längst so entschieden festgesetzt wie die mit dem Herzog, dessen Beziehung zu ihm deßhalb gleichfalls unerwähnt bleibt. Je nöthiger er es fand, mit Coronen für die geistige Hebung der herzoglichen Bühne zu wirken, deren Leitung er übernommen, desto mehr mußte er suchen, jede leidenschaftliche Spannung zu unterdrücken, welche diese Vereinigung hätte trüben können. Es gilt hier fast ganz dasselbe, was er in Bezug auf seine spätere Leitung des Hoftheaters im März 1825 gegen Eckermann äußert: „Es fehlte bei unserm Theater nicht an Frauenzimmern, die schön und jung und dabei von großer Anmuth der Seele waren. Ich fühlte mich zu mancher leidenschaftlich hingezogen; auch fehlte es nicht, daß man mir auf halbem Wege entgegen kam. Allein ich faßte mich und sagte: „Nicht weiter!" Ich kannte meine Stellung und wußte, was ich ihr schuldig war."

Am 20. aß er Mittags bei Charlotten, blieb nach Tisch dort sitzen und las. Wenn es unmittelbar darauf heißt: „Abends Crone die L. und P. Waren die Affen sehr närrisch", so zeigt sich hier wieder Keils Größe im Mißverstehen. Nach der Art der Eintragung könnte man meinen, auch diese Worte bezögen sich auf den Besuch bei Charlotten, da des Aufenthalts im Garten gar nicht gedacht ist, aber diese Unterlassung mag wohl der Nachlässigkeit der Abschrift zur Last fallen. Wer die L. und P. sei, fragt Keil gar nicht; einfach nimmt er an, die drei genannten seien die Affen, die bei ihm in Lust und Freude gewesen. Die L. und P. haben wir schon früher mit Coronen bei ihm gefunden, woran sich Keil nicht erinnert; freilich war ihm entgangen, daß, wie wir festgestellt haben, P. verlesen ist für das Jupiterzeichen des Herzogs. L. glaubten wir nur auf die Waldner, die er wohl Leide, mit Abkürzung ihres Vornamens Adelheide nannte, beziehen zu müssen. Die Affen, die sehr närrisch waren, können nur die Grasaffen, die Kinder Charlottens sein, die sich auch bei ihm im Garten befanden. Die ungenaue Abschrift erwähnt dieses ebensowenig, als daß er Abends in den Garten zurückgekehrt, wohin die Kinder ihn wohl begleiteten. Dorthin kam nun Corona wohl mit der Waldner, dann auch der Herzog. Gleich darauf war Goethe sehr ernst gestimmt, wie die herrlichen Tagebemerkungen der folgenden Tage zeigen, die sich alle auf seine geschäftliche Stellung beziehen; er erwarte sittsam noch starke Prüfung, schreibt er, vielleicht binnen vier Wochen, was sich auf den Streit mit Fritsch bezieht. Gegen den 27. äußert er, diese letzten Tage des Monats seien ihm viele Wünsche und Ahnungen erfüllt worden. Hier wird zuerst im Tagebuch der schönen Gräfin Werther von Neunheilingen erwähnt, mit welcher der Herzog von Erfurt kam; des Eindruckes, den sie auf ihn gemacht, gedenkt er nicht. Ihn selbst beschäftigte damals eine Reise nach Frankfurt, die er, wie er gegen den Herzog am 2. August äußerte, vornehmen müsse, wie die Weinhändler auf ihre Art, was wohl heißen soll, um die alten Bekannten wieder zu besuchen und mit ihnen neu anzuknüpfen; von einer weitern Reise war noch kaum die Rede, wenigstens spricht das Tagebuch nur von einem Heranziehen Mercks. Freilich könnte man denken, er habe damit auch eine Rheinreise nach Düsseldorf und südwärts bis Heidelberg verbinden wollen. Charlotten wird er den Plan seiner Reise aus dem ihm eigenen Aberglauben, dessen wir schon gedachten, noch verheimlicht haben,[1] als er an demselben Tage bei ihr zu Mittag speiste. Fünf Tage später finden wir in seinem Tagebuch einen von dem sittlichsten Ernst zeugenden Rückblick auf sein vergangenes Leben. Dort heißt es unter anderm: „Wie des Thuns, auch des zweckmäßigen Denkens und Dichtens so wenig, wie in zeitverderbender Empfindung und Schattenleidenschaft gar viele Tage verthan, wie wenig mir davon zu Nutze gekommen, und da die Hälfte des Weges vorüber

---

[1] Der ganze Plan seiner Reise scheint noch nicht festgestanden, er erst am 2. bei sich festgesetzt zu haben, welche Zimmer er in seinem elterlichen Hause bewohnen wollte, worauf die Tagebuchbemerkung sich bezieht: „Machte mein Absteigequartierchen richtig"; denn nach Frankfurt schrieb er erst am 9. Vielleicht hatte er für sich dieselben Räume ausgewählt, die später der Herzog bezog.

ist, wie nun kein Weg zurückgelegt, sondern vielmehr ich nur da stehe, wie einer, der sich aus dem Wasser rettet und den die Sonne anfängt wohlthätig abzutrocknen." Es wäre zu verwundern gewesen, wenn Keil nicht „die zeitverderbende Empfindung und Schattenleidenschaft" sich zugeeignet hätte, was er freilich dießmal scheinbar bescheiden thut (II, 175), aber in einer Verbindung, worin es auf den Leser, der den innern Zusammenhang nicht kennt, seinen Eindruck nicht verfehlen kann. In jenem Rückblicke ist gar nicht von der Liebe, sondern von der geistigen Ausbildung und Entwicklung die Rede. Diese trübe Betrachtung, an die sich der fromme Wunsch anschließt, die Idee des Reinen möge immer lichter in ihm werden, wich bald, wie wir gleich sehen werden (Keil ist klug genug, dieß zu verschweigen), einer freudigern und selbstbewußtern. Am 8. lud er Charlotten, die bald nach Kochberg gehen wollte, mit ihren Kindern und deren Hofmeister, da ihr Gatte heute nicht zu haben sein werde, zu Mittag ein. An demselben oder dem folgenden Tage kam der Plan der mit dem Herzog nach der Schweiz zu machenden Reise zu Stande. Hatte Goethe, als er Ende 1777 die Harzreise unternahm, den Herzog noch für unfähig gehalten, die große Natur lebendig auf sich wirken zu lassen, so glaubte er jetzt diese Reise, zu welcher der erste Gedanke wohl im Herzog selbst entstand, werde ihn auf dem jetzigen Standpunkt seiner Entwicklung kräftigen und heben. Sofort meldete er sich, den Herzog und Wedel bei der Mutter an, der er aber nur vertrauen durfte, daß es eine Reise an den Main und Rhein gelte. Dieser konnte er damals sagen, daß er „gesund, ohne Leidenschaft, ohne Verworrenheit, ohne dumpfes Treiben" komme, wie ein von Gott Geliebter, der aus vergangenem Leiden manches Gute für die Zukunft hoffe und auch für künftiges Leiden die Brust bewährt habe. Charlotte war es, die auf diesem Wege seine Beruhigerin und Leiterin gewesen und deren Liebe ihn jetzt rein beglückte.

Am 11. ging Charlotte nach Kochberg, nachdem sie Goethe mit dem Geschenke einer Weste erfreut hatte. Dieser begab sich nach Ettersburg, wo es zu einer scharfen Erklärung mit der Herzogin Mutter kam, die ihm wahrscheinlich launig vorwarf, daß er ihr bei ihren theatralischen Belustigungen untreu werde, weßhalb sie sich einen neuen Theatermeister in Bode habe anschaffen müssen. Am Morgen des 13. kehrte er zurück. Vom 15. bis zum 21. berichtet das Tagebuch: „Die ganze Woche mehr gewadet als geschwommen. — Sonst mit Crone gut gelebt und einiges mit Liebe gezeichnet." Die Aeußerung deutet nur auf anmuthiges Zusammenleben mit der begabten Künstlerin, zu welcher er jetzt in einem festen, von leidenschaftlicher Glut freien Verhältnisse stand. Freilich Gottschall will nicht daran glauben, daß das Verhältniß zu Coronen irgend welche Schranken gekannt habe, wobei er dasselbe „in die Zeit einer wilden und wüsten Genieepoche" versetzt, ohne zu bedenken, daß das wilde Genieleben schon vorüber war, als Corona nach Weimar kam, ließ auch Goethe noch einmal zu Stützerbach seiner wilden Ausgelassenheit den Zügel schießen, die aber nie zu wirklicher Unsittlichkeit wurde, wenn nicht etwa Gottschall dafür besondere Beweise in der Hand hat. Leider unterschätzt der gewandte Literarhistoriker die sittliche Entsagungskraft Goethe's, diesen eigentlichen Kernpunkt seines Wesens, gar zu sehr. Wer wie Goethe sich im lustigsten Leben sich der geistigen Getränke enthalten konnte, wenn er auch fühlte, daß „mäßig sein nur ein halbes Leben sei", wer so strenge mit sich zu Rathe ging, wie seine Tagebücher zeigen, er, dessen jahrelange Liebe zu Charlotten eine fortwährende, ihn oft in tiefster Seele erschütternde Entsagung war, er hätte sich Coronen gegenüber nicht in den, wie wir von ihm selbst hören, gesetzten Schranken halten können? Diejenigen, die allen Ausdrücken gern die möglich schlimmste Deutung geben, werden freilich in dem „mit Crone gut gelebt" einen Beweis gegen die Reinheit des Verhältnisses zur Hand haben, aber wir beneiden sie nicht um einen Scharfsinn, der solchen Mitteln sich zuwendet. Uebrigens ist es auch nicht wahr, daß Corona sich bis in die Mondscheinnächte hinein, was Gottschall sich doch wohl denken muß, allein bei Goethe im Garten befunden habe. Dessen Vorwurf einer Doppelliebe mit dem obligaten „Goethe habe die Schönen ein für allemal sich im Plural gedacht", entbehrt jedes Haltes. Seine Liebe galt einzig Charlotten, wenn er auch von Coronens Liebreiz sich angezogen fühlte und er auch einmal in Gefahr stand, sich leidenschaftlich von der anmuthigen Künstlerin hinreißen zu lassen, aber immer kam ihm sein „Nicht zu weit!“ mahnend zu Hülfe. Wenn man die Thatsachen nur oberflächlich ansieht, dann bedarf es freilich nur des Unglaubens an Goethe's sittlicher Entsagungskraft, in welcher er hoch über allen seinen Beurtheilern gestanden haben dürfte, um — leichtfertig ihn und Coronen zu beschuldigen. Am Abend des 18. hatte er der Kochberger Freundin geschrieben, er sehne sich nach ihr und komme bald möglichst. Seit ihrer Abwesenheit sei er überall herumgezogen; nirgends werde es ihm recht wohl dabei, da er keinen Ort habe, woher er komme und wohin er gehe. Einen Tag sei er in Ettersburg, einen in Tiefurt, einen (es war gerade der Tag, an welchem er schrieb) auf der Jagd in Troistedt gewesen. Auffallen kann es, daß er Coronens gar nicht gedenkt, die er wohl einmal besucht, auch wohl einmal in Tiefurt mit ihr zusammen gewesen sein wird; aber er schrieb ja der Freundin kein Tagebuch, in welchem er alle seine Unterhaltungen und Beschäftigungen mit pünktlicher Genauigkeit anführen mußte, er spricht eben nur von seinen Ausflügen. Zu seiner großen Freude saß ihm die Weste Charlottens so gut und stand ihm so hübsch, daß er scherzte, er hoffe darin mit ihr einen Englischen zu tanzen. Am Nachmittag des 21. hatte er nach Kochberg zu kommen gedacht, mußte aber erst die Rückkunft des Herzogs am folgenden Tage abwarten. Denselben 21. klagt er der Freundin, diese Woche habe ihn die Last der Geschäfte stärker gedrückt. Wenn er bemerkt, in sein Haus komme gar kein Mensch als das schöne Mischel, Karoline von Ilten, mit der er gar artig zusammen sei, da sie im gleichen Falle mit ihm, dem sein Liebstes verreist sei, so haben wir keinen Grund, die Wahrheit dieser Aussage zu bezweifeln, wonach also in den letzten Tagen keine Verbindung mit Coronen stattgefunden haben kann. Gleich nach der Rückkunft des Herzogs, am Nachmittag des 22., trieb es ihn nach Kochberg. „Rein und gut da gelebt“, bemerkt darüber das Tagebuch. Wenn er hinzufügt: „Das erstemal, daß mirs da wohl war, doch kann ich mich noch nicht mit dem Ort noch der Gegend befreunden. Was es ist, weiß ich nicht, ob die fatale Erinnerung ꝛc.“, so ist es unbegreiflich, wie Keil (II, 175) behaupten konnte, dieser Zusatz „lasse andere Empfindungen und Stimmungen erkennen". Wird denn dadurch irgend die Behauptung, daß er „rein und gut gelebt", beschränkt, nicht vielmehr ausdrücklich gesagt, es sei ihm da zum erstenmal wohl geworden? „Die fatale Erinnerung" bezieht sich auf den Herbst 1776, wo ihm Charlotte nach Koch-burg zu kommen verbot. Dieses ergibt sich zum Ueberfluß aus einem Briefe vom Juni 1780 (I, 315), wo er sagt, seine Sehn-sucht nach ihr treffe auf eben die Nerve, wo der alte Schmerz, daß er sie das erste Jahr in Kochberg nicht sehen gedurft, ver-heilt habe. In Kochberg erinnerte er sich unwillkürlich immer des damals erlittenen Schmerzes. Dießmal blieb er bis zum Nachmittag des 25., wo ihn leider eine von Weimar erhaltene Nachricht zurücktrieb. Sehr hart fiel es ihm von der Freundin zu scheiden, da er sie so bald nicht wieder sehen sollte; aus seiner Reise mit dem Herzog mußte er ihr noch ein Geheimniß machen. Zwei Stunden nach der Rückkunft schreibt er ihr: „Noch eine gute Nacht sollen Sie zum Morgengruß haben. Ich bin glücklich mit wenigem Regen gegen 9 Uhr (Abends) angekommen. — Es war in manchem Betracht gut, daß ich her kam. Hier sind Pfirschen, die ich finde. Lassen Sie mein Andenken bei sich sein!" Am Mittag des 27. speiste er bei Coronen. Von seiner Geburtstagsfeier hören wir kein Wort; Charlotte beschenkte ihn mit einem Beutel und Manschetten und der Herzog theilte ihm seine Ernennung zum geheimen Rathe mit. Am 30. hatte er Coronen, wohl mit ihrer Gesellschafterin, bei sich zu Tische, am Abend ging er mit ihr nach Belvedere; Abend und Nacht waren „überschön". Um falsche Gedanken zu beseitigen, die Keils Ausrufungszeichen (II, 175) wohl hervorrufen soll, sei bemerkt, daß mit dieser Redeweise, wie auch sonst, eben nur das Wetter gemeint ist. Am Schlusse des Monats hatte er „viele Gedanken" über die Reise und die Veränderung, daß er den höchsten bürgerlichen Rang so früh erlangt, sonst war er „muthig und gut". Von einem Kampfe seiner Neigungen zu Charlotten und Coronen findet sich keine Spur. „Noch gehts in der neuen Epoche (seinem einunddreißigsten Jahre) ganz wacker mit mir", schreibt er am 1. September nach Kochberg. „Wie durch ein

Wunder seit meinem Geburtstag in eine frische Gegenwart der
Dinge versetzt und nur der Wunsch, daß es halten möge", vertraut er am 2. seinem Tagebuche. „Eine offene Fröhlichkeit und
das Lumpige ohne Einfluß auf meinen Humor." Am 3. theilt er
der Freundin mit, daß sie (der Herzog mit ihm) „eine gewünschte
und gehoffte Reise" machen werde; das Ziel derselben, die all-
gemeines Geheimniß sein sollte, verschwieg er ihr aus demselben
Aberglauben, dessen wir bei den Reisen nach dem Harze und nach
Berlin gedachten; doch über jeden Schritt, den sie vorwärts
thun würden, sollte sie Nachricht haben, und er hoffte, auch sie
werde ihm schreiben. Eine unendliche Heiterkeit hatte ihn jetzt
erfüllt, die er bei mehreren Besuchen von Ettersburg sich austoben ließ. Wir wissen nicht, ob Corona am 3. in Ettersburg
in der Parodie Eurydice auftrat.[1] Den 4. speiste Goethe, wie
auch sonst oft an Sonnabenden (es war vielleicht der letzte, den
er für lange Zeit in Weimar verleben sollte) bei Coronen.
Charlotten schrieb er denselben Abend bei Sonnenuntergang:
„Wie gern wär' ich wieder einige Tage bei Ihnen. Sie genießen der schönen Tage, hoff' ich, recht im Ganzen, ich nehme
nur dankbar meine Portion davon. Am 6. erhielt er seine
Ernennung zum Geheimerath, was er der Freundin am 7. an-
zeigte. Von der Reise schreibt er nur, sie werde erst den 12.
stattfinden; bei der Zurückkunft sehe er sie gleich, wenn sie noch
in Kochberg sei. Also auch über die längere Zeit der Reise
kein Wort. Wenn er im Tagebuch bemerkt: „Der Wirbel der
irdischen Dinge, auch allerlei anstoßende persönliche Gefühle
griffen mich an. Es ziemt sich nicht, diese innern Bewegungen
aufzuschreiben", so mag unter diesen persönlichen Gefühlen auch
die Betrachtung gewesen sein, daß es bei dem großen Glücke,
so frühe zu einer solchen Stellung gelangt zu sein, ihm versagt
gewesen sei, ein häusliches Familienglück sich zu gründen, doch
schwand das Bedauern wohl vor dem Gedanken, welche Vortheile ihm seine freie Stellung im Leben gewähre, wenigstens
wird er ihn nicht nachhaltig beunruhigt, am wenigsten eine Verbindung mit der anmuthigen Künstlerin als wünschenswerth

---

[1] Burkhardt a. a. O. 14 wirft die Eurydice mit einer parodirten Alceste
zusammen.

haben erscheinen lassen. Für einen neuen von der Freundin ihm gesandten Talisman dankt er am 10., wo er zunächst meldet, daß sie nach Frankfurt gehen. Seinem Diener Philipp Seidel trug er die Sorge für den Charlotten bestimmten Schreibtisch auf, den er während der Abwesenheit derselben in ihrem Wohnzimmer aufstellen lassen möge.

Auf die herzliche briefliche Verbindung mit Charlotten im Laufe der Reise gehen wir nicht näher ein. Die Briefe an sie zeigen auf das deutlichste, wie unzertrennlich er mit ihr verbunden bleibt, wie auch in der Ferne ihr Bild ihm in lichtem Glanze vorschwebt. Ob er auch an Coronen einmal während der Reise geschrieben, wissen wir nicht; jedenfalls aber konnte eine etwaige briefliche Verbindung mit dem ununterbrochenen traulichen Zusammenleben der durch unauflösliche Bande liebevollen Vertrauens Vereinigten nicht den entferntesten Vergleich bestehen. Schon von Selz aus vertraut er der Freundin, was sonst noch niemand erfuhr, daß sie in die Schweiz gehen. Wir verweisen über das Einzelne auf unsere Lebensbeschreibung Charlottens I, 115 ff. Nur auf ein paar Punkte möchten wir eingehen. Welch ein seliges Vertrauen weht uns aus den Briefen entgegen, in welchen Goethe seines Besuches bei seinen Jugendgeliebten gedenkt! Nur der innigsten Seelenfreundin gegenüber konnte er sich so rein aussprechen. „Die schöne Empfindung, die mich begleitet, kann ich nicht sagen," vertraut er ihr. „Der Rosenkranz der treuesten, bewährtesten, unauslöschlichsten Freundschaft", den er auf seinem Wege bisher abgebetet, bezieht sich auf Charlottens ihn begleitende Erinnerung; dabei spricht er es aus, daß er unbeschränkt von einer beschränkten Leidenschaft sei. Stahr führt (S. 114 f.) als Beweis, wie wenig Charlotte volles Verständniß der unendlichen Feinfühligkeit von Goethe's reichem und weichem Herzen gehabt, die Art an, wie sie dessen Schreibtisch aufgenommen; sie habe die dafür gemachte Auslage allzu kostbar gefunden. Wir wissen nicht genau, wie die Freundin sich darüber ausgedrückt, doch wenn sie das Geschenk gar zu kostbar fand und darauf hindeutete, Freunde sollten sich nur kleine Geschenke machen, da Gaben gerade durch die Liebe des Gebers ihren eigentlichen Werth

erhielten, so finden wir darin nicht den geringsten Beweis von
Mangel an zartem Gefühl; war ihr ja das, was Goethe ihr
später von der liebevollen Sorgfalt mittheilt, die er auf Be=
schaffung des Schreibtisches verwandt, ihr unbekannt geblieben.
Wie wenig eifersüchtig Charlotte gewesen sein müsse, sagt
Goethe's begeisterte Schilderung der Branconi, die ihm so schön
und angenehm vorgekommen, daß er sich in ihrer Gegenwart
still gefragt, obs auch wahr sein möchte, daß sie so schön sei,
die einen Geist, ein Leben, einen Offenmuth habe, daß man eben
nicht wisse, woran man sei. Wäre Charlotte von so blinder
Eifersucht erfüllt gewesen, daß, wie Stahr sagt (S. 113):
„Jeder freundliche Verkehr mit dritten Personen, zumal ihres
Geschlechts ihr als ein Eingriff in ihre Rechte, als eine Beein=
trächtigung dessen erschienen, was ihr allein und ausschließlich
gehöre", so hätte er unmöglich diesen Dämon in ihrer Brust
so grausam reizen können. Diese, wie so viele scharfen An=
klagen Stahrs, sind eben lautere Unwahrheiten, zu welcher nur
blinder Haß hinreißen konnte.

V.

Vom 14. Januar bis zum 9. November 1780.

Mit alter Herzlichkeit ward Goethe am 14. Januar[1] 1780 nach fast viermonatlicher Trennung von Charlotten empfangen. Auch in der Ferne waren sie sich sehnsüchtig nahe geblieben. Gleich nach der Rückkehr wird er sie begrüßt und mit ihr die Redoute im neuen Theatersaale besucht, aber sich wohl bald entfernt haben. Knebel, der nach seinem Tagebuche bis 1 Uhr auf der Redoute blieb, spielte hier mit Charlotten, Frau von Werther und Wieland Tarockomban. Auch Corone war wohl zugegen. Am andern Morgen schrieb Goethe der ältern Freundin: „Ich schicke Ihnen, was ich von alten Kritzeleien von Frankfurt mitgebracht, ein Kupfer nach Raphael, das in den Zeitungen steht (liegt) und bitte mich zu Gast." Allgemein fand man den Herzog ruhiger und maßvoller, und pries nun

---

[1] Der Tag steht jetzt durch Knebels Tagebuch fest. Keil nennt I, 207 den 14., II, 179 den 13. Letzteres gründet sich auf das Datum des Briefes an Kraft, in welchem Goethe eben in der Angabe des Monatstages sich irrte.

die so geheim gehaltene Reise, über die man so oft den Kopf
geschüttelt hatte, als ein Meisterstück. Auch auf Goethe selbst
hatte die Reise einen höchst erfreulichen Eindruck gemacht; er
war zu Charlottens inniger Freude freier, offener, heiterer und
ruhiger geworden. Die ersten Tage wurde er von den ver=
schiedensten Seiten so in Anspruch genommen, daß er gar nicht
zu seinem Tagebuche kam. Er traf noch seinen und Coronens
alten Lehrer Oeser, der seit dem 11. am Hofe zu Besuch war
und erst am 16. wegging. Den 17. besucht Goethe Wieland,
der sich seiner ganz besonders freut und ihm den Vorschlag
macht, einen Gesellschaftsclub zu gründen; bei der Herzogin
Mutter ist er zu Tische, wo alle munter und gesprächig sind,
besucht dann die lustige Göchhausen und Bode, mit dem er
wegen der Loge verhandelt, Abends Knebel in Tiefurt, wo er
Jery und Bätely vorliest. Den 18. hat er den Land=
kommissär Bäty bei sich zu Tische,[1] besucht Belvedere und kommt
Abends nach Tiefurt, wo er Charlotten, ihre Schwägerin Sophie,
Karoline von Ilten und Fräulein von Hendrich trifft. Das
Tagebuch berichtet von diesem Besuche nur: „War vergnügt
mit den Mifels.“ Und doch hatte er Stahrs eifersüchtige
Baronin zur Seite! Den 19. hat er den Jägermeister von
Staff und den Hauptmann von Luck zu Tische, während großes
Gastmahl bei der Herzogin Mutter war. Abends wurde bei der
Herzogin Mutter „Händels Alexanderfest“ gegeben, in welchem
Corona sang. Aber Goethe bemerkt in seinem Tagebuch: „Unsere
Leute sind nicht dazu.“ Hiernach muß die Aufführung nicht
nach Wunsch gelungen sein. Warum wird dieß von Keil über=
gangen? Abends ist Goethe bei Charlotten, die er gut findet.
Von freundlichen kleinen Sendungen dieser Tage zeugen ein
paar sie begleitende Blättchen. Den folgenden Mittag war er
bei Coronen. „Sie drückt mich durch eine unbehagliche Unzu=

---

[1] Er sandte an diesem Tage an den Maler Müller in Rom die für diesen in
Weimar gezeichneten Beiträge, wie das Circular im Goethe=Knebelschen Briefwechsel
vom 19. beweist. So erklärt sich „Müllers Arrangement“ im Tagebuch. Demnach
wird auch wohl „Müllers Brief“ am 7. August 1781 sich auf den Maler Müller be=
ziehen, für den Goethe wohl nicht mehr die früher gezeichneten Beiträge erhalten
konnte.

friedenheit. Ich ward sehr traurig bei Tisch", vertraut er dem Tagebuch. Keil fühlt aus dieser Bemerkung, daß Goethe's Verhältniß zu Coronen kühler geworden, was diese tief empfunden habe; die Veranlassung dazu sei aus seinen Beziehungen zu Frau von Stein unschwer zu ersehen. Wie aber könnte dieß durch „unbehagliche Unzufriedenheit" bezeichnet sein? Corona fand sich in Weimar unbehaglich, und war wohl durch den ungünstigen Erfolg der gestrigen Aufführung noch mehr verstimmt worden; was sonst zu Grunde gelegen, können wir natürlich nicht wissen, schwerlich lag der Hauptgrund ihrer Verstimmung darin, daß Goethe sie so spät besucht hatte. Welchen Antheil dieser an ihr nahm, ergibt sich offenbar daraus, daß er darüber sehr traurig wurde: sah er ja kein Mittel, ihre in tiefer Seele nistende Unzufriedenheit zu heben, da er wußte, daß gegen solche Verdüsterung kein tröstendes und aufklärendes Wort etwas helfe. Alle fand er bei seiner Rückkunft heiter und froh, nur die geliebte, seit seinen ersten Jünglingsjahren ihm vertraute Künstlerin, deren Berufung er selbst vermittelt hatte, düsterer Unzufriedenheit verfallen und gegen ihn verschlossen, da sie sonst den bestimmten Grund ihrer Unzufriedenheit hätte angeben müssen, dessen Beseitigung er mit ihr hätte bedenken können. Wenn Goethe sie nicht eher besuchte, so hatte er in den ersten Tagen so manche Verbindungen wieder anzuknüpfen, daß dieß nicht zu verwundern; gesehen und begrüßt hatte er sie ohne Zweifel bei Hofe, auch wohl schon auf der Redoute. Erst nach Coronen machte er dem Hofbildhauer Klauer, seinem Collegen Schmidt und Prof. Albrecht seinen Besuch. Am 21. war er mit dem Herzog und Knebel auf dem Eis, aß bei Hofe und ging auf die Redoute, wo er bis 1 Uhr blieb. Auch hier traf er wohl Charlotten; ob auch Coronen? Den nächsten Tag aß er nach einem beschwerlichen Morgen bei Charlotten; er hatte eben die von Lavater gesandten Kupferstiche empfangen; dadurch wurde ein Gespräch mit ihr über Lavater und sein Verhältniß zu diesem veranlaßt. Schon von Zürich aus hatte er der Freundin geschrieben, um einen Menschen zu sein, der, wie Lavater, in der Häuslichkeit der Liebe lebe und strebe, sei ihnen eine Kur; bei ihm gehe es ihm recht klar auf, in was

für einem sittlichen Tod sie gewöhnlich zusammen lebten, und
er sprach die Hoffnung aus, unter den großen Vortheilen des
Zusammenseins mit Lavater werde auch der sein, daß sie ihre
Seelen offen behielten und die guten Seelen auch zu öffnen
vermöchten. Aehnlich äußerte er damals gegen Knebel, er habe
deutlich gesehen, daß in dem Kreise von Lavaters Freunden
deßhalb eine solche Engelsstille und Ruhe und ein anhaltendes
Mitgenießen von Freud' und Schmerz herrsche, daß jeder sein
Haus, Frau, Kinder und eine rein menschliche Existenz in der
nächsten Nothdurft habe. Ihm selbst freilich mußte der enge
Anschluß an Charlotten und ihre Familie, von welcher besonders
Fritz ihm ins Herz gewachsen war, den eigenen Hausstand ersetzen. Bald darauf schlug sich zu einem Schnupfen, den Goethe
auf dem Rückwege von der Redoute sich geholt, ein ermattendes
Fieber, das ihn selbst am Lesen hinderte. „Ich danke, lieber
Engel, für die Vorsorge“, schrieb er Charlotten, die ihm den
Aufenthalt in ihrem Hause angeboten hatte. „Hier haußen bin
ich so weit ganz gut, hab' auch alles beisammen. Der Kopf ist
mir nur gar zu sehr eingenommen; ich darf nicht einmal Bilder
sehen. Wenn Sie etwa mit einigen guten Freunden gegen
Abend zu mir kommen wollten; die Stunden werden mir immer
am sauersten.“ So innig also war die Verbindung geworden,
daß Charlotte, ohne das Gerede der Welt fürchten zu müssen,
ihm bei dem stürmischen Wetter ihr eigenes Haus zu besserer
Pflege anbot. Knebel besuchte Goethe am 27. und fuhr auch
die Herzogin Mutter mit einer Hofdame zu ihm. Am Abend
des 28. besuchte er Frau von Stein, am 29. Goethe, der sich
langsam wieder erholte.

Den 2. Februar springt Goethe bei der ihn recht lebendig
machenden Frühlingsluft im Garten herum und besieht seine
Bäume, wobei er der Zeiten gedenkt, als er sie pflanzte.
„Gebe uns der Himmel den Genuß davon und stäube allen
Akten- und Hofstaub von uns weg“, wünscht er im Briefe an
die Freundin, der mit den Worten schließt: „Ich möchte gern
heut nicht mit Ihnen essen, es wird aber doch wohl nicht anders
werden.“ Am 3. kam er Nachmittags nach Tiefurt und blieb
den Abend, wo er aus Lavaters Messias las. Zwei Tage

später speiste er mit Wieland und Knebel bei der Herzogin Mutter, die ihn mit einer Kutsche hatte abholen lassen, und hörte am 5. das „Alexanderfest", das dießmal wohl besser gelang. Den andern Mittag (Fastnachtssonntag) speiste er wieder bei Coronen, die sich unterdessen wohl beruhigt hatte; Abends ging er zu Charlotten. Er arbeitete damals seine Schweizerreise aus, schrieb auch etwas an Wilhelm Meister. Den 7. aß er wieder bei Charlotten zu Mittag, besuchte darauf ihre kranke Schwägerin. Auch Fastnachtsdienstag speiste er wieder bei Charlotten; seinen Vorsatz, auf die Redoute zu gehen, gab er auf; Abends besuchte ihn Wieland und sie „waren sehr lustig". Den andern Morgen fragt Goethe die Freundin, ob sie sich auf der Redoute wohl erlustigt und bei einem Thiere des Tarocks an ihn gedacht habe? Corona, die an demselben Tag bei ihm zu Mittag speiste, war wieder ganz guter Dinge, so daß das Tagebuch auch von diesem Mittag berichten kann, „waren sehr lustig". So wenig hinderte Goethe's lebhafter und inniger Verkehr mit Charlotten das freundliche Verhältniß zur Künstlerin. Den 9. speist er mit Charlotten und deren Schwägerin in Tiefurt und fährt mit beiden Abends zur Stadt zurück. Endlich am 11. wagt er sich wieder auf die Redoute, wo sich auch Charlotte und Corona eingefunden haben dürften. Zum erstenmal ging er am 13. nach Gotha, von wo er am 16. zurückkehrte. Am Morgen der Abreise schrieb Goethe Charlotten: „Noch einen guten Morgen und Ade! Gestern Nacht wars herrlich ums dampfende Wasser im Mondschein. Heute noch herrlicher, nur unendlich kalt. Abdio, Beste." Noch benselben Tag ließ Charlotte ihm durch Knebel wegen irgend einer Angelegenheit schreiben. Ohne Zweifel besuchte er sie gleich nach der Rückkunft, war dann wohl mit ihr im Concert, wo Knebel ihn traf. Am 17. aß er wieder bei Coronen, die er gut fand; den andern Tag kam er Abends nach Tiefurt, wo er noch die Herzogin, deren beide Hofdamen, Charlotten, ihre Schwägerin und ihren Gatten fand. Den 19. speist er wieder Mittags bei Charlotten, geht dann zu Seckendorf zur Leseprobe von dessen Kallisto, welcher auch Corona und Knebel beiwohnten. Abends las er bei der Herzogin Mutter, wo auch

Wieland war, Jery und Bätely. „Waren sehr munter und vertraut", berichtet das Tagebuch. Wenn dieses vom 20. bis 26. weder Charlottens noch Coronens erwähnt, so folgt daraus keineswegs, daß er bei diesen nicht zu Besuch gewesen; auch sonst sind oft solche Besuche im Tagebuch übergangen. Des Concerts gedenkt das Tagebuch am 20. und 23. In diese Tage gehört wohl Goethe's Einladung an Charlotten: „Wollen Sie heute Mittag mit den Kleinen und Kestnern eine Schnepfe bei mir verzehren; lassen Sie sich vom Wind nicht abhalten. Ich habe das Essen zeitig bestellt." Den 27. waren Abends Charlotte und Frau von Werther bei ihm. Am 29. wechseln Goethe und Charlotte ihre alte Möbel gegeneinander: was damit gemeint sei, wissen wir nicht genauer. „Gestern hätte ich wohl mitgehen können," schreibt er denselben Tag. „Der Schlaf überwältigte mich, als ich nach Hause kam, und konnte nichts mehr thun. Vielleicht locken Sie mich durch den Regen nach Tiefurt. Adieu, meine Liebste, Beste." Aber er kam nicht. Den 1. März war wieder Concert bei der Herzogin Mutter, wo I tre fanoculli aufgeführt wurden. Den 2. schickte er Charlotten die schönste Amaryllis; Abends ist er bei ihr mit dem Herzog und Knebel. Am folgenden Abend wohnt er mit der Freundin dem Ball zum Geburtstage der Gräfin Bernstorf bei. Denselben Tag war die Gräfin Werther in Weimar angekommen, worüber bei Hofe Gährung entstand, weil man von der Neigung des Herzogs zu dieser wußte, bei welcher er vor Kurzem eine Woche zum Besuche gewesen war. Den andern Morgen schickt er der Freundin Stahl, den man jetzt statt der Juwelen in die Haare zu stecken pflege, und fragt, wie ihr das gestrige Fest bekommen. Den Mittag speisen Corona, Mine und deren zum Besuch nach Weimar gekommener Bruder bei ihm. Wenn ihn an demselben Tage die Betrachtung der Veränderungen, die er die Jahre her mit seinem Garten gemacht, über die Veränderung seiner Sinnesart nachdenken ließ, so mußte ihm besonders der wohlthätige Einfluß auffallen, den Charlotte auf ihn geübt, wogegen alle übrigen Eindrücke so mancher ihm lieben und werthen Frauen weit zurückstanden. War ja der Garten und besonders sein Lieblingsplatz darin ihr gleichsam geweiht, alles, was sich hier entwickelt hatte, unter der Herrschaft ihrer Liebe gediehen. Auch der Eindruck, welchen die anmuthige Künstlerin auf ihn geübt hatte und noch fortwährend übte, kam gegen Charlotten gar nicht in Betracht; ihr ureigenes, durch lange Uebung ausgebildetes Kunstgefühl zog ihn freilich lebhaft an und sie war es besonders, die seinem Wirken für die theatralische Unterhaltung des Hofes, der er sich nicht entziehen konnte, seinen Glanz verlieh; dabei stieß sie ihn nicht durch Künstlerlaune und Künstlerstolz ab, sondern erging sich gern im heitern Genusse des Lebens. Goethe's freundliche Verbindung mit ihr konnte Charlotten nicht unbekannt sein; wäre diese, wie Keil ihr Schuld gibt, vom Dämon der Eifersucht besessen gewesen, unmöglich hätte sie ein solches vertrauliches Zusammenleben mit Coronen dulden können. Keil begnügt sich, ohne hierauf einzugehen, ein paar briefliche Aeußerungen Goethe's an Charlotten beizubringen (II, 184), die aber nicht im geringsten den Beweis liefern, daß er Charlottens Eifersucht zu beruhigen gesucht habe.

Am 5. März, wo er Mittags bei Hofe, Abends im Concert war, befand sich Frau von Stein, die er besuchte, unwohl, was sie ihm wohl Morgens gemeldet hatte. Den 6. ging er nach Belvedere, wo er den Herzog mit der Gräfin Werther fand, bei der er genau darauf achtete, ob sie irgend eine leidenschaftliche Neigung zum Herzog verrathe, aber er konnte nichts finden. „Eine schöne Seele", bemerkt er in seinem Tagebuch; „wie in einer reinen Luft, wie an einem heitern Tag ist man neben ihr. Bei ihrer Toilette war sie ganz charmant." Diese Bemerkung wird er auch Charlotten nicht vorenthalten haben, mit der er in den folgenden Tagen, wo er „sehr still" war, „gute Stunden hatte", wie er gegen den 10. dem Tagebuch vertraut. Am 7. schickt er Charlotten eine Blume, „die erste Liebe des Frühlings"; sie den Nachmittag in das Kloster zu laden, muß er des bösen Windes wegen aufgeben. In diese Tage fallen vielleicht zwei Zettel, in welchen einer „schwarzverhüllten Begleiterin" Charlottens gedacht wird. Wenn es in dem einen heißt: „Ich bin im Steinreich; also ist da kein Gegenstand zur Eifersucht", so ist dieß ein offenbar auf den

Namen der Freundin anspielender Scherz. Nach zweitägiger Abwesenheit ist am 13. Charlotte mit ihrer Mutter bei ihm zu Tische, den 15. Corona und Mine, doch besucht er an diesem Abend Charlotten, wie am Nachmittag und am Abend des 16. „Diese Tage her hatte ich schöne mannigfaltige Gedanken", berichtet das Tagebuch vom 17. bis 19. Den 17. ißt Frau von Stein mit ihrer Schwägerin, dem Herzog und Knebel Abends bei Goethe. Aus Knebels Tagebuch ersehen wir, daß bei der Probe von Seckendorfs Musik zu Jery und Bätely außer Goethe und ihm auch Charlotte anwesend war und sie dort zu Nacht aßen. Auch Corona, die ja im Stücke sang, muß zugegen gewesen sein. Den 19. war Abends Concert und Cour, wobei Charlotte sich einfand. Wenn vom 20. bis 25. Charlottens nicht gedacht wird, so sind die Besuche bei ihr eben übergangen. Regelmäßig besuchte er sie gewöhnlich Abends um 6 Uhr. Am 21. schrieb er ihr, nach einem schönen Morgenspaziergang möchte er auch einen guten Mittag bei ihr haben; wenn sie zu Hause esse, so komme er und bringe Schneeglöckchen. Am 23. gab er ihren und Herders Kindern das Eiersuchen im Redoutenhause. Abends kam der erste Theil von Hasse's Santa Elena al Calvario, in welcher Corona Goethe schon als Leipziger Studenten entzückt hatte, zur Aufführung. Wenn Knebel bemerkt: „Abends waren wir sämmtliche bei Goethe und soupirten da", so wird auch Charlotte nicht gefehlt haben. Den 24. ward der zweite Theil des Oratoriums aufgeführt. Auch Goethe's voller Beifall wird Coronen erfreut haben, die es durchgesetzt hatte, daß die herrliche Tondichtung zur Erscheinung kommen konnte.

Am Ostermontag, den 26., fühlte sich Goethe nicht ganz wohl, doch bat er die Freundin: „Sagen Sie uns ein Wort, was Sie heut angeben." „War eingehüllt den ganzen Tag", heißt es im Tagebuch. Schon am nächsten Morgen hatte er sich wieder ermannt. Den folgenden Abend las er zu Hause Charlotten, deren Schwägerin, Frau von Werther und Knebel aus seiner Schweizerreise; sie aßen bei ihm zu Nacht. Den 29. finden wir ihn bei Charlotten zu Tische; um 4 Uhr fuhr er, wohl mit ihr, nach Tiefurt, wo der Prinz einen Ball gab.

„Viel getanzt und sehr lustig und verträglich bis 10. Mit ☉
herein, noch bei ihr geschwätzt und gut", trug er in das Tage=
buch ein. Den 29. war Abends Probe von Seckendorfs
Kallisto, womit das neue Theater eröffnet werden sollte, ob=
gleich Goethe das Stück für schlecht hielt; Corona spielte die
Heldin. Daß er an diesem Abend die Freundin nicht besucht,
entschuldigt er am folgenden Morgen, wo er Charlotten schreibt:
„Gestern Abend hat mich das schöne Misel gleich einem Kometen
aus meiner Bahn mit sich nach Hause gezogen. Es war viel
übler Humor in der Probe. Besonders der Autor und die
Heldin schienen zusammen nicht zufrieden zu sein." Goethe
fürchtete nicht durch die Mittheilung, daß er Abends bei Coronen
gewesen, die Herzensfreundin zu verletzen, der er nur mittheilte,
weßhalb er nicht gekommen. Den Mittag speiste Charlotte mit
Frau von Werther, Herder und Gattin zu Tiefurt. Goethe
kam später zu Fuß nach und fuhr mit ihnen um 4 zurück. Er
fühlte sich in dieser Zeit, wo manche geschäftliche Unannehmlich=
keiten ihn trafen, etwas angegriffen, und er hielt es für nöthig,
sich des Weines zu enthalten. Auch Charlotte war am 31. krank.
So war Goethe's Verhältniß zu Charlotten ein still beglückendes
geworden, während zugleich die freundliche Verbindung mit
Coronen ihn erfreute.

Am 1. April kam diese mit ihrer Gesellschafterin Nachmit=
tags zu ihm, wo er auch ihnen seine Schweizerreise, die so
großen Beifall gefunden hatte, vorlas. Später kam der Herzog.
„Und da wir alle nicht mehr verliebt sind und die Lavaober=
fläche verkühlt ist", fügt das Tagebuch hinzu, „gings recht
munter und artig, nur in die Ritzen darf man nicht visitiren,
da brennts noch." Die Stelle ist so deutlich, wie möglich. Wir
wissen, daß der Herzog in Coronen, Goethe in Charlotten
leidenschaftlich verliebt gewesen waren, wodurch es zu Zerwürf=
nissen kam, da Charlotte und Corona den stürmischen Ausbruch
der Leidenschaft zurückwiesen. Schmachtende Liebhaber taugen
nicht zu heiterer Geselligkeit, auch fern von der Geliebten. Auf
diesen Gegensatz deutet Goethe hin, unterläßt es jedoch nicht
hinzuzufügen, daß die unterdrückte Leidenschaft doch noch im
Stillen fortglühe. Keil aber sieht (II, 181) in dieser Aeußerung

nicht allein den Beweis „für die Neigung des Herzogs zur
schönen Sängerin", sondern auch „für das bisherige Liebesverhältniß Goethe's zu ihr", und meint, es habe der ganzen Macht
und Anziehungskraft der Frau von Stein bedurft, um jenen
Brand, jene leidenschaftliche Liebe zu Coronen zu ersticken. Wir
sollen also, das muthet uns Charlottens Ankläger ernstlich zu,
der sprechenden, der Lateiner würde sagen, schreienden Thatsachen gegenüber ihm glauben, das Verhältniß zu Charlotten,
dessen Verlauf wir so genau verfolgen können, sei kein leidenschaftliches gewesen, dagegen im höchsten Grade das zu Coronen,
von dem das Gegentheil feststeht, vor allem durch Goethe's
eigenen, freilich Keil unbekannt gebliebenen Brief.

Charlottens Krankheit, die, wie Goethe am 3. dem Tagebuch
vertraut, sein einziges Leiden war, hielt nicht lange an. Am
7. war Goethe mit dieser in größerer Gesellschaft zu Tiefurt,
von wo er sie wohl nach Hause begleitete. Damals muß er
sich wieder irgend ein leidenschaftliches Wort erlaubt haben.
„Verzeihen Sie mir meine gestrige letzte Dunkelheit", schreibt
er am folgenden Morgen; „ich bin bei solchen Gelegenheiten
wie ein Nachtwandler, dem man zuruft: ich falle gleich alle
Stockwerke herunter. Sie haben aber recht. Und weil wir
doch am Abgewöhnen sind (mit Beziehung auf sein Abgewöhnen
des Weins), wollen wir auch das mit aufschreiben und am
Ende vom Thau leben wie die Heuschrecken." Den 8. und 9.
finden wir ihn wieder bei Charlotten. Den 13. fühlte er sich
leiblich; den Nachmittag und Abend befand er sich in größerer
Gesellschaft zu Tiefurt, von wo er gern noch um 8 Uhr Abends
zu Fuße zu Charlotten gelaufen wäre, hätte er nicht enge
Schuhe angehabt. Sie waren dort „artig, lustig und gesprächig".
Seine Freude war, die ersten Blumen, welche dießmal bei dem
kalten Wetter lange säumten, der Freundin zu schicken. Nach
dem 15. fühlte er sich in Folge des Wetters wieder sehr angegriffen. Zur Erholung reiste er am 22. mit dem Herzog zur
Leipziger Messe. Hier verlebten sie mit dem Fürsten von Dessau
und dessen Freund von Erdmannsdorf „vergnügte Tage".
Briefe Goethe's an Charlotten fehlen; daß er ihr aber auf der
Reise geschrieben, ergibt sich wohl daraus, daß er einen Brief

von ihr auf der Rückreise bei Naumburg erhielt. In dem ent=
setzlichsten Wetter kehrten sie am 26. um Mitternacht zurück.[1]
Den nächsten Mittag speiste Goethe bei der Freundin.

Ehe er am 2. Mai eine Dienstreise nach Erfurt antritt,
sendet er ihr einen von ihr empfangenen Ring mit der Bitte,
die Anfangsbuchstaben ihres Namens (C. v. S.) darein stechen
zu lassen. Charlotte nahm Anstand, seine Bitte zu erfüllen.
Von der Reise sendet er ihr die herzlichsten Briefe, die wieder
deutlich beweisen, wie wenig er ihre Eifersucht fürchtete, da
er der „niedlichen Misels" auf dem Balle gedenkt. „Bleiben
Sie mir nah", schreibt er, „und verzeihen Sie, daß ich immer
über mein Eigenstes mit Ihnen rede; hätte ich Sie nicht, ich
würde zu Stein." Die paar Tage Wechsel von Menschen und
Sachen bekamen ihm wohl, wie er der Freundin vertraut.
Gleich nach der Rückkunft den 6. speist er bei ihr zu
Mittag. Am nächsten Tage bittet er um seine zusammen=
geschriebenen Gedichte, aus denen er den schönen Misels,
die sich bei ihm eingefunden, lesen solle. Was würde das Eifer=
suchtsphantom Keils zu einer solchen Forderung gesagt haben?
Denselben Abend sieht er Charlotten bei Hofe. Morgens schickt
er ihr immer Blumen, Abends besucht er sie oder trifft sie in
Tiefurt. Den 10. kommt er bei der Probe der Kallisto,
darauf bei der von Jery und Bätely mit Coronen zusammen.
Den 13., den Sonnabend vor Pfingsten, ißt er bei dieser zu
Mittag, nachdem er einer Probe von Händels Messias beige=
wohnt, spielt dann mit ihr bei der Probe der Kallisto, tanzt
darauf und will noch zu Charlotten, die er aber nicht findet.
„Sehr ungern verzehr' ich meinen Spargel alleine", schreibt
er ihr denselben Abend bei Uebersendung ihres Antheils am
Spargel und „andern Raritäten aufs Fest". „Das kommt
aber daher, wenn man sich ganze Tage nicht sieht." Dieß war
demnach eine große Seltenheit. Den andern Morgen wünscht
er Chokolade für drei Personen nebst Tassen, da er Besuch
bekomme; Mittags bitte er sich zu Gaste. Wahrscheinlich war

[1] Im Tagebuch steht irrig „in der stürmischen Nacht vom 25. auf den 26".
Auch Knebel in seinem Tagebuch merkt des Herzogs Rückkunft am 27. an, an
welchem die Zeilen Goethe's an Charlotten geschrieben sind.

der Morgenbesuch Corona mit ihrer Gesellschafterin. Den Nach=
mittag ward der erste Theil des Messias aufgeführt, wobei
sich ohne Zweifel Corona auszeichnete. Nicht von dieser Auf=
führung, sondern von den Proben sagt Goethe, sie hätten ihm
„neue Ideen von Deklamation gegeben", was nicht nothwendig,
wie Keil (II, 183) anzunehmen scheint, als Folge von Coronens
Vortrag zu fassen ist. Auch am 15. konnte Goethe Charlottens
Einladung zum Mittage nicht widerstehen, obgleich er nach
Tiefurt wollte. Dort speiste er am folgenden Tage; Charlotte
und ihre Schwägerin fanden sich Nachmittags daselbst ein. Den
17. fuhr Goethe mit dem Prinzen und Knebel auf Einladung
des Herzogs zur Gräfin Werther in Nehausen.[1] Mit Charlotten
hatte er um diese Zeit „gute Erklärung über Herzogin Luise"
in Bezug auf ihre Stellung zum Herzog. Den 20. war wieder
Probe zur Kallisto; dießmal aber ging er von ihr zu Char=
lotten. Den folgenden Tag ward bei Hofe der zweite Theil
des Messias aufgeführt; Goethe, der zu Mittag bei Hof ge=
speist hatte, traf hier mit der Freundin zusammen. Den 24.
war er bei dieser wieder zu Mittag, Abends in der Haupt=
probe der Kallisto. Als er am andern Abend zu Charlotten
wollte, fand er sie nicht, doch ließ er sich ein Stück Sauer=
braten in ihrem Hause holen. Den 26. wurde das neue Theater
mit Kallisto eröffnet; auf bloßer Einbildung beruht es, wenn
Keil (II, 183) auf das Trauerspiel noch Erwin und
Elmire folgen läßt. Die schlechte Rolle, auf die Goethe
großen Fleiß verwandt hatte, spielte er mit viel Glück und
machte allgemein den Eindruck, den er hatte machen wollen,
wie sein Tagebuch besagt; er „öffnete ganz den äolischen
Schlauch der Leidenschaften", während er ihn bei den Proben
halb geöffnet, nur einige hatte „herauspipsen" lassen, die stärksten
zur Aufführung bewahrt hatte. Auch Corona wird ihre Rolle

---

[1] Nehausen nennt Knebels Tagebuch; in dem Briefe an Charlotten vom 17.
steht bloß N.; unsere Abschrift von Goethe's Tagebuch nennt Neunheiligen, was
jedenfalls auf Verwechslung wahrscheinlich der Abschrift beruht. Nehausens gedenkt
auch Goethe's Brief an den Herzog vom 26. Juni 1781, wo Nechausen ver=
druckt ist. Nehausen oder Neuhausen war eines der Rittergüter der Grafen
von Werther.

in gleicher Weise durchgeführt haben. Andere Berichte fehlen, und auch vom Stücke selbst, das ungedruckt blieb, wissen wir nichts Genaueres. Den 29. lud Goethe die Freundin ein, ihn doch bei dem schönen Wetter im Garten zu besuchen. An dem Abschiedsmahl, das er am 2. Juni dem nach seiner Heimat gehenden Knebel in seinem Garten gab, nahmen Charlotte und deren Schwägerin Theil. Charlotte hatte jetzt seiner Bitte nach-gegeben, ihr Namenszeichen in den Ring stechen zu lassen. Am Abend des 4. war sie bei ihm zum Abschiede im Garten; denn er sollte am nächsten Morgen nach Gotha und sie vor seiner Rückkehr mit ihrem Gatten und ihrer kleinen Schwägerin auf einige Zeit zu ihrer Schwester nach Mörlach gehen. Sie schieden im Bewußtsein des vollen erhebenden Gefühls, sich durch die Bande des Herzens auf ewig anzugehören. Die Freundin besaß sein rücksichtlosestes Vertrauen, in ihre Seele durfte er getrost sein ganzes Denken und Fühlen ergießen, von ihrer Liebe sich der reinsten hebenden und beruhigenden Theil-nahme versichert halten. Täglich war er gewohnt, wie er nach ihrer Abreise schreibt, sie Abends zu sehen, auszuruhen und mit ihr in ganz freien Gesprächen sich von dem Zwang des Tages zu erholen. Wie sehr stand das freundliche Verhältniß zu der ihn anziehenden Künstlerin, der er innig wohl wollte, gegen dieses Herzensbündniß zurück! Es gehört die einseitigste Ver-blendung dazu, diesen so scharf hervortretenden Unterschied ver-kennen und gar die Verbindung mit Coronen höher stellen zu wollen. Von einer Leidenschaft konnte jetzt weder gegen Coronen noch gegen die ältere Freundin die Rede sein.

Von Gotha aus sandte Goethe Charlotten noch die liebe-vollsten Briefe und liebe Zeilen wanderten von ihr zum Freunde. Bei seiner Rückkehr am 13. erhielt er endlich den Ring mit dem schönen Zeichen der Freundin, das den Glauben an fest-geschlossene Einstimmung besiegelte. Keil möchte dieß der „Frau Stallmeister" (doch wenigstens „Oberstallmeister", wenn Sie erlauben!) als Treulosigkeit gegen ihren Gatten gar sehr ver-denken, als ob sie sich ihrer Pflicht gegen diesen nicht stets bewußt geblieben wäre. Wollten wir Goethe's Versicherungen in den Briefen nach Mörlach, welche seine schmachtende Sehn-

sucht nach der treuen Freundin, wie auch seine liebevolle Theil=
nahme an den Ihren so schön bekunden, mit dem wohlfeilen
Keil'schen „im Grunde unwahr" beseitigen, das Tagebuch be=
zeugt ausdrücklich die Leere, welche ihm die Trennung von
Charlotten gemacht hatte. Keil versichert uns, sein Verkehr mit
Coronen sei während dieser Zeit um so lebhafter gewesen, als
ihn dramatische Pläne und theatralische Aufführungen beschäftigt
hätten. Sehen wir, wie es damit in Wirklichkeit steht, so
erwähnt das Tagebuch Coronens nur einmal, am 23. Juni,
wo er bei ihr speist. Am 26. Juni schreibt er: „Meine Erd=
beeren stehen verlassen. Bald schicke ich sie da=, bald dorthin."
Auch Corona wird er zuweilen mit einer Sendung erfreut haben.
Den 3. Juli heißt es, seine Erdbeeren erhalte jetzt die Waldner.
„Meine Rosen blühen bis unters Dach", schreibt er, „und so
lang als das mein Haus deckt, kann nicht ein willkommenerer
Gast hineintreten, als Sie." Und einige Tage später: „Wenn
Sie nicht bald wieder kommen oder dann bald nach Kochberg
gehen, muß ich eine andere Lebensart anfangen. Eine Liebe
und Vertrauen ohne Grenzen ist mir zur Gewohnheit
geworden. Seit Sie weg sind, hab' ich kein Wort gesagt, was
mir aus dem Innersten gegangen wäre." Kann es ein schlagen=
deres Zeugniß geben, daß Corona ihm Charlottens reiches Herz
nicht ersetzte. „Ich sehe fast niemand, als die, mit denen ich zu
thun habe", schreibt er in demselben Briefe, und erwähnt dabei
der gestern gesehenen Gräfin Werther, die gar artig gewesen und
recht sehr gute Sachen gesagt habe. Frau von Werther befand
sich damals in einem ähnlichen Zustande, wie er. „Das arme
Herzchen weiß nicht recht, woran es ist, seitdem ihr alter moralischer
Verehrer (Knebel) fort ist, der die unmoralischen vertrieben hatte."
Die schöne gefallsüchtige Frau zog ihn nicht näher an, wenn
er ihr auch freundlich begegnete. Coronens Gegenwart war
ihm erfreulich, aber davon, daß er in ihr einen Ersatz für
Charlotten gefunden, kann keine Rede sein. Zu der Dichtung
der Posse die Vögel wurde er nur dadurch veranlaßt, daß der
eben anwesende Oeser eine Dekoration malen wollte. Bei dieser
zählte er denn ganz besonders auf Coronen, die er sich zur
Nachtigall ausersah. Vorab aber wurde die Aufführung von

Jery und Bätely betrieben, die endlich am 12. Juli erfolgte
und Coronen und ihm vielen Beifall gebracht haben wird.

Den 21. Juli kehrte Charlotte nach Weimar zurück, wo
das gute Leben der Liebenden wieder glücklich begann. Am 22.
war Goethe bei ihr zu Mittag, mußte aber den Abend nach
Ettersburg. Den 24. hatte er zu Mittag Besuch, kam aber
Abends, wie gewöhnlich, zur Herzensfreundin. In dieser Zeit
schreibt er ihr einmal, vergnügt könne er wohl ohne sie sein
(so war er es bei der Göchhausen und Coronen), nur wolle es
nicht lange währen, noch von Herzen gehen. Am 28. wohnte
Charlotte der Vorstellung von Jery und Bätely zu Etters=
burg mit großem Vergnügen bei. Freilich meinte sie, wirke
die Liebe zum Autor mit; daß Eifersucht gegen Coronen ihr
den Genuß nicht verdorben, liegt klar vor, wenn sie auch in
ihrem an Knebel über die Aufführung erstatteten Berichte nur
des vortrefflichen Spiels von Wedel im Besondern gedenkt.
Wenige zerstreute Blättchen Goethe's haben sich aus dieser Zeit
erhalten. In den Vögeln, die sie in der Handschrift las,
schien ihr der Witz nicht platt genug, doch hoffte sie von der
närrischen Einkleidung besondere Wirkung und der von Coronen
als Nachtigall zu sprechende Epilog gefiel ihr besonders. Am
5. August las Goethe ihr und der Herzogin das Stück im
Kloster vor. Eine kurze Verstimmung, die sie am Morgen des
9. aussprach, schwand bald. Die Proben der Vögel nahmen
den Dichter sehr in Anspruch; er hatte dabei besonders viele
„Mifels" anzuleiten, was freilich die Eifersucht der Keil'schen
Frau Baronin und Stallmeisterin hätte erregen müssen. Am
16. dankt er ihr für alles, was sie durch Liebe und Freund=
schaft Gutes an ihm thue. Der ersten Aufführung der Vögel
zu Ettersburg am 18. konnte sie nicht beiwohnen. Fünf Tage
später fuhr Goethe mit ihr nach Belvedere, wo alles gut
ging. Den 24. ist er Abends bei ihr, wo erst gezeichnet, dann
spazieren gegangen wurde. Den folgenden Mittag wollte er
bei ihr speisen, mußte aber nach Belvedere. Als er sie Abends
aufsuchen wollte, fand er sie mit Karoline Ilten, welche sie jetzt
in ihr Haus genommen hatte, am Kloster; sie aßen zusammen
und gingen dann spazieren. Am 26. kam die schöne Branconi

an, der er sich an diesem und dem folgenden Tage ganz widmen
mußte. „Sie ist immer schön, sehr schön", schreibt er Char=
lotten; „aber es ist, als wenn Sie, mein Liebstes, entfernt
sein müßten, wenn mich ein anderes Wesen rühren soll." So
schreibt man nicht an eine eifersüchtige Geliebte. An seinem
Geburtstag ißt er Mittags bei Charlotten, die „artig" ist,
Abends hat er große Gesellschaft in seinem Garten; die Freundin,
die mit den Ihrigen geladen war, sollte einige gute Geister
dazu ziehen, daß es nur Menschen gebe. Den folgenden Tag
ißt er mit dem Herzog Mittags bei ihr. Die darauf folgende
Bemerkung des Tagebuchs: „Nachklang der schönen Gegenwart"
deutet offenbar darauf, daß bei Charlotten von der Branconi
die Rede war. Abends spät war er gleichfalls bei der Freundin,
mit welcher er wohl zu den Luftspringern gegangen war. Erst
am 2. September, kurz vor seiner größern Reise, gedenkt das
Tagebuch auch wieder einmal Coronens, welche an diesem Tage
bei ihm zu Tische war. Den 3. war Goethe mit Charlotten
bei der Feier des Geburtstages des Herzogs zu Belvedere.
„Abends beim Zurückfahren sehr lustig. Nachts Mißverständniß
mit ⊙", berichtet das Tagebuch. Charlotte hatte sich zurück=
haltender gezeigt, wie man aus der spätern Aeußerung gegen
sie schließen darf, er sei froh, bei dem Geburtsfest des Prinzen
Konstantin nicht gewesen zu sein, obgleich es doch gehalten
hätte, wenn sie artig gewesen wäre. Sie mochte etwas, das
Goethe in der freiheitern Laune beim Zurückfahren gesagt, miß=
verstanden haben. Wie ist es möglich, sich mit Keil (II, 189)
hier „eine jener Scenen leidenschaftlicher Aufwallung, stürmischen
Drängens von Seiten des Geliebten" zu denken! So etwas
nennt man doch wohl in keiner Sprache der Welt ein Miß=
verständniß! Schon denselben Abend wird sich dieses aus=
geglichen haben. Am folgenden Tage nahmen die Eröffnung
der Zeichenakademie und die Hochzeit seines Amtsgenossen
Schnauß Goethe in Anspruch; Abends verabschiedete er sich
freundlichst von Charlotten, da er am andern Morgen die Reise
nach den Aemtern Kaltennordheim und Lichtenberg über Ilmenau
antreten sollte. Kurz vor der Abfahrt muß er ihr noch brief=
lich den herzlichen Wunsch senden, daß sie wohl und vergnügt

leben, ihm schreiben und ihn lieb behalten möge. Auch erinnert er sie daran, „das Bewußte aufzuschreiben".

Charlotte scheint sich wieder trüben Ahnungen einer Störung des sie beglückenden Verhältnisses hingegeben zu haben. „Verlieren Sie den Glauben nicht, daß ich Sie liebe", erwiedert er auf einen Brief von ihr; „sonst muß ich einen großen Bankrutt machen." In der Hermannsteiner Höhle küßte er das noch ganz frisch aussehende S und bat den Gott, der ihm bei aller Veränderung ihre Liebe und diese Felsen erhalten habe, dieß auch ferner zu thun und ihn seiner Liebe und der ihrigen immer werther zu machen. Da er am zweiten Tage von der Freundin keine Zeile erhalten hat, dagegen von der Branconi, die lieblich sei, wie man sein könne, so scherzt er, er wollte, sie wäre eifersüchtig darauf und schriebe ihm desto fleißiger. Daß die Freundin wirklich eifersüchtig sei, fiel ihm nicht ein. Die Briefe, die er ihr von der mit dem Herzog und ihrem Gatten gemachten Reise schrieb, athmen volle Liebe und glühende Sehnsucht nach der Freundin seines Herzens. Wie innig und rein sein Verhältniß zu Charlotten war, ergibt sich daraus, daß er Lavater gegenüber, den er damals für den reinsten Menschen auf der Welt hielt, das Bekenntniß ablegt: „Auch thut der Talisman einer schönen Liebe, womit die St. mein Leben würzt, sehr viel. Sie hat meine Mutter, Schwester und Geliebten nach und nach geerbt, und es hat sich ein Band geflochten, wie die Bande der Natur sind." Wie sollte man einen unzweideutigern Beweis verlangen dürfen, daß Corona nicht die Geliebte seines Herzens war? Oder ist auch dieses Bekenntniß in einem sein volles Herz ausschüttenden Briefe „im Grunde unwahr"?

Von Ilmenau, wohin er am 2. Oktober kam, trieb es ihn am Abend des 3. nach Kochberg, wo er sich am folgenden Tage auf der Platte von Charlottens Schreibtisch als „Eben derselbe" eintrug. In herzlichem Genusse ihrer reinen Seelenliebe erwartete er hier den Herzog, den er am Abend des 9. mit einem so launigen wie herzlichen Empfange überraschte. Aber an demselben Abend beleidigte er Charlotten, wahrscheinlich durch die Artigkeiten gereizt, die sie dem Herzog und Knebel erzeigte,

durch ein unvorsichtiges Wort, das wohl das herzliche Ange=
hören der Freundin in leidenschaftlicher Weise aussprach. Am
andern Morgen äußerte Charlotte dem scheidenden Dichter, den
sie mit dem Herzog den von Kochberg auf den Weg nach
Weimar führenden Berg hinauf begleitete, ihre so entschiedene
Unzufriedenheit, daß dieser sich fast der Thränen nicht enthalten
konnte. Um 1 Uhr war er wieder in Weimar, wo er gleich
nach Belvedere ging. Der Ausdruck des Tagebuchs „Lieblicher
Auftrag und Ausrichten" deutet auf Aufträge, die er vom
Herzog und Charlotten an die Herzogin hatte. „In Belvedere
ist man artig und das Prinzeßchen allerliebst", heißt es in dem
Briefe, den er diesen Abend spät begann. Er klagt hier Char=
lotten, wie unglücklich ihn ihr Mißfallen mache, die er ohne
irgend eine Ahnung tief verletzt habe. „Ich werde mich nicht
zufrieden geben", äußert er, „bis Sie mir eine wörtliche
Rechnung des Vergangenen vorgelegt haben und für die Zu=
kunft in sich einen so schwesterlichen Sinn zu überreden (üben
sich?) bemühen, der auch von so etwas gar nicht getroffen
werden kann; ich müßte Sie sonst in den Momenten vermeiden,
wo ich Sie am nöthigsten habe. Mir kommts entsetzlich vor,
die besten Stunden des Lebens, die Augenblicke des Zusammen=
seins verderben zu müssen, mit Ihnen, da ich mir gern jedes
Haar einzeln vom Kopf zöge, wenn ichs in eine Gefälligkeit
verwandeln könnte, und dann so blind, so verstockt zu sein.
Haben Sie Mitleid mit mir." Leider brachte ihm Knebel, der
am Abend des 11. zurückkehrte, kein Wort noch Zeichen von
Charlottens Versöhnung. Dieser fand ihn bei dem Abendessen
mit Coronen. Auch der Freundin verschweigt Goethe dieß nicht.
„Knebel hat mit mir gegessen, die Schrötern auch", schreibt er;
„wir haben in Steinen (Sternen?) gelebt, und zuletzt war der
Mondschein sehr schön." Goethe hatte die ihn besuchende
Freundin, von der er so lange getrennt gewesen, zum Abend=
essen eingeladen, da er mit ihr auf freundlichstem Fuße stand,
er auch wohl manches wegen der bevorstehenden Theatervor=
stellungen zu besprechen hatte. Am 13. erhielt er durch Char=
lottens Gatten und die ihr am vorigen Tage gesandte Botin
beruhigende Worte. „Nun bin ich still und vergnügt", schreibt

er, „wenn Sie mir etwas sagen. Es ist wunderbar und doch ists so, daß ich eifersüchtig und dummsinnig bin, wie ein kleiner Junge, wenn Sie andern freundlich begegnen." Am 14. führt die Probe der Operette Robert und Kalliste ihn mit Coronen zusammen, die er nach Hause begleitet und bis 11 bei ihr bleibt, dann rennt er noch im Mondschein spazieren. Was ihn beunruhigte, war die Trennung von Charlotten, die noch immer säumte, nicht Leidenschaft für Coronen und Kampf seines Herzens zwischen beiden Geliebten. Den 15. sendet er der Freundin eben erhaltene schöne Trauben und Bücher für Fritz; sie möge ihm sagen, daß sie wohl sei und ihn liebe. Er besucht den Hof, der am vorigen Tage von Belvedere zurück= gekommen war. Durch Geschäfte und Zerstreuungen suchte er die Zeit zu betrügen, die ihn von der Geliebten schied. Am 20. schickt er der Freundin zwei Fasanen von der gestrigen Jagd mit bestem Danke für alles, was er von ihr erhalten. Dringend bittet er, sie möge bald kommen, da es in allem Sinne Zeit sei. „Helfen Sie uns leben. Theilen Sie Ihre Zeit mit uns." Man hört seine Eifersucht heraus, daß andere das Glück genießen, das für ihn so höchst nöthig ist. Er begab sich an diesem Tage nach Mühlhausen, wohin Merck kam, den er dießmal Mephistopheles nennt, vielleicht weil er fürchtet, durch ihn aus seiner Ruhe gescheucht zu werden. Charlotte war diesem scharf kritischen Freunde wohl wenig gewogen. Am Abend des 22. kehrte er zurück. Zwei Tage später trat Corona in Robert und Kalliste auf. Den 25. schreibt er Charlotten: „Wir hören, daß Sie nicht wohl sind, und es vermehrt diese Nachricht jedes Uebel, an dem wir krank liegen. Sagen Sie uns nur ein Wort, wir brauchen Trost. Hier leben die Men= schen miteinander, wie Erbsen in einem Sacke; sie reiben und drücken sich, es kommt aber nichts weiter dabei heraus, am wenigsten eine Verbindung." Leider hörte er, daß er so bald ihre Rückkehr noch nicht erwarten dürfe. „Es wäre doch besser (sie kämen), für Sie und uns", klagt er. Wie kann man hier= nach irgend sich vorstellen, er habe in Coronens Umgang volle Herzensbefriedigung gefunden? Das hier leider sehr mangelhafte Tagebuch berichtet aus der letzten Hälfte des Monats: „Crone

getröstet." Keil zeigt sich hier wieder in seinem Glanze. Er
schreibt (II, 190): „Wären seine Briefe an sie, wären wenigstens
die Tröstungen aus dem Herbst 1780 erhalten (er scheint dem=
nach an schriftliche Tröstungen zu denken, da mündlich gesprochene
sich doch nur durch ein mittelalterliches Wunder als Reliquie
erhalten könnten) — welches Licht würden sie über diese Ver=
hältnisse verbreiten, welche Blicke würde man in die Ritzen, in
denen es noch immer brannte, in die beiderseitigen Stimmungen,
Kämpfe und Leiden thun können!" Keils Ritzenwahn in Bezug
auf Goethe haben wir bereits abgethan. Dieser muß im Ernst
annehmen, Goethe habe Coronen wegen ihres gegenseitigen Ver=
hältnisses getröstet. Wie mag er sich denn wohl diese Tröstungen
vorstellen? Soll etwa Goethe Coronen seine glühende Liebe
zu ihr bekannt, sie aber darüber getröstet haben, daß er sie
nicht heirathen könne? Ein seltsamer Trost das! Wir hörten
S. 81 Goethe gegen Steinauer den Wunsch aussprechen, bei
Coronen, der ein Unglück begegnet war, nur eine halbe Stunde
sein und sie trösten zu können. Wie damals irgend ein Unfall,
über den nur eine Vermuthung gestattet ist, sie betroffen hatte,
so dürften dießmal Familienverhältnisse sie betrübt haben. Und
dazu fehlte es wahrlich nicht an Grund. Wahrscheinlich befand
sich ihr Vater mit ihrem jüngern Bruder und ihrer jüngern
Schwester auf einer Kunstreise, während ihr älterer Bruder
schon in England war, wo er sonderbare Schicksale hatte. Eine
Nachricht von diesem oder von Mißstimmung ihrer Geschwister
gegen den Vater könnte um diese Zeit sie beunruhigt haben.
Oder sie könnte untröstlich gewesen sein, daß sie von den Ihrigen
gar keine Nachricht erhielt. Wenn Goethe der anmuthigen
Freundin Trost zusprach, so hat dieß am wenigsten etwas mit
einer Leidenschaft für sie zu thun. Daß er um diese Zeit von
sehnsüchtiger Liebe zu Charlotten erfüllt war, lehren seine Briefe,
lehrt die Beschäftigung mit Tasso, den er nach dem Tagebuch
um diese Zeit zu schreiben begann. Die ungenaue Angabe des
Tagebuchs, in welchem hier eben die Zeitfolge nicht beobachtet
ist, läßt es zweifelhaft, ob das Trösten Coronens vor oder nach
dem Anfange Tasso's fällt, oder etwa zwischen diese Dichtung
hinein, da wir doch annehmen dürfen, das Trösten habe sich

nicht auf einen einmaligen Besuch beschränkt. Keil gedenkt des Tasso, ohne aber die Bedeutung des Umstandes, daß Goethe gerade damals an diesen ging, für seine Liebe zu Charlotten hervorzuheben. Keil selbst hat früher (II, 159) die freilich für jeden Sehenden unleugbare Thatsache zugestanden, daß bei Tasso das Verhältniß zu Charlotten vorschwebt; hier aber denkt er nicht daran, welch ein Licht auf Goethe's Liebe die einfache Thatsache wirft, daß er gerade um diese Zeit den Tasso anzufangen sich entschloß. Das wäre rein unmöglich gewesen, wenn ein Kampf zwischen der Liebe zu Charlotten und der Neigung zu Coronen seine Seele bewegt hätte. Charlotte war das einzige Ideal seiner Seele, wie die Prinzessin Tasso als das Höchste vorschwebt, neben dem alle andere noch so reizenden Frauen zurücktreten. Kennten wir die frühere Abfassung Tasso's, so würden wir darüber urtheilen können, ob Leonore Sanvitale damals vielleicht einige Züge Coronens hatte, jetzt scheint eher Charlottens kleine Schwägerin Sophie zum Bilde der kleinen Vermittlerin gesessen zu haben.

Goethe wollte am 29. mit Knebel nach Kochberg kommen, aber sein „alter Beruf", sich der herzoglichen Familie zu widmen, hielt ihn zurück. „Ich will heute den Tag in Tiefurt zubringen", schreibt er; „es sind gewisse Dinge in Gährung, denen Luft muß gemacht werden." Was es gewesen, deutet die Angabe des Tagebuchs an: „Mit Prinz Konstantin zu thun", die freilich selbst nicht ganz deutlich ist. Der Prinz war gegen Goethe verstimmt, was diesem, da der Herzog ihn mit der Leitung seiner häuslichen Angelegenheiten und der Vorbereitung seiner beabsichtigten Reise betraut hatte, nicht gleichgültig sein konnte. Deßhalb scheint er gesucht zu haben, sein Verhältniß zu diesem ins Klare zu bringen. Aber auch Charlottens noch immer nicht beruhigte Stimmung möchte ihn zurückgehalten haben. „Ich weiß nicht, warum", schreibt er, „aber mir scheint, Sie haben mir noch nicht verziehen. Ob ich Vergebung verdiene, weiß ich nicht; Mitleiden gewiß. So aber gehts dem, der still vor sich leidet und durch Klagen weder die Seinigen noch sich erweichen mag. — Nur keine Gedankenstriche in Ihren Briefen mehr; Sie können versichert sein, daß ich sie immer mit dem Schlimmsten ausfülle. Wenn Sie wiederkommen, werden Sie mir doch die Geschichte vertrauen, dagegen hab' ich Ihnen auch eine wunderbare Katastrophe zu entdecken, die Sie wissen müssen. Ich denke, der Baum unserer Freundschaft ist lange genug gepflanzt und fest genug gewurzelt, daß er von den Unbilden der Jahreszeit und der Witterung nichts mehr zu besorgen hat." Jene „wunderbare Katastrophe" muß ihn persönlich berührt haben und eine Herzensangelegenheit betroffen haben, an der er selbst keinen thätigen Antheil hatte. Aus demselben Briefe sehen wir, daß damals ein Gerede über ein Verhältniß Goethe's zu der bei Frau von Stein wohnenden Karoline Ilten sich verbreitet hatte, weil er gegen diese artig sich gezeigt, ihr auch Briefe und Verse gesandt hatte. Da Charlotte, die wohl wußte, daß von einer wirklichen Herzensneigung keine Rede war, Karolinen, die schon durch ihr aufgehobenes Verhältniß zum Prinzen Konstantin die Aufmerksamkeit auf sich gezogen hatte, vor solchem Geklatsch möglichst zu hüten suchte, so bat sie den Dichter, sich gegen diese nur so freundlich zu zeigen, wie es die allgemeine Höflichkeit fordere. Er selbst drang in Charlotten, sie möge doch bald kommen, damit sie Robert und Kalliste sehe, die man noch einmal zu sehen verlange, er aber nur noch einmal geben lassen könne.

Das Verhältniß zu Coronen dürfte damals recht freundlich gewesen sein, und vielleicht setzte diese schon damals die Canzonetta Romana: Quelle piume, bianche e nere, die Goethe übertrug. Das Dezemberheft des Merkur brachte außer dem vollständigen Texte und einer nicht gereimten Uebersetzung Goethe's, aber ohne dessen Namen, die Composition, von welcher Wieland sagte, sie stimme in die angenehme tändelnde und geistreich scherzende Laune des Dichters glücklich ein. Sie trägt die Bezeichnung: Comp. della Signora C. S***. Daß sie von Coronen sei, vermuthete schon Hirzel; ausdrücklich bemerkt es Wieland bei Gelegenheit einer Uebersetzung desselben Liedes von Gries, im Merkur 1795 I, 316. Keil kennt diese Melodie nicht, unter welcher die erste Strophe des italienischen Gedichtes steht. Außer Coronen wird Goethe auch mit andern Damen, besonders des Hofes, sich freundlich zusammengefunden haben.

Daß er die kleine Schwägerin Charlottens besuchte und Schach von ihr lernte, zeigen das Tagebuch vom 31. Oktober und sein am 2. November nach Kochberg geschriebener Brief.

Am 1. November dichtete Goethe an Tasso, mit dessen Anfang er die zurückkehrende Freundin zu überraschen gedachte. Aber ein von dieser erhaltener Brief schmerzte ihn sehr, weil er ihm zeigte, daß diese ihm noch immer nicht ganz traue. Ihr Brief werfe ihr einen bösen Vorhang herunter, schrieb er am 2., und neue Nebel deckten seine schönsten Aussichten, doch sei ihm ihre Offenheit lieber als ihre frühere Gleichgültigkeit. Ihren Fritz läßt er grüßen, als seinen „Bruder nicht in Christo, sondern in der Unart und Unbethulichkeit". Charlotte hatte ihm noch einmal sein leidenschaftliches Mißachten der Verhält=nisse vorgeworfen und ihn zu ruhiger Fassung gemahnt. Wenn er ihr schreibt, sie wollten die von ihr geschickten Braten „in Gesellschaft mit guten Wesens" verzehren, so deutet er hier offen=bar auf Frauenbesuch, wodurch er ihre Eifersucht zu erregen nicht fürchtet. Charlotte selbst wußte sehr wohl, daß er den Umgang mit Frauen nicht entbehren konnte. Den am vorigen Sonntag beabsichtigten Besuch in Kochberg führte er jetzt mit dem Herzog aus. Am 4. kam er dorthin, wo er sich denn völlig mit der Freundin aussöhnte, auf deren Tischplatte er sich dießmal zum drittenmal einschrieb. Das Tagebuch berichtet, daß er in Kochberg an diesem Tage viel gezeichnet habe, den folgenden bei „recht schönem und wunderbarem Wetter" [1] zurück=gekehrt sei. Absichtlich scheint Charlotte erst nach dem 7. November, dem Tage, wo Goethe vor fünf Jahren in Weimar angekommen war, ihre Rückkunft bestimmt zu haben, da sie wußte, wie sehr ihn solche Gedenktage aufregten. „Heut sinds fünf Jahre, daß ich nach Weimar kommen bin", schreibt er ihr am 7. „Es thut mir recht leid, daß ich mein Lustrum nicht mit Ihnen feiern kann — Ihrer Liebe wieder ganz gewiß, ist mir ganz anders. Es muß mit uns, wie mit dem Rheinwein, alle Jahr besser werden. Ich recapitulire in der Stille mein Leben seit diesen fünf Jahren und finde wunderbare Geschichten. Der

---

[1] Die Angabe des Tagebuchs unter dem 6.: „Erster Schnee und sehr stark" gehört zum 7., unter welchem Knebels Tagebuch anmerkt: „Es schneit."

Mensch ist doch wie ein Nachtgänger; er steigt die gefähr=
lichsten Kanten im Schlafe. Behalten Sie mich lieb; das
muß einen befestigen, daß man mit allem Guten bleibender
und näher wird, das andere wie Schalen und Schuppen
täglich von einem herunterfällt!" Die vertrauensvolle Her=
zensfreundschaft Charlottens war ihm zur Nothwendigkeit
geworden, gegen welche kein anderes Verhältniß als nur
das zum Herzog in Betracht kommen kann, wie manche andere
Frauen und Freunde auch sein Leben schmückten. Den Mittag
dieses für Weimar so bedeutenden Tages war er an der Hof=
tafel, Abends bei Frau von Werther, der besondern Freundin
Knebels, mit dem er dort bis Abends 11 Uhr blieb. Das
Tagebuch nennt Frau von Werther dießmal mit ihrem Vor=
namen Emilie, was zeigen dürfte, daß er ihr näher gekommen
war. Am andern Tage war er wieder bei Tafel mit dem
Grafen von Lippe=Bückeburg, Nachmittags im Concert, in
welchem wohl Corona sang. Erst am 9., wo Knebel bis Mit=
tag bei Goethe war, kam Charlotte, von Goethe und Knebel
herzlich bewillkommt; sie war den Mittag gleich bei Hofe, aber
wohl nicht Abends, wo Concert und Souper daselbst war. Wir
wissen, daß Knebel sie am Nachmittag besuchte; den Abend wird
sie wohl Goethe geschenkt haben, der sich der ihm ganz wieder=
gegebenen Geliebten aus voller Seele freute.

VI.

Vertrauliches Zusammenleben Goethe's mit Charlotten. Der Anfang des Tasso. Goethe körperlich leidend, gedrückt und überbürdet. Grundverkehrte Auffassung des Jahres 1781 von Lewes und Stahr. Die Karnevalsfestlichkeiten bringen Goethe wieder näher mit Coronen zusammen. Epiphanias. Wiederholung der Iphigenie. Goethe erscheint mit Charlotten und deren Familie im Redouten-anzug. Seine Briefe von Neunheiligen. Glückliches Vierteljahr im herzlichen Genusse seiner Liebe. Freundlicher Verkehr mit Coronen. Briefe von Ilmenau. Die Sommermonate nur getrübt durch Charlottens Anwohlsein. Corona als Minerva bei dem Schattenspiele zu seinem Geburtstage. Die Ehebruchssäge. Goethe's Reisen nach Dessau und Leipzig und nach Gotha. Abstecher in Charlotten nach Kochberg. Sehnsuchtsvolle Erwartung ihrer verspäteten Rückkehr.

Vom 10. November 1780 bis zum 5. November 1781.

Charlotte kam jetzt dem herzlich geliebten Dichter mit vollstem Zutrauen entgegen, da er in der letzten Prüfung sich auf das schönste bewährt hatte und sie glauben durfte, er werde in Zukunft aus Liebe zu ihr nicht bloß seine stürmische Leidenschaft, sondern auch seine Eifersucht zurückzuhalten suchen und sich in dem Bewußtsein ihrer Herzensneigung rein beglückt finden. Gleich am ersten Morgen nach Charlottens Rückkehr vollendet er die erste Scene des Tasso, die er ihr Nachmittags vorlesen möchte, da es ihm räthlich scheint, daß sie sich nach und nach mit dem Stücke bekannt machten; Knebeln wolle er es sagen lassen. Das Billet, in welchem er diesen dazu einladet, hat sich erhalten; auch erwähnt Knebels Tagebuch, daß er Nachmittags bei Frau von Stein gewesen. Wahrscheinlich war Charlotte Abends in der Wiederholung der Operette Robert und Kalliste, auf die Goethe schon die noch in Kochberg weilende Freundin eingeladen hatte. Den folgenden Tag bleibt er zu

Hause, wo er am Tasso „nicht unglücklich“ fortarbeitet; von diesem muß schon mehr als die erste Scene fertig gewesen sein, da er den ersten Akt in kürzester Zeit zu vollenden dachte; wahrscheinlich hatte er an jene den 10. nur die letzte Hand gelegt, während von den folgenden Scenen schon manches entworfen war. Den Abend war er wohl wieder bei der Freundin. Am Morgen des 12., einen Sonntag, kommt Fritz zu ihm, dem er Kupferstiche und ein Kästchen zum Malen für die Mutter mitgibt, aus dem sie Karolinchen was geben könne, wenn diese gut Englisch lerne. So war sein Verhältniß zu ihr die vertraulichste Familienverbindung geworden. Er wollte den Tag zu Hause bleiben, um den ersten Akt abzuschließen; den Abend aber hofft er mit der Freundin zu verleben, bei welcher er deßhalb anfragt, wo sie heut Abend sei. Am folgenden Morgen schreibt er: „Hier haußen ist es wild und trüb, die Wolken liegen der Erde und dem Geiste schwer auf. Doch ist unter der Hülle mein erster Akt fertig geworden; ich möcht’ ihn gerne lesen, daß Sie Theil an allem hätten, was mich beschäftigt. Sagen Sie mir, daß Sie mich lieben und ersetzen das Licht der Sonne.“ Auch die Erinnerung, daß er heute vor einem Jahre auf dem Gotthard gewesen, muß er ihr mittheilen, dagegen verschweigt er ihr aus Schonung, da er sich unwohl fühle. Dieß ersehen wir aus dem Tagebuch, das leider vom 9. bis 20. nichts weiter bietet als: „Immer Schritt vor Schritt nach Vermögen vorwärts. Fürchtete die Krankheit vom Anfang des Jahres. An Tasso morgendlich geschrieben; wenn nichts gehen wollte, gezeichnet.“ Den Abend des 13. war er bei Charlotten, bei der sich auch Knebel einfand; er las ihnen den ersten Akt vor. Freilich erwähnt Knebels Tagebuch der Vorlesung nicht, aber aus den spätern Aeußerungen an Knebel, er hoffe ihnen bald wieder etwas zu lesen, er arbeite um so lebhafter an diesem Stücke, als ihn sein nächstes, und er möchte sagen einziges Publikum erwarte, ergibt sich, daß Knebel auch bei dieser Vorlesung zugegen gewesen. Charlotte, die den innigsten Antheil an dem Stücke nahm, legte ihm dringend dessen Vollendung ans Herz. Am folgenden Tage erwiedert er: „Da der Tag anbricht, mag ich schon wieder bei Ihnen sein, und nehme also

Ihre Einladung zu Mittage an." Wahrscheinlich sind die Zeilen vom 15. eine Erwiederung auf ihren Morgengruß, mit dem sie die Bitte um die Handschrift verband. „Ihr gütiges Zureden und mein Versprechen haben mich heute früh glücklich den zweiten Akt anfangen machen", schreibt er. „Hier ist der erste; möge er in der Nähe und bei wiederholtem Lesen seinen Reiz behalten. Lassen Sie ihn niemand sehen. Ich will heute spazieren laufen und zu Hause essen." Auch dießmal wird es ihn Abends zur Freundin gezogen haben. Bei dieser ladet er sich am andern Morgen zum Mittag ein; er werde auch etwas mitbringen. „Früh Morgens nehm' ich mir vor zu Hause zu bleiben und bestelle mein Essen", schreibt er; „wenn's gegen Mittag geht, zieht mich das alte Verlangen zu Ihnen. Behalten Sie den Akt, wie Sie wollen; er wird mir erst lieb, da Sie ihn lieben." Den 18. war Goethe Mittags zu Tiefurt bei Knebel, Abends wahrscheinlich bei Charlotten, obgleich Knebel, der auch diese am Abend besuchte, seiner nicht gedenkt. Den folgenden Morgen wünscht er von der Freundin, die ihn noch durch keinen Morgengruß erfreut hatte, zu erfahren, ob sie zur Kirche gehe und wie ihr Mittag und Nachmittag eingetheilt seien, da er gern an dem bei ihr angefangenen Portefeuille weiter zeichnen möchte. „Mein Stück ist heute vorgerückt", schreibt er, „dessen Ende Sie mit keinen freundlichen Erinnerungen zu beschleunigen gesinnt sind." Wahrscheinlich erwiederte er auf die von der Freundin erhaltene Erwiederung: „So lang ich Bleistift beim Aufmachen eines Zettelchens sehe, wird mirs nicht wohl. Ich bedaure Sie herzlich. Bleiben Sie ruhig und hören Sie auch den Arzt. Mir hat er ein Regime vorgeschrieben, dem ich folge, und soll auch was einnehmen. Knebel hat curiose Sachen über den ersten Akt gesagt, aber gute." Vermuthlich war von diesem geäußert worden, Goethe habe hier seine Verehrung Charlottens dichterisch gestaltet. Am andern Morgen äußert er: „Geschrieben ist worden heut früh. Wenig, doch stockts nicht. Behalten Sie den Antheil, den ich oft leider einen Augenblick nicht fühle an dem, was mich angeht, und helfen mir leben. Und lassen mir den Glauben, daß ich auch etwas zu Ihrer Zufriedenheit beitrage." So sehr war ihre Mahnung, ihre Aufmunterung, ihre Theilnahme

ihm zur Nothwendigkeit geworden. Gleich nachdem er die
Worte der Freundin geschrieben, wurde er vom Herzog trotz
des bösen Wetters bestimmt, mit ihm und Knebel nach
Tauchard,[1] einem Rittergute der Herrn von Werther, bei
Eckartsberga zu fahren. Charlotten, welche an diesem Abend
Gesellschaft bei sich hatte, theilte er dieß mit und lud sie auf
den folgenden Abend ein. „Guten Morgen, Beste", begrüßt
er sie am 21., „sagen Sie mir, wie's Ihnen geht und ob Sie
noch heut Abend mit Ihren Freunden kommen. Das Wetter
ist wild und wüst, wir wollens aber hinaussperren. Die
kleine Werthern und Knebel kommen von Tauer auch zu
uns. Gestern war ein sehr böser Weg. Wie ist Ihr Abendessen abgelaufen? Heut früh war ich nicht fleißig." Er besuchte
wohl vor dem Conseil die Freundin, die er unwohl fand.
Deßhalb kamen von den Ihren nur ihr Bruder, ihre Schwägerin und Karoline Ilten, außer denen der Herzog, Frau von
Werther und Knebel bei ihm waren. „Lassen Sie mir sagen,
wie Sie sich befinden", schreibt er am nächsten Morgen. „Gestern
Abend wollt' es nicht recht; meine Gäste waren artig und dis-
ponirt, doch schiens, als wenn ein Mehlthau drein gefallen
wäre. Heute eß' ich bei der Herzogin Mutter, und sehe Sie
einen Augenblick. Der Schnee macht doch die Welt fröh-
licher; ich fürchte nur, er hält nicht." Den folgenden Tag
fühlte er sich unwohl, so daß er den Arzt in Anspruch nahm.
Als er dieß mit seinem Morgengruße der Freundin meldet,
bittet er sie um den ersten Akt des Tasso, damit sein Schreiber
die ziemlich fertige nächste Scene auf dem letzten Bogen beginnen
könne. In ihren theilnehmenden Zeilen vom Morgen des 24.
scheint Charlotte ihm unter andern vorgeworfen zu haben, daß
er sich selbst nicht genug schone. Darauf erwiedert er: „Ich

<hr>

[1] Knebel schreibt Tauhart, Goethe Tauer. Im Briefe Goethe's an den
Herzog vom 25. Januar 1781 steht Tauer. In unserm Briefe las Schöll das
undeutlich geschriebene Wort Naura; es ist vielmehr Tauer. Goethe bedient sich
der Namensformen, die er vernahm. Anders verhält es sich mit dem Namen Neunheiligen, über den von Biedermann sich unnöthig ereifert. Freilich ist die richtige
Form Neunheilingen, wie die Gräfin Werther, wenigstens in spätern Jahren,
schrieb, oder vielmehr Neuenheilingen, aber noch im Jahre 1793 hat Büsching's
„Erdbeschreibung" Neunheiligen.

danke für den Antheil, meine Beste. Das Unvermeidliche muß ertragen werden. Nur bitt' ich Sie, sich täglich zu sagen, daß alles, was Ihnen an mir unangenehm sein konnte, aus einer Quelle kommt, über die ich nicht Meister bin. Dadurch erleichtern Sie mir viel." Wie schön bricht hier der Wunsch hervor, nichts zu thun, was ihr unangenehm sein könnte. Diesen Abend wurde Jery und Bätely gegeben, worin Goethe mit Coronen spielte. Das Fourierbuch meldet, daß heute „Comödie" gewesen. Am Morgen des 23. kann er melden, daß es ihm ganz wohl gehe, er auch etwas geschrieben habe, um nicht stecken zu bleiben. Mittags wollte er mit Knebel essen und gegen Abend ihr und Linchen die erste Scene des zweiten Aktes vorlesen. Knebel scheint verhindert gewesen zu sein. Abends folgte Goethe der Einladung zu dem Concert bei der Herzogin Mutter, wo auch der Herzog, Wieland und Knebel waren. Wahrscheinlich sang dort Corona. Vorher wird er Charlotten die neue Scene seines Tasso vorgelesen haben. Ehe er am folgenden Tage zur Hoftafel ging (nur zweimal in diesem Monate, am 7. und 9., hatte er daran Theil genommen), besuchte er die Freundin. Auf den Abend des 27. ladet er sie auf einen Rehrücken ein, wobei er meldet, er sei „fleißig in allem Sinne" und wolle Nachmittags spazieren laufen; aber sie war, scheint es, den Abend versagt. Den 28. ißt er wieder Mittags bei Hofe. Den folgenden Morgen, wo er vor Tag an Tasso gearbeitet hat, schreibt er: „Wenn Sie mögen, laß' ich den Rehrücken braten und bring' ihn zu Ihnen, daß wir ihn zusammen verzehren. Wollen Sie einen Gast dazu bitten?" Da er aber vernimmt, sie habe den Mittag Gesellschaft, so sendet er ihr den Rehrücken mit den Worten: „Ich wills doch erzwingen, daß Sie von meinem Rehrücken essen sollen. Gesegnete Mahlzeit an die ganze Gesellschaft."

Dasselbe vertrauliche Zusammenleben setzte sich im folgenden Monate fort. Am 2. schreibt Goethe der Freundin: „Wir müssen einander in Sprachen und allem forthelfen. Danke recht sehr. Darf ich heute mit Ihnen ein Feldhuhn verzehren?" Den folgenden Tag, einen Sonntag, lud sie ihn Mittags auf Feldhühner ein, aber eine Einladung an Hof verhinderte ihn zu kommen, doch hoffte er sie Abends dort zu sehen. Am Mittag des 5. aß Goethe mit Knebel und Coronen auf dem Eise.[1] Daß Goethe mit dieser freundlich gestanden, leidet nicht den geringsten Zweifel, nur hatte das Herz daran den geringsten Antheil. „Auf die gestrige Eisfahrt hab' ich sehr gut geschlafen", schreibt er am folgenden Morgen der Freundin. „Wenn Sie nur einen Augenblick gekommen wären! Ich esse wieder draußen (auf dem Eise) und nehme wohl ein Stück Braten an. Mein Götze soll im Vorbeigehen mitnehmen". Ob er wieder Coronen auf dem Eis getroffen, wissen wir nicht. Abends ging er zu Charlotten, wo ihn Knebel antraf, der traurig und miß=gestimmt war. Den nächsten Morgen schreibt er: „Gestern bin ich noch lange spazieren gegangen; es war sehr schön und mein warmer Pelz hielt mich wohl. Ich hab' eine große Unter=redung mit meinen Bäumen gehabt und ihnen erzählt, wie ich Sie liebe. Heut will ich viel wegarbeiten und Jagemannen[2] zu Tisch bitten, und immer an Sie denken. (Nachschrift.) Ich bin oft versucht worden Ihnen zuvorzukommen (mit seinem Gruße.) Nach Tisch mal' ich an meinem Portefeuille, und heut Abend geh ich um Ihr Haus herum." Sie war an dem Abend vielleicht beim Obermarschall von Witzleben. Mit ihrem Fritz, den sie ihm schickte, ging er nach Tiefurt. Den 8. fühlte er sich so unwohl, daß er zu Hause bleiben mußte. Sie sandte ihm ein Gericht, für das er seinen Dank aussprach. Zugleich schickte er ihr das Portefeuille, das freilich noch immer nicht fertig sei, doch möge sie es machen lassen und dann den in Weimar seit längerer Zeit anwesenden Meiningern mitgeben. Da er auch den 9. noch nicht ausgehen konnte, schickte er Charlotten, die zum Balle bei Graf Werther ging, einen Strauß mit himmelblauem Band, wobei er in ein paar Reimversen den Wunsch aussprach, sie möge, wenn sie andern ihre Hand reiche, auch an ein „einsam Haus" und an „ein schönes Band" denken. „Seit Donnerstag Abends (den 7.)", schreibt er am 10., „kann ich Sie versichern, bin ich nicht einen Augenblick von Ihnen

---

[1] Nach Knebels Tagebuch.

[2] Den besonders in italienischer Literatur bekannten Bibliothekar der Herzogin Mutter, den er wohl wegen Tasso's zu Rathe zog.

gewichen. Gestern und vorgestern hab' ich meine Pflicht gethan; aber was ist Pflicht ohne die Gegenwart der Liebe? Adieu, Liebste! wenn Sie wollen, sehe ich Sie bald." Da Charlotte mit den Damen des Hofes am 11. eine Fahrt nach Jena machte, überraschte er sie auf der Mitte des Weges in Kötschau durch eine von ihm veranstaltete Bewirthung und Begrüßung in Reimen, die sein Diener Philipp Seidel, wohl in passender Verkleidung, sprach. Ein freundliches Dankzettelchen, das ihm Philipp nach Mitternacht brachte, erfreute ihn sehr. Abends war in Jena Hoftafel. Charlotte hatte seit ihrer Rückkunft von Kochberg nie bei Hofe gespeist, was sie auch nicht in den folgenden Monaten that. Am nächsten Morgen meldete er sich, wenn sie wohl sei, zu Mittag an. Auch am andern Tage folgte er ihrer Einladung, aber sie war unwohl, so daß sie ihn nicht zur Abendgesellschaft bei Frau von Werther begleiten konnte, wo der Oberforstmeister Ziegesar von Eisenach, Frau von Seckendorf, Frau von Schardt und Knebel waren. Ehe er hinging, kam er noch zur Freundin, die ihn gegen die Kälte wohl versorgte. „Sie erhalten die guten Begleiter wieder, die Sie mir mitgegeben", schrieb er ihr am folgenden Morgen, „bis auf eins, das ich selbst bringe. Ich habe vielerlei zu thun, und werde wohl zu Hause essen. Man hat mich gestern gescholten, daß ich so spät kam. Man war sehr artig und die Gesellschaft ganz belebt. Gegen Abend seh' ich Sie, wenn Sie sonst nichts vorhaben. Addio. Ich habe wieder wundersame Gedanken mitzutheilen." Diese Gedanken bezogen sich wohl auf die gesellschaftlichen Verhältnisse. Er aß diesen Mittag bei Hofe. In innigster Weise sprach er zwei Tage später sein Herzensbedürfniß, an der Seite der Geliebten sich des Lebens zu freuen, in den schönen Versen an die Bäume seines Gartens aus, die gleichsam eine dichterische Sammlung der großen Unterredung war, die er vor neun Tagen mit den unter ihrer Herrschaft gepflanzten Bäumen gehabt. An demselben Tage wird er Fräulein Waldner zu ihrem Namenstag beglückwünscht haben, wie es Knebel that; denn auch mit dieser stand er noch immer auf vertrautem Fuße. Den 18. schreibt er Charlotten, bei welcher er wohl den vorigen Mittag (es war Sonntag) oder Abend gewesen war, er wolle

heute recht fleißig sein, um einen guten Abend bei ihr zu verdienen. Er las diesen Abend bei ihr in Knebels Gegenwart
seine Geschwister und das von Tasso Vollendete (zwei so
durchaus verschiedene und doch beide durch Charlotten veranlaßte
Dichtungen) und aß mit dem Freunde bei ihr zu Nacht. Den
andern Morgen mußte er den Herzog zur Jagd bei Ulstedt am
Berge begleiten, wo Mittags Tafel war. „Lieber blieb' ich zu
Haus", vertraute er Charlotten, „wäre fleißig und sähe dann
Sie." Bei dem Austernschmause, den er am Abend des 21.
gab, wird auch Charlotte nicht gefehlt haben. Vergebens hatte
diese ihn immer zur Fortsetzung des Tasso getrieben; es waren
nicht allein die ihn bedrängenden, zum Theil höchst unangenehmen
Geschäfte, die ihn davon abhielten, sondern er fühlte sich
wirklich nicht heiter und kräftig genug dazu, da er körperlich
litt und die Geschäfte, bei denen er es sich sauer werden ließ,
ihm die rechte Stimmung raubten. Gerade vor dem Selbst-
gespräch, in welchem Tasso das Glück seiner Liebe begeistert
aussprechen sollte, blieb er stehen, da er durch eine ungenügende
Darstellung einen so einzigen Stoff nicht entweihen wollte; es
war ihm rein unmöglich, sie zu schreiben, wie er selbst drei
Monate später der Freundin gesteht. Am Abend des 23. sprach
Charlotte dem Dichter ihren Unglauben an die Vollendung des
Stückes aus, den folgenden Morgen aber sandte sie ihm dazu
eine schöne Feder. „Was man thut, ist doch immer besser, als
was man sagt", erwiedert er darauf. „Sie geben mir mit
Ihrem Geschenk den Muth wieder, den Sie mir gestern ge-
nommen haben. Ich danke recht sehr und weihe hiermit Ihre
Feder ein." Er aß diesen Mittag beim Minister von Fritsch.
Abends nahm er wohl an der Christbescherung bei der Herzogin
Mutter Theil, wo auch Corona gewesen sein wird, sah aber
auch noch die Freundin, die morgen ihren Geburtstag feierte.
Als er ihr am andern Tage dazu einen Muff sendet, äußert
er: „Den ganzen Morgen bin ich schon im Begriff, zu Ihnen
zu gehen. Heut zu Mittag bin ich bei Hof. Danke fürs Ueberschickte und freue mich, Sie mit dem Muff bei der Musik zu
sehen. Am Christtag, der mir auch ein Geburtsfesttag ist." Bei
Hof wurde diesen Abend wieder Händels Messias vorgetragen,

in welchem Corona geglänzt haben wird, wie den folgenden Abend im Concert bei der Herzogin Mutter. Die nächsten Tage waren für den Dichter höchst mühsam. Wenn das Tagebuch vom Dezember sagt: „Viel Arbeit und Bearbeitung. Diesen Monat hab' ich mirs sauer werden lassen", so wird dieß ganz besonders vom Ende desselben gelten. Besondere Sorge hatte es ihm gemacht, bei der Kriegskommission „einen höchst hinder= lichen Angestellten abzuschütteln". Bei der Freundin fand er stets die beste Erholung und Herstellung, da er ihr alles, was ihn belästigte, vertrauen und ihrer vollen Theilnahme und fördernden Aufmunterung sich versichert halten durfte. Ihr schenkte er auch um diese Zeit seine von Klauer gemachte Büste, mit der launigen Bitte, daran die Physiognomik zu üben. Am 29. war er auf der „bunten Redoute" wohl mit der Freundin. Den andern Morgen sandte er ihr einen Theil des zum Christ= geschenk von Frankfurt erhaltenen Marzipans. Am Abend des 30., wo Charlotte bei Frau Hofprediger Basch war, wurde es ihm „herzlich weh, recht von Grund aus", wovon er der Freundin Näheres vertrauen wollte. Wahrscheinlich war es nicht das Gefühl, wie wenig er mit bestem Streben an seiner Stelle er= reicht habe, daß niemand das, was er dulde und durchführe, zu schätzen wisse, alle das, was er wolle und thue, verkennten (dieses Gefühl hatte er schon früher empfunden und sich mit seinem guten Bewußtsein darüber beruhigt): was ihn jetzt quälte, war, daß der Hof gegen ihn gleichgültiger geworden. Dieß scheint ihm bei dem Besuche, den der Meininger Hof in Weimar gemacht hatte, aufgefallen zu sein. Gerade am Morgen des 30. war der Herzog, den der Prinz von Meiningen bis Erfurt begleitete, nach Gotha abgereist. Goethe's Verstimmung über den Hof ergibt sich aus der Aeußerung vom 10. Dezember 1781, die Gunst, die man ihm in Gotha gönne, sei ihm um seinetwillen und um der Sache willen lieb, da es billig sei, daß er durch einen Hof wieder erhalte, was er durch einen Hof verloren habe. Man scheint damals wirklich in Weimar daran Anstoß genommen zu haben, daß er als Bürgerlicher so eng mit dem Hof verbunden sei, was denn später seine nichts weniger als gewünschte Erhebung in den Adelstand veranlaßte. Da die

Freundin in ihrem Morgenbillet des 30. des Tasso gedacht hatte, erwiederte er, dieser dauere ihn selbst; er liege auf seinem Pult und sehe ihn so freundlich an, aber er müsse alle seinen Weizen (seine beste Kraft) unter das Commißbrod (die Dienst= geschäfte) backen. Der letzte Abend des Jahres, welches sie zu herzlichstem Vertrauen geeinigt hatte, wird sie vertraulich zusammengeführt haben.

Wir sind zu dem Jahre gelangt, in welchem nach Lewes' wunderlicher Entdeckung die edle Frau, die so lange im Namen der Tugend den stürmischen Liebhaber zurückgehalten hatte, von wüthendster Eifersucht getrieben, sich dem erstaunten Dichter rücksichtslos preisgegeben haben soll. Nie ist eine tollere Be= hauptung leichtfertiger ausgesprochen worden. Lewes fand in den Briefen der Jahre 1781 und 1782 einen bemerkens= werthen Wechsel des Tones, der nur eine Folge der in= zwischen eingetretenen Erfüllung der Liebessehnsucht gewesen sein könne. Aber wenn sich Charlotte dem Dichter endlich rücksichts= los mit Hintansetzung ihrer ehelichen Treue preisgab, so muß dieß doch irgendwann geschehen sein, und wenn diese Er= füllung seiner sinnlichen Liebesgier die Veränderung des Tones zuwege brachte, so muß Lewes nachweisen können, mit welchem Tage des Jahres 1781 die Veränderung eingetreten, zu welcher bestimmten Zeit Charlotte zur Ehebrecherin geworden. Ein Mann wie Lewes, der sonst mit klarem Blicke die Dinge an= schaut und sich der nothwendigen Folgen seiner Annahmen be= wußt ist, sollte hier nicht so schülerhaft die einfachste Folge oder vielmehr die nothwendige Bedingung seiner kühn in den Tag gemachten Behauptung verkennen. Aber er hat auch nicht den allergeringsten Versuch gemacht, den Zeitpunkt zu bestimmen, in welchem der Ton der Briefe sich verändert habe und dem= nach jene gewissenlose Hingabe Charlottens erfolgt sein müsse. Wir hätten gewünscht, der grobe, jeder wissenschaftlichen Be= gründung hohnsprechende Irrthum wäre, wie so manche andere, dem geistreichen Engländer verblieben, der freilich, wie mir einmal Varnhagen von Ense schrieb, einer menschlichern Be= urtheilung unseres Goethe Legionen gewonnen hat; aber für Stahr war diese Lockspeise gar zu verführerisch. Die Art, wie tiefer die Sache wendet, ist possierlich. Es entgeht ihm nicht, daß, wenn eine solche Veränderung des Tones in Folge der Umgestaltung des Verhältnisses eingetreten, doch eine bestimmte Zeit, wann dieß geschehen, sich herausstellen müsse. Aber obgleich dieß so offenbar sein müßte, daß kein Mensch es verkennen könnte — denn nur in diesem Falle wäre der Schluß auf eine so ungeheuerliche Thatsache berechtigt —, fällt dieselbe so wenig in die Augen, daß Stahr (S. 110) selbst zwischen dem Frühling und Herbst 1781 schwankt, und nur durch einen anderweitigen Grund bestimmt wird, sich für den Herbst zu erklären. Wenn aber der Ton im Frühling und Herbst, wie es hiernach der Fall, wesentlich derselbe ist und nach diesem der Ehebruch sowohl im einen als im andern eingetreten sein könnte, so sollte man bei gesundem Verstande meinen, derselbe könne eben weder für die eine noch für die andere Zeit irgend einen Beweis liefern. Und wie verhält es sich mit der Stelle, auf welche Stahr die Zeitbestimmung seines den Liebenden aufgehalten Ehebruchs gründet? Am Morgen seines Geburtstages, am 28. August 1782, schreibt Goethe: „Ungern trete ich aus einem Jahre meines Lebens, das mir so viel Glück gegeben hat und das mir durch die Versicherung Deiner Liebe unvergeßlich bleiben wird. Ich habe für das nächste wenig Wünsche, nur den sehr eifrig, daß Du mir bleiben und gleich bleiben mögest." Stahr hat sich weislich gehütet, die Stelle, auf die er sich stützt, wörtlich anzuführen, er verweist nur auf die Seitenzahl; denn jedem muß klar sein, daß das Glück, welches ihm sein zweiunddreißigstes Lebensjahr gegeben, die darin erhaltene Versicherung ihrer Liebe, auf nichts weniger als sinnliche Hingabe deutet. Gleich in der ersten Zeit hatte Charlotte jede sinnliche Liebesglut zurückgewiesen, das ganze Verhältniß auf den Standpunkt geschwisterlicher Liebe versetzt. Goethe hatte sich, so weit es ihm möglich war, gefügt und von da ab war es sein stetes Streben, sich ihr reines, volles Zutrauen, die rückhaltlose Neigung ihres Herzens zu erwerben; den höchsten Beweis ihres Zutrauens, die Krone seines ganzen langen Ringens, hatte er nun in seinem genannten Lebensjahre erreicht, da er es durchgesetzt, daß die Freundin mit dem zutraulichen Du, dessen er selbst sich schon mehrere Monate vorher in seinen Briefen an sie bediente, auch ihn anzureden sich bestimmen ließ. Stahr aber sieht darin ohne weiteres die Zeitbestimmung des Ehebruchs, wozu er doch, wäre sein Aufsatz mit Bedacht geschrieben, viel zweckmäßiger Goethe's Gedichte hätte verwenden können, die er auf so schmähliche Weise mißdeutet; aber diese Gedichte schweben ihm so in der Luft, daß er um die Zeit, wann diese geschrieben, sich nicht ernstlich kümmert. Auf S. 116 findet sich eine noch nähere Angabe der Zeit des Stahr'schen Ehebruches. „Im Verlaufe der zunächst auf diese Klage (vom 29. August 1781) folgenden Zeit trat, wie bereits gesagt, die schließliche Umgestaltung und Befestigung des bisherigen Verhältnisses ein, welche man aus dem völlig veränderten Tone der Briefe herauslesen kann, der uns durchaus in die Atmosphäre beglückt erfüllter Liebe Neuverbundener versetzt." So gelassen wagt Stahr vor dem gebildeten Deutschland, das doch die betreffenden Briefe selbst lesen kann, die entschiedenste Unwahrheit auszusprechen. Welcher Mensch mit gesunden Sinnen wird aus den Briefen vom 30. (oder vielmehr 31.) August an einen „veränderten Ton", die „Atmosphäre beglückt erfüllter Liebe Neuverbundener" herausfühlen? Wenn es irgend eines Beweises bedürfte, daß um diese Zeit das Verhältniß keinen solchen abgeschmackten von Stahr ausgehechten Umschwung erfahren haben könne, die Briefe würden ihn für jeden Sehenden vollauf geben. Wie wunderlich Keil sich hierbei geberdet, werden wir weiter unten sehen; vorab kehren wir zur eingehenden Darstellung zurück, die für die ersten 17 Tage des Januars durch das Tagebuch gefördert wird.

Am Neujahrsmorgen überrascht Charlotte den Geliebten bei Uebersendung ihres Glückwunsches mit dem Geschenk eines artigen Büchschens, das er immer bei sich führen werde; er schickt ihr dagegen etwas Süßes, das freilich seiner Natur nach vergänglich sei. „Keine Reime kann ich Ihnen schicken; denn mein prosaisch Leben verschlingt diese Bächlein wie ein weiter Sand, aber die Poesie, meine Beste zu lieben, kann mir nicht genommen werden." Das Tagebuch erwähnt an den drei ersten Tagen nur die vielen Geschäfte, die ihm die Kriegskommission gemacht, wo er alle Fäden an sich habe knüpfen müssen. Daß er dadurch nicht verhindert wurde, Charlotten zu besuchen, versteht sich von selbst. Am Neujahrstage muß er Mittags bei Hofe sein, den folgenden Mittag speist er zu Tiefurt bei Knebel. Daß er Abends um 6 Uhr zur Freundin zu kommen pflegte, zeigt ein in diese Zeit fallendes Briefchen, nach welchem er heute früher kommen will, um Charlottens Mutter irgend einer Angelegenheit wegen zu sprechen. Auch mit Coronen wird er mehrfach zusammengekommen sein, die in seinem lustigen Dreikönigslied im Tone des auch zu Weimar polizeilich verbotenen Sternsingens, das bei der Aufführung auch dramatisch nachgeahmt wurde, den weißen und schönen König darstellen sollte, der „sein Tag kein Mädchen erfreuen werde". Der Scherz muß in den ersten Januartagen entstanden sein, da Goethe der Herzogin Mutter, bei welcher er aufgeführt werden sollte, einen Spaß machen wollte. Ob eine begleitende Musik dazu, etwa von seinem eben anwesenden musikalischen Landsmann Christoph Kayser, der ihn am 4. besuchte, gesetzt wurde, wissen wir nicht. Daß Charlotte davon wußte, unterliegt keinem Zweifel. Diese hält er am 2. von einem Ausfluge ab; den andern Morgen fragt er an, ob sie noch reise, und er bittet sie, es gut aufzunehmen, wenn er für ihre Gesundheit sich besorgt zeige, da er, wenn sie nicht wohl, auch krank sei. Daß er selbst noch immer körperlich litt, verschwieg er, um sie zu schonen, da er ihre Besorgniß um ihn kannte. Doch war er am Abend des 5. auf der Redoute, wohl mit Charlotten. Das noch immer sehr knappe, fast nur der Geschäfte gedenkende Tagebuch führt nur ganz einfach die Redoute auf. Tasso war jetzt ganz zurückgelegt, dagegen fühlte er sich gedrungen, über die Schrift des großen Preußenkönigs De la littérature Allemande, die Knebel schon am vorigen 8. Dezember beim Herzog gefunden hatte, sich auszulassen. Am frühen Morgen des 6. diktirte er daran. Den Mittag speiste er bei der Gräfin Bernstorff, wo auch Knebel war, dessen Tagebuch keiner weitern Gäste gedenkt. Nach Tische wurden Gemälde besehen.[1] Dann ging er zu Charlotten. Den Abend kam er zur Herzogin Mutter, wo zum Dreikönigsabend

[1] Ich glaube jetzt die verworrene Abschrift einfach dadurch herzustellen, daß ich das Mondzeichen nach „Abend" (Abends) setze.

ein (wohl launiges) Liebhaberconcert stattfand, und auch Goethe's Epiphaniaslied zur Aufführung kam. Charlotte kam nur selten zur Herzogin Mutter, bei der sie nur den zweiten Christ= und Ostertag zu Mittag speiste. Zum Abendessen, bei dem der auch am Weimarer Hofe gebräuchliche Dreikönigenkuchen nicht gefehlt haben wird, blieb außer Goethe, Wieland und Knebel auch Corona, deren launiger Vortrag großen Beifall gefunden hatte. Knebels Tagebuch gedenkt weder Wielands noch Goethe's, hebt aber als bedeutsam nach der Erwähnung der heiligen Dreikönige hervor: „Mamsell Schröter blieb auch da". Am folgenden Morgen (es war Sonntag) schreibt Goethe der Freundin: „Unser Spaß ist gestern sehr glücklich ausgeführt worden. Heut will ich auf dem Eis essen, und diesen Abend seh' ich Sie bei Hof." Er aß wirklich, nachdem er früh viel an seiner „Literatur" diktirt und mit Kayser „viel gute Gespräche" über Musik ge= führt hatte, Mittags auf dem Eise. Ehe er an den Hof ging, besuchte er die Freundin, die er wohl dorthin begleitete.[1] Hier kam, wie Knebel bemerkt, „der größte Theil von Händels Messias", wohl die zweite Hälfte (ein Theil war am 25. Dezember gegeben worden), zur Aufführung, worin Corona sich wohl wieder auszeichnete. Das Tagebuch bemerkt: „Dumm= heiten darüber von der Quinze Partie". Unter der letzten Be= zeichnung glaube ich den Spitznamen einer Partei verstehn zu müssen, die sich für musikalisch gebildet hielt.[2] Vom Hofe be= gleitete Goethe Charlotten noch nach Hause, wo er ihr las, wohl aus seiner Schrift über die deutsche Literatur. Den Mittag des 8. hatte er wegen einer Angelegenheit der Jenaer Uni= versität Prof. Eichhorn zu Tisch; dann ging er zu Charlotten, wohin auch Knebel kam, der zur Gesellschaft beim Grafen Werther ging. Goethe fand die Freundin „gar lieb", ging aber, wahrscheinlich weil er sich schonen wollte, um 6 nach Hause. Von dort schreibt er ihr noch denselben Abend: „Schwer enthalt' ich mich noch einmal in meinen liebsten Spiegel zu sehen; die

---

[1] Daß das Sonnenzeichen nach „Zu" stehen muß, habe ich schon a. a. O. 444 bemerkt.

[2] An eine wirkliche Partie zum Quinzespiel ist nicht zu denken, man müßte denn meinen, es hätte dieser zu lang gedauert, ehe sie an ihr Spiel gekommen.

schöne Dämmerung lockt mich aus der Stube. Wenn Sie nur auch sähen, wie lieblich es jetzt um mich herum ist. Gute Nacht. Ich habe keine zusammenhängende Gedanken; sie hängen aber alle zusammen an Ihnen. Addio". Den folgenden Mittag ist er nach dem Conseil beim Herzog, der vor kurzem zurückgekehrt war, besucht dann Charlotten, von wo er nach Hause geht, aber den Abend kann er sich nicht enthalten, „noch einmal in seinen liebsten Spiegel zu sehn". Den 10. ißt er bei ihr zu Mittag, geht dann mit ihrem Fritz kurze Zeit aufs Eis. Von den folgenden sechs Tagen berichtet das Tagebuch nach unserer fehlerhaften Abschrift: „⊙. Oben Duang! Bis den 16. immer anhaltend beschäftigt und ohne Rast fortgearbeitet, in allem." Ich maße mir nicht an, das Räthsel des Oben Duang a. a. O. 145 gelöst zu haben. Soviel ist aber gewiß, daß die wohl arg verdorbenen Worte bezeichnen sollen, daß Charlotte sein höchstes Glück sei. Sollte es einem etwa einfallen, in diesen Worten etwas Schändliches zu suchen, so muß ihm das unbenommen bleiben, wie sehr auch die ganze Entwicklung des Verhältnisses die sachliche Unmöglichkeit einer solchen Ausbeutung zeigt. Auf der Redoute des 12. fehlte Charlotte, bei welcher Knebel den Abend speiste. Am andern Morgen schreibt ihr Goethe: „Guten Morgen, Beste; ich hab' es nicht vergessen und werde kommen. Heut Nacht fehlten Sie mir an allen Enden. Die Menschen waren ganz artig und ich auch." Da er ihr schon lange gern etwas geschenkt hätte, sendet er ihr eine von ihm gemachte Zeichnung (wohl aus der Gegend von Ilmenau), welche ihr gefallen hatte, mit der Bitte, dabei zu denken, daß er zwischen diesen Felsen. im Tiefsten dieser Gegenden immer an sie gedacht habe. Den Abend war er in Tiefurt mit ihr bei Knebel zum Thee. Auch ihr Gatte und ihr Bruder, ihre Schwägerin, Fräulein Waldner, Frau von Werther, der Herzog und Prinz Konstantin waren zugegen. Den folgenden Tag, einen Sonntag, sah er die Freundin nicht. Möglich, daß er bei Coronen war, da es sich um die Aufführung eines Stückes zum nahen Geburtstage der Herzogin handelte; man hatte sich entschlossen, die Mitschuldigen zur Aufführung zu bringen. Deßhalb schickte Goethe am 15. die Handschrift derselben Charlotten mit der Bitte, ihren Gatten zu bestimmen, den Wirth zu machen, den sonst Bertuch gespielt hatte. Zugleich lud er sie ein, der Seltenheit wegen, mit ihm gegen Mittag Schrittschuh auf der selten zufrierenden Ilm zu fahren. Da sie dieß aber für gefährlich hielt, schrieb er ihr ärgerlich, daß sie auf anderer Einrede geachtet hatte: „Wenn irgend eine Gefahr wäre, hätt' ich Sie nicht eingeladen; es thut mir weh, daß man mich für so leichtsinnig oder Gott weiß was hält. Es trägt Lastwagen an dem Ort, wovon die Rede war. Doch will ich auf die große Bahn kommen; es war ohnedieß nur ein Scherz; denn der Platz ist nicht groß. Adieu, Beste!" So wird er denn an diesem Tage mit ihr auf dem Eise zusammengetroffen sein. Am Morgen des 16. glaubte er, sie heute nicht zu sehen, da er Mittags in der Welt (in Gesellschaft) sei, sie Abends (bei Seckendorf). Um sich einen leichtern Begriff von den Sternenbahnen zu machen, welche sie damals beschäftigten, sandte er ihr Kegelschnitte. Den 17. jagt er Morgens im Park am linken Ilmufer, fährt darauf mit Charlotten wirklich auf der Ilm Schrittschuhe, ißt mit Knebel im Kloster, besucht dann Charlotten. Abends ist er mit Knebel wieder eine starke Stunde auf der Ilm, geht zur Herzogin Mutter ins Concert, wo Kayser spielt und kommt dann noch zu Charlotten, welche ihm Aepfel mitgibt.

Hier tritt im Tagebuch eine bis zum Ende Juli sich erstreckende Lücke ein, was Keil (II, 195) „bedeutsam genug" scheint wegen der eben in dieser Zeit „zunehmenden Leidenschaftlichkeit des Verhältnisses Goethe's zu der Frau Baronin". Es wäre doch höchst seltsam, wenn Goethe deßhalb die Eintragungen unterlassen haben sollte, da er sie gerade da wieder beginnt, wo die Leidenschaftlichkeit nach der Einbildung der Gegner den Gipfel erreicht hatte, ja sie selbst in der Zeit die Eintragungen nicht unterläßt, wo Stahr und Keil den vollendeten Ehebruch annehmen. Warum sollen wir nicht einfach Goethe selbst glauben, der am 1. August in seinem Tagebuche bemerkt: „Es thut mir leid, daß ich bisher versäumt habe aufzuschreiben. Dieß halbe Jahr war mir sehr merkwürdig". Schon im vorigen Jahre hatte er vom 9. bis 20. November das Tagebuch versäumt, vom 22. bis zu Ende Dezember nur zwei Zeilen über den letzten

Monat des Jahres eingetragen, ohne daß dazu eine innere Veranlassung zu finden wäre. Wenn dießmal das Versäumniß länger dauerte, so brauchen wir deßhalb eben so wenig einen ganz bestimmten Grund aufzuspüren als dafür, daß die Zeit vom September bis Dezember auf wenige zum Theil nachträglich gemachte Bemerkungen sich beschränkt, mit Anfang März 1782 das Tagebuch ganz abbricht. Ist man einmal ins Aufschieben gekommen, so bedarf es einer besondern Veranlassung, sich demselben zu entreißen, die eben vom Zufall abhängig ist. Ein Grund, sich vor der Eintragung des Erlebten zu scheuen, war bei Goethe damals nicht vorhanden. Mögen wir immer die Lücke bedauern, ihr eine böse Auslegung zu geben sind wir durch nichts berechtigt.

Als Goethe am Morgen des 18. vernahm, Charlotte habe mit Frau von Werther und Knebel Pikenik gemacht, um im Kloster nach einer Eisfahrt auf der Ilm zu Mittag zu speisen, schrieb er ihr verstimmt: „Bei Ihrer Partie zu sein, machte mir große Freude; es ist nicht hübsch, daß Sie sich mir (seinem Garten) endlich einmal nähern, ohne mich dazu zu nehmen. Da ich mit dem Wetter stimme und traurig bin, nehm' ich alles von der ominosen und schlimmsten Seite und über ein Mittagessen, dabei ich nicht sein kann, wird mir das unlustig, wozu ich geladen bin. Wenn ich den dunkeln Vorstellungen recht ihre Gewalt lasse, so komme ich auch nach Tische nicht auf die Bahn. Adieu, Beste, Allerliebste." Er scheint wirklich nicht hingegangen zu sein; denn Knebels Tagebuch erwähnt nur, daß der Herzog ins Kloster gekommen, sie auf der Ilm Schrittschuh gefahren und er Abends mit Frau von Werther bei Charlotte gewesen. Der Herzog hatte Goethe schriftlich diesen Morgen eingeladen, ihn nach Gotha zu begleiten, was er mit Rücksicht auf seine Gesundheit, seine Geschäfte und den Wunsch, seine Literatur zu vollenden, ablehnte. Möglich, daß der Herzog ihn, als er aus dem Kloster kam, aufsuchte; möglich auch, daß er selbst Coronen besuchte. Den 19. schreibt er der Freundin: „Wenn Sie mich mögen, so sollen nach 1 Uhr zwei gebratene Feldhühner ankommen, die wir zusammen verzehren wollen in Friede und Eintracht." Am Abend fuhr Knebel, da Goethe sich noch

schonen mußte, mit Charlotten zur Redoute, wo die Herzoginnen
maskirt erschienen. Man hatte sich unterdessen entschlossen, zum
Geburtstage der Herzogin Iphigenie zu wiederholen, wodurch
Goethe wieder in nächste Beziehung zu Coronen trat. Knebels
Tagebuch berichtet unter dem 20.: „Bei Frau von Stein. Goethe
wegen des Thoas Kleid." Hiernach scheint man bei Charlotten
über die Kleidung des Thoas, den Knebel wieder spielen sollte,
verhandelt zu haben. Denselben Morgen war der Herzog ab=
gereist. Den 21. speiste Goethe Mittags bei der Herzogin.
Den 22. war Probe der Iphigenie; Goethe kam Mittags
nach Tiefurt, Knebel fuhr mit ihm Schlitten. Am 23. oder
24. fand eine Schlittenfahrt mit vielen Postzügen statt. Corona
litt damals an Bruststechen, das ihr sehr ungewohnt schien,
wie Goethe am 25. dem Herzog meldet. Den 24. schrieb Goethe
während des Concerts bei der Herzogin Mutter auf dem Zim=
mer der Göchhausen bei einer Flasche Champagner rüstig an
der Literatur fort, so daß er nun an die Vollendung der=
selben glaubte. Corona sang damals wohl nicht. Auch mit
den Hofdamen der Herzogin stand er in freundlicher Verbindung;
der Wöllwarth, die eine kindische Lust am Zeichnen hatte, las er
„ein Collegium über die Perspektive". „Unsere Maskerade schleicht
im stillen", schreibt er am 25. dem Herzog; „jedes scheut die
Kosten. Die Stein hat sich ein paar Kleider ausgewählt, die
sie will zerschneiden lassen. Die Redoute nach der Herzogin Ge=
burtstag wird an Erscheinungen reich sein; es werden Verse
von allen Seiten gemacht." Die Maskerade der beiden Herzoginnen
scheint dazu die Veranlassung gegeben zu haben. Wahrscheinlich
hatte sich Charlotte bereits entschlossen, auf der Geburtstags=
redoute mit Goethe in einem Aufzug zu erscheinen. Auch hatte
sie an der auf den 25. bestimmten Schlittenfahrt nach Belvedere,
wo der Prinz Konstantin den Wirth machen wollte, mit Goethe
sich zu betheiligen gedacht, aber der Umschlag der Witterung
vereitelte diese.[1] „Unsere Freude ist zu Wasser, und ich kann
mir nichts an deren Statt erdenken", schreibt Goethe der
Freundin. „Gern bät' ich Sie zu Gaste und Sie brächten

---

[1] Goethe gedenkt auch noch einer andern dadurch zu Wasser gewordenen
Schlittenfahrt, „nach Ettersburg, unter den Flügeln der unendlichen Fledermaus".

jemand mit, etwa die Kleine (ihre Schwägerin) und Ihren
Bruder. Sagen Sie mir, was Sie mögen. Das Wetter ist
entsetzlich. — Schreiben Sie mir, was Ihnen lieb ist; ich möchte
heut etwas Apartes mit Ihnen genießen." Abends aßen Charlotte mit ihrer Schwägerin wirklich bei Goethe zu Nacht; auch
der von Tauchard diesen Abend zurückgekehrte Knebel nahm
daran Theil. Den 26. war er wohl mit der Freundin auf der
Redoute, auf welcher man den von der Reise zurückkommenden
Herzog erwartete. Diese Nacht wird er sich das Halsübel zugezogen haben, das ihn aber nicht hinderte, den nächsten Abend
bei der Freundin zuzubringen. Doch den folgenden Tag mußte
er zu Hause bleiben, wie leid es ihm auch that, sie den Abend
nicht zu sehen, wo sie zum Nachtessen an den Hof ging. „Um
achte (wo sie bei Hofe war) will ich nicht vergessen, Sie bei der
Uhr zu grüßen", schreibt er. „Wenn ich ein paar Raketen hätte,
so würf' ich sie, Ihnen einen guten Abend zu sagen." Da er
sich gegen Abend wegen starken Ziehens im Kopfe frühe nieder-
legen mußte, ließ er sich um acht Uhr wecken, um der Freundin
in seinem Herzen guten Abend zu wünschen. „Mein Hals ist
besser", schreibt er am andern Morgen, „doch spür' ichs noch;
auf die Probe heut Abend muß ich mich sammeln. — Wenns
besserer Weg und Wetter wäre', besuchten Sie mich wohl."
Knebel kam Morgens zum Besuch; mit ihm und Coronen (wir
wissen nicht, ob Prinz Konstantin dießmal den Pylades gab)
fand Abends die Hauptprobe der Iphigenie auf dem Theater
statt. Am andern Morgen schrieb er: „Es ist umgekehrt wie
gestern; ich habe sehr gut geschlafen und mein Hals ist schlim-
mer. Ich halte mich sehr still, um bis den Abend auszulangen.
Danke für Ihren Antheil, und hoffe Sie durch mein Spiel
vergessen zu machen, daß mir was fehlt. Bringen Sie ein
feines Herz mit; wir wollen das Unsrige thun." Der Eindruck
dieses Orest und dieser Iphigenie war wohl wieder ein gewaltiger.
Von einer Eifersucht Charlottens auf die Heldin des Stückes
findet sich keine Spur. [1] Den folgenden Tag muß er wieder
zu Hause bleiben, während die Freundin den Abend in Gesell-

[1] Das Fourierbuch berichtet nur: „Gingen Durchlauchtige Herrschaften sämmt-
lich in die Komödie."

schaft geht. Da er kein Mittel findet, ihr ein Zettelchen noch in der Gesellschaft einhändigen zu lassen, schickt er ein solches an ihr Haus, damit sie es Abends bei der Rückkunst finde. Von dem Schweinchen, von welchem er ihr ihren Theil früher versprochen, sendet er ihr Köpfchen und Rückchen, da es ihm gar nicht sei, als ob er Gäste haben möchte; sie möge einen, der ihr lieb sei, darauf einladen und ihn dabei nicht vergessen. Aber schon am nächsten Morgen ladet er sich selbst bei der Freundin zu Tische.

So hielt das Verhältniß des damals an Blutaufregung leidenden Dichters zu Charlotten sich in reiner Innigkeit und Herzlichkeit. Daß es leidenschaftlicher und Charlottens bisheriger Widerstand schwächer und schwächer geworden, ist eine unverantwortliche Behauptung Keils (II, 194). Von dem Verkehr mit Coronen sagt derselbe, er habe in der bisherigen Innigkeit fortbestanden. Goethe war nur artig gegen die Künstlerin, die er als solche sehr hoch schätzte und der er wohl wollte. Ob das Briefchen, in welchem er Charlotten schreibt: „Diesen Mittag hab' ich Misels und der Probstin Bruder von Leipzig" in diese Zeit gehört, wissen wir nicht. Freilich scheinen unter den Misels Corona und ihre Gesellschafterin verstanden. Die Einladung deutet eben nur auf eine gesellschaftliche Höflichkeit.

Auf der Geburtstagsredoute vom 2. Februar, wo der Zug der Lappländer stattfand, zu welchem Goethe die schönen Lobverse auf die Herzogin gemacht, wird er so wenig wie die Freundin gefehlt haben. Wir wissen leider nicht, wer die Verse sprach und wie der Zug beschaffen war. Am nächsten Tage muß Goethe sich wieder zu Hause halten, da es nicht recht mit ihm fort will; gern sähe er die Freundin Mittags, etwa mit Knebel und dem Herzog bei sich. Den 4. ist es ihm so leiblich, daß er Nachmittags zur Freundin kommen und mit ihr ins Concert fahren will. An diesem Abend muß der große für die zweitfolgende Redoute vom 16. bestimmte Aufzug genauer zur Sprache gekommen sein, in welchem Goethe mit Charlotten erscheinen sollte. Ihr Zettelchen vom andern Morgen erhielt die wiederholte Zusage. „Vielleicht seh' ich Sie Abends", erwiedert er. „Wir wollen uns recht herausputzen und ich will uns schöne Verschen machen.

Abieu, Beste! Halten Sie mit mir, so lang ich noch halte." Doch fühlte er sich später so angegriffen, daß er zu Hause auszuhalten beschloß, wo er an der Literatur weiter schrieb. Ihre Einladung zum folgenden Mittag nimmt er an; nur möge Charlotte nicht leiden, daß er zu viel esse. Auch am folgenden Abend war er bei ihr, wo er sein Gespräch über die Literatur ihr vorzulesen und dann vielleicht weiter zu diktiren dachte. Hatte Charlotte bisher das Gerede der Welt über ihr Verhältniß zu Goethe gescheut und dieses auf jede Weise zu vermeiden gesucht, so fand sie sich jetzt so sicher in ihrem guten Bewußtsein und so überzeugt, daß niemand es ihr verdenken werde, wenn sie mit ihrem treuen Hausfreunde in einem Aufzuge erscheine, daß sie, als Goethe ihr sein Bedenken äußerte, ob er wohl thue, mit bei der Maskerade zu sein, und ihr vorschlug, seine Stelle durch den Prinzen Konstantin vertreten zu lassen, diese „hypochondrische" Grille zurückwies. „Sagen Sie mir, wie Sie leben", schrieb er. „Ich will mich heute zu Hause halten." Den andern Abend machte er Verse zu ihrem großen Zuge, von dem wir freilich nicht wissen, ob er schon damals seine spätere Ausdehnung haben sollte, und wagte sich dann auf die Redoute, nach welcher er sich ganz leiblich fühlte. Den 10. lud er Coronen zu Tische, um mit ihr zu Charlotten zu gehen, da er ihren Rath über die Kostümirung vernehmen und sie darüber gegen die Freundin sich aussprechen lassen wollte. Da er aber nicht wohl Coronen zumuthen konnte, ohne ein einladendes Wort von Charlottens Seite ihn zu dieser zu begleiten, so bat er die Freundin, seine Absicht nicht zu stören („lassen Sie es dabei") und Coronen „allenfalls ein artig Wörtchen zu sagen", daß sie nach dem Essen mit ihm kommen möchte, sie selbst die Künstlerin habe einladen wollen. Daß dieß wirklich geschehen, Charlotte ein solches Wort geschrieben, Corona wirklich mit dem Dichter zu ihr gegangen, davon haben wir freilich keinen Beweis, aber es ist höchst wahrscheinlich, daß beide Frauen sich dem Wunsche Goethe's fügten. Dagegen können wir mit völliger Gewißheit Keils durch nichts begründete Behauptung, Corona habe in dem Aufzuge die Komödie darstellen sollen (II, 195), als eine bloße Einbildung zurückweisen. Wir kennen genau die Namen der Mitwirkenden,[1] wonach mit Ausnahme zweier Kinder alle hoffähige Personen und mit einziger Ausnahme Goethe's von Adel waren. Die Tragödie stellte Fräulein von Waldner, die Komödie Frau von Werther dar. Hätte Goethe Coronen zu dem Aufzug verwenden können, wer möchte zweifeln, daß dieser ihr nicht die Komödie, sondern die Tragödie zugetheilt haben würde? Wie es sich auch mit diesem Besuche Coronens verhalten haben möge, aus Goethe's eigener Aeußerung im Briefe vom 26. März wissen wir, daß die Zeit von da an Corona ihn nicht mehr besuchte ("die Schröter, die in acht Wochen nicht bei mir war"), ohne daß ein Mißverständniß sie geschieden hätte, da er sonst in jenem Briefe nicht in solcher Weise dieses Umstandes hätte gedenken können. Daß Goethe Coronen während dieser Zeit nicht besucht habe,[2] ist damit keineswegs erwiesen, aber wohl, daß kein inniges Verhältniß zwischen ihnen stattfand, wie die Verbindung auch diese Jahre über nur eine freundliche, durch das schöne Talent der Sängerin und Künstlerin getragene Verbindung war. In dem Briefe, in welchem er Charlotten die Bitte wegen Coronens thut, die er mit ihrem Zunamen bezeichnet, herrscht ein heiterer Sinn. "Ich diktire eben an dem neuen Werk",[3] schreibt er. "Es geht lustig. Wie siehts mit Knebels Thee? den haben Sie wohl über Ihre musikalischen Liebhaber ganz vergessen. Die irdische Harmonie ist doch gewaltiger als die himmlische." Bei den musikalischen Liebhabern ist besonders an Kayser zu denken. Die "himmlische Harmonie", der Sang der Sphären, wird launig der "irdischen", der Musik entgegengesetzt, die sie jetzt ganz hinzureißen scheine. Den 11. besuchte er sie früh; sein Hals war fast wieder gut und auch die unregelmäßige Bewegung des Blutes hatte sich gelegt. Mittags speiste er seit längerer Zeit

[1] Vgl. Burckhardt in den Grenzboten 1873, III, 17 f.

[2] Freilich Gottschall läßt (S. 898) Goethe sagen, daß er acht Wochen lang sie nicht gesehen habe, und behauptet, Goethe bekenne dieses, als Charlotte seine Geständnisse "glühend erwiedert". Beides ist geradezu unwahr.

[3] Das kann nicht das Gespräch über die Literatur sein, sondern nur der Mastenzug, dessen bisher entworfene Verse er vielleicht nebst einem Plane des Ganzen diktirte.

(dem 21. Januar) wieder zum erstenmal bei Hof. Am 12. läßt er den ganzen Plan des Aufzugs abschreiben und theilt jedem der Mitwirkenden seine Rolle zu; obgleich es ein ungeheuer Gewirre ist, hofft er doch noch, daß der Aufzug zur Zeit (am 16.) aufgeführt werden könne. Abends will er bei ihr anfragen lassen; doch solle sie sich durch nichts abhalten lassen, ihm nur sagen, wo sie etwa sei (damit er sie in Gedanken dort aufsuchen könne). Er fühlte sich noch sehr angegriffen, besonders gegen Abend. Wahrscheinlich sah er sie doch diesen Abend, wo er sich aber nicht wohl fühlte. Am folgenden Morgen versichert er sie, daß er ganz wohl sei; gegen Abend spüre er mehr das Uebel, noch müsse er Verse machen; nach und nach rücke alles zusammen. Mittags will er zu Hause bleiben, sie möge ihm nur sagen, was sie den Abend vorhabe. In seiner Liebe ist er jetzt so beruhigt, daß er nicht mehr die Abende, wo er die Geliebte nicht sehen kann, sich unglücklich fühlt, gar eifersüchtig wird, sondern sich freut, sie mit seinen Gedanken begleiten zu können. Den Aufzug wird er an diesem Tage vollendet, den einzelnen Mitwirkenden ihre Rolle zugestellt, das Einstudiren des am Schlusse zu singenden Lobgesangs betrieben und den Druck besorgt haben. Als er ihr am Morgen des 14. meldet, er speise Mittags bei seinem Collegen Schnauß, werde sie aber (vorher) wenigstens einen Augenblick sehen, gedenkt er des Aufzugs gar nicht. Der versprochene Besuch unterblieb auf eine Mittheilung der Freundin, die zum Balle der Herzogin Mutter ging. Aber ein Spiegelkarpfen, den das hohe Wasser ihm zugeführt, muß sogleich zu ihr; wenn sie Abends nach Hause komme, werde sie etwas (einige Zeilen) von ihm finden; bei dem aufgeheiterten Himmel finde er sich gleich wohler. „Sein Sie vergnügt", schließt er; „ich will fleißig sein." Am Morgen des 15. sendet er ihr den gedruckten Maskenzug, an dessen Schluß sich noch der „Lobgesang" fand, der wegbleibe, da die Sänger ihn nicht hätten lernen können; der Bogen sei deßhalb schon umgedruckt. Wahrscheinlich sollte dieser Lobgesang von wirklichen Sängern vorgetragen werden, und da muß man zunächst an die drei denken, die auch das Dreikönigenlied gesungen, Corona, Aulhorn und der Oberconsistorialrathsekretär Seidler. Die Zeit zur Einübung war freilich kurz, so daß man nicht etwa zu denken braucht, Corona habe nur einen Vorwand gesucht, um sich von dem Gesang zu einem Aufzug zu befreien, von dem sie selbst ausgeschlossen war. Der Lobgesang galt ohne Zweifel der Herzogin, deren Geburtstag in den Winter fällt. Bei der Uebersendung des Aufzugs, den die Freundin nur ihren Gatten sehen lassen möge, ladet er sich zu Tische ein, mit der Versicherung: „Ich bin recht artig und your lover for ever." Am Morgen des 16. fand wohl die Probe des Aufzugs statt, der sich allgemeinen Beifall bei der Aufführung auf der Redoute erwarb. Wie sehr mußte sich Goethe freuen, die Herzensgeliebte bei diesem großen Aufzuge an der Hand haben zu dürfen! Er führte als Schlaf den Aufzug ein; Charlotte stellte die Nacht dar. Alle trugen wohl Masken; die Maske, die er am 10. der Freundin sendet, war etwa für sie bestimmt.

Am nächsten Morgen schreibt er ihr die wenigen Worte: „Wie haben Sie geschlafen? Zu Mittage lade ich mich ein. Lieber Tag und liebe Nacht!" Die letztere Anrede deutet darauf, daß sie sein Alles sei. Der Herzog hatte über den Aufzug, an dem er selbst Theil genommen, so große Freude, daß er den Theatermaler Schumann beauftragte, denselben zu malen, wogegen sich Goethe entschieden erklärte, da man solche traumartige Erscheinungen nicht bei hellem Tage mit nüchternem Muthe betrachten müsse. Die Sache war ihm um so widerwärtiger, als gar Schumanns „plumper Handwerksfaust" die Arbeit übertragen werden sollte, der, wie wir aus Goethe's Mieding wissen, gern „mit ganzen Farben malte". Aber auch wenn der Herzog die Sache Kraus übertragen hätte, würde er gegen ein solches Heften des Aufzuges auf das Papier sich ausgesprochen haben, da das Ganze nur ein gesellschaftliches Vergnügen eines eng verbundenen Kreises war, das seinen Reiz verliere, wenn es aus seinem eigentlichen Leben in den hellerleuchteten Räumen bei heiter gehobener Stimmung gleichsam leblos an das Licht des Tages gezerrt werde. Ja Goethe wünschte sogar, daß das Wochenblatt des Aufzugs gar nicht gedenke und das Ganze auf den Kreis der Mitwirkenden und der Zuschauer beschränkt werde. Persönlich schien es ihm eine Entweihung, daß ein Aufzug, in

welchem er Charlotten an der Hand geführt, so veröffentlicht
werde. Keil (11, 197) will darin das fortdauernde Bedenken
Goethe's über „das leicht mögliche Gerede der Leute" sehen,
aber davon konnte doch keine Rede mehr sein, da er als Schlaf,
Charlotte als Nacht vor so vielen Zuschauern öffentlich erschienen
war und ganz Weimar von diesem Aufzuge sich erzählte, ja er
trug kein Bedenken, den Aufzug bald noch einmal aufführen
zu lassen, nur wollte er ihn nicht durch plumpe Farben oder
nüchterne Worte entstellt sehen.

Den folgenden Morgen (es war Sonntag) freut er sich,
den Nachmittag mit Charlotten zuzubringen; wolle sie allenfalls
zum Concert und zur Cour an den Hof gehen, so könnte er ihr
vielleicht vorher sein Gespräch über die Literatur zu Ende diktiren.
Mittags speiste er bei Hofe. Am 19. will er den Morgen zu
Haus bleiben, Nachmittags hat er Geschäfte; Abends denkt er
zu ihr zu kommen, wo er ihr vielleicht diktire; seine Sachen,
meint er dabei, würden ihm erst lieb werden, wenn er sie von
ihrer Hand sehe. Schon am frühen Abend kehrte er nach
Hause zurück, wo er ihr noch spät schreibt: „Ich bin noch fleißig
(an der Literatur) gewesen, ob ich gleich lieblichere Geister
durch Ihre Feder aufs Papier zu zaubern hoffte. — Ungern
versag' ich mir noch einmal zu Ihnen zu laufen. Grüßen Sie
Steinen und bleiben mir gewogen." An diesem Morgen hatte
er ihr einen Brief Lavaters mitgetheilt, der ihm große Freude
machte,[1] den folgenden Tag vertraut er ihr seinen tiefen Schmerz
über Lessings Tod, den er eben erfahren. In die Komödie
mag er den Abend nicht gehen, und so will er erst nach dieser
die Freundin besuchen. Den 21. ißt er bei ihr,[2] den folgenden
Tag hat er Frankfurter zu Besuch, so daß er die Freundin nur
einen Augenblick sehen kann, wofür sie sich morgen entschädigen
wollen. Den Abend des 23. erfreut er sich ihres Besuches. Am
folgenden Tag ist er Mittags bei Knebel zu Tische. „Um welche
Zeit kann ich Sie heut Abend sehen oder haben Sie sonst etwas
vor?" fragt er an, indem er außer dem schon einige Tage
ihr regelmäßig geschickten Kommißbrod einen Schweinskopf über-

[1] Bei Schöll (II. 27) muß es von (statt an) Lavatern heißen.
[2] Das erste der bei Schöll vom 20. datirten Billete ist von diesem Tage.

sendet. Den 25. (es ist Fastnachtssonntag) speist er bei ihr zu Mittag. Den folgenden Tag fragt er, was sie auf heute Gutes zu verordnen habe. Den 27. fährt er mit auf die Redoute; sie geht im nachlässigen Tabarro dahin, wozu er ihr gemachte Blumen sendet, mit der Bemerkung, es sei ihm kein will= kommeneres Zeichen ihr zu sagen, daß er sie liebe, als immer wechselnde Blumen. „Wie hat mein lieber Müdling geschlafen?" schreibt er am andern Morgen der Freundin, die sich frühe ent= fernt hatte. „Ich bin um halb dreie nach Hause gekommen und die Ausschweifung scheint mir wohl zu bekommen. Ich bin heute Mittag bei Hof, Sie wohl den Abend. Haben Sie noch etwas von den Blumen nach Hause gebracht? Wie Sie weg waren, hab' ich der Frau von Oertel die Cour gemacht und noch gewalzt." Was würde Keils eifersüchtige Frau Baronin dazu gesagt haben? Die folgende Nacht erschien sie ihm freund= lich im Traume. Auf der Redoute des 2. März erfreute sich Goethe der Wiederholung des großen Aufzuges des Winters. Den 3. speist er bei Knebel, besucht später Charlotten, die er gleich beim Erwachen gern vor Augen sehen möchte. Diese sendet ihm am Morgen des 4. Aepfel zum Frühstück und eine Nacht= weste, in welche er sich wie in ihre Liebe kleiden will. Er empfing ihre Sendung im Kloster, in welches er an dem an= muthigen Morgen früh gegangen war. Seinen Dank begleitet er mit den Worten: „Es ist so schön, daß ich wünschte, Sie kämen nachher einen Augenblick herunter. Zu Tische werden Sie wohl Ihren immer getreuen Gast (es war Sonntag) haben." An diesem Tage wird ihn der Herzog eingeladen haben, ihn nach Neunheilingen zur Gräsin von Werther zu begleiten, was er nicht abschlagen konnte. Auch mochte ihm die Luftveränderung und Ausspannung für seine Gesundheit förderlich scheinen. Der Freundin theilt er dieß sofort mit. Den andern Morgen schreibt er: „Daß ich Sie verlasse, mag ich gar nicht denken und kanns nicht denken; denn ich bleibe immer bei Ihnen." Als er sie am andern Morgen begrüßt, fällt es ihm schwer auf die Seele, daß es für einige Zeit das letztemal sei, wo er ihr mit der Hoffnung schreiben könne, die letzten Stunden des Tags mit ihr zuzubringen. Diesen Mittag könnten sie ihren

Braten zusammen verzehren. Und am Morgen vor der Abreise bemerkt er: „Wir pflegen mit dem Tode zu spaßen, und es fällt doch so schwer, sich auf kurze Zeit zu trennen. Beim Anziehen konnt' ich nicht begreifen, daß ich mich ankleidete ohne die Absicht, zu Ihnen zu gehen."

Von leidenschaftlicher Liebe, die auf Stahrs „menschliche Erfüllung" gerichtet ist, kann hier keine Rede sein; es ist nur die zarte Innigkeit herzlicher Freundschaft, das schöne Bewußtsein seelenhaft einander anzugehören, in und für einander zu fühlen und zu leben, das den Dichter mit Charlotten unzertrennlich verbindet. Die lieblichste Wonne, das schönste Klima, wie Goethe einmal sagt, empfindet er freilich in der Gegenwart der geliebten Seele, wenn er dieselbe heiter, offen und zutraulich findet, aber auch in der Ferne fühlt er sich vom reinen Aether umflossen, nur bedurfte Goethe, der sich in dieser Beziehung einen ganz sinnlichen Menschen nennt, dazu eines äußern Zeichens, das ihn sympatethisch an diese knüpfte. So schreibt er der Geliebten von Neunheilingen, er danke ihr tausendmal für die Nähe ihrer Liebe und für alles, was Sie ihm mitgegeben; unter diesen war das Nachtwestchen, das er hier zum erstenmal angezogen, und ein Band, das er beim Schreiben um die Hand gebunden hält. „Nicht mit Ungeduld" zählt er die Stunden bis zur Rückkunft, sondern „mit der Stille der gewissen Liebe und des festen Zutrauens, daß ich nicht von Ihnen entfernt bin, und daß mich zur gesetzten Stunde die Gegenwart meines Glückes empfangen wird, als wenn ichs nie verlassen hätte". Dieser Liebe ist es eine Nothwendigkeit, immer wieder und wieder der Geliebten zu versichern, daß sie ihm Alles sei, daß ihr nichts außer und neben derselben einen irgend in Betracht kommenden Werth habe, ja sie möchte so gern das Gefühl der unzertrennlichen Angehörigkeit durch ein äußeres Zeichen verkörpern. Darauf bezieht sich die herrliche natürlich auch von Keil ohne Verständniß angeführte Aeußerung: „Meine Seele ist fest an die Deine angewachsen. — Ich wollte, daß es irgend ein Gelübde oder Sakrament gäbe, das mich Dir auch sichtlich und gesetzlich zu eigen machte; wie werth sollte es mir sein! Und mein Noviziat war doch lang genug, um sich zu bedenken."

Ganz unverantwortlich hat Stahr S. 19? die letzten Worte miß= verstanden, wenn er von einem Noviziat spricht, das Charlotte ihn habe durchmachen lassen und unter dem, was auf das Noviziat als Erfüllung folge, die sinnliche Hingabe sich denkt. Wußte er denn nicht, daß Noviziat die Prüfungszeit heißt, die der Ablegung eines Gelübdes vorhergehen muß, daß es nicht die der Erlangung eines Genusses vorausgehende Entsagung sei, sondern die vor der Ablegung des Gelübdes geforderte Zeit der Selbstprüfung, ob man zur Haltung desselben sich stark fühle? Und wie konnte er übersehen, daß Goethe offenbar sagen will, er kenne die Freundin lange genug, um das Gelübde der Treue ablegen, das Sakrament der Heiligung seiner Liebe empfangen zu können? Wenn er äußert, er wollte, daß es ein Gelübde gäbe, das ihn ihr sichtlich und gesetzlich zu eigen machte, so zeigt dieß deutlich, daß hier bloß von einem Zeichen der Herzensverbindung die Rede ist; denn die Ehe ist ja das Sakrament für die wirkliche Verbindung auf das Leben. Frei= lich ist der Ausdruck „gesetzlich", wenn man ihn strenge nimmt, ungehörig; aber Goethe hat auch sonst im Fluge des Gefühls Ausdrücke, die nicht ganz strenge passen. Noch schmachvoller ist es, wenn Stahr (S. 110) die Goethe und Charlotten zuge= schriebene ehebrecherische Verbindung mit dem hier ersehnten Sakrament zusammenwirft. Goethe fällt es hierbei selbst auf, daß er unwillkürlich in das Du gefallen. Deßhalb fügt er hinzu: „Ich kann nicht mehr Sie schreiben, wie ich eine ganze Zeit nicht Du sagen konnte."[1] Und doch findet er sich im folgenden Briefe, dem letzten von Neunheilingen aus, sich wieder in das Sie zurück.[2] Wenn Keil die Briefe aus Neunheilingen „volles Entzücken" athmen läßt, so hielte es schwer, einen weniger treffenden Ausdruck zu finden. Uebrigens sind diese auch wegen

[1] Freilich Gottschall behauptet (S. 898), schon nach der Aufführung der Iphi= genie habe Charlotte, weil Corona dadurch bedrohlich dem Dichter näher ge= kommen, das fremde Sie fallen lassen. So willkürlich erlaubt man sich alles zu verschieben.

[2] Wenn er schon zwei Tage vorher einen Brief geschlossen hatte: „Auf das Siegel drück' ich einen Kuß und bin Dein für ewig", so ist das „Dein für ewig" hier eher eine stehende Redensart, wie das englische your for ever.

der Aeußerungen über die Gräfin Werther von großer Be=
deutung, nicht allein ihrer selbst wegen, sondern weil auch sie
Keils Eifersuchtstheorie widerlegen, da Goethe mit der höchsten
Bewunderung ein so hohes Bild der edlen Schwester unseres
großen Stein entwirft, das nothwendig bei einer eifersüchtigen
Frau diese Leidenschaft hätte erwecken müssen.

Dieselbe innige Zartheit, welche die Briefe aus Neun=
heiligen athmen, zeigen, nur etwas gedämpft, da die Sehnsucht
durch die Nähe der Geliebten gemildert ist, die nach der am
Abend des 15. erfolgten Rückkehr; denn die Einladung des
Herzogs, ihn nach Kassel zu begleiten, hatte er abgelehnt, un=
bekümmert um dessen Spott, er möchte sich nicht weit verlaufen,
weil er ans Brod gewöhnt sei. Noch immer ist er leidend, doch
hofft er durch Mäßigkeit wieder auf den guten Weg zu kommen.
Das vertraulichste Zusammenleben mit der Freundin gewinnt
den glücklichsten Fortgang, und wohl durfte er sagen, ihr Geist
sei bei ihm, helfe ihm schaffen, helfe ihm ihre Liebe verdienen.
Kann er sie am Tage nicht sehen, so ruht er wenigstens Abends
bei ihr aus. Den 23. ist er so bewegt von der Allgewalt ihrer
ihn ganz sich zu eigen machenden Liebe, daß er wieder in das
Du fällt. Auf Charlottens Mahnung zur Fortsetzung des ihr
so lieben Tasso erwiedert er: „Merken Sie nicht, wie die Liebe
für ihren Dichter sorgt. Vor Monaten war mir die nächste
Scene unmöglich; wie leicht wird mir sie jetzt aus dem Herzen
fließen." An demselben Tage wendet er, ehe er zu seiner Arbeit
zurückkehrt, an sie das „Gebet": „Meine Liebe diese fünf Jahre
her kommt mit den schönen Reihen so vieler guter Empfindungen
vor mir aufgezogen. O könnt' ich Dir sagen, was ich Dir
schuldig bin." Den 26. fühlt er einen unangenehmen Eindruck
seiner Seele, von dem er fürchtet, daß er selbst in ihrer Gegen=
wart ihn stören möchte; deßhalb will er, wie schwer es ihm auch
fällt, sie heute Abend meiden. Höchst merkwürdig ist die
Aeußerung, welche er unmittelbar auf diese Mittheilung, also
nicht auf ihre glühende Erwiederung seiner Liebesgeständnisse,
der Freundin macht: „Erst dacht' ich einmal die Schröter ein=
zuladen, die in acht Wochen (vielmehr seit dem 10. Februar)
nicht bei mir war, hernach zog ich die Einsamkeit vor." Keil

sieht darin (II. 199) den Beweis, wie Charlotte den Dichter „ganz eingenommen und seine Neigung zu Coronen gedämpft und in den Hintergrund gedrängt habe". Aber wann hätte denn die Neigung des Dichters zu Coronen je die Herzensliebe zu Charlotten beeinträchtigt! Keil hat hier seine Eifersuchtstheorie ganz vergessen; sonst würde er in der Bemerkung, die Schröter sei in acht Wochen nicht mehr bei ihm gewesen, eine schale Entschuldigung gesucht haben. Goethe gesteht der Freundin, daß ihm der Gedanke gekommen, sich wieder einmal der angenehmen musikalischen Unterhaltung Coronens, die er so lange nicht bei sich gesehen, zu erfreuen, habe aber doch zuletzt die Einsamkeit vorgezogen. Je mehr ihm die übeln Einflüsse der Jahreszeit zu schaffen machten, um so glücklicher fühlte er sich in seiner Liebe, die ihm die Offenheit und Ruhe seines Herzens wiedergegeben, die auch „für sie allein, wie alles Gute, was andern und ihm daraus entspringe, ihr sein solle". „Glaub mir, ich fühle mich ganz anders; meine alte Wohlthätigkeit kehrt zurück, und mit ihr die Freude meines Lebens. Du hast mir den Genuß im Gutsthun gegeben, den ich ganz verloren hatte." Und wir sollen es Stahr und Keil glauben, eine solche Einwirkung, die man hoffentlich nicht für eine leere Einbildung erklären wird, habe eine eigensüchtige Kokette auf den feinfühlenden Dichter zu üben vermocht! Wie er ganz nur ihr und ihrem Willen lebt, von innigstem Bewußtsein erfüllt, daß sie auch ganz in ihm und für ihn lebe, sprechen die Blättchen, die er ihr sendet, für jeden, der wahres Gefühl von Phantasterei zu unterscheiden weiß, so rührend aus. Ein volleres, von aller leidenschaftlichen Glut freieres Zusammenklingen der Herzen ist undenkbar. Ostersonntag ißt er bei Hofe, den Montag bei der Freundin, auf den Dienstag ladet er Coronen zu sich ein. Je glücklicher er sich fühlte, um so freundlicher war er gegen die Welt gestimmt, und so that es ihm auch wohl, sich der anmuthigen Künstlerin artig zu .bezeigen. Er war damals gerade damit beschäftigt, seine Iphigenie, die durch Coronens Spiel verklärt worden, in Verse umzuschreiben. Aber auf den wohl an demselben Abend geäußerten Wunsch Charlottens wandte er sich jetzt Tasso zu, bei welchem ihm immer der Freundin Liebe vorschwebte, wie er

es dieser selbst gesteht. Am Tasso schreibend, habe er sie an-
gebetet, hören wir; als Anrufung an sie sei das, was er an
Tasso geschrieben habe, gut; auch klingen manche Stellen des
Stückes an Aeußerungen seiner zu dieser Zeit an sie gerichteten
Briefchen in auffallender Weise an. Auf Tasso bezieht sich auch
die Aeußerung: „Ich danke den Göttern, daß sie mir die Gabe
gegeben in nachklingende Lieder das eng zu fassen, was in meiner
Seele immer vorgeht." Noch am 9. Mai gedenkt er des Stückes,
das heute in seinem Kopfe lebe und sich durch nichts irren lasse;
aber gleich darauf muß es nach Vollendung des zweiten Aktes
liegen geblieben sein, wahrscheinlich weil die hier zu schildernde
tragische Verwicklung bei dem wonnigen Glücke seiner Liebe ihm
widerstrebte. Die Handschrift gab er Charlotten, von der sie
später Knebel mit seiner Erlaubniß erhielt. Am 12. Mai dankt
er seiner „lieben Lotte" (wie er sie zuerst am 1. Mai nennt), die
ihn durch ihre Geneigtheit so glücklich mache, für ihre Silhouette.
„Du kannst mir nicht gegenwärtiger und näher werden als Du
bist", schreibt er, „und doch ist mir jedes neue Band und Bänd-
chen so angenehm." In große Sorge wurde er bald darauf
versetzt, als Charlotte sich den Fuß übertreten hatte. „Ich habe
keine frohe Stunde, bis Du wieder heil bist", schreibt er am
21. Mai. „Es war mir die ganze Zeit her bange, für so etwas
(für eine plötzliche Störung ihres Glückes)". Den 28. meldete
sich wieder einmal Corona zu Mittag an, die er wohl unterdessen einmal besucht und vielleicht bei ihr zu Mittag gewesen
war. „Die Werthern hat mir ein gar artig Zettelchen bei
Zurücksendung des ersten Buches des Wilhelm Meisters
geschrieben", vertraut er Charlotten. „Die Schröter kommt zu
Mittag. Ich bin und bleibe einmal der Frauen Günstling und
als einen solchen mußt Du mich auch lieben." Man sollte denken,
diese Worte seien so sprechend wie möglich, besonders da in den
Briefen des Dichters sich die lichteste Offenheit der Seele kund-
gibt, die nichts, es sei denn sein Unwohlsein und seine Geschäfts-
noth, der Freundin verbirgt, wie er selbst ihr schreibt: „Mein
Herz hat vor Deinem nichts verborgen. Und wenn ich die Fehler
verstecke, so ists nur, um Deine Liebe nicht zu betrüben; ver-
mindern kann sie nicht." Trotz alledem scheut sich Keil (II, 200)

nicht, darin eine „Entschuldigung und Bitte" zu sehen. Sagt doch Goethe vielmehr ausdrücklich der Herzensfreundin mit heiterer Laune, sie müsse sich einmal sein Verhältniß zu andern Frauen gefallen lassen, was er wohl thun durfte, weil er gewiß war, daß sie auf solche freundliche Beziehungen zu anmuthigen, ihm wohlwollenden Frauen nicht eifersüchtig war. Durfte er ja behaupten, alles, was ihm zu Theil werde, gehöre ihr, so das Gute, was die Menschen von ihm reden, wie er am 26. März sagt, so die Neigung edler Seelen. Die eben angeführten Worte, daß sein Herz nichts vor dem ihrigen verborgen habe, schreibt er ihr bei Uebersendung von Briefen Lavaters und seiner innigen Züricher Freundin, Barbara Schulthes, die seit drei Jahren Wittwe eines dortigen Kaufmanns, vier Jahre jünger als Goethe war, seiner „Bäbe", von Lavater als die Immergleiche bezeichnet, der Goethe auch seinen Tasso mitgetheilt hatte. Wenn er Charlotte am 31. Mai schreibt, er küsse sie „mit dem Kuß der Gedanken", so dürfte es immer ein gewagter Schluß sein, Charlotte habe ihm wirklich das Recht des Kusses eingeräumt.

Auch die ersten drei Wochen des Juni verlebte Goethe in herzlicher Vertraulichkeit mit Charlotten, deren Fußleiden noch immer nicht ganz gehoben war. Hatte bisher in der Anrede an die Freundin das Sie noch zuweilen mit dem herrschenden Du gewechselt, so tritt nach dem 5. Juni das Sie fast ganz zurück.[1] Wenn Charlotte sich das Du gefallen ließ, so folgt daraus nicht, daß sie selbst es schon für räthlich hielt, sich dieser vertraulichen Anrede zu bedienen. Von ihrer herzlichen Familienverbindung zeugen die wenigen Blättchen dieser Zeit. Abends besuchte er Charlotten regelmäßig zur bestimmten Stunde, Morgens sandte er ihr Erdbeeren und freundliche Grüße, wie er von ihr liebevolle Worte empfing, Mittags war er zuweilen bei ihr zu Tische; auch besuchte sie ihn bei den schönen Abenden in seinem Garten. Wenn er am 6. ihr schreibt: „Ich schicke Dir die Erstlinge meiner

---

[1] Ob der von Schöll zwischen den 21. und 23. Juni gesetzte Brief wirklich in den Juni gehört, ist sehr fraglich; er könnte Ende Mai, etwa den 24. fallen. Jedenfalls ist der Brief vom 4. Juni irrig in dieses Jahr gesetzt; denn nach Knebels Tagebuch besuchte dieser gerade am 4. Goethe in seinem Garten.

Früchte, die allein für Dich sind, wie meine Neigung, und bitte Dich recht herzlich, mich nicht unglücklich zu machen und mir nicht durch die Furcht, Dir zu mißfallen, die wenigen geselligen Regungen gegen die Menschen noch zu verschließen", so muß sich dieß auf eine mißliebige Bemerkung über sein Verhalten am vorigen Abend beziehen, wo sie in seinem Garten war; vielleicht hatte die bei wiederkehrender Gesundheit sich regende Laune ihn hingerissen. Man könnte an Karoline Ilten denken, die sie am Abend begleitet habe. Auch Knebel war diesen Abend in Goethe's Garten, gedenkt aber in seinen kurzen Bemerkungen eben nur des Besuches. Stahr sieht (S. 115) in jener nur im Zusammenhange ihr Licht gewinnenden Aeußerung nur Charlottens „auf alles und jedes sich ausdehnende Eifersucht". Goethe wußte sehr wohl, daß er sich durch den Augenblick hinreißen lasse, und darum bittet er die Freundin, ihm manches der Art nachzusehen, da er sich sonst aus beständiger Furcht, sie zu verletzen, zu peinlich hüten müßte. Wenige Tage später lud er die Herzogin Abends in seinen Garten, die natürlich in Begleitung ihrer Hofdamen erschien. Bei Charlotten fragte er an, ob er auch Seckendorf, Gustchen (Kalb), Prinz Konstantin und Prof. Albrecht, die am 11. abreisen sollten, dazu nehmen solle. Karolinchen (die unglückliche Liebe des Prinzen) wollten sie weglassen. Der Brief schließt: „Du weißt doch, wer mein Schätzel ist, fängt sich ein alt Lied an." Von Coronen vernehmen wir diese Zeit über nur, daß er sie einmal singen gehört. „Die Schröter hat das Salve Regina von Pergolese recht schön gesungen", schreibt er;[1] „meine Gedanken waren indessen bei Dir. Wie die Musik nichts ist ohne menschliche Stimme, so wäre mein Leben nichts ohne Deine Liebe." Wer dieß als galantes Kompliment betrachten will, mag es auf eigene Gefahr thun. Für diejenigen, die in diesem Briefe die offene Sprache vollen Vertrauens erkennen, beweist

---

[1] Schöll setzt den Brief zwischen den 15. bis 19., wozu kein Grund vorliegt. Man könnte eher an die Pfingsttage denken, wo er gewiß, wahrscheinlich Sonntags den 3. Juni, in Belvedere war. Dort war auch Knebel Nachmittags, der aber in seinen jetzt viel knappern Bemerkungen weder Goethe's noch des Concerts gedenkt. Der Brief ist geschrieben an einem Tage, wo er die Freundin nicht gesehen, von der er glaubte, daß sie morgen nach Belvedere gehe.

auch diese Aeußerung ganz unverkennbar, daß die Künstlerin sein Herz nicht getroffen hatte, und er unbedenklich seine Bewunderung ihres Talents Charlotten gegenüber ausſprach.

Hatte er ein volles Vierteljahr über sich seines stillen Glückes in Weimar gefreut, in welchem er des Herzogs Einladung zu einem Ausfluge nach Deſſau und Leipzig so unangenehm empfunden, daß er diesem durch Charlotten erklären laſſen wollte, er werde nie mehr mit ihm reiſen, so wurde er durch die Nothwendigkeit, gegen Ende Juni wegen der Bergwerkskommiſſion nach Ilmenau zu gehen, sehr unangenehm getroffen. Um so mehr suchte er die letzten Tage, die er mit der Freundin verleben durfte, zu genießen; doch verstimmte er sie wieder am letzten Abende durch sein leidenschaftliches Wesen. Am Morgen der Abreiſe äußert er: „Noch einmal Adieu, meine Beſte! ich bin so ungeduldig zu verreiſen, daß ich kaum weiß, wie ich mich dazu schicken soll. Behalte mich Deinem Herzen nah, ich denke immer an Dich, und schreibe mir." Von Ilmenau sandte er ihr gleich einen Gruß mit der Bitte um Sendung eines mineralogiſchen Buches. Drei Tage später schreibt er: „Ich bin in meinem Elemente unter Deinen Namensverwandten. Wenn das leidige Geschäft vorbei ist, will ich mirs noch wohler sein laſſen. Adieu, Beſte. Jetzt ist's an der Zeit, daß ich zu Dir zu gehn gewohnt bin. Adieu und liebe mich." Und am 1. Juli: „Dein Andenken hat mich stille bei Tag und Nacht begleitet; ich wollte Dir nicht eher schreiben, als bis ich ganz ruhig wäre. — Diese Tage her hab' ich auch etwas für Dich gearbeitet, das ich Dir mitbringe. Du sollst ihm hoffentlich ansehn, daß ich Dich liebe. (Es war eine Taſſe, die er mit kindiſcher Freude für sie gemalt hatte.) Was es ist, sag' ich noch nicht. Daß Deine Empfindung durch den letzten Abend gestört ward, nimmt mir von meinem freudigen Andenken an Dich die schöne Beleuchtung, doch hoff' ich, Du sollst mich mit lebendiger Liebe empfangen. Leb wohl. Grüß Steinen und was gut ist." Ehe er am andern Tage mit Knebel von Ilmenau, wo ihm die unangenehmen Erinnerungen der alten tollen Zeiten „alles befleckten", nach Rudolſtadt reitet, schreibt er seiner „liebſten Lotte": „Wie gut iſts, daß der Menſch sterbe, um nur die Eindrücke auszulöschen und gebadet wieder zu kommen. Deine Liebe von allem will allein behalten. Du bist immer vor mir, Dein böser Fuß und Deine Herzlichkeit, und ich fühle still, daß ich ganz Dein bin." Auch die weitern Briefe von der Reise zeugen von der Innigkeit seiner ganz an ihr und den Ihrigen hängenden Liebe. Durch den rückkehrenden Knebel sendet er ihr einen von ihm gemalten Blumentopf, und verspricht ihr, da der andere im Feuer verunglückt ist, einen neuen zu machen. „Ich sehne mich heimlich nach Dir, ohne es mir zu sagen", schreibt er am 8.; „mein Geist wird kleinlich und hat an nichts Lust; einmal gewinnen Sorgen die Oberhand, einmal der Unmuth, und ein böser Geist mißbraucht meine Entfernung von Euch, schildert mir die lästigste Seite meines Zustandes, und räth mir, mich mit der Flucht zu retten; bald aber fühle ich, daß ein Blick, ein Wort von Dir alle Nebel verscheuchen kann."

Als er am 11. nach Weimar zurückkehrte, erfreute er sich wieder des vollen Segens ihrer herzlichen Liebe. Wenn er am 20. Charlotten schreibt: „Ich kanns nicht erwarten, vor Dir zu knien, Dir tausendmal zu sagen, daß ich ewig Dein bin", so ist hier das „Knieen" eben so wenig eigentlich zu nehmen, als wenn er früher einmal sagt, er bete sie schreibend an. Am folgenden Tag theilt er ihr mit, daß er die Schröter zu Tisch habe, und er fragt an, was sie heut Abend thun wolle. So gedenkt er der Künstlerin wie jedes andern Mittagsbesuches, ohne Ahnung, dadurch Eifersucht erwecken zu können. Drei Tage später spricht er seine Freude aus, sie bei Hofe zu sehen und in ihren Augen die Gewißheit ihrer Liebe zu lesen.

Keil behauptet (II, 201), im August komme eine Periode größerer Annäherung Goethe's an Coronen und „demzufolge Mißstimmung der Frau Baronin". Wir haben gesehen, daß schon in den frühern Monaten Corona zuweilen bei Goethe war, ohne daß von Charlottens Eifersucht die Rede war; wenn wir zufällig aus dem Tagebuch im August genauere Kunde von dem Verkehr mit Coronen haben, so ist doch keine Spur eines leidenschaftlichen Verhältnisses, noch weniger einer Eifersucht Charlottens zu erkennen, wenn man nicht etwa das körperliche Leiden derselben für einen bloßen Vorwand derselben nehmen will, wozu man durch nichts irgend berechtigt ist, da Charlotte eben viel leidend war, besonders an starkem Kopfschmerz und trübseliger Stimmung litt. Am 1. August wird Goethe durch die am Morgen erhaltene Mittheilung betrübt, daß sie Kopfweh habe; er bittet sie, deßhalb sich ruhig zu halten, ja nicht in die Zeichenschule zu gehen. Abends besucht er sie. Den andern Morgen erkundigt er sich nach ihrem Befinden und verspricht ihr seinen Besuch auf den Abend. Als er zu ihr kam, fand er sie noch krank; die Herzogin war bei ihr zu Besuch. Den 3. hofft er, es werde ihr bei dem kühlen Wetter und dem erwünschten Regen besser sein; zugleich theilt er ihr mit, daß er den Mittag bei der Herzogin Mutter speise. Nach dem Essen ging er zu ihr, fand sie aber „empfindlich von der Krankheit"; sie war reizbar und übel aufgelegt. Deßhalb schrieb er ihr am folgenden Morgen: „Es thut mir nichts weher, als wenn wir uns einen Augenblick mißverstehen, als wenn mein Wesen an Deines falsch anschlägt, mit oder ohne meine Schuld."[1] Das letztere war eben dießmal der Fall. Keil (II, 201) wagt den Grund jener Empfindlichkeit statt in der feststehenden Krankheit in der willkürlich erdichteten Eifersucht zu sehen. Am 4. arbeitet Goethe an Tasso und an der Umschrift der Iphigenie. Bei Charlotten traf er die Waldner und Karoline von Ilten, die Scherz trieben. Am 5. ging er zu Coronen wegen der Arien zu seiner ihn schon damals beschäftigenden Fischerin, die von dieser komponirt waren und von ihr und Aulhorn, wohl nach seiner Berichtigung, die er eben vorgenommen, gesungen wurden. Daß er bei ihr gegessen, ist, vielleicht nur in der Abschrift des Tagebuchs, übergangen. Dießmal aß er nicht, wie sonst Sonntags, bei der noch leidenden Herzensfreundin. Abends fand er Charlotten wieder so wohl, daß er mit ihr spazieren ging; er aß auch bei ihr mit ihrem Gatten. Zwei Tage darauf war er Mittags bei Charlotten zu Tisch, hielt sich dann ruhig, weil er Abends mit dem Herzog und Knebel jagen wollte. Auch

---

[1] Keil gibt auch hier wieder einen Beweis seiner Sorgfalt, wenn er das zweite von drei Briefchen, die Schöll zwischen den 4. und 9. setzt, ohne weiteres wider alle Möglichkeit auf den 4. setzt. Er scheint gar nicht zu ahnen, daß die für sich ohne Datum und Unterschrift zwischen datirte eingeschobene Briefchen für sich bestehen.

den folgenden Mittag speist er bei Charlotten, besucht dann Seckendorf und Coronen, wohl beide seiner Fischerin wegen, und spaziert mit der Herzogin. Abends ißt er mit Charlotten bei der Waldner. Am 9. schickt er ihr Artischoken; zu Mittag wolle er nach Tiefurt, Abends sehe er seine Vielgeliebte wieder.[1] Den folgenden Tag nimmt ihn der Herzog in Anspruch, mit dem er Nachmittags zur lustigen Jagd nach Hetschburg fährt, den 11. aber ißt er wieder bei Charlotten, der er mitgetheilt haben wird, daß er heute sein neues Stück Elpenor angefangen habe,[2] geht dann nach Tiefurt, wo Aerntefest mit Schauspiel und Illumination war. Wahrscheinlich war auch Corona bei dem Schauspiel thätig, von welchem wir leider nichts Näheres wissen. Charlotte war wohl noch immer zu leidend, als daß sie an solchen Festlichkeiten sich hätte betheiligen mögen. Bei der Rückkehr fand er noch ein Andenken von ihr. Am andern Morgen berichtet er ihr: „Gestern ist unsere Feierlichkeit zu jedermanns Vergnügen begangen worden. Heute will ich ganz zu Hause bleiben und die singenden Mäuse einladen. Schick mir das Brätchen. Sag mir, daß Du mich liebst, und fühle, daß ich Dein bin." Hätte Keil nicht hieraus entnehmen sollen, daß Goethe, der doch Charlotte besser kennen mußte, als Keil und Stahr, nichts ferner lag, als die Furcht, dadurch den Dämon der Eifersucht aufzuregen? Wenn sie, was Keil (II. 201) übergeht, ihn Mittags zum Nachtessen einlud, wenn anders Schöll, was man wohl bezweifeln kann, dieß Billet mit Recht auch auf den 12. setzt, so kann darin nichts weniger als Eifersucht gefunden werden, da sie hoffte, Corona werde nicht bis zum späten Abend bleiben. „Ich hoffe, ich werde die Freundinnen balde los und bin alsdann bei Dir sichtbar, wie mit dem Herzen immer." Corona sang Lieder von Rousseau und, da der Herzog zufällig sich einstellte, konnte Goethe nicht mehr zu Charlotten kommen, was ihr wohl ein paar Zeilen anzeigten. Am andern Morgen schrieb er: „Es ist mir gestern nicht recht wohl bekommen, Dich gar nicht zu sehen. Abends wär' ich gar zu gern

---

[1] Das Tagebuch ist hier sehr unvollständig.

[2] Die Worte „Elpenor angefangen" müssen vor „gearbeitet" stehen, worauf schon der kleine Anfangsbuchstabe deutet.

von meinen Gästen weggelaufen." Nachmittags besuchte er sie
und auch am späten Abend war er wieder bei ihr. Den 14.
aß er Mittags und Abends bei ihr, dagegen war er am folgenden Tage wieder bei Coronen, die ihn durch Lieder von
Rousseau und andern erfreute. Wenn er ausdrücklich im Tagebuch bemerkt, er sei vergnügt gewesen, so schwebt hierbei wohl
der Gegensatz zu dem Ernste vor, in welchem er zu ihr gekommen
war. Die „vergnügte" Stimmung deutet auf nichts weniger
als auf leidenschaftliche Aufregung. Hätte irgend in seiner Seele
ein Streit zwischen seiner Liebe zu Charlotten, die damals oft trübselig und mißmuthig gewesen sein mag, und seiner Neigung zu
Coronen bestanden, so würde er bei letzterer eben nicht „vergnügt"
gestimmt gewesen sein. Ob an der größern Gesellschaft, die er
am Abend hatte, auch Charlotte Theil nahm, wissen wir nicht.
Möglich, daß sie, weil sie leidend war, Abends nicht auszugehen
sich entschließen konnte. Wir hören bloß, daß Seckendorf von
der Gesellschaft war und der Herzog später sich einstellte; daß,
wenn Charlotte nicht kam, Corona geladen war, ist nicht unwahrscheinlich. Am folgenden Abend besuchte er Charlotten,
bei der er die Waldner fand; ebenso am folgenden Tage. Vom
18. hören wir nur, daß er meist zu Hause gewesen. Am andern
Morgen meldet er der Freundin, daß er an seinem Elpenor
gearbeitet habe und heute noch die zweite Scene zu vollenden
hoffe. „Ich bleibe und wohne in Deiner Liebe", versichert er,
und es thue ihm besonders wohl, daß ihre Phantasie ihn mit
dem Onkel (wir wissen nicht welcher Dichtung) zusammenschmelze.
Noch heute werde er sie sehen. Nach dem Tagebuch besuchte er
sie schon Nachmittags. Ehe er am folgenden Tage nach Tiefurt
fährt, nimmt er von der Geliebten mit der Meldung Urlaub,
er habe heut frühe gehausvatert, wie sie ihn haben wolle.
Abends ist er bei Charlotten, bei der er am 21. wieder Mittags und Abends speist. Den Mittag des 22. ißt er wieder bei
Coronen, die ihn nach Tisch durch einen Gesang von Gluck erfreut.
Keil läßt auch am 20. Coronen zu Goethe kommen, indem er
das Briefchen, das Schöll zwischen den 20. und 28. setzt, wider
alle Möglichkeit auf den 20. setzt, wo er Mittags zu Tiefurt
aß, Abends bei Charlotten war. Auf solche Keilschen Qui-

proquos muß man stets gefaßt sein. Es würde eine hübsche Verwirrung werden, wenn man alle undatirten Briefchen, die Schöll nur nach Wahrscheinlichkeit zwischen die datirten geordnet, dem Datum des nächst vorhergehenden zuweisen sollte. Den Tag des betreffenden Zettelchens: „Die Schröter ist zu mir gekommen. Wir werden spät essen und ich entbehre der Freude, mit meiner Besten zu fahren. Diesen Abend bin ich da", vermögen wir leider, wie den so mancher andern, nicht zu bestimmen; es könnte in den Juli oder in den September fallen. Vom 23. bis zum 27. gedenkt das Tagebuch weder Charlottens noch Coronens; auch läßt sich keines der Briefblättchen sicher auf einen dieser Tage beziehen; daß er erstere diese Zeit über nicht gesehen, ist höchst unwahrscheinlich. Am 23. gedenkt er nur seines Abendbesuches in Tiefurt, am 26. und 27. hören wir bloß, daß er meist mit sich selbst zugebracht; Besuche bei der Freundin sind dadurch nicht ausgeschlossen. Am 24. ißt er Mittags mit dem Herzog unter dem Zelte. Abends ist er, wie am 21., auf dem Theater; denn auf eine Theatervorstellung kann „Theater" nicht deuten. Am 25. speist er Mittags zu Tiefurt; wenn er der Herzogin an diesem Tage den Tasso vorlas, so kann dieß nur Abends, wohl in Gegenwart Charlottens, etwa unter dem Zelte oder im Kloster geschehen sein. Die Bemerkung von demselben Tage: „War diese Zeit her überhaupt gute Constellation" deutet darauf, daß er sich gesellschaftlich wohl befand. Wie aber stand es mit Charlotten? Daß sie leidend am Anfange des Monats gewesen, sahen wir, und von ihrer völligen Herstellung wissen wir nichts. Wenn Goethe am Morgen seines Geburtstages ihr schreibt: „Außer Deinem Uebel empfind' ich keins an dem heutigen Tag", so bedürfen wir keines weitern Beweises, daß sie leidend gewesen, da die Annahme, ihr Leiden sei nur ein Vorwand ihrer Eifer= sucht gewesen, eben jedes Haltes entbehren würde. Von den Angebinden, womit seine Freunde, und gewiß auch seine Freundinnen, ihn beschenkt haben, schickt er ihr, ehe er ins Conseil geht, ihren Theil, mit der Versicherung: „Ich bin immer Dein und bei Dir, leibeigner, als sich denken läßt." Mittags speist er bei ihr und folgt Nachmittags der Einladung nach Tiefurt, wo er auf Veranstaltung der Herzogin Mutter mit dem drolligen zu seiner Ehre gedichteten pantomimischen Schattenspiele: Minervens Geburt, Leben und Thaten überrascht wurde, in welchem Corona als Minerva, wie es in der Anzeige der Vorstellung heißt, mit leichtem Gasflor bedeckt, aus dem Haupte des Jupiter stieg, und am Schlusse dem am heutigen Tage geborenen Dichter die eben von den Göttern erhaltenen Geschenke, unter andern die Leier des Apoll, überreichte. Die Sache war ein Geheimniß geblieben; man wußte nur, daß an diesem Tage das neue Waldtheater zu Tiefurt eröffnet werden sollte. Daß Charlotte nicht zugegen war, würde sich aus ihrem Unwohlsein genügend erklären. Freilich ihre Ankläger lassen sie mit Absicht wegbleiben, ohne irgend einen stichhaltigen Grund vorbringen zu können. Steht es ja nicht einmal fest, daß die Herzogin Mutter, die Goethe überraschen wollte, sie eingeladen hatte. Goethe überschickte ihr am andern Morgen das Programm, mit der Bemerkung, das Schauspiel sei recht artig gewesen.[1] Wenn er mit den Worten schließt: „Bleibe mir, und wenns möglich ist, so lasse mich die Freuden rein genießen, die mir das Wohlwollen der Menschen bereitet", so deutet er offenbar darauf, daß durch ihr Leiden ihm die Freude getrübt worden, und er bittet sie, sich ihm heiter und gesund zu erhalten, daß ihm das Leben erfreulich sei. Charlotte wird sich wieder bei ihrem Unwohlsein trübseligen Gedanken hingegeben haben. Was macht nun Stahr hieraus? Charlotte habe Kränklichkeit nur vorgeschützt, berichtet er (S. 116), und müsse ihre Unzufriedenheit über diese Huldigung bezeugt haben, bei der ihrer Eifersucht besonders die Rolle der schönen Corona anstößig gewesen sein möge; dieses beweisen ihm jene Worte, die ihn einen tiefen Blick in das Innere des Verhältnisses und die aus demselben für Goethe hervorgehenden mannigfachen Leiden thun lassen. Goethe schrieb ihr dieß, ehe er noch ein Wort von ihr über diese Vorstellung vernommen hatte, ohne zu wissen, ob sie die Darsteller der Rollen und die Entwicklung zur Ehre seines Geburtstags kannte, bezog sich

---

[1] In dem von Schöll in den „Weimarischen Beiträgen" (1865) S. 139 ff. mitgetheilten Programm werden weder die Namen der darstellenden Personen genannt, noch ist die Schlußbeziehung auf Goethe's Geburtstag angedeutet.

einfach auf ihren leidenden Zustand, der ihm die Freude getrübt. Doch Stahrs Haß gegen Charlotten verblendet ihn und reißt ihn zu den gehässigsten Fälschungen des Thatbestandes hin, die jeden empören müssen, dem Recht und Wahrheit heilig sind.

Nahm auch am 29. die Kriegskommission den Dichter in Anspruch und war er Mittags beim Essen im Redoutenhaus, Abends bei Seckendorf, dem Dichter und Komponisten des gestrigen Stückes, so wird er doch wenigstens einen Augenblick bei Charlotten vorgesprochen haben. Vom 30. wissen wir nichts. Am Morgen des 31. erhält er frühe eine Einladung zur Freundin, der er nach dem Conseil folgte. Das Tagebuch berichtet: „Mit ☉ gegessen. Schöne Nacht. Auf der Altenburg." Wie lange er bei der Freundin geblieben, wird nicht bezeichnet. Daß man aber ja nicht die schöne Nacht, in Erinnerung an ein also überschriebenes Gedicht Goethe's, falsch auslege, verweisen wir auf die Tagebuchbemerkung vom 13., wo es heißt: „Mit ihr und Stein zu Nacht gegessen. Auf die Schnecke, das Blitzen am Himmel zu sehen. War die Nacht sehr schön." Die schöne Nacht trieb ihn dießmal, nachdem ihn Charlotte verlassen, auf die Höhe der Altenburg.

Wir haben alle Angaben über Goethe's Verhältniß zu den beiden Frauen während des Monats August deßhalb in aller Vollständigkeit gegeben, damit man aus eigener Kenntniß entscheiden könne, ob wirklich eine „größere Annäherung des Dichters an Coronen" in dieser Zeit sich nachweisen lasse, welche Charlottens Eifersucht hätte erwecken können. Wir sehen nur, daß die Liederkunst der jüngern Freundin Goethe in dieser Zeit freundlich anzog und er gern einige Stunden sich derselben erfreute.[1] Hätte der Dichter irgend ahnen können, daß er da-

[1] Gottschall, dessen Angaben ein Muster von Ungenauigkeit sind, sagt (S. 495 f), nach der Darstellung der Minerva im Schattenspiel durch die keineswegs schattenhafte Künstlerin habe er sich dieser wieder genähert, doch jetzt habe er die Rücksicht genommen, Frau von Stein miteinzuladen. Die Einladung Charlottens zu einem musikalischen Abend, an welchem auch Corona Theil nahm, fällt erst in den November. Wenn man so mit den Thatsachen umspringt, gibt es freilich ein schönes Kaleidoskop. Was wird aus unserer Literaturgeschichte werden, wenn man so nach Neigung und Abneigung spielt, statt sich um die erste Pflicht des

durch Charlottens Eifersucht erregen würde (und er mußte sie
doch besser kennen als wir, die wir nur dem Gerüchte horchen),
so würde er jedenfalls in seinen Briefchen Coronens gar nicht
gedacht haben. Am 1. September, wo er Charlotten mit
Dank für alles Gute und Liebe ihrer Frühsendung Trauben
und Pfirsiche schickt und seinen Besuch in der Zeichenschule,
wo er sie zu treffen hoffte, in Aussicht stellt, schreibt er: „Ich
bin heut musikalisch und esse mit der S., bin und bleibe doch
aber ganz Dein.“ Wer weiß, wie Goethe die Versicherung,
daß er ganz der Freundin sei und bleibe, liebt (man vergleiche
die Briefe vom 5. 20. 25. April, 10. 28. Mai, 19. 25. Juni,
18. 20. Juli, 12. 19. August), und wer fühlt, daß, gerade
wenn er anderer Vergnügungen, die ihn von ihr trennten,
gedachte, die Versicherung, was er ihr sei, sich ihm aufdrängen
mußte, wird in der Schlußwendung, „bin und bleibe doch aber
ganz Dein“ nichts weniger als den Versuch), sie zu beruhigen, wie
Keil es darstellt (II, 206), oder mit andern eine Entschuldigung
suchen. Wie wir ihn früher einmal über die musikalischen
Liebhaber der Freundin scherzen hörten, so kann er auch der
Freundin gestehen, daß ihn die Lieder Coronens, die er ihr
gegenüber immer mit ihrem Zunamen nennt, vergnügen. Und
nun setzt Keil mit einem gewaltigen Sprung über den Graben,
um zu seinem ersehnten Ziele zu gelangen. „Aber, bekannt
mit seinen Leidenschaften, seinen Schwächen, mochte die kluge
und eifersüchtige Frau die Gefahr, den Geliebten doch noch zu
verlieren, erkennen, und ließ, um ihn sich ausschließlich zu erhalten, jedes Bedenken, sich gegenseitig ganz anzugehören, schwinden. Die Pflichten gegen ihren Gemahl, die Pflichten gegen
ihre Kinder erschienen ihr, der Gattin und Mutter, kein Hin-
derniß mehr, der so lang gehegten Liebe zu Goethe sich nun ganz
hinzugeben.“ Es wäre gar zu komisch, wäre die Sache nicht
zu ernst. So pflegt wohl ein Schulbube sich zu helfen, wenn
es ihm an Gründen fehlt, den Satz zu erweisen, der ihm zur
Aufgabe gestellt ist. Statt einen Beweis dieser dem ganzen

Geschichtschreibers, die Wahrheit des einzelnen, aus dem sich das Ganze aufbaut,
zu kümmern! Gerade bei so bestrittenen Verhältnissen kommt auf die Genauigkeit
der einzelnen Umstände außerordentlich viel an

bisherigen Verlaufe der Liebe widersprechenden, durch die schlagendsten Thatsachen zu widerlegenden Behauptung zu versuchen, beruft Keil sich in einer Anmerkung auf Stahr und Lewes. „Hier ist Rhodus, tanze du Wicht!" heißt es bei Goethe. Was Lewes bietet, haben wir gesehen. Stahr behauptet (S. 111): „So sehen wir denn auch Goethe im Beginn dieser neuen Periode (im Herbste 1781) seinem erfüllten Glücke in mehr als einem Gedichte einen kaum halb verschleierten Ausdruck verleihen, der jedenfalls über das Aufhören des frühern Platonismus in dem beiderseitigen Verhältnisse keinen Zweifel gestattet. Dahin gehören unter andern die Gedichte an Lida (ursprünglich an Lotte), Nachtgedanken, der Becher, Versuchung, kurz jene ganze Gruppe von Lidaliedern[1] und auf sein neues Verhältniß bezüglichen Epigramme, z. B. Erkanntes Glück, Zeitmaß, Erwählter Fels u. a. (S. Viehoff II, 410—412), die uns aus der Fülle anderer an die Geliebte gerichteten, aber später von ihr vernichteten Gedichte[2] und die doch wieder nur gering an Zahl sind, gegenüber dem immer neu variirten Ausdruck seiner fast täglich von neuem dargebrachten Liebeshuldigungen, wie selbst die flüchtigsten an die Geliebte gerichteten Briefzettel beweisen." „Liebeshuldigungen" finden sich in den vor der von Stahr ersonnenen Katastrophe geschriebenen Briefen nicht allein eben so warm, sondern sogar wärmer, so daß dieselben auch nicht den allerschwächsten Beweis für eine eingetretene Veränderung bilden, wenn man nicht etwa kühn genug ist, umgekehrt zu behaupten, die geringere Wärme erkläre sich aus der mittlerweile erfolgten Befriedigung. Was die Gedichte betrifft, so hat sich Stahr ganz im allgemeinen gehalten. Hier sind zunächst die 1782 gedichteten Epigramme (auch Versuchung gehört erst in dieses Jahr) ganz auszuscheiden, da sie nur den Ausdruck seines Liebesglückes in ähnlicher Weise aussprechen, ja viel gedämpfter, wie

---

[1] Wo mögen denn wohl die andern Lidalieder sich finden? Das einzige, in welchem Lida noch vorkommt, Zwischen zwei Welten, ist sehr spät, wohl erst 1820, gedichtet.

[2] Auch diese Vernichtung von Liebesliedern ist ein bloßes Phantom, wie schon oben nachgewiesen ist.

viele vor dem großen Stahr'schen Umschwunge liegenden. Die
drei andern in den September und Oktober fallenden Gedichte
können freilich oberflächlich betrachtet einen solchen Argwohn zu
bestätigen scheinen, aber daß dieß eben nur Schein sei, werden wir
sehen, und sie hatten bisher, auch bei Kühne,[1] keinen solchen Verdacht erregt. Stahr hütet sich auch, näher darauf einzugehen.
Und trotz alledem wagt man zu behaupten,[2] was man auf
Grund von Goethe's Briefen und Gedichten lange vermuthet,
daß Charlotte sich Goethe dauernd hingegeben, sei von Stahr
„ausführlich begründet" worden. Von einer solchen „ausführ-
lichen Begründung" sehe ich aber keine Spur.

Doch kehren wir zu Keil zurück. In welche Zeit versetzt
dieser den Umschwung? Schon im Januar (S. 194) bemerkt
er, Charlottens Widerstand sei immer schwächer und schwächer,
das Verhältniß ein leidenschaftlicheres geworden; jetzt soll ur-
plötzlich die Eifersucht auf Coronen die ältere Freundin zu dem
verzweiflungsvollen Schritte getrieben haben. Aber dieß soll
erst im Oktober geschehen sein; denn wir lesen (II, 206): „Am
22. September reiste Goethe mit ihrem Sohne, dem kleinen
Fritz von Stein, nach Leipzig, und nach seiner Rückkehr nach
Weimar gestalteten sich seine Beziehungen zu ihr zur intimsten
Liaison." Das soll doch wohl heißen, damals erst sei der
Ehebruch erfolgt oder unser Advocatus diaboli müßte sich
der allervertracktesten Ausdrucksweise bedienen; denn nähme er
schon früher das Eintreten dieser Stahr'schen „menschlichen Erfüllung" an, so müßte er doch diesen Zeitpunkt bestimmt angedeutet haben. Keil merkt gar nicht, in welche Schlingen er
durch diese Annahme sich verwickelt. Von der Reise, nach
welcher er diese „intimste Liaison" eingetreten sein soll, kehrte
Goethe erst in der Nacht auf den 1. Oktober zurück, wo Charlotte schon in Kochberg war; am 2. ging er nach Gotha und
erst am 12. sah er sie in Kochberg wieder, von wo er erst am
15. nach Weimar zurückkehrte. Demnach müßte in Kochberg,

<hr>

[1] Irrig ist es, wenn dieser (S. 1028) auch die Gedichte Nähe, süße Sorgen,
Anliegen und sogar die durch die Vulpius hervorgerufenen Morgenklagen mit
Charlotten in Verbindung bringt.

[2] Im neuen Reich 1875, 42, 640.

wo nicht allein die Ihrigen, sondern auch ihre Schwägerin und Karoline Ilten sich befanden, der Ehebruch erfolgt sein. Unglücklicherweise fallen aber die drei Gedichte, welche für die eingetretene Wendung zeugen sollen, alle drei vor die Zeit, wo er Charlotten wiedersah. So führt sich Keil selbst ad absurdum. Auch Gottschall zeigt hier wieder die sonderbarste Unklarheit. „Im September und Oktober 1781 wurde sein Verhältniß die geheimste Liaison", sagt er (S. 899). Die „geheimste Liaison" soll doch wohl auf völlige Hingabe deuten, diese kann doch nur einmal, entweder in dem einen oder in dem andern Monat erfolgt sein. Das Gedicht, auf das er sich beruft, fällt nach der Mitte September. Aber je dunkler man eine Sache hält, desto leichter kann man irre führen.

Sehen wir aber, was wir wirklich von dem Verhältnisse wissen. Am 1. September aß er bei Coronen, wo Musik war. Abends zeichnete er, wie auch meist am folgenden Tage. Den 3. wird die Ausstellung der Zeichenschule eröffnet. Mittags ißt er bei der Herzogin Mutter, hat Abends viel Gesellschaft bei sich. Weiter theilt uns das Tagebuch nichts mit und von den sechs folgenden Tagen berichtet es gar nichts; ob in diese eins oder das andere der undatirten Billets fällt, die Schöll zwischen den 1. und 10. und in den August setzt, läßt sich nicht bestimmen. Böswillige Einbildung kann freilich in diese Zeit den Umschwung verlegen, zu dessen Annahme jeder Grund fehlt. Wahrscheinlich dauerte das Verhältniß ruhig fort, und wir dürfen zugeben, daß auch die Verbindung mit Coronen sich erhielt. In dem ersten datirten Billet vom 10. läßt sich nicht die geringste Veränderung des Tones bemerken. „Wie hat meine Beste und Liebste geschlafen?" fragt er, wie auch sonst, und fährt dann fort: „Gar zu gern hätt' ich Dir etwas geschickt. O warum wohn' ich in keinem Weinberge? Hier sind indeß einige Zeichnungen aufzuheben." Ob sie sich schon damals dazu verstanden, den Geliebten mit Du anzureden, wissen wir nicht. Die Tage vorher waren sehr bewegt, da man mit ängstlicher Spannung der Entbindung der Herzogin entgegensah, um welche Charlotte sich viel bekümmert haben wird; daß sie bei der spätern Entbindung persönlich zugegen war, wissen wir. Das unglückliche Ereigniß, daß die Herzogin am Nachmittag des 10. von einer todten Prinzessin entbunden ward, setzte auch die Liebenden in große Betrübniß. „Stille und Trauer", heißt es im Tagebuch, aber unmittelbar darauf: „Mancherlei Geschäfte." Als er am Morgen des 13. Charlotte ein Buch und eine Schere schickt, schließt er die wenigen Zeilen: „Und der Mensch, der durch Dich heil und gut und ganz wird, ist auch ganz Dein." So kann kein Mann schreiben, der sich eines Ehebruchs bewußt ist, wenigstens kein Goethe. An diesem Tage wurde die Prinzessin begraben. Ehe er am 16. plötzlich zum Statthalter nach Erfurt muß, sendet er der Freundin Früchte, die er eben erhalten. Er hatte sich von ihr die Erlaubniß erbeten, ihren Fritz auf eine Reise nach Dessau und Leipzig mitzunehmen; da er zum Geburtstage der Herzogin in Dessau sein wollte, mußte er schon am 23. weg, früher als er gedacht hatte. Er fand in Erfurt die schöne Gräfin Werther und den mit Familie von Paris kommenden Grafen Schuwalow, mit dem er nach Weimar fuhr, wo dieser im Erbprinzen abstieg. An den diesem zu Ehren gegebenen Festessen am 17. Mittags zu Belvedere, Abends im Kloster nahm er mit der Freundin Theil. Den 18. war dem Grafen zu Ehren früh um 10 Uhr Dejeuner „hinten im Sande", wie das Fourierbuch sagt, Mittags Herrentafel in Ettersburg, Abends fürstliche Tafel mit 14 Personen. Den 19., wo er der Freundin mit Merciers Tableau de Paris gute Pfirsiche schickt, schreibt er, gern hätte er heute zu Hause gearbeitet, nun aber müsse er noch einmal zu den Kindern dieser Welt; er ging an Hof, wo der Graf um 10 Uhr sich verabschiedete. Am nächsten Morgen lautet sein Morgengruß: „Sag mir, wie Du geschlafen hast. Ich komme gar nicht von Dir weg.[1] Von dem Kuchen (den er ihr sendet) gib Fritzen ein Theil. Was beiliegt, ist Dein. Wenn Du willst, geb' ichs ins Tiefurter Journal, und sage, es sei nach dem Griechischen. Adieu, Beste! Was wäre Morgen und Abend mir ohne Dich?" Das, was beilag, war das Gedicht Nachtgedanken, das unter der einfachen Aufschrift „Nach dem Griechischen" im sechsten Stücke

[1] Das kann nicht anders heißen sollen: „Als meine Gedanken weilen immer bei Dir."

des Journals erschien, zu welchen er bisher nur die Ode
Das Göttliche gegeben, im fünften Stücke. Wenn er sagt,
„es ist Dein", so ist dieß nicht von einer persönlichen Beziehung
auf sie zu verstehen, sondern das Gedicht gehört ihr, wie alles,
was ihm gelingt, wie er es schon früher ausgesprochen; was
es bedeuten soll, ergibt sich deutlich aus der unmittelbar sich
anschließenden Bitte um die Erlaubniß, das Gedicht ins
Journal zu geben. Hätte dasselbe seine geheimste Neigung,
ja eine mit ihr begangene Sünde ausgesprochen, nie würde er
sich dazu verstanden haben, es zu veröffentlichen, nie Charlotte
dazu ihre Einwilligung gegeben haben, auch nicht unter der
irreführenden Aufschrift: Nach dem Griechischen, die er nur
der Herzogin Mutter wegen wählte, da diese, welcher die Beiträge eingereicht wurden, die Verfasser kannte. Was aber spricht
das Gedicht aus? Nach Keil (II, 209) bildet es einen Beweis
„intimer Liaison"; er bedient sich aber zu seinem Zwecke der
später eingeführten Lesart weilend, obgleich er weiß, daß
hier früher, wie uns längst vor ihm aus dem Tiefurter
Journal bekannt war, ursprünglich bleibend stand. Der
Dichter bedauert die Sterne, weil sie, „unbelohnt von Göttern
und von Menschen", nicht lieben, nie die Liebe gekannt haben.

> Unaufhaltsam führen ew'ge Stunden
> Eure Reihen durch den weiten Himmel.
> Welche Reise habt ihr schon vollendet?
> Seit ich bleibend in dem Arm der Liebsten
> Euer und der Mitternacht vergessen.

Will man den Schluß ganz wörtlich nehmen, so wird er zum
Unsinn; denn so würde er besagen, schon lange Zeit halte
ihn immerfort die Geliebte im Arme. Der Gegensatz ist offenbar, daß, während die Sterne immer freudlos durch den Himmel
schweifen, er bleibend an demselben Orte von der Liebe beglückt
werde. Eigentlich sollte es heißen: „Seit ich in dem Arm der
Liebsten weile", aber der Dichter kann nicht umhin, dabei,
mit Beziehung auf die Sterne, sein Glück darzustellen, über
welchem er alles übrige vergesse. Statt vergessen sollte eigentlich vergesse stehn, um das dauernde Glück zu bezeichnen. Zu

dem bleibend vergleiche man am 10. Mai: „Dein treuer Blei=
bender", am 19. Juni: „Nach dem Conseil kommt Dein immer
Bleibender". Der Dichter hat sich die Situation frei ausgeführt.
Er denkt sich einen Liebhaber, der, eben von der Geliebten heim=
kehrend, den Sternen sein Glück vertraut, daß er immer bei
der Geliebten weile, während diese unermeßliche Bahnen durch=
laufen. Wir haben schon oben S. 88 bemerkt, wie Goethe
pflegt, aus den wirklichen Zuständen einen bedeutenden Zug
zu nehmen, den er mit ersonnenen frei zu seinem dichterischen
Zwecke verbindet. Während er sich von der Geliebten das
Mittel gegen die wunde Lippe kommen läßt, klagt er in den
zugleich übersandten Versen, das auf seinem Herde bereitete
Mittel werde nichts helfen, weil kein Tröpschen vom alles hei=
lenden Giftbalsam der Liebe darin sei. So ist hier das Gefühl,
daß die Liebe ihn so viele Jahre in Weimar festhalte und be=
glücke, aus seinem eigenen Zustande entnommen, daß er aber
im Arme der Liebsten sein Glück genieße, als dichterische Situation
hinzugedacht. Man würde dieser Deutung nicht bedürfen, stände
statt „der Liebsten" „der Liebe", nach dem bekannten Gebrauche
von „im Arm der Liebe, der Freundschaft, des Glückes des
Glaubens u. s. w.", und es wäre wohl möglich, daß dieses
ursprünglich wirklich hier gestanden, der Dichter aber bei der Ein=
sendung in das Journal als griechischer Verse der Lieb=
sten geschrieben. Auf keinen Fall kann dieses Gedicht beweisen,
daß Goethe Nächte in den Armen der Geliebten geruht, um so
weniger als die Unmöglichkeit einer solchen Hingabe durch andere
Beweise feststeht, und der bedeutendste Punkt, die Bemerkung:
„Was beiliegt, ist Dein", durch eine naheliegende Erklärung
sich erledigt.

Schon am 20. hat er wegen der Reise „Aufräumens und
Arbeitens zu Hause". Am Morgen der Trennung schreibt er
ihr, mitten in der Abreisezerstreuung werde es ihm unheimlich
von ihr zu gehen; sobald es möglich, sei er bei ihr und nehme
mit großer Freude ihr liebes Unterpfand mit. Da er aber dazu
nicht Zeit fand, verabschiedete er sich schriftlich, „um ihr nicht
völlig fremd zu werden", ein etwas sonderbarer Ausdruck, den
man nicht streng nehmen darf. An demselben Tage „ergötzte

er sich sinnend" an zwei anakreontischen Gedichten, die der Freundin aus dem Tiefurter Journal „die Cour machen sollen". „Ich bin noch nicht von Dir weg", schreibt er von Merseburg aus. „Wie anders schreib' ich Dir jetzt als früher." Der Ausdruck deutet entschieden auf die größere Beruhigung, die über ihn gekommen. In Leipzig fand er ihren nach Wien zum Pferdekauf gehenden Gatten, der vergnügt war, sie zu treffen. Mit welchen Gefühlen hätte er ihn sehen müssen, wenn er in seine heiligsten Rechte frevelnd eingegriffen! Wie hätte er ihren Fritz nur anblicken können, wäre er sich bewußt gewesen, dessen Mutter verführt zu haben! Wie wäre er fähig gewesen, ihr zu schreiben: „Ich habe mich immer mit Dir unterhalten und Dir in Deinem Knaben Gutes und Liebes erzeigt. Ich hab' ihn gewärmt und weich gelegt, mich an ihm ergötzt und seiner Bildung nachgedacht." Auch berichtet er ihr: „In Leipzig hab' ich das offenbare Geheimniß gesehen und mein Gewissen hat mich gewarnt." Es ist hier Gotters in diesem Jahre erschienenes nach Gozzi bearbeitetes Lustspiel das öffentliche Geheimniß [1] gemeint. Wenn er sagt, sein Gewissen habe ihn gewarnt, so denkt er hier an Federigo's Bedienten Vito, der die Geheimnisse seines Herrn zu erlauschen sucht und von anderer Seite gedungen wird, sie zu verrathen. So mahnte ihn sein Gewissen, mit seinen und Charlottens Briefen vorsichtig zu sein, da er fürchtete, man werde hinter seine briefliche Verbindung mit dieser zu kommen suchen und aus Mißverständniß derselben einen bösen Klatsch anrichten. Später hören wir ihn einmal Charlotten mahnen, seine Briefe ja vor ihrer Schwägerin in Acht zu nehmen, da er falsche Auslegungen derselben fürchtete. In demselben Briefe schreibt er: „Auch hab' ich Dir ein Gedicht gemacht, das Du durch den Weg des Tiefurter Journals sollst zu sehen kriegen." Das neunte Stück desselben bringt das Gedicht „An die Heuschrecke", die Uebersetzung eines anakreontischen, und den Becher, hier gleichfalls nur „Aus dem Griechischen" überschrieben ist. Wirklich liegt auch hier zum Theil

[1] Gelegentlich sei erwähnt, daß der dichterische Wettkampf in diesem Stücke Gotters (I, 1) den Dichter auf den ähnlichen in seinen ungleichen Hausgenossen brachte.

ein anakreontisches Gedicht zu Grunde. Aber gerade dieses Gedicht hat man mit besonderm Nachdruck zum Beweise eines unerlaubten Umganges Goethe's mit Charlotten verwandt. Anakreon fordert den Schmiedegott auf, ihm einen Becher zu machen, auf dem er einen Weinberg mit Kelternden, den Weingott, den Liebesgott und seinen Knaben Bathyllos in getriebener Arbeit darstellen solle. Bei Goethe kommt Amor, als dieser eben einen schöngeschnitzten Becher fest in beiden Händen hält, aus dem er köstlichen Wein trinkt, und verspricht ihm ein schöneres Gefäß, werth, die ganze Seele drein zu senken, und mit anderm Nektar gefüllt; der Dichter gesteht, daß der kleine Gott Wort gehalten, da er ihm Lida, nach langer Sehnsucht, mit sanfter Leitung zugeeignet habe.

> Wenn ich Deine lieben Hüften halte
> Und von Deinen einzig treuen Lippen
> Lang bewährter Liebe Balsam koste,
> Selig sprech' ich dann zu meinem Geiste,

worauf er denn bekennt, daß ein solches Gefäß nur Amor besitze, weder Vulcanus solche Formen treiben noch Bacchus einen solchen Trank schaffen könne. Da haben wir es ja fast mit dürren Worten! Keil läßt den Dichter selbst, wie nach den Nachtgedanken, in Charlottens Arm weilend (trotz des ursprünglichen bleibend) der Sterne und der Mitternacht vergessen (was selbst die Verse, wenn sie persönlich gefaßt werden sollen, nicht besagen und was noch weniger auf Goethe passen kann, der doch hoffentlich nicht die ganze Nacht über bei ihr gewesen sein soll), er läßt ihn auch von ihren Lippen „langbewahrter Liebe Balsam kosten". Die ursprünglichen Lesarten des Gedichts kennt er gar nicht, und er hütet sich wohl, dessen Schluß mitzutheilen, der auf das Anakreontische des Ganzen hindeutet, das eben nur eine freie Nachahmung jenes griechischen Tones ist. Goethe war nicht ein solcher Thor, daß er der fast vierzigjährigen Frau damit zu schmeicheln gewagt hätte, solche Formen, wie die ihrer Hüften und ihres ganzen Körpers, habe nie Vulcan getrieben. Diese Annahme scheint uns eben so toll, wie die frühere Vermuthung Viehoffs, der Anfang des Gedichtes deute

darauf, daß er dem Wein zu sehr zugesprochen, Amor ihn dann
zur Liebe bekehrt habe: beides ist eben Einkleidung, und das
Umfassen der Hüften wurde als Vergleichungspunkt damit, daß
er den Becher „drückend in beiden Händen hielt", gefordert.
Die „langbewährte Liebe" ist die Liebe des hier gedachten, lange
nach der Geliebten sich sehnenden Liebhabers, welchem ihr Kuß
„Balsam" ist. Die Keckheit, mit welcher man dieses anakreontische Gedicht, zu welchem nur das süße Glück seiner Herzensliebe ihm gleichsam die Stimmung gab, als ein criminalistisches
Aktenstück verwandt hat, übersteigt jeden Begriff. Lida war
ein gangbarer dichterischer Liebesname, den der Dichter erst
später auch in die auf Charlotten bezüglichen Gedichte statt ihres
Namens setzte. Lotte hat in unsern Versen nie gestanden, wie
Goethe denn auch die anakreontische Tändelei Charlotten nicht zu-
sandte, die sie wohl nicht ohne Lächeln im Tiefurter Journal
las. Die Art, wie er des Gedichtes im Briefe an die Freundin
gedenkt, zeigt eine Art Schüchternheit; er kommt darauf erst,
als er ihr gemeldet, daß er wider ihr Verbot, ihr irgend etwas
von der Reise mitzubringen, einen artigen geschnittenen Stein,
eine Psyche mit einem Schmetterling auf der Brust, ihr gekauft,
der ihm vorkomme, als ob er sie immer „meine liebe Seele"
nennte. Lida steht hier, wie er im folgenden Jahre in einem
Epigramm Lybia, in einem andern (Ferne) Psyche brauchte;
auch das letztere veränderte er später in Lida. Wenn er Charlotten schreibt, er habe ihr das Gedicht gemacht, so ist dieß
eben so zu verstehen, wie oben: „Was beiliegt, ist Dein"; gehörte ihr ja alles, was er sann und dichtete.

Ehe er am 2. nach Gotha reist, sendet er Charlotten die
Ringmaße, von denen sie das ihr passende bezeichnen möge,
damit er das Psychesteinchen fassen lassen könne. In Gotha
selbst dichtete er die schönen an sie persönlich gerichteten Verse,
welche so herzlich aussprechen, wie ihr Bild ihm immer und
überall, auch in dem bewegten Hofleben, freundlich und treu erscheine. Keil hält sich bloß an die Worte, sie fordere mit Recht
den einzigen, den sie lieben könne, ganz für sich, und er gehöre
ihr einzig, die doch nichts anders besagen, als, was er ihr so
oft versichert hat, daß er ganz ihr angehöre, auch bei andern nur

an sie denke, wie er es auch von ihr wünscht. In seinem am
9. von Gotha aus geschriebenen Briefe sagt er dasselbe. „Zwischen
allem durch denk' ich an Dich und an die Freude, Dich wieder-
zuziehen", heißt es hier. „Manchmal, wenn ich Abends die
einsamen Treppen heraufgehe, denk' ich Dich lebhaft, als ob
Du mir entgegenkämst. Ich bin ganz Dein und habe ein neu
Leben und ein neu Betragen gegen die Menschen, seit ich weiß,
daß Du davon überzeugt bist." Hier ist nur von dem so lange
ersehnten vollsten Zutrauen der Freundin auf ihn die Rede,
nicht von sinnlicher Hingabe, welcher der Dichter, wenn ihn
der Genuß derselben erfreut hätte, auch in der Ferne sehnsüchtig
gedenken müßte. Auf der Rückreise konnte er es sich aber nicht
versagen, einen Abstecher nach Kochberg zu machen, wo außer
Charlottens Kindern auch ihre Schwägerin und Karoline von
Ilten sich befanden. Er ging zu Fuße hin; nur der Herzog
wußte davon und sein Bedienter, der sein Pferd, auf dem er
zurückreiten wollte, hinbringen sollte, aber es war ihm verboten,
in Weimar zu sagen, wo er sei: „Wenn ich noch einen Schluck
aus dem Becher weiblicher Freundschaft gethan habe", schreibt
er dem Herzog, „kehr' ich vergnügt in mein Thal zurück." Es
war nicht der anakreontische Becher der Liebe, sondern der
„weiblichen Freundschaft", der sein Herz wonnig erhebenden
Gegenwart der Freundin, welche ihn stärken sollte. Wer hier
an unerlaubten Umgang denkt, der trägt eben seine eigene unreine Vorstellung in ein Verhältniß, das ihm unfaßbar ist, mit
unverantwortlicher Willkür herein. Zu einem solchen wäre auch
gerade der damalige Kochberger Aufenthalt, wo Charlotte ihre
Kinder, auch den in Braunschweig das Carolinum besuchenden
siebzehnjährigen Karl, ihre Schwägerin und Karoline Ilten bei
sich hatte, am allerwenigsten geeignet gewesen. Gegen den
Herzog, der über das zärtliche Verhältniß spottete, würde er
nicht von „weiblicher Freundschaft" gesprochen haben, wenn
dieser etwas ganz anderes dahinter hätten vermuthen müssen.
Das Tagebuch, das erst Ende November die hauptsächlichsten
Begebnisse in aller Kürze nachträgt, führt nur die Reise nach
und die Abreise von Kochberg kurz an. Gottschall aber scheut
sich nicht (S. 899), Goethe in heimlichen Besuchen in

Kochberg den Balsam der Liebe kosten und im Arm der Liebe die Mitternacht vergessen zu lassen. So wird ihm der eine Besuch zu mehreren, die er geheim nennt, obgleich so viele Zeugen desselben bei Charlotten waren.

Gleich am Tage nach seiner Rückkunft, am 15. Oktober, schreibt er der Freundin, bei dem Sonnenschein, mit welchem ihn Thal und Garten empfangen, habe ihn der Gedanke an ihre Liebe ganz glücklich gemacht. Vier Tage später erwiedert er ihr, seine Liebe sei und bleibe ihr ganz bewahrt, nichts sei er ohne sie. Wer kann bei solchen aus voller Liebe strömenden, jedes sinnlichen Beigeschmacks entbehrenden Aeußerungen an Schändliches denken! Er besorgte um diese Zeit die Wiederherstellung ihrer Wohnung; meist war er allein zu Hause, was freilich einen Besuch Coronens nicht ausschließt, aber sein ganzes Herz hing an ihr; seine einzige Furcht war, daß sie krank werde, was sein ganzes gehofftes Glück stören würde. „Komm bald!“ ruft er ihr zu. „Bis dahin freue ich mich Deiner Zeichen, die ich hie und da antreffe. O du Gute, halte mich nur an, daß ich fleißig bin!“ Leider wurde durch die Krankheit der Ihrigen ihre Rückkehr verzögert, was ihn sehr verstimmte. Von Jena aus, wohin ihn ein beschwerlicher Liebesdienst für die Einsiedelsche Familie zog, sprach er seine innigste Neigung so rein aus; ihre Liebe sei das schöne Licht aller seiner Tage, ihr Beifall sein schönster Ruhm, ja, wenn er einen guten Namen von außen recht schätze, sei es nur um ihretwillen. Das Tagebuch sagt vom Ende Oktober und dem folgenden Monat: „Täglich mehr in Ordnung. Bestimmtheit und Consequenz in allem.“ Erst am 5. November kehrte Charlotte nach Weimar zurück und mit ihr sein ganzes Glück, das er nicht in Befriedigung sinnlicher Leidenschaft, sondern in wonnigem Genusse ihres so guten, reinen und tiefen Herzens fand.

VII.

„Glück durch ⊙“, trägt Goethe Ende November in sein
Tagebuch ein. Daß das darauf folgende „hielt sorgfältig auf
meinen Plan“ damit ebenso wenig als das vorhergehende „An=
fang osteologischer Vorlesung“ zusammenhängt, entging Keil
(II, 209), der dieses, wie die Schlußbemerkung des Decembers,
„Mit ⊙ still und vergnügt gelebt“ auf die „intime Liaison“
im Sinne unerlaubten Umgangs bezieht. Die Anzeige seines
Buches, welche die Zeitschrift „Im neuen Reich“ bringt, sieht
in der letzten Bemerkung den Beweis, daß Charlotte damals
das letzte und äußerste Mittel angewandt, Goethe zu fesseln
und dauernd von Coronen zu sich hinüberzuziehen. Da hätten
wir ja wieder eine ganz neue Zeitbestimmung des glücklich gegen
Goethe aufgebrachten Ehebruches, der demnach keine Aenderung
im Tone der Briefe hervorgerufen haben kann, da es sonst un=
möglich, daß man ihn so verschieden ansetzen könnte. Es ist
empörend, wenn das stille und vergnügte Leben mit Charlotten
als Beweis verbotenen Umganges dienen soll. Etwa auch „die

guten Stunden mit ⊙" nach dem 6. März 1780, das „Rein und gut da gelebt" am 22. August 1779, die „Nähe zu ⊙" im Mai 1779, der die „Nähe zu Herdern" vor dem 20. September 1781 entspricht! Wie oft braucht Goethe sein „artig", „gut", „lieb", wie oft sein „vergnügt"! Ist es im Grunde etwas anders, als wenn er Ende April 1778 schreibt: „Still und rein mit den Meinigen verlebt!" Dort ist unter den Meinigen ja gerade Charlotte ganz besonders gemeint. Freilich, wer Unreines sucht, findet es leicht überall; so auch z. B. darin, daß Goethe der Freundin einmal schreibt, nach ihrer Zurückkunft wollten sie „glückliche Tage zusammen zubringen" (am 16. September 1784). Wer berechtigt uns zu der Annahme, dieses „vergnügt" gehe hier auf verbotenen Genuß, da es doch offenbar ist, daß er deßhalb so vergnügt mit Charlotten lebte, weil ihre Tage weder durch unangenehme Störungen geschäftlicher Art, noch durch körperliches Leiden getrübt waren, sondern sie still sich leben, ruhige Tage genießen konnten, wozu die beste Erläuterung die Briefe der Zeit bieten. Wieland hat Recht: „Welch ein trauriges Gefühl muß der Gedanke an die unselige Geneigtheit zu verleumden und der Verleumdung Gehör zu geben, die ein so häßlicher Flecken an der menschlichen Natur ist, in einem jeden erwecken, der nicht auf eine gänzliche Vergessenheit bei der Nachwelt rechnen kann!" Und wer möchte solcher böswilligen Auslegung gegenüber noch Tagebücher hinterlassen!

Am Abend des 5. November wird Goethe die zurückgekehrte Freundin begrüßt haben. Den folgenden Morgen ladet er sich auf den Mittag bei ihr ein, damit seine durch Alten eingeschnürte Seele sich wieder ausweite. Er scheint sie auch schon mit seinen ihn damals ernstlich beschäftigenden osteologischen Studien bekannt gemacht zu haben, da er am 7. sie bittet, ihm den Schädel zu schicken. Den Nachmittag will er bei ihr anfragen, wie sie lebe und was es heute Abend gebe, ob sie etwa ins Hofconcert gehe. Es war der Jahrestag seiner Ankunft in Weimar, den sie in liebevoller Erinnerung gefeiert haben werden. Schöll setzt vor das Briefchen vom 6. einen Zettel, welcher der Freundin anzeigt, der Hofmusiker Zahn werde Abends mit der Harfe kommen, auch die Schröter sich einfinden. Wolle sie die

Lieber hören, so möge sie mitbringen, wen sie wolle, etwa auch ihre Mutter; er wolle beide Häschen und das Feldhuhn braten lassen, daß sie alle satt würden. Eine sichere Gewähr, daß das Billet in diese Zeit falle, haben wir nicht, am wenigsten möchten wir es vor den 6. setzen, da es dann an dem Tage der Rückkehr Charlottens geschrieben sein müßte, was höchst unwahrscheinlich. Keil führt auch dieses Billet an (II, 208), ohne sich zu sagen, daß, wäre Charlotte auf die Künstlerin so eifersüchtig gewesen, daß sie dadurch zur schmachvollen Hingabe sich hätte hinreißen lassen, Goethe dieß doch gewußt haben müsse und unmöglich so ungeschickt gewesen sein könne, die Freundin, die sich ihm geopfert, auf ihre Nebenbuhlerin einzuladen. Bald darauf wurde Charlotte wieder leidend. Am 12. bittet Goethe sie, sich doch heute um ihret= und seinetwillen zu schonen, da er nicht leben und am Leben sich freuen könne, wenn sie krank sei; zugleich kündet er ihr seinen Plan an, seinen Garten bald schattiger zu machen, da sie über den Mangel des Schattens daselbst sich beklagt hatte. Das Uebel wich bald, und so konnten sich die Liebenden herzlich ihres Glückes freuen. Zur besondern Freude gereichte es Goethe, daß er auf nächste Ostern das Charlotten so nahe liegende Helmershausensche Haus auf dem Frauenplan miethen konnte, in welchem er sich für den folgen= den Winter einrichten wollte. „Du siehst, das Glück sorgt für uns", schreibt er der Freundin. Wenn damals in Weimar der Klatsch entstehen konnte, Goethe werde Victoria Streiber in Eisenach heirathen, so beweist dieß, wie wenig man dort an Keils „intime Liaison" mit Charlotten dachte. Den November hindurch erfreuten sich die Liebenden des vertraulichsten Familien= lebens. Charlotte wird kein Bedenken getragen haben, ihm jetzt das herzliche Du zu geben, wie sie am 27. mit seiner Psyche siegelte. „Es ist und wird gewiß recht schön und gut mit uns werden; denn alles geräth nach und nach", schreibt er darauf. „O wer doch öfters so verständig wäre, sein Glück brauchen zu können, und so glücklich, daß er seinen Verstand ganz anwenden könnte. Gott versteht mich und Du auch." So schreibt kein Ehebrecher.

Daß er dem Anatomen Lober versprochen hat, ihn Sonn=

tag den 1. December in Jena zu besuchen, thut ihm sehr leid, so daß er es, wenn er könnte, rückgängig machen würde. Die Nacht vorher träumt er von ihr. Keil scheut sich nicht (II, 208), den tollen Traum, den Goethe der Freundin mittheilt, sie habe ihn an ein artig Misel verheirathet, von dem er aber, ohne zu wissen wie, auf einmal getrennt worden, als „Erinnerungen, Bilder und Gedanken", als „vorübergehende Anwandlungen", natürlich daß er Sehnsucht nach einer passenden Verbindung empfunden habe, aufzuführen, ohne sich zu sagen, wie wenig dieß denkbar wäre, wenn er Charlottens in der von Keil ge= meinten Weise sich erfreut hätte. Zum nächsten Geburtstage der Herzogin hatte er ein Ballet im Sinne, zu welchem ihn Charlotte bringend gemahnt haben dürfte. Aber schon drohte ihm wieder eine längere Abwesenheit von Weimar, derentwegen er manches Geschäftliche vorbereiten mußte. Er wollte mit dem Herzog in Wilhelmsthal, wo eine große Jagd stattfinden sollte, zusammentreffen; er hatte ihn allein dahin gehen lassen, um nicht zu lange von Weimar entfernt zu sein. Am 3. hat er den Maler Kraus bei sich zu Tische, mit dem er höchst wahr= scheinlich schon das launige Bild der neueren deutschen Literatur besprach, durch dessen Erklärung in der Person seines vielbe= liebten Marktschreiers er den Kreis der Herzogin Mutter am Weihnachtsabend erfreuen wollte. „Diesen Abend seh' ich Dich", schrieb er ihr denselben Morgen. „Leb wohl, mein süßes Glück." Den folgenden Abend war Charlotte in größerer Gesellschaft bei ihm, wo sie an Kopfschmerz litt. „Dein Wohl ist mein Wohl und Dein Leiden das meine", schreibt er ihr am andern Morgen. „Adieu, Liebste, Einzige. Ich sehe Dich bald." Charlotte hatte ihm die Vollendung des Egmont empfohlen, den er mit auf die Reise nahm. Auch einen Roman über das Weltall hatte er im Sinne, den er der Freundin zu diktiren wünschte. Ehe er am Morgen des 6. nach Erfurt fährt, schreibt er ihr, schon hoffe er wieder auf sie. Am andern Tage äußert er, kurz vor der Abreise nach Gotha, seine Gestalt gehe vorwärts, sein Geist zurück. In Eisenach machte er sich von allem los, um sich und Charlotten zu leben. Er fand dort ihren Gatten. „Es wird mir recht natürlich, Steinen gefällig zu sein und ihm

leben zu helfen", schreibt er. „Ich bin es Dir schuldig, und
was bin ich Dir nicht jeden Tag und den Deinigen schuldig?
Was hilft alle das Kreuzigen und Segnen der Liebe, wenn sie
nicht thätig wird." Wie wäre es denkbar, daß Goethe also
schreiben konnte, wenn er das heiligste Recht von Charlottens
Gatten freventlich geschändet hätte! Als er in Wilhelmsthal
ihren Brief erhält, wird er auf das unangenehmste durch die
Anrede mit Sie berührt, so daß er sich nicht enthalten kann,
alle Ihnen zu durchstreichen und sie in das trauliche Du um=
zuändern. „Verzeih, daß ich die Kleinigkeit zu etwas mache!
— — — — Du redst von vielen Dritten. Laß das zum letzten=
mal sein und verzeih." Ueber des Herzogs Jagdanstalten macht
er seiner „lieben Beichtigerin" die vertraulichsten Mittheilungen
und verspricht ihr „einen rechten Arm voll moralischer und
politischer Geheimnisse" zurückzubringen. Bei aller Sehnsucht
nach ihr gelingt es ihm erst am 16. zurückzukehren, wo er den
Abend vergnügt bei ihr verbringt. „Wie ich die Augen auf=
thue", schreibt er den folgenden Morgen, „möcht' ich schon
wieder Deine Stimme hören und Dich fragen, wie Du Dich
befindest. Ich bin (seit gestern Abend) nicht von Dir wegge=
kommen, und der Traum war so artig, mich immer bei Dir
zu lassen." Ist das die Stimme eines Mannes, dem der sinn=
lichste Genuß der Geliebten zur Gewohnheit geworden? Am
Abend des 19. schreibt er bei Uebersendung der letzten Reise
Cooks: „Ich bin Dir ganz nah; Deine Liebe und Güte ist die
Luft, in der ich lebe. Gute Nacht. Wäre ich nicht ausgezogen,
ich brächte Dir sie selber." Er schrieb diesen Abend ein tüchtiges
Stück an den Versen des Marktschreiers des Neuesten von
Plundersweilern, wie die Meldung des folgenden Morgens
ergibt: „Meine Verse zu der Zeichnung (dem Bilde von Kraus)
sind bald fertig. Gestern Abend gings ganz frisch!" Wenn
er den Brief beginnt: „Es ist auch durch meine gestrige Ent=
haltsamkeit nicht anders geworden, liebe Lotte, und soll auch
ich nicht", so ist dieß eine eigene Wendung des Gedankens, daß
er sie noch immer liebe, obgleich er sich gestern Abend enthalten,
noch einmal zu ihr zu kommen. Auf den nächsten Abend ladet
er die Gesellschaft (sie und die Ihrigen) zu dem von der Jagd

angekommenen Schweinskopfe. Am 24. sendet er seinen Morgen=
gruß nebst Feiertagskuchen, damit sein Verlangen, sie zu
sprechen, befriedigt werde, ehe er vor zehn Uhr, wo er wegen
der Vorbereitungen zum Geburtstagsballet ins Theater geht,
einen Augenblick sie besuchen kann. Mittags ißt er wohl, wie
gewöhnlich an diesem Tage, bei der Herzogin Mutter, die er
Abends bei der Weihnachtsbescherung als Marktschreier mit dem
Neuesten von Plundersweilern erfreut. Auch Charlotte
war zugegen, wie sich schon daraus ergibt, daß er am andern
Morgen der Aufführung gegen sie nicht gedenkt; aller Wahr=
scheinlichkeit nach auch Corona, der, wie allen Hofangestellten,
beschert wurde. Am Morgen des Weihnachtstages, ihres Ge=
burtstages, dankt er Charlotten aber= und abermals für alles,
wonach auch sie ihm beschert hatte. „Bald seh' ich Dich", fügt
er hinzu; „denn ich werde mich in Feiertagskleider setzen und
Dir geputzt und bei Hofe und überall sagen, daß ich Dich un=
aussprechlich liebe. Viel Glück zum Geburtstag." In herz=
lichstem Bewußtsein ihrer Liebe freuten sie sich des schönen Tags,
der durch keine leidenschaftliche Aufregung getrübt wurde. Er
brachte ihr als Geschenk den Anfang einer schönen Abschrift
seiner sämmtlichen ungedruckten Dichtungen, die in nächster Zeit
vollendet werden sollte; gehörte ja alles, was er gedichtet, der
Herzensfreundin an. Die Freundin ersuchte ihn am nächsten
Morgen um Verse auf den Geburtstag der Göchhausen, der
freilich erst auf den 13. Februar fiel; so wenig war sie eifer=
süchtig auf Freundlichkeiten, die er andern Damen erwies. Wie
wenig er aber an andere ernstlich dachte, zeigt der Umstand,
daß er deren Geburtstag eben so wenig kannte, als den ihrer
Schwägerin, der vor einem Monate gewesen, und Karolinchens
(von Ilten), denen er gleichfalls Verse zu machen von freien
Stücken sich erbietet. Aber am nächsten Abend scheint Charlotte
traurig verstimmt gewesen zu sein, weßhalb sie sich den folgen=
den Morgen entschuldigte und ihren Besuch am Abend zusagte.
„Dem Himmel sei Dank", antwortete er, „daß diese Empfindung
vorübergehend und Deine Liebe bleibend ist. Ich will fleißig
sein; das thut gut. — Der Abend kommt mir angenehm, weil
Du mit dem Abend kommst." Am folgenden Morgen bittet

er sie das wohl mitgeschickte Ballet zu lesen, weil er es gegen
Abend brauche; Mittags esse er mit ihr. Damit man nicht
etwa den Umstand, daß der Anfang des Billets abgerissen ist,[1]
zur Verdächtigung benutze, hier sei etwa das Bekenntniß ihrer
Schuld zu lesen gewesen, bemerke ich, daß nach der wilden Zerstreuung der Briefe durch die plündernden Franzosen es nicht
zu verwundern, wenn manche Zettel abhanden gekommen sind,
einzelne gelitten haben, und daß Charlotte, hätte sie hier eine
Erinnerung an ihre Schuld gefunden, klug genug gewesen sein
würde, statt Verdacht durch das Wegreißen des Anfangs zu
erregen, das ganze Billet zu vernichten. Es schließt mit den
jeden Gedanken an sinnliche Lust ausschließenden Worten: „Hier
noch etwas Süßes, aber nichts Süßers als die hundert Namen,
mit denen ich Dich ewig nenne.“ Den 30. will er Jagemann
zu Tisch laden (welchen er wahrscheinlich wegen Pombals damals
Aufsehen machender Lebensbeschreibung zu befragen gedachte),[2]
um seine Sehnsucht nach ihr zu stillen. Abends ging er mit
ihr zur Waldner. „Fahre fort mir wohlthätig zu sein“, schließt
er. Den Abend des letzten Jahrestages werden sie dießmal wohl
in heiterm Zusammenleben beschlossen haben.

Wie aber stand es mit Coronen? Wenn die Briefe an
Charlotten mit einer noch zweifelhaften Ausnahme ihrer gar
nicht gedenken, so folgt daraus nichts weniger, als daß der
Umgang mit ihr abgebrochen oder weniger freundlich gewesen.
Das Tagebuch hat von den letzten beiden Monaten nur eine sehr
allgemeine Angabe; da aber der folgende Monat, mit dem wieder
genaue Tagesangaben beginnen, den Dichter in freundlichem
Verkehr mit ihr zeigt, so müssen wir dieß auch für den Schluß
des Jahres annehmen. So ist also seit dem September oder
Oktober oder November oder Dezember (denn in einen dieser
Monate soll ja die von den Gegnern ersonnene Hingabe Char-
lottens fallen) durchaus keine Veränderung im Verhältnisse zu
Coronen zu erkennen, wie wir sie doch annehmen müßten, wenn
Charlottens Eifersucht auf diese sie zu dem Stahr'schen ver-
zweifelten Schritt getrieben haben sollte. Freilich versichert uns

---

[1] Bloß das Wort „Heute“ scheint zu fehlen.
[2] Zwei Tage später las er nach dem Tagebuch „Pombals Leben“.

Keil (II, 209), habe auch Goethe im nächsten Januar noch öfters Coronen besucht, und sie bei einander zu Mittag gespeist, so sei doch die alte Innigkeit dahin gewesen und sein Verkehr mit der einst so leidenschaftlich geliebten schönen Künstlerin habe sich nach und nach auf die Vorbereitungen der Reboutenaufzüge und Theatervorstellungen beschränkt: aber jeder Beweis für diese als Thatsache keck hingestellte Behauptung fehlt, und wir werden gerade im Gegentheil sehen, daß die freundliche Verbindung in der nächsten Zeit, von welcher wir genauere Kunde haben, sehr lebhaft war. Daß der Erwähnungen in den Briefen an Charlotten nur wenige sind, kann bei der Art dieser oft zufälligen Mit=theilungen gar nicht auffallen, und die wirklich sich findenden fallen schwer ins Gewicht. Aber selbst wenn dieß der Fall wäre, wenn die Verbindung mit Coronen in dieser Zeit abgenommen hätte, würde es nichts beweisen; denn wäre wirklich die Eifer=sucht auf Coronen so mächtig in Charlottens Seele gewesen, nach ihrer völligen Hingabe müßte der freundliche Verkehr mit dieser sofort sein Ende erreicht haben. So zeigen sich die auf böswilligem Mißverständniß beruhenden Stahr=Keil'sche Eifersuchtstheorie und Ehebruchshypothese in ihrer vollen Blöße.

Am ersten Morgen des Jahres übersendet Goethe der Freundin mit einem kleinen Gerichte und scherzhaften, auf die kirchlichen Namen verschiedener Sonntage bezüglichen Ver=sen, die sie als Geheimniß verwahren möge, einen Willkomm. Sie wisse, mit welcher Zufriedenheit er das neue Jahr anfange und daß er nur den einen Wunsch habe, ihr, der er alles schul=dig sei, recht dankbar sein zu können; es sei ihm, als wenn ihn nun kein Uebel berühren könnte, die schönsten Aussichten lägen vor ihm. Daß er ihr alles schuldig sei, bezieht sich auf die ganz neue Stellung im Leben, die er durch ihren beruhigen=den und hebenden Einfluß gewonnen, wie er dieß so oft in seinen Briefen ausgesprochen hat; daher auch „die schönsten Aussichten", da ihm der Genuß ihrer Herzensliebe das Leben erheitert. Er spricht nur von Zufriedenheit, die das Be=wußtsein ihrer zutrauensvollen Liebe ihm bereitet. Es treibt ihn, gleich zu ihr zu kommen, um bei ihr das Portefeuille für Auguste Stolberg zu malen, aber da er gern am Anfange des

Jahres etwas über sich gewinnen, seine Enthaltsamkeit bewähren
möchte, bleibt er bis zum Mittag, wo er bei ihr zu speisen gedenkt. „Nachmittags viel (mit Charlotten) gesprochen, besonders
über die gegenwärtigen Verhältnisse", bemerkt das Tagebuch.
„Wir waren meist klar und einig darüber." Unter den „gegenwärtigen Verhältnissen" ist wohl die ganze politische Lage der
Welt verstanden. Pombals Leben hatte Goethe am Morgen gelesen. Charlotte war eine fleißige Leserin des seit dem vorigen
Jahre in Hamburg erscheinenden politischen Journals,[1]
aber auch wohl der Pariser Journale, deren Goethe am 3.
gedenkt. Schon am zweiten Tage des Jahres speiste er Mittags
bei der Schröter, was deutlich zeigt, daß er weit entfernt
war, das Verhältniß zu dieser abbrechen zu wollen. Wenn er
sie hier im Tagebuch nicht Crone nennt, so ist dieß zufällig;
im Verlaufe des Monats finden wir diese vertrauliche Bezeichnung wieder. Abends ist er bei Charlotten, welcher er am
Morgen geschrieben hatte, er gedenke der Einladung der Herzogin von Gotha, deren durch Stafette erhaltenen Brief er beilegte, nicht zu folgen. „Sag Du mir auch, daß ich nicht soll,
damit ich meiner Sache recht gewiß bin", fügt er hinzu. Am
3. fragt er bei Uebersendung der Fortsetzung der Abschrift seiner
Werke bei ihr an, wie viel Geld ihre Mutter brauche, und
wie lange; vielleicht könne er selbst es ihr geben. Den Abend
war Probe des zur Geburtstagstagsfeier bestimmten Goethe'schen
Ballets, der Geist der Jugend. Daß hierbei, was Keil entging, Corona mitwirkte, wissen wir;[2] an diesem Abend war
bloß Tanzprobe, wobei Corona nichts zu thun hatte. Nach der
Probe geht er Abends mit Charlotten zur Waldner. Vom 4.
sagt das Tagebuch nur, daß der Herzog von Gotha zurück

[1] Dieses ist gemeint, wenn er am 19. März 1781 ihr schreibt: „Hier die Politik!"
[2] Burkhardt (Grenzboten 1873, III, 20) nennt neben ihr „Madame Aulhorn
und von Hendrich". Eine Madame Aulhorn kenne ich nicht und im Stücke kommen
außer dem Chor nur zwei zugleich redende und singende Personen vor, ein Zauberer
und eine Zauberin, von denen der Bassist Aulhorn den einen, Corona die andere
darstellte. Von Hendrich war wohl ein junger Hendrich, welcher den in einem
sich öffnenden Steine sitzenden Amor dargestellt haben wird, der am Schlusse der
Herzogin ein auf Seide gedrucktes Preisgedicht übergab. Unter den vielen Kindern
war auch wohl Charlottens Fritz.

gekommen und Abends Reboute gewesen. In dem lange vor
Tagesanbruch geschriebenen Morgenbillet ladet er sich auf den
Mittag bei der Freundin ein, wo er, wie sie gestern verlangt,
am Schirm malen wolle, das er der Herzogin zum Geburtstag
zu schenken gedachte. „Ich freue mich auf ein süßes Wort von
Dir im Maskengetümmel, freue mich aber nicht auf das Ge-
tümmel, was heute unser schönes, ruhiges Zusammensein
unterbrechen wird." Auf der Reboute wird er auch Coronen
getroffen haben. Den andern Morgen schrieb er der Freundin:
„Meinen besten Gruß zum schönen kalten Morgen; bald sehen
wir uns auf dem Eise. Heut bleib' ich zu Hause und bin fleißig."
Denselben Morgen kam Loder von Jena, mit dem an diesem
und dem folgenden Tage osteologische Uebungen gemacht wurden; doch war er an beiden Tagen Abends bei Charlotten,
am letztern, wo er mit Loder bei Hofe speiste, nach dem Concert.
Aber den folgenden Mittag hatte er Coronen bei sich zu Tische;
um halb 5 ging er zur Herzogin, dann zu Seckendorf, wo auch
der Herzog war, der einen Plan zu einem Aufzuge für die
dritte Reboute verlangte. Bei der Waldner traf er Charlotten
und deren Gatten; auch der Herzog kam dahin, mit dem er
auf sein Zimmer gehen mußte, um ihm die Erfindung seines
Reboutenaufzugs, der Entführung, mitzutheilen. Den 8. aß
er Mittags bei der ältern Freundin, Abends nach wiederholter
Tanzprobe bei der Herzogin Mutter, wo er in Gegenwart des
Statthalters wieder das Neueste von Plundersweilern
vortragen mußte. Am folgenden Tage speiste er bei Coronen;
um 4 Uhr hält er eine osteologische Vorlesung über den Fuß,
um halb 6 beginnt die Theaterprobe des ersten Aktes des
Ballets mit Coronen und Aulhorn, Abends ist er wieder bei
Charlotten zu Tische. Den 10. ging er nach Tisch zu Charlotten, dann um 4 Uhr zur „Balletprobe", wo wahrscheinlich
der folgende Akt mit Coronen versucht wurde. Die Reboute
vom 11. besuchte er wohl mit Charlotten; wenigstens berichtet
das Tagebuch, daß er vor der Reboute bei ihr gewesen; Nachts
kam er so spät von der Reboute zurück, daß er in der Stadt
schlief. Den 12. fuhr er mit der Freundin spazieren, aß dann
bei ihr, unterhielt sich nach Tische mit ihr über Wedels Ein-

richtung, wozu er auch wahrscheinlich den Herzog bestellt hatte.
Wedel, der die Wöllwarth heirathen wollte, sollte in dem an=
dern Flügel der von Stein bewohnten frühern Sattelkammer
seine Wohnung erhalten. Von Charlotten ging Goethe zur
Balletprobe, wohl des dritten Aktes, in welchem Corona und
Aulhorn sangen; Abends war er bei der Herzogin Mutter zu
Tische, sprach aber, ehe er nach Hause ging, noch einmal bei
Charlotten vor. Den andern Morgen (es war ein Sonntag)
schreibt er: „Mich verlangt ein Wort von Dir zu sehen, zu
hören, wie Du Dich befindest; ich bin an des Herzogs Aufzug
und werde auch noch Balletmeister. Gegen zwölfe will ich aufs
Eis, wenns geht. Adieu. Wann gehst Du an Hof?" Aber vor
Mittag kam der Herzog (vorher hatte Schubert die Musik zum
Aufzug gebracht), später Corona, die zum Essen blieb; nach
Tisch ging er zu Charlotten, Abends wohl mit dieser an den
Hof. Den Morgen des 14. schickt er ihr den Schluß der Abschrift
seiner Dichtungen, die er ihr einbinden lassen will, damit sie
ihr immer bleibe. Ehe er zur Probe des Aufzugs des Herzogs
geht, will er Charlotten besuchen, welcher er entschuldigend
schreibt: „Die viele Zerstreuung und das Vertrödeln der Zeit
ist mir unangenehm, und doch seh' ich, daß es höchst nothwendig
ist, mich mit diesen Sachen abzugeben, und daß man Gelegenheit
gewinnt, das Gute zu thun, indem man zu scherzen scheint."
Bei dem Aufzuge stellten Goethe und Charlottens Gatte Zauberer
dar, der Herzog und ihr Bruder Helden, Frau von Fritsch
und Fräulein von Voß bezauberte Damen.[1] Vielleicht hatte
Charlotte ihm mitgetheilt, daß sie unwohl sei, und seinen Besuch
auf den Abend sich erbeten. Nach der Probe besuchte er Coronen,
deren Geburtstag war, und aß bei ihr. Wahrscheinlich wußte
er, daß sie heute ihren Geburtstag feiere. Es ist das erste
Mal, daß wir Goethe an ihrem Geburtstage bei ihr finden, was
in Verbindung mit den sonstigen häufigen Besuchen den schla=
gendsten Beweis liefert, daß sein freundlicher Verkehr mit ihr
nicht gelitten hatte, wie es Keil uns glauben machen will, und

[1] So berichtet Ludecus am 21. Januar 1782 an Knebel. Burkhardt's Bericht (a. a. O. 19) nennt nach dem jüngern dabei mitwirkenden (?) von Lynder statt der Frau von Fritsch Fräulein von Lynder.

wie es der Fall sein müßte, hätte die seine ganze Seele beherrschende Charlotte gerade aus Eifersucht auf die jüngere
Künstlerin sich ihm ganz hingegeben. Abends besuchte er die
kranke Herzensfreundin, der er am folgenden Morgen schreibt:
„Sag mir, Liebe, daß Du wohl geschlafen hast und wohl bist,
damit mir auch wieder wohl werde." Leider war sie noch kränker
geworden. Mittags aß er mit dem Herzog und Charlottens
Gatten bei der Waldner, probirte dann mit ihnen den Aufzug,
wie auch an beiden folgenden Tagen. Erst am Abend des 17.
fand Goethe Charlotten besser, doch mußte er ohne sie am 18. die
Redoute besuchen. „Wie freut es mich von Dir zu hören, daß
Du besser bist!" schreibt er am folgenden Tage. „Das ist besser
als alle Redouten. Unsere Possen sind gut gegangen und haben
gefallen. Ich komme bald hinüber." Das Tagebuch gedenkt des
an diesem Morgen mit Charlotten gehaltenen „schönen" Ge-
sprächs. Mittags war er beim Herzog, Abends bei der Herzogin
Mutter zum Thee. Den 20. speiste er Mittags an der sonntäglichen Hoftafel, besuchte dann die Freundin, die leider noch
nicht ausgehen konnte; nach dem Concert, in welchem wohl
Corona sang, brachte er den Abend bei ihr zu, wo sich auch
der Herzog einstellte. Den 21. schrieb er ihr: „Ich sehe Dich
gewiß; ob ich zur Herzogin Mutter gehe, weiß ich noch nicht.
Ich danke Dir für alle Liebe und Güte und bin immer Dein."
Auch am folgenden Tage sah er sie, ehe er aufs Eis ging.
„Wir sollen uns, scheint es, auf der glatten Fläche dieß Jahr
nicht begrüßen", klagt er. Den 23. war er bei Charlotten zu
Mittag. An diesem wie am vorigen Tage sind die Tagebuchbemerkungen durch ein 2c. rasch abgebrochen; leicht könnte er
auch an diesen Tagen mit Coronen zusammengetroffen, sie am
22. auf dem Eis gefunden haben; jedenfalls sah er sie bei den
Balletproben des 21. und 24. Den Abend des letztern Tages
verbrachte er bei Charlotten, wo aber „sein Kopf durch das
tausendfache Zeug (dieses Tages) verwüstet" war. Er hatte
Charlotten am Morgen von ihr verlangte Lieder geschickt, die
er vielleicht von Coronen erhalten, [1] und ehe er Mittags zur

[1] Ja es könnten sogar Lieder von Coronen selbst sein, die sich an Herders
Volksliedern u. a. mit Erfolg versucht hatte.

Herzogin Mutter eilen muß, wohin der Herzog den Hof wegen
des Geburtstages des Königs von Preußen geladen, sandte er
das Preislied auf die Herzogin zum Schlusse des Ballets in
seiner neuesten Gestalt. Den 25. wurde auf der Redoute, die
Charlotte noch nicht besuchen durfte, der Ritteraufzug des Her=
zogs wiederholt. Tags darauf ist wieder Probe des Ballets.
Am 27. wollte Goethe, wohl um sich herzustellen, nicht ausgehen
und zu Hause den Schirm für die Herzogin fertig malen, den
er sich deßhalb von der Freundin erbittet. Er hatte in der
Frühe des Morgens sein ganzes Leben recapitulirt, das sonder=
bar genug, aber glücklich sei, da es ihn zur Geliebten geführt
habe. Beim Malen wurde er durch den Herzog gestört, mit
dem er ein gutes Gespräch hatte; zu Tische kam Corona. Abends
ging er um das Webicht im Park spazieren; dann trieb es ihn
zu Herder. Den 28. ist er auf der Hochzeit seines Kollegen
Schnauß, Abends bei der Hauptprobe seines Balletstückes. Die
Freundin wird er wohl auch an diesen Tagen, wenn auch nur
auf kurze Zeit, besucht haben, da sich in dieser Zeit keine Spur
einer Spannung zeigt. Charlotte fühlte sich so weit hergestellt,
daß sie am 28. den seit Anfang des Jahres im Casino alle
Dienstage stattfindenden abligen Pikenik besuchte. Goethe fand
sich höchst unangenehm überrascht, als er „nach überstandener
Tageslast“ sie nicht zu Hause fand, dagegen erfreuten ihn bei
seiner Zurückkunft einige „liebliche Worte“ von ihr. „Gute
Nacht!“ schreibt er ihr noch denselben Abend. „Wenn Du
gewußt hättest, wie ich eines Blickes von Dir bedarf, Du wärst
zu Hause geblieben. Ich will kein Kind sein!“ Am 30. wurde
das Geburtstagsballet mit großem Beifall aufgeführt. Charlotte
scheint durch Unwohlsein verhindert gewesen zu sein, den Hof
zu besuchen. Auch konnte sie wohl noch nicht auf der Geburts=
tagsreboute vom 1. Februar erscheinen,[1] zu welcher Goethe den
Aufzug der neun weiblichen Tugenden ersonnen hatte. Wir
wissen, daß Corona die Bescheidenheit darstellte, welche der

---

[1] Ich vermuthe, daß die Zeilen „In Erwartung des Versprochenen“ (bei
Schöll II, 154) auf den Abend des 31. Januar fallen. Hier heißt es: „Nur noch
keine Hoffnung auf morgen. Wie sehr bedaur' ich Dich und leide doppelt mit Dir.
Lebe wohl! Schlaf wohl und denk an den Deinigen.“

Herzogin in aller Namen Kränze überreichte, die mit einem Bande geflochten waren, auf welchem die schöne von Goethe gedichtete Anrede an diese stand. Leider ist es unbekannt, welche Personen die andern Tugenden darstellten. Waren es adlige Damen, so wäre es ein großer Vorzug gewesen, daß Corona mit diesen in demselben Aufzug auftreten konnte; jedenfalls zeugt es von der Vorliebe des Dichters für die Künstlerin, daß er durch sie diese Verse der Herzogin übergeben ließ. Freilich sehen die Gegner darin, wenn die so oft leidende Charlotte bei der Aufführung eines Stückes, worin Corona auftrat, nicht erscheinen konnte, darin ein Zeichen ihrer Eifersucht, die nur Unwohlsein vorgegeben habe, weil sie in ihr eben dieses von ihnen großgezogene Kind überall erblicken. Daß Charlotte dießmal lang krank gewesen, berichtet der Herzog am 8. Februar an Knebel. Am folgenden Tage machte Goethe für die beiden Herzoginnen den Aufzug der vier Weltalter. Die an demselben Tage erfolgende Ankunft des Herzogs und des Prinzen August von Gotha nahmen ihn sehr in Anspruch, doch wird er auch die Freundin mehrfach, vielleicht auch bei Hofe, gesehen haben. Daß die Nichterwähnung des Besuches derselben im Tagebuch nichts beweist, ergibt sich daraus, daß dieses sie auch vom 25. Januar bis zum 8. Februar gar nicht erwähnt, obgleich Besuche derselben in dieser Zeit durch Briefe feststehen.

Am 3. Februar schreibt Goethe dem in seiner Heimat weilenden Knebel: „Die Stein hält mich wie ein Korkwamms über dem Wasser, daß ich mich auch mit Willen nicht ersäufen könnte." Von Frau von Werther, zu welcher Knebel eine zarte Neigung gefaßt hatte, heißt es daselbst, er sehe ihr so im Stillen zu, sie wolle ihm gar nicht gefallen; ihre von ihm aus- oder in die Enge getriebene (kokette) Natur kehre in ihre alten Rechte zurück. Wie hoch stand dieser anmuthig verführerischen Frau gegenüber, gegen die er sich auch artig bezeigte, seine Charlotte! Den 4. schickt er der Freundin „ein süßes Näpfchen" nebst der Versicherung, daß, wenn er heute Abend bei der Herzogin Mutter seine „Narrenrolle" im Neuesten von Plunderswcilern gespielt habe, „mit Sehnsucht zu den Wohnungen der Weisheit und Güte (bei Charlotten) zurückkehren" werde.

Wahrscheinlich erfreute er sie schon damals durch Mittheilung seines Planes, etwa auch des Anfangs seines herrlichen Gedichtes auf den vor der Aufführung seines Ballets gestorbenen Theatermeister Mieding, das Charlottens edler Seele innig wohlthun mußte. Den 5. nahm ihn des Herzogs Aufnahme in die Freimaurerloge in Anspruch; am 6. wurde das Ballet wiederholt, dann war er bei Hof, zuletzt auch noch, was das Tagebuch übergeht, bei Charlotten. Vielleicht kehrte er mit dieser von Hofe zurück; wenigstens wohnte sie dießmal höchst wahrscheinlich der Aufführung des Ballets bei. Am andern Morgen schreibt er ihr: „Zum frühen Tag möcht' ich ein gutes Wort von lieber Hand sehen, hören, wie Du geschlafen hast, ob Du wohl bist und daß Du mich gerne heute wieder empfängst, wie Du mich gestern entlassen hast." Er sprach wirklich bei ihr vor, ging aber dann nach Hause. Abends drängte es ihn noch einmal zur Freundin zu eilen, doch enthielt er sich, bat sie aber, ihm etwas von sich zu schicken, es sei, was es wolle. Den Nachmittag, wo Schubert bei ihm die Touren zum Aufzug der Herzoginnen gespielt habe, sei er immer um sie geblieben. Sehr freute er sich auf die morgige Redoute, wo der Aufzug des Winters wiederholt werden sollte; die „Eitelkeit" werde sehr solid, da er sie dabei an der Hand habe. Die Wiederholung fand allgemeinen Beifall, gereichte aber besonders den Liebenden zu hoher Freude. Am folgenden Tage war die Freundin wieder unwohl, so daß sie Abends am Thee und Abendessen bei der Herzogin Mutter, wo außer dem Herzog und dem Prinzen August Herder und Wieland zugegen waren, nicht Theil nehmen konnte. Den 10. blieb Goethe, weil er sich nicht ganz wohl fühlte, bis Abends zu Hause, ging dann zu Charlotten. Auch den 11. ist er Abends erst bei ihr, geht dann an den Hof, wo er mit den beiden Herzoginnen, dem Herzog und dem Prinzen August von Gotha den Aufzug der vier Weltalter probirt, der am folgenden Abende auf der Fastnachtsredoute, auf welcher auch wohl Charlotte war, zur glücklichen Aufführung kam.[1] Am folgenden

---

[1] Es muß ein starkes Mißverständniß zu Grunde liegen, wenn Burkhardt a. a. O. S. 20 beim Aufzug der vier Weltalter, in welchem ja nur fünf Personen (Goethe mit den genannten Fürstlichkeiten) erschienen, Frau (?) von Wöllwarth, Majorin

Tage, dem Geburtstage der Göchhausen, den er wohl seinem Versprechen gemäß mit Versen gefeiert haben wird, war das Mittwochconcert bei der Herzogin Mutter, in welchem Corona spielte, was das Tagebuch nicht unerwähnt läßt. Den 14. hat Goethe selbst große Abendgesellschaft, in welcher außer dem Herzog und dem Prinzen August Charlotte mit ihrem Gatten, Seckendorf und Herder, beide letztern mit ihren Frauen, und auch Karoline Ilten sich befanden. Den andern Tag speist er bei Fräulein Waldner und besucht Abends, wohl mit der Freundin, die letzte Redoute. Den 16. ist er Abends bei der Freundin, den folgenden Tag bleibt er wegen Unwohlsein zu Hause; den 18. nimmt er ein und macht sich böse Gedanken wegen seiner Liebe, über die ihn Charlotte allein beruhigen könne. Den Abend besucht er sie, wo sie seine hypochondrischen Grillen verscheucht haben wird. Fürchtete er wohl wieder das Gerede der Welt? Am allerwenigsten ist man berechtigt, darin etwa eine Regung seines Gewissens zu suchen. Wir fanden schon häufig früher, auch vor dem mit der Katastrophe von den Gegnern ausgestatteten Jahre 1781, solche trüben Gedanken über seine Liebe. Am Abend des 18. ist er beim Herzog, zu dem die Herzogin kam, am nächsten bei Herder. Die Nichterwähnung Charlottens berechtigt nicht zum Schlusse, daß er sie an diesen Tagen nicht gesehen. Den 19. hatte er brieflich angefragt, wann sie Abends nach Hause zu kommen gedenke; der Brief vom 21. deutet eher darauf, daß er sie den vorigen Abend gesehen, als auf das Gegentheil. Daß er am Nachmittag des 21. mit Charlotten ums Webicht gefahren und bei ihr Abends Mondkarten besehen, berichtet das Tagebuch, das von den beiden folgenden Tagen nichts bemerkt. Am 25. speist er mit dem Herzog, der Herzogin und Charlotten auf dem Zimmer des erstern. Den Abend des 26. verbringt er bei der Herzogin mit Charlotten und Herder, den letzten des Monats möchte er in dem schönen Wetter mit

von Fritsch, von Seckendorf, von Luck, von Fritsch jun., von Oertel, von Lynder, von Seebach jun., den Oberstallmeister von Stein, von Witzleben und von Voß sich betheiligen läßt. Bildeten diese an demselben Abend einen andern Aufzug? Gäbe Burkhardt den Wortlaut seiner Quellen, so könnte man selbst urtheilen, wogegen man jetzt häufig seinen Mittheilungen gegenüber völlig rathlos ist.

der Freundin spazieren gehen, und er meint, vielleicht könnte man sich heute bei ihm versammeln. Leider sagt das Tagebuch vom 27. und 28. nichts.

So erhielt sich die Verbindung mit Charlotten auch im Februar in alter vertraulicher Innigkeit. Wenn das Tagebuch während dieses Monats keiner Besuche und Einladungen Coronens gedenkt, so erklärt sich dieß zum Theil aus Goethe's Vielbeschäftigung und seinem leidenden Zustande (der Herzog schreibt an Knebel, Goethe gehe gelb und bleich umher und flicke an sich herum); auch könnte Corona selbst angegriffen gewesen sein; und die Eintragungen des Tagebuchs sind sehr ungenau, so daß wir nicht einmal vernehmen, wann er das so bedeutende Gedicht auf Mieding begonnen, an vier Tagen fehlen sie ganz, und wenn auch die Briefchen an Charlotten schweigen, so brauchte er ihr ja nicht jeden Besuch zu melden, ja konnte es nicht, da er oft einen Besuch empfing oder sich vornahm, nachdem er das Morgenbillet geschrieben, und am andern Morgen derselben zu gedenken selten Veranlassung hatte. Zur Annahme einer Erkältung des freundlichen Verhältnisses sind wir um so weniger berechtigt, als Goethe am 13. das Spiel Coronens im Concert hervorhebt, ja eine in diesem Monat eingetretene Veranlassung dazu sich nicht erkennen läßt. Charlottens Eifersucht würde, wenn sie überhaupt stattgefunden, schon früher, nicht erst so lange nach jener ersonnenen Katastrophe gewirkt haben.

Leider stand bald wieder eine längere Trennung den Liebenden bevor, da Goethe der Aushebung wegen das Land bereisen mußte. Schon am 19. Februar war er darauf bedacht, alles vor der Reise aufzuarbeiten. Die ersten beiden Wochen des März genoß er mit Charlotten in vertraulichstem Verkehr; ihr zu Liebe machte er auch Verse zu einem gesellschaftlichen Scherze. Die wenigen sicher hierher zu stellenden erhaltenen Briefe zeigen, wie vergnügt er sich in seiner Liebe fand. Vom 1. bis 4. März fehlen alle Eintragungen des Tagebuchs (aber die Briefchen vom 2. bis 4. zeugen von einer ruhigen Stimmung); vom 5., wo er bei Charlotten (wohl zu Mittag) war, bemerkt das Tagebuch, „es sei überhaupt ein schöner Tag" gewesen, bricht aber dann ganz ab. Und welche Fülle der Liebe spricht aus den

Briefen von der am 14. angetretenen Reise, auf der er auf den Wunsch der Freundin die Vollendung des Egmont nach dem Abschluß seines Mieding sich vorgesetzt hatte. Aber in allen auch noch so herzlich sehnsüchtigen Aeußerungen findet sich nicht die leiseste Hindeutung auf das Glück sinnlichen Genusses, selbst da, wo sie sich nothwendig einstellen müßte, hätten die Ankläger Recht. In der Hoffnung, der auf den 16. mit dem Herzog nach Dornburg kommenden Freundin mit der Vorlesung seines Mieding einen guten Abend zu machen, hatte er diesen vollendet, dessen Schluß, wie er hoffte, des von Charlotten beifällig aufgenommenen Anfangs nicht unwerth und das Ganze zusammenpassend sein werde. Des schlechten Wetters wegen kam der Herzog allein, brachte ihm aber zwei Briefe Charlottens mit. „Der Herzog ist vergnügt“, schreibt er dieser, „doch macht ihn die Liebe (zur Gräfin Werther) nicht glücklich; sein armer Schatz ist gar zu übel dran, an den leibigsten Narren geschmiedet, krank und für das Leben verloren. Lebe wohl, meine Beste, du Immergleiche.[1] Möcht' ich Dein Glück machen wie Du meins, Adieu. Ich bin immer um Dich, und Du hast mich noch nicht einen Augenblick verlassen.“ Das Verhältniß des Herzogs zu „der besten aller Gräfinnen“ war ein rein sittliches, wie das von Knebel zu Emilien, Frau von Werther, die freilich nicht so reiner Natur war, und das Goethe's zu Charlotten. Werden wohl die Ankläger wagen, auch die edle Schwester unseres großen Stein zu verdächtigen! Wenn diese hohe Seele den Herzog, der zur Entsagung viel weniger Kraft fühlte, in den Schranken zu halten wußte, wer gibt ihnen das Recht, Charlotten eines Verbrechens zu zeihen, das ihr eben so abscheulich schien wie unserm Dichter! Den folgenden Tag berichtet er: „Mein Gedicht hat der Herzog sehr gut aufgenommen; ich bin auf sein weiteres Schicksal verlangend. Ich habe der Schröter zu Ehren zwölf Verse darin, die Du, hoff' ich, schön finden, und in allem Sinne damit zufrieden sein sollst.“ Wie soll man es nennen, wenn Keil die letztere Aeußerung als „gleichsam fürbittend“ bezeichnet! Gerade jene Verse sind der schlagendste Beweis,

---

[1] So nannte Lavater Goethe's Freundin Barbara Schultheß.

daß der von Stahr und Keil in Charlottens Seele versetzte Dämon der Eifersucht das tollste Phantom ist. Goethe hatte, wie wir hörten, durch Vorlesung des Gedichtes der Freundin "einen guten Abend zu machen" gehofft. Müßte er nicht der albernste Tropf von der Welt gewesen sein, hätte er dieses hoffen können, auch nur bei der allerleisesten Ahnung von Charlottens Eifersucht, die sich ihre Gegner sehr heftig denken. Wenn er sagt, er hoffe, die Freundin solle in allem Sinne damit zufrieden sein, so ist dieß offenbar keine Fürbitte, sondern der Ausdruck seiner Ueberzeugung, sie werde dieses Lob nicht unverdient, vielmehr ganz an der Stelle finden. Völlig verfehlt ist es, wenn Stahr, natürlich mit Keils Beistimmung (II, 219) darin "die Abschiedshuldigung" von Goethe's Liebe zu Charlotten findet; das heißt geradezu den innern Einheitspunkt der Dichtung, die nicht ein kunstloses Gelegenheitsgedicht sein sollte, verkennen. Wenn Goethe in Mieding den tüchtigen, pflichttreuen Mann ehrte, so muß es für eine der glänzendsten Erfindungen gelten, daß er diesem, der sich für die Bühne aufgeopfert, gerade durch die vollendetste Künstlerin derselben Bühne die letzte Ehre erzeigen ließ. Goethe spricht übrigens nur von 12 Versen zu ihren Ehren (169—180), die er wahrscheinlich erst nach der Vollendung des Ganzen eingefügt, um sie auch persönlich zu feiern, was er sicher gemieden haben würde, wenn Charlotte ihr feindlich gewesen wäre; er feiert sie aber nicht allein als Künstlerin, sondern auch die Gutmüthigkeit ("die Gute fehlet nie") strahlt in ihrem Kranze. Und was soll es heißen, das Gedicht sei eine Abschiedshuldigung? Ein offener Abschied ist es am wenigsten und Corona konnte einen solchen gar nicht darin finden. Ja dem Gedichte fehlt jede persönliche Beziehung auf den Dichter, es spricht nur den hohen Werth Coronens mit reinem Gefühl aus. Am 19. kam Charlotte, wohl mit dem Herzog, nach Oßmannstedt. Das Gedicht gefiel ihr so sehr, daß er ihr von Allstedt aus eine Abschrift durch einen Expressen schickte. Und dennoch soll die hier Gefeierte von ihrer Eifersucht bitter gehaßt worden sein! Noch während die Geliebte ruhte, mußte er Oßmannstedt verlassen. Aus den Aeußerungen seiner weitern sehnsuchtsvollen Briefe heben wir nur die höchst bezeichnende hervor: „O Du Beste. Ich habe mein ganzes Leben einen idealischen Wunsch gehabt, wie ich geliebt sein möchte, und habe die Erfüllung immer im Traume des Wahns vergebens gesucht; nun, da mir die Welt täglich klarer wird, find' ich³ endlich in Dir auf eine Weise, daß ich³ nie verlieren kann." Wer wagt es noch, einem solchen Bekenntniß gegenüber an eine ehebrecherische Verbindung zu denken!

Am Abend des 25. März empfing die Freundin die Rückkehrenden auf das herzlichste. Doch schon am Morgen des 28. mußte er eine größere Reise nach Eisenach und von da nach Meiningen antreten. In Gotha scheinen die Inschriften im neu angelegten Park ihn zu dem Gedanken veranlaßt zu haben, in Weimar die Steine in der durch Herder ihm nahe gebrachten Form des griechischen Epigramms reden zu lassen. Am 5. April schreibt er Charlotten, er führe sie immer in dem feinsten Herzen und habe sich etwas ausgedacht, das ihr einen vergnügten Augenblick machen solle. Vielleicht hatte er damals schon das Epigramm **Erwählter Fels** im Sinne; ich möchte jetzt daran lieber denken als an den ihm noch ferner liegenden Abschiedsgruß an seinen Garten. Gleich darauf erschreckte ihn die schon gefürchtete Kunde ihrer Krankheit, doch bald beruhigte ihn die Nachricht von ihrer Genesung. Von Meiningen aus schreibt er am 12.: „O liebe Lotte, was sind die meisten Menschen so übel dran! wie eng ist ihr Lebenskreis und wo läuft es hinaus! Wir beide haben dagegen Schätze, daß wir Könige auskaufen könnten. Laß uns im Stillen des Bescherten genießen!" Denselben Tag sendet er ihr ein Epigramm, in welchem er eine ihrer Aeußerungen in Verse gebracht hatte. Bei seiner am 18. erfolgten Rückkehr nahm ihn die Freundin mit aller Innigkeit auf. Ihre gehofften angenehmen Spaziergänge wurden leider durch das wüste Wetter sehr beschränkt, und nur zu bald mußte er Charlotten wieder verlassen, da der Herzog ihn zu einer diplomatischen Sendung nach den kleinen sächsischen Höfen bestimmt hatte. „Noch nie waren wir vor unserer Trennung so glücklich," schreibt er ihr am 6. Mai. So war ihr Herzensglück immer im Steigen begriffen, ein Glück, das wohl durch die Gegenwart frisch belebt, aber durch keinen verbotenen sinnlichen Genuß befleckt wurde! Und wie hätte er sagen können, noch nie seien sie vor der Trennung so glücklich gewesen, wenn das höchste Glück für ihn ihre schon im vorigen Jahre erfolgte Hingabe gewesen wäre! Um diese Zeit waren die Epigramme Einsamkeit, Erwählter Fels und Länd= liches Glück entstanden, aus denen der reine Duft seliger Liebe weht. Er hatte auch auf Veranlassung der Histoire philosophie des Indes von dem eben anwesenden Abbé Raynal eine wöchentliche Gesellschaft zu geographischer und naturwissenschaftlicher Unterhaltung gegründet, zu welcher von den Damen außer Charlotten deren Schwägerin, die Waldner, die Göchhausen, Herders Gattin und Karoline von Ilten ge= hörten. So wenig suchte Charlotte ihn vom Verkehre mit andern Damen auszuschließen. Auch mit Coronen, der er selbst wohl das im Tiefurter Journal erschienene Trauergedicht auf Mie= ding, das gleichsam das Adelsdiplom der Künstlerin war, über= geben hatte, wird er, wenn sie anders in dieser Zeit in Weimar war, freundlich verkehrt haben; daß wir kein Zeugniß darüber haben, erklärt sich genügend aus der Dürftigkeit unserer gleich= zeitigen Nachrichten.

Von der Reise an die sächsischen Höfe sandte Goethe Char= lotten die herzlichsten Briefe und das sein Glück so anmuthig aussprechende Epigramm der Park. Das Abschiedsgedicht an seinen Garten konnte er nicht zu Stande bringen. „O meine Lotte, wie freu' ich mich auf meine neue Einrichtung!" schrieb er ihr, „auf alles, was mir Deine Liebe wird ordnen und erhalten helfen! Mögst Du so viel Freude haben, als Du mich glücklich machst!" Charlotte sollte ja die Herrin seines Hauses im edel= sten Sinne des Wortes werden; alles, was sie, die ihm ganz nahe, fast nur durch den Garten von ihm getrennt, wohnen sollte, in seiner neuen Wohnung einrichten und ordnen würde, sollte ihm dadurch besonders werth werden. Da bei verwickelten Verhältnissen, wie er an Knebel schrieb, aus seinem Aufenthalte in dem zu engen und entfernten Gartenhause eine unerträgliche Unbequemlichkeit für ihn und andere entstand, war es ihm eine rechte Wohlthat, daß er sich jetzt ausbreiten und seine Sachen beisammen haben konnte.

Nach seiner Rückkehr am 18., dem Vorabende von Pfingsten, war seine nächste Sorge auf Charlottens Fritz gerichtet, dessen Beschäftigung er beaufsichtigen wollte, da dessen Zusammenleben mit den Hofpagen sich als schädlich erwiesen hatte. Die Verbindung mit der Freundin ward dadurch nur noch inniger. Daß das Verhältniß zu Coronen nicht erkaltet war, ergibt sich daraus, daß er diese am 25. mit dem kleinen Fritz besuchte; sie war damals krank. Auch dieß theilt er der Herzensfreundin mit. Am nächsten Tage sandte er Charlotten die „Inschrift" die Nachtigall (jetzt Philomele überschrieben). Keil folgt (II, 223 f.) gern der „in Weimar bestehenden Tradition", das Gedicht gehe auf Coronen. Ich möchte gar zu gern wissen, wie alt oder vielmehr wie jung diese Tradition sei; jedenfalls läßt sich kaum eine albernere denken. 'Das Epigramm deutet offenbar auf die in Tiefurt, wofür die Inschrift bestimmt war, singenden Nachtigallen, und ist eine hübsche Paramythie in Herder'schem Sinne auf diese Liebe flötenden Hainbewohner. Oeser machte die Zeichnung dazu; der Stein sollte über einer einsamen Grotte stehen, wo sie sich noch jetzt findet. Man vergleiche Knebels Elegie Philomele in Tiefurt. Nach Keil (II, 295) sollte man fast glauben, die Herzogin Mutter hätte dieses Denkmal ihrer Kammersängerin im Jahre 1782 gesetzt. Daß die Inschrift geradezu für die Grotte gemacht sei, sagt Ludecus in dem Brief an Knebel vom 5. Juni 1782, und die ursprüngliche Ueberschrift Der Nachtigall deutet am allerwenigsten auf eine Sängerin.

Am 1. Juni bezieht Goethe die neue Wohnung, aus der er der Freundin am andern Morgen schreibt: „Es ist mir ganz einerlei, wo ich bin, wenn ich Dir nur nahe wohne. Zugleich folgt ein Bund Spargel, den ich diesen Mittag mit Dir zu verzehren hoffe. Adieu, ich sehe Dich bald." Zwei Tage darauf sendet er ihr zur Ansicht sein vom Hofe ihm aufgedrungenes Adelsdiplom, mit dem Bemerken, er sei so wunderbar gelaunt, daß er sich dabei nichts denken könne. Wie bitter hätte dieses Wort die Freundin treffen müssen, wäre sie wirklich so adelstolz gewesen. Goethe kannte sie auch wohl in dieser Beziehung besser als Keil. Gleich darauf setzte ein Unwohlsein Charlottens, deren Fritz immer

bei ihm war, ihn in große Sorge. In den folgenden Tagen
war mehrfach Concert im Kloster, wo Corona gesungen haben
wird. „Diesen Mittag esse ich bei Dir", schreibt er Charlotten am
9.; „wenn Du willst, so spazieren wir den Abend, und ich will
kaltes Essen in meinen Garten bestellen. Nur wenig. Vielleicht
mag Deine Schwägerin oder sonst jemand dazu." Einen fast
noch größeren Einfluß als die Wohnungsveränderung übte auf
Goethe's Leben die Uebernahme der Geschäfte des Kammerpräsidenten nach der nothgedrungenen Entlassung Kalbs. „Nun
hab' ich", schreibt er an Knebel, „von Johanni an zwei volle
Jahre aufzuopfern, bis die Fäden nur so gesammelt sind, daß
ich mit Ehren bleiben oder abdanken kann. Ich sehe aber auch
weder rechts noch links." Bald darauf macht es ihn glücklich, daß
er seine Gartenwohnung auf einige Tage Charlotten überlassen
kann. „Wie freu' ich mich Deiner unter meinem Dache!" ruft er
ihr zu. „Wie danke ich Dir, daß Du Dir den Ruheplatz zu-
eignen und so mir doppelt zum meinigen machen willst!" Auch
mit Coronen muß er um diese Zeit mehrfach zusammen gekommen
sein; denn schon am 20. Juni fand die erste Probe seiner von
ihr in Musik gesetzten Fischerin statt, in welcher sie auch die
Hauptrolle übernommen hatte. Auf den Wunsch der Freundin
hatte er wieder das zweite Buch Wilhelm Meister vorgenommen. In diese Zeit fallen auch wohl die später Versuchung
überschriebenen Verse, die Schöll ein Jahr zu früh setzt: er
legte diese wahrscheinlich einer Sendung Erdbeeren bei. Es ist
offenbar ein Scherz; „Lydia", das „liebliche büßende Kind",
kann doch unmöglich geradezu auf Charlotten bezogen werden.

Mit dem 1. Juli beginnen die Proben der Fischerin.
Am Abend des 2. kommen die Schröter, Seidler und Aulhorn
dazu in seinen Garten, was er seiner Einzigen mittheilt, die
ihn wie immer empfangen solle. Am folgenden Tage muß des
schlechten Wetters wegen die Probe in der Stadt gehalten werden;
vorher will er die Freundin begrüßen. Gleich darauf findet er sie
düster, verstimmt, was größtentheils Folge körperlichen Unwohl-
seins war, das vorüberging, aber immer wiederkehrte, ohne
das herzliche Verhältniß zu stören. „Es ist eine unaussprech-
liche Glückseligkeit", schreibt er ihr, „wenn Gesinnungen und

Empfindungen zwischen zwei Wesen wechseln, ohne irgend an=
zustoßen, zurückgehalten oder geschreckt zu werden." Vielleicht
waren es damals wieder bedrängte äußere Verhältnisse, welche
sie verstimmten. Schon am 25. Januar 1781 äußerte Goethe
gegen den Herzog, er fürchte, Steins Einkünfte würden über
seine Sorgfalt in Kochberg alle zu Spiritus, aber nicht spiritus
vini. Stein hatte zu Kochberg viel Mastvieh und eine Brennerei,
versuchte auch wohl mancherlei, das ihm Schaden brachte. Die
Wagenmanufaktur, welche er dort mit vielem Vergnügen betrieb,
ging auf herzogliche Kosten. Auch hierin versuchte er mancherlei.
Einige Jahre später gelang es ihm, vermittelst einiger kleiner
Frictionsräder, die im Journal de Paris zur Erleichterung
des Ganges der Fuhrwerke erfundene Einrichtung auf Carossen
und Reisewagen anzuwenden.[1] Da er seine großen Forsten
sehr schonte, brachten ihm auch seine Besitzungen weniger ein,
und so mochte er sich, besonders da größere Summen auf dem
Gute standen, oft in Verlegenheiten finden, die Charlotten
äußerst peinlich waren.

Am 15. Juli war erste Probe der Fischerin zu Tiefurt.
Den folgenden Morgen schickte Goethe das Stück, dessen Probe
gut ausgefallen sei, der Freundin, die es aber nicht weiter zeigen
solle. Eine Melone sandte er mit, die sie zusammen verzehren und
sich zusammen einer noch süßern Kost, die Sommer und Winter
das Köstlichste sei, freuen wollen. Vor dem Conseil wollte er
sie einen Augenblick sehen, aber er muß noch den Abend ge=
kommen sein und an diesem Charlotten düster verschlossen gefun=
den haben. Da er am andern Tage nichts von der Freundin
hörte, so wollte er ihr noch ein Wort entreißen. „Ich schicke
das Büchelchen[2] nur zum Vorwande", schreibt er ihr; „denn

---

[1] Einen Bericht darüber gab er an Anfange des Jahres 1787 im zweiten
Bande des Journals des Luxus und der Moden.

[2] Keil hält (II, 232) mit gewohnter Oberflächlichkeit „das Büchelchen" für die
Operette. Diese hatte er ja am vorigen Morgen geschickt und das Billet ist von dem
am Morgen des 16. geschriebenen ganz verschieden. Welch ganz gleichgültiges
Büchelchen gemeint sei, läßt sich nicht ermitteln. Er fügte dieses dem Billet bei, um
etwa dem überbringenden Bedienten gegenüber keine Ursache zur Verwunderung zu
geben, daß er heute zum zweitenmal ein Briefchen schicke. Auch Stahr setzt das
Billet irrig auf den 16., so daß zwischen ihm und dem folgenden zwei Tage lägen.

Du mußt mir noch ein Wort sagen, sonst hab' ich keine Ruhe. Ich bin Dir viel schuldig, aber Du bist mirs auch). Laß mich nicht so!" Stahr (S. 116) bemerkt, Goethe ermanne sich hier, zeige nicht mehr die frühere Unterwürfigkeit duldenden Hinnehmens. Was aber zeigt sich in jener Aeußerung als die Ueberzeugung, daß sie sich gegenseitig nicht entbehren können, und auch er einen wohlthätigen Einfluß auf sie geübt, wenn er auch wußte, wie er später einmal sagt, daß er bei der Abrechnung immer ihr Schuldner bleibe. Aber sie antwortete nicht, auch nicht als er am folgenden Morgen sie schriftlich um ein Zeichen des Lebens und der Liebe bat. Dennoch besuchte er sie, wo er sie aber noch immer verschlossen fand. Am nächsten Morgen fragt er, wie sie aufgestanden, ob sie ein physisches Leiden habe oder etwas ihre Seele kränke; das einzige Interesse seines Lebens sei, daß sie offen gegen ihn sein möge. Auf den schriftlichen Wunsch der Freundin nach einigen Abbildungen, die Kraus sie zeichnen lassen wollte, schickt er ein paar Kasten. Dazu bemerkt er: „Du hast mein Herz in Verwahrung, und also brauchst Du weiter nichts. Die Zeit wird ja wohl auch wieder kommen, wo das Deinige sich öffnet. Adieu." Die Worte deuten darauf, daß sie nicht nöthig habe, sich gegen ihn zu öffnen, da sie ja sein ganzes Herz besitze, er ihr nicht entgehen könne. Da er keine Erwiederung erhielt, hielt er sich zurück. Charlotte aber schrieb ihm am nächsten oder zweitfolgenden Tage einen Brief, worin sie sich seinen Besuch auf die nächsten Tage verbat. Goethe, tief verletzt, erwiederte am 22.: „Ich will nicht überlästig sein, aber nur so viel sagen, daß ichs nicht verdient habe. Daß ichs fühle. Und schweige." Wenn er am folgenden Tage schreibt: „So war es denn, Gott sei Dank! ein Mißverständniß, das Dich Dein Billet schreiben ließ", so muß sie das vorletzte Billet beleidigend ausgelegt, aber später gefunden haben, daß sie sich geirrt, was sie ihm denn gestanden, worauf ein neues Wort des Geliebten die Versöhnung anbahnte. Wir müssen gestehen, über den Punkt, der ihre Verstimmung bewirkte, keine sichere Auskunft geben zu können — vermuthen kann man, daß eine Aeußerung über den ihm vorgeschlagenen Verkauf seines Gartens an eine Charlotten befreundete Person, etwa ihren Bruder, ihr fälschlich hinterbracht

worden war — gewiß ist, daß die von Stahr (S. 117) wieder
hervorgesuchte Eifersucht auf Coronen unmöglich im Spiel gewesen sein kann; denn schon vom 1. Juli waren Proben der
Fischerin mit Coronen gehalten worden, dann am 15. eine
Hauptprobe zu Tiefurt, so daß, wenn die Proben mit Coronen
ihre Eifersucht entflammt hätten, dieß früher hätte geschehen
müssen. Und ist es nicht geradezu toll, anzunehmen, daß, was
das Zusammenspiel Goethe's und Coronens nicht gethan, eine
Probe eines Stückes bewirkt hätte, worin Goethe selbst keine
Rolle hatte. Auch zeigen die Zeilen vom 23., dem Tage nach
der Aufführung des Stückes, daß dieses in gar keiner Verbindung
mit dem traurigen Mißverständnisse stand. Wenn Charlotte dießmal so bitter grollte, so muß das ihr falsch zugetragene Wort
in eine Zeit düsterster Verstimmung getroffen sein, in welcher sie
sich nicht zu fassen vermochte. Wir möchten hierbei bemerken,
daß Briefe, wie diese, welche leicht mißverstanden werden konnten,
von Charlotten sicher vernichtet worden sein würden, wenn sie
überhaupt nach Stahrs Annahme eine Sichtung derselben vorgenommen hätte. Der gewaltige Schmerz, der in Goethe's tiefste
Seele gegriffen hatte, zitterte noch lange in ihm nach. Aber
auch Charlotte war über das Leiden, das sie dem Herzensfreunde
bereitet hatte, sehr bewegt. Schon am 27. schrieb Goethe, es
sei ihm heute früh so vorgekommen, als ob kein Mensch in
einer glücklichern Lage sein könne, als er. Das herzlichste und
zutraulichste Zusammenleben war bald wieder völlig hergestellt.
Auf ihren Wunsch ließ er in seinem Garten eine Bank aufstellen, die er den Stein nannte. Am 23. August begab sich
die Freundin nach Kochberg. Schon am ersten Abende, den er
ohne sie verlebte, konnte der Liebende seine Sehnsucht nach ihr
kaum beruhigen. Leider blieb sie über seinen Geburtstag aus,
an welchem er so gern den Segen von ihren Lippen empfangen
hätte, doch hatten auch ihre Briefe für ihn einen wunderbaren
„Glanz von Liebe und Treue". Am 31. wurde zu Ettersburg
Einsiedels Farce das Urtheil des Paris gegeben, worin
jedenfalls Corona spielte; ob mit Goethe, wissen wir nicht.

Am 2. September empfing er die von Kochberg wieder-
kehrende Freundin mit jubelnder Freude, und er bewirthete sie

mit den Ihrigen diesen Mittag in seinem Garten. Aber schon am 10. begab sich Charlotte nach ihrem Gute zurück, und er selbst war die zwei letzten Tage von einem unangenehmen Geschäfte so in Anspruch genommen gewesen, daß auch ihre Gegenwart ihn nicht ganz aufzuhellen vermocht hatte. Am folgenden Tage[1] hat er Coronen, die Propst und deren nach Leipzig gehenden Bruder zu Tische, was er unbedenklich Charlotten mittheilt, deren Eifersucht er also nicht im geringsten fürchtete. „Zerstreuung hab' ich nicht", schreibt er dieser vorher, „meine Erholungen selbst sind absichtlich und gebunden, zu Dir allein kann meine Seele noch einen Flug nehmen." Daß damals Corona die Hilaria, Goethe den Adolar in Einsiedels Zigeunern gespielt, wird von Keil mit unglaublicher Leichtfertigkeit (II, 236 ff.) behauptet. Wenn Goethe von der in dieser Zeit stattfindenden Wiederholung der Fischerin Charlotten schreibt, sie hätten schlecht gespielt und tausend Schweinereien gemacht, wodurch das Stück den rechten Effekt verloren, so geht Keil (II, 235) so weit, diese Aeußerung nur für ein Mittel zu halten, „neue Aufregung der Frau von Stein zu verhüten". Also Goethe soll die Unwahrheit berichtet haben, eine jeder Begründung entbehrende Behauptung, die sich schon durch die einfache Betrachtung als ungeschickt ergibt, daß Goethe durchaus nicht genöthigt war, dieser Aufführung zu gedenken, und also ohne Lüge leichter seinen Zweck, die Freundin nicht aufzuregen, erreicht hätte. Aber Unwahrheit ohne Noth Goethe Schuld zu geben, dazu ist Keil jeden Augenblick bereit.

Wie sehnsüchtig Goethe der in Kochberg weilenden Freundin gedachte, die er zweimal besuchte, und wie nach ihrer Rückkehr das innigste Familienleben mit ihr sich entfaltete, wie sie die Wirthin in seinem neuen Hause bei dem großen Thee war, durch den er sich seiner Pflicht gegen die Gesellschaft entledigte, sonst fast niemand als in Geschäften sah, ist im Lebensbilde Charlottens ausführlich dargestellt. Die vermehrten Geschäfte, ausgedehnte naturwissenschaftliche Arbeiten, die Fortsetzung des Wilhelm Meister und die der Freundin gewidmeten Abende

---

[1] Nicht am 10., wie Keil (II, 235) sagt, da er nicht erkennt, daß Schöll den Brief II. 246 f. irrig vom 11. statt vom 12. datirt.

nahmen ihn faſt ganz in Anſpruch. Dem Hof war er freilich
wieder näher getreten, aber von dem Liebhabertheater zog er ſich
zurück, und nur noch einmal ließ er ſich auf ganz beſondere
Veranlaſſung im Jahre 1784 zur Stellung eines Aufzuges zur
Geburtstagsreboute beſtimmen. Bei dieſer Zurückziehung Goethe's,
die nicht allein im Glücke ſeiner Liebe zu Charlotten ihren Grund
hatte, mußte natürlich die Verbindung mit Coronen äußerſt
beſchränkt werden. Möglich, daß Corona, darüber ſchmollend,
ſich ganz fern hielt; wir wiſſen darüber eben nichts, nur ver-
ſchwindet ihr Name von jetzt an aus den Briefen an die Freundin.
Hatte das Liebhabertheater und die Freude an Coronens Liedern
die Verbindung in freundlichem Fluſſe gehalten, jetzt ſtockte ſie
völlig, und nur zufällig werden ſie ſich noch begrüßt haben.
Goethe fühlte ſich ganz heimiſch bei der Geliebten ſeines Herzens. So lang er ſie und ſeine Mutter habe, ſchrieb er einmal,
könne ihm nichts fehlen.

Schluß.

Wir könnten hier schließen, da wir die völlige Haltlosigkeit des Märchens von Charlottens wüthender Eifersucht, besonders auf Coronen, und die Verleumdung ihres ehebrecherischen Umganges mit Goethe ins volle Licht gesetzt zu haben glauben. Indessen möchten wir noch Coronens weiteres Leben und ihre spätere Stellung zu Goethe verfolgen, soweit unsere freilich lückenhaften Nachrichten gehen, die aber doch wenigstens vollständiger als das von Keil Gebotene, das vielfach falsch gestellt ist, endlich auch noch einige Blicke auf Charlotten werfen.

Bei den musikalischen Aufführungen, welche die Geburt des Erbprinzen am 3. Februar 1783 veranlaßte, war auch Corona vorzüglich betheiligt; ob auch bei dem Ständchen, womit Goethe auf der Redoute in der Morgenstunde des 15. die Anwesenden überraschte, wissen wir eben so wenig, als ob sie bei dem Aufzug „das Opfer im Hain der Geister" auf derselben Redoute mitwirkte. Daß Goethe auch bei der Musikprobe von Wielands Cantate am 27. zugegen war, steht fest. Der Versuch, auf den Kirchgang der Herzogin den Elpenor zur Aufführung zu bringen, ward schon nach Beendigung des zweiten Aufzugs aufgegeben. [1] Noch am 21. März trat Corona in Gozzi's Zobeide in der Titelrolle auf; auch Charlottens älterer Bruder spielte darin mit. Das Stück fand wenig Beifall. Damit scheinen die Liebhabervorstellungen zunächst geschlossen worden zu

[1] Zur Ausdehnung des Umfanges seiner Lebensskizze Coronens gibt Keil (II, 244 ff.) ein Verzeichniß der damit nicht in der geringsten Verbindung stehenden maskirten Kavallade zur Feier der Geburt des Erbprinzen, weil Näheres darüber bisher unbekannt sei; und doch war eine vollständige Beschreibung derselben schon zweimal, zuerst von mir, dann von Burkhardt gegeben worden, was Keil ganz entgangen sein muß.

sein. Corona war von jetzt ab eben nur als Sängerin bei den Hofconcerten thätig. Daß die Sängerin Luise von Rudorf schon damals, ja bereits im Jahre 1781, mit Coronen gesungen, ist ein grober Irrthum Keils (II, 249), der auf einem Mißverständniß einer von ihm freilich nicht angeführten Aeußerung Peucers (Weimarer Album S. 63) beruht. Wußte er denn nicht, daß diese in noch sehr jugendlichem Alter erst zehn Jahre später nach Weimar kam?[1] Schon damals dürfte Corona, die in Leipzig nur in Pastell gemalt hatte, sich in Oelmalereien unter Kraus versucht haben. Kraus malte sie bereits im Jahre 1785 vor der Staffelei sitzend. Goethe hatte schon im Jahre 1784, zunächst veranlaßt durch die Vorstellungen des deutschen Buffo Berger und dessen Frau sich mit einer Operette beschäftigt, die sein Landsmann Kayser in Zürich componiren sollte, den er dadurch zu fördern dachte. Auch diese Beschäftigung mit der Operette scheint keine nähere Verbindung mit Coronen bewirkt zu haben.

Im Februar 1785 beabsichtigte der Intendant der Mannheimer Bühne von Dalberg Coronen für dieselbe zu gewinnen. Er wandte sich deßhalb an Gotter, der in einem ungedruckten auf der Münchener Hofbibliothek erhaltenen Briefe am 5. März erwiederte: „Ich kenne Mamsell Schröter. Ich habe sie in Leipzig und Weimar, und am letztern Orte sogar auf dem Theater, gesehen; freilich nur in Operette,[2] wo sich nicht auf tragisches Spiel schließen, aber Prunk von Natur, Affektation von Empfindung desto gewisser unterscheiden läßt. Die Figur ist vortrefflich. Ich weiß niemanden mit ihr zu vergleichen als Madame Koch; vielleicht hat sie noch mehr Ebenmaß und Grazie als diese. Aber das sind nun schon fünf Jahre, und schon damals war sie auf der Rückkehr, am Scheideweg der dritten Dekade. In den außerordentlichen Beifall des Weimarischen Publikums haben sich, wie bei allen gesellschaftlichen Theatern, so viel Nebenumstände gemischt, daß man darauf nicht bauen

---

[1] Vgl. über sie meine Freundesbilder S. 519.

[2] Wir wissen, daß Gotter mit Schröder vom 12. bis 15. August 1780 in Weimar war, in welcher Zeit aber keine Operette gegeben worden zu sein scheint. Hier muß ein früherer Besuch gemeint sein.

kann. Goethe selbst war von ihrer Iphigenia entzückt, aber Goethe selbst war in Mamsell Schröter verliebt. Talent muß sie freilich haben und hat es auch; aber ob dieses Talent neben Schauspielern vom Handwerke und von Talenten die Probe aushalten würde, das ist die Frage. Uebrigens weiß ich, daß sie sich ehemals zu gut dünkte, das Theater zu betreten, daß sie sogar, als sie noch in Leipzig unter sehr kleinen Bedingungen beim Concert engagirt war, einen Ruf zum hiesigen Hoftheater ausgeschlagen hat. Was könnte sie jetzt zu diesem Schritte bewegen? Verdruß über die Endschaft einer gewissen andern Rolle? Sie hat zu viel Verstand und Erfahrung, diesen Verlust nicht politischen Rücksichten aufzuopfern. Befehlen Sie, ob ich, dieser Voraussetzungen ungeachtet, einen Versuch wagen soll!" Der Antrag unterblieb. Was Gotter hier von der Liebschaft Goethe's sagt, beruht auf bloßem Gerede. Schon damals dürfte Corona, wenn sie früher, wie wir annahmen, vor der Stadt wohnte, in das Haus des Kaufmanns Henniger am Markt, das jetzige Schridel'sche Haus, gezogen sein.

Am 15. April 1785 kündigte sie auf Subscription eine Sammlung kleiner Gedichte (25 an der Zahl) mit Melodien begleitet auf nächste Michaelismesse an. „Die Liebhaberei an leichtem Gesang kann zwar die Liebhaberei der Liedercomposition entschuldigen", heißt es in der im Anzeiger des Teutschen Merkur erschienenen sehr bezeichnenden Ankündigung; „dennoch habe ich, dieser Voraussetzung ohngeachtet, manche Bedenklichkeit bekämpfen müssen, ehe ich den Entschluß ernstlich zu fassen wagte, eine Sammlung kleiner Gedichte, die ich mit Melodien begleitet habe, durch den Druck bekannt zu machen. Unserm Geschlecht ist ein eignes Gefühl von Schicklichkeit und Sittlichkeit eingeprägt, das uns nicht erlaubt, allein und ohne Begleitung öffentlich zu erscheinen: wie kann ich daher anders als mit Schüchternheit diese meine musikalische Arbeiten dem Publikum übergeben, da ich für dieselben keinen Beschützer und Fürsprecher habe? Denn der schmeichelhafte Ausspruch und die Aufmunterung einiger Personen, denen ich sie bekannt gemacht — so unbezweifelte Aussprüche auch denenselben auf das Richteramt im Reiche der Künste zustehen —

kann leicht aus Nachsicht parteiisch sein; doch der Arbeit eines
Frauenzimmers wird ja in den Augen anderer Kenner gleiche
Nachsicht zu Theil werden." Aber am 8. August mußte sie sich
entschuldigen (im Septemberhefte des Anzeigers), daß die Sammlung wegen des „widrigen Zusammenflusses von allerlei Umständen" erst zu Ostern erscheinen könne. „Hätte ich alle Hindernisse,
die sich der Vollendung des Drucks gegen meine Erwartung ent-
gegensetzen, vorher ahnden können", äußert sie, „so würde ich
dieß für den Wink irgend eines um mich allzu besorgten Schutz-
geistes genommen haben, und dadurch noch schüchterner geworden
sein. Jetzt ist es zu spät, der Reue Gehör zu geben, auch ist
der Weg zur Rückkehr durch das wohlwollende Vertrauen vieler
Personen, welche sich für meine Unternehmung interessirt haben,
mir verschlossen; es bleibt mir daher bloß übrig, den unver-
schuldeten Verzug öffentlich anzuzeigen, mir Verzeihung zu erbitten, und nunmehr mit Gewißheit zu versprechen u. s. w."
Von Goethe brachte die Sammlung den Erlkönig und ohne
dessen Namen unter der Ueberschrift Jugendlied dessen neuen
Amadis, zwei Lieder von Miller, eines von Hölty, elf aus
Herders Volksliedern, unter denen drei aus der Fischerin,
eines C. K. unterschrieben, die übrigen ohne Unterschrift.

Da mit Anfang des Jahres 1784 die Bellomo'sche Gesellschaft das Theater übernommen hatte, so hörten die Liebhabervorstellungen ganz auf. Unter den Theatersängerinnen zeichneten
sich besonders Frau Bellomo aus, unter den Sängern Franken-
berger und Meyer, von denen der letztere auch Damen Unterricht
im Singen gab. Corona scheint damals keinen Singunterricht
ertheilt zu haben. Am 17. Februar 1785 trat auf der Weimarer Bühne zuerst der Tenorist Grabe auf, von dem Minna
von Dertel in einem ungedruckten Briefe vom 6. Juni desselben
Jahres schreibt: „Das ist ein gar gefährlicher Mensch: Alt und
Jung, Vornehm und Gering, Alles ist in ihn verliebt. Ich
finde ihn erstaunt schön, zumal außer dem Theater. Auch
sonst ist er sehr angenehm, er singt ganz superbe. Ich finde
sein Organ nicht so schön wie das Frankenbergers; es macht
mir nicht den süßen Eindruck, aber er hat mehr Musik und
Methode. Man merkt es ihm an, daß er sich für mehr hält,

als er ist. Der Mensch hat überall auch so viel Lärm gemacht. In Berlin, wo er zuletzt war, haben ihn die Damens entretenirt." In Weimar gewann er die Gunst der Herzogin Mutter. Schon im Frühjahr 1786 verließ er die Bühne und trat als Kammersänger bei ihr ein. Schiller hörte im Sommer 1787, die Herzogin mache sich durch ihr Attachement an diesem „jämmerlichen Hund" lächerlich. Corona trat noch immer neben der 1784 an den Stallmeister Böhme verheiratheten Neuhaus als Kammersängerin auf. Auch die scherzhaft sogenannte Académie de Musique, Gesangsvorträge an dem Klaviere zu Tiefurt, bestanden noch fort. Die Herzogin Mutter war mehr als je der Musik zugethan, so daß sie Ende 1785 schrieb, sie existire diesen Winter in der Musik, die ein Cordial für schwarzes, schweres Blut sei. Der kurz vorher gemachte Versuch, das Liebhabertheater zu erneuern, mißlang. Erst im nächsten Frühjahr brachte die Genesung der Herzogin Mutter von einer schweren Krankheit das Liebhabertheater wieder, wenn auch nur auf kurze Zeit, in Gang. Schon hatte man sich entschieden, Goethe's Iphigenie zur Feier der Genesung zu geben, wo denn noch einmal Goethe und Corona zusammen in ihren glänzendsten Rollen erschienen sein würden, als plötzlich Wielands Alceste beliebt wurde. Wann diese von Gotter in einem gleich anzuführenden Briefe erwähnte Vorstellung stattgefunden, ergibt sich annäherungsweise daraus, daß auf der öffentlichen Bühne die Vorstellung zur Feier desselben glücklichen Ereignisses am 3. April erfolgte (man gab Graf Esser nach der Bearbeitung von Dyk); auch wissen wir noch von einer Liebhabervorstellung zum Besten der Armen vom 22. April. Am 11. Mai schreibt Gotter an Dalberg: „Vor einiger Zeit war ich in Weimar, um einer Liebhaberkomödie beizuwohnen, die man zur Genesungsfeier der Herzogin Mutter gab. Ich kann also Ew. Excellenz nun als Augenzeuge versichern, daß das Gerücht Ihnen vom Talente der Mamsell Schröter nicht zu viel gesagt hat. Aber was Sie mir vielleicht nicht so leicht aufs Wort glauben werden, sie vereinigt mit diesem Talente alle Theaterkenntniß, Gewandtheit und Gegenwart des Geistes einer routinirten Schauspielerin. Denken Sie sich die Figur der

Koch, die Innigkeit der Brandes, die Declamation der Seilerin, aber dabei eine so sonore Stimme und so viel Grazie des Spiels als — ich muß abbrechen, um das Ansehen von Uebertreibung zu vermeiden. Wie schade, daß ein so seltnes Geschöpf ihre Bestimmung verfehlt hat — verfehlen will! denn bei ihrem jugendlichen Wuchse und bei ihrer Gabe, die Spuren der Jahre durch Kunst und Putz wegzuschaffen, wäre noch nichts versäumt — aber Prüderie und das sogenannte ewige Brod (am Hofe)!" Ein Antrag dürfte daraufhin nicht erfolgt sein. Daß Corona auch in den Proben der Kayser'schen Composition von Goethes Scherz, List und Rache mitsang, ist wahrscheinlich. Goethe stand ihr jetzt fern, wenn er ihr auch immer freundlich als einer alten Bekannten begegnete. Seine Reise nach Italien wird sie kaum empfindlich berührt haben. Sie hatte sich vielleicht schon jetzt Einsiedel, dem Kammerherrn der Herzogin Mutter, näher angeschlossen. Besonders befreundet war sie mit letzterem, der ein leidenschaftlicher Freund und Kenner der Musik war und sich eifrig mit der Schauspielkunst beschäftigte, deren Theorie er 1797 veröffentlichte, doch war das Verhältniß zu ihm damals noch kein zärtliches, vielmehr stand dieser in inniger Beziehung zu Fräulein Waldner. Charlotte spricht am 1. Mai 1784 ihre Mißbilligung darüber aus, daß Einsiedel jetzt nicht Ernst mache und die Waldner vom Hofdienste erlöse, in welchem sie sich unglücklich fühle. Auf eine innige Beziehung Einsiedels zu der Waldner deutet auch noch der Brief Herders an seine Gattin vom 2. Februar 1789. Schiller, der Coronen am 12. August 1787 bei Einsiedel traf, urtheilt in seiner Weise sehr scharf über die Künstlerin, deren Gestalt und Gesichts= trümmer (er schätzte sie vierzig Jahre alt) von früherer großer Schönheit zeugten. Die übertreibende Bewunderung guter Köpfe habe ihr eine zu große Meinung über sich selbst aufgedrungen. Von der Kunst habe sie sehr genügsame nüchterne Begriffe; als Vorsteherin einer Haushaltung würde sie ihren besten Platz haben. Später hörte er sie bei einem Concert aus der Iphigenie deklamiren. Sie nahm auch an dem Clubb der Unabligen Theil, der sich vom Oktober an jeden Mittwoch zu gesellschaftlicher Unterhaltung versammelte. Schiller kartete dort mit ihr und hörte

sie ungemein schöne englische Lieder singen. Sie schenkte ihm
ihr Liederheft, er dagegen seinen Carlos. „Sie hat für mich
das Gute, daß sie natürlich ist", schreibt er. „Dieser Tage ist
hier Bilderausstellung, wo sehr gute Stücke von der Schröter
sein sollen." Sehr befreundet war sie mit Charlotte von Kalb,
wo sie die Iphigenie nach der ersten Abfassung vorlas, und
Schiller mußte gestehen, daß sie sehr gut las. Da sie der Kalb,
von deren Verhältniß zu Schiller man in Weimar wußte, und
ihm selbst sehr zugethan, ihr Umgang ihm behaglich war, sah
er sie bald drei= bis viermal die Woche.

Um dieselbe Zeit wurde ihr von der Herzogin Mutter die
künstlerische Ausbildung der talentvollen neunjährigen Christiane
Amalie Neumann übertragen, die gleich bei ihrem ersten Auf=
treten am 2. Februar 1787 ungemein große Erwartungen erregt
hatte. Corona, die über Declamation, Mimik und Spiel, die
sie meisterhaft verstand, feste Grundsätze sich gebildet hatte, nahm
sich des reizenden Mädchens um so liebevoller an, als sie ihre
auf dessen Ausbildung verwandte Sorgfalt ·durch die schönsten
Erfolge und anhänglichste Liebe belohnt sah. Auch dürfte sie
sich schon damals an der Anordnung und Stellung von Re=
doutenaufzügen, da Goethe sich davon zurückgezogen, betheiligt
haben; daß sie darin wie auch im Ausdenken von Masken=
scherzen ein großes Geschick besaß, wird uns berichtet. [1]

Vielleicht war es auch um diese Zeit, daß der damals drei=
undzwanzigjährige Friedrich Jacobs, seit 1785 als Lehrer am
Gymnasium in Gotha angestellt, Coronen kennen lernte; denn
kaum dürfte nach dem, was er mittheilt, an seine Studien=
zeit in Jena (Herbst 1781—1783) zu denken sein. Er be=
richtet uns: [2] „Corona Schröter habe ich leider nur in
gesellschaftlichen Verhältnissen, nicht auf der Bühne gesehen.
Noch jetzt aber, nach länger als einem halben Jahrhundert,
steht ihre Gestalt lebendig vor meinen Augen, die gemes=
sene Bewegung ihres feingebildeten Wuchses, ihr sprechendes
Auge und die wohltönende Sprache ihres schönen Mundes.
Bei ihrem Anblick ergriff mich jedesmal das Bild der Iphi=

[1] Vgl. Weimars Album S. 130.
[2] Vermischte Schriften VII, XIV—XVI.

genia,[1] und da sich dieses wie ein Phantom meiner Phantasie in mannigfaltige Gestalten theilte, so erzeugte sich der Gedanke in mir, ein Gedicht über die Schauspielkunst an sie zu richten, bei dem ich wohl nur den Wunsch der Annäherung im Hintergrunde sah." Es blieb unausgeführt. Merkwürdig ist, wie in den wenigen von ihm angeführten Bruchstücken in das Bild der Schauspielkunst sich Züge von Coronen mischen, wie in den Worten:

> Du, die mit Reiz und Anmuth der Geberden
> Den tiefen Sinn und zarten Witz vereint. —
> Wenn Deiner Stimme Melodie,
> Wenn Dein beredtes Aug' des Dichters Wort belebet,
> Ihn, wenn er sinkt, durch tiefe Kunst erhebet.

Als Goethe am 18. Juli 1788 neugeboren mit ganz andern Kunstanschauungen und Forderungen an das Leben nach Weimar zurückkehrte, wird er Coronen, wo er ihr begegnete, mit Freundlichkeit begrüßt haben, aber eine besondere Anziehung konnte die alte Freundin, deren Jugend verblüht war und die den gewöhnlichen Formen des Lebens sich immer mehr gefügt hatte, nicht mehr auf ihn üben. In Italien hatte er ihrer wohl ganz vergessen und schwerlich wird sie mit einem Exemplar seiner Werke erfreut worden sein. Ihren älteren Bruder verlor Corona in diesem Jahre, ihr jüngerer war verschollen. Der Vater hatte unterdessen eine kleine Anstellung als Hofmusikus in Cassel erhalten; die fünfzehn Jahre jüngere Schwester war als Kammersängerin in die Kapelle des Erbprinzen von Darmstadt eingetreten. Erhalten hat sich Coronens Antwort auf den Brief, in welchem diese ihre Heirath ihr angezeigt und sie zum Besuche eingeladen hatte. In diesem Briefe, in welchem sie sich geneigt zeigt, den Herbst nach Darmstadt zu kommen, nur müsse sie ihre „Maler-Werkstatt" mitbringen dürfen, schreibt sie: „Du hast doch dem Vater Deine Verheirathung auch angezeigt. Vor kurzem schrieb er mir, daß er seit so langer Zeit nichts von Dir erfahren hätte. Thue es ja, liebes Kind! es würde

[1] Die erst zu Ostern 1787 erschien; daß Jacobs die prosaische Gestalt des Stückes gekannt, es etwa in dieser gesehen, ist kaum anzunehmen. Coronen lernte er wohl durch den Oberconsistorialsecretär Seidler, seinen spätern Schwager, kennen, dessen Schwestern in Jena wohnten.

ihn sonst zu sehr kränken, und er ist ja doch einmal unser
Vater, dem wir in allen Fällen kindliche Pflicht zu leisten
schuldig sind." Gern hätte sie dem Vater trotz des Mangels eines
herzlichen Verhältnisses eine Tante, die er als Haushälterin unter=
zubringen suchte, bei seinem geringen Einkommen und ihrem
nichts weniger als liebenswürdigen Charakter vom Halse zu
schaffen gesucht. Vorübergehend muß in diesem Jahre von einer
Reise nach Karlsbad die Rede gewesen sein. Schiller wunderte
sich, wovon sie den Aufwand machen könne. Goethe hatte
seinen Freund den Komponisten Kayser von Rom mitgebracht,
mit dem Corona wohl zusammengekommen sein dürfte; er hatte
wie sie, Lieder mit Melodien herausgegeben, die ihr nicht un=
bekannt geblieben, und Opernterte Goethe's gesetzt. Schon am
6. August ging er mit der Herzogin Mutter nach Italien; in
ihrer Begleitung waren außer ihm die Göchhausen und Ein=
siedel. Sie selbst besaß nicht die Gunst der Herzogin, mit der
sie ohne Zweifel gern das Land des Gesanges gesehen hätte,
dessen Sprache ihr so wohl bekannt war. Aber freilich würde
sie der Herzogin auf dem Wege lästig gewesen sein, da Grave
in Mailand mit ihr zusammentreffen sollte. Kayser war von
der Art der Reise und auch wohl vom Betragen der Herzogin
gegen ihn so wenig erbaut, daß er sich schon in Mailand von
ihr trennte. Wielands Teutscher Merkur brachte von diesem
Grave Auszüge aus Briefen, die er im Februar und März
1789 aus Venedig geschrieben.[1] Das Ende der Sache war,
daß Grave sich in Neapel erschoß. Corona wirkte nach wie vor
in den Hofconcerten mit. Zu ihren besondern Freundinnen
gehörte Charlotte von Kalb; auch beim Kammerpräsidenten
Schmidt war sie gern gesehen.

Als Weimars vornehme Welt sich über die Verbindung
Goethe's mit Christiane Vulpius entsetzte, muß Corona von
sonderbaren Gefühlen bewegt worden sein. Das Unglaubliche

[1] 1789 II, 105—112 („Musikalische Anekdoten aus einem Schreiben des Herrn
G****, K. S. d. v. H. v. W. (Kammersänger der verwittweten Herzogin von
Weimar) an einen seiner Freunde in Weimar). 205—216 („Etwas vom Veneziani=
schen Carneval aus einem Briefe des Herrn Gr*** (im Inhaltsverzeichniß steht
„G**e.") an einen seiner Freunde in W.)

war geschehen, der Riß zwischen Goethe und seiner allgemein
für unzertrennlich von ihm gehaltenen Freundin erfolgt. Auch
Schiller ward durch seine Berufung nach Jena Coronen entzogen. Am 23. April 1789 kam Coronens Leipziger Verehrer
Kapellmeister Reichardt nach Weimar,[1] wo er zum Entsetzen
von Herders Gattin bei Goethe wohnte und seine Composition
der Claudine in größerer Gesellschaft am Klavier spielte. Es
wäre sonderbar, wenn er seine alte Freundin nicht besucht und
Goethe diese nicht zur Anhörung der „Claudine“ mit andern
Damen, wie Herders Gattin, eingeladen hätte. Im Juni 1790
kehrte die Herzogin Mutter nach Weimar zurück; sie bezog jetzt
Belvedere. Erst jetzt kann Coronens zärtliches Verhältniß zu
Einsiedel begonnen haben. Es haben sich manche bis in die
letzte Zeit von Coronens Leben reichende Briefe derselben an
Einsiedel erhalten, welche als beredte Zeugen von ihrer innigen
Herzensliebe zu Einsiedel sprechen. Hatte Corona in der Zeit
ihrer Blüthe nur der Kunst gelebt und jeden Gedanken an
eine sie daran hindernde Verbindung fürs Leben fern gehalten,
so fühlte sie, bei aller Treue, welche ihre gute Mine ihr bezeigte, sich einsam und sehnte sich nach einer Seele, die ihr
ganz angehöre; sie verlor ihr Herz an Einsiedel, der aber, wie
die Waldner, auch sie vergebens auf das Wort warten ließ,
das ihr ein neues Leben gegeben hätte. Wir müssen uns jedes
weitern Urtheils über dieses Verhältniß enthalten, da eben die
zu Weimar in Privatbesitz befindlichen Briefe noch nicht zur
Veröffentlichung gekommen, jedenfalls dürfte die Sage von einer
heimlichen Verheirathung Einsiedels mit Coronen unbegründet
sein. Wir wissen, daß Corona ihn malte und daß er eine
Bleistiftzeichnung Coronens von Schulz aus dem Jahre 1791 besaß. Es war ein tragisches Geschick, daß die vielbegabte Künstlerin,
als der Glanz ihrer Jugendschönheit erblichen war, ihr Herz
einem freilich vielbegabten, herzlich gutmüthigen und redlich
treuen Manne zuwandte, dem aber der Muth zu thatkräftigem
Durchsetzen seiner Gesinnung und zur Bewältigung von Hinder-
nissen fehlte, die bei festem Wollen nicht unüberwindlich waren.

[1] Reichardt war schon 1783 auf der Reise nach Italien zweimal in Weimar
gewesen, auch 1785. Er sah wohl schon damals Coronen wieder.

Peucer sagt uns, nachlässige Unbeachtung seines Einkommens, ermangelnde Aufsicht über das kleine Hauswesen, geniale Verachtung des Geldes, auch wohl Leidenschaft für das Spiel habe sein Erbtheil verkürzt und aufgezehrt, manche Verlegenheiten über ihn verhängt, ihn zu mancher Entsagung gezwungen, und auch den heißen Wunsch seines Herzens, ein häusliches Verhältniß zu begründen, zur Unmöglichkeit gemacht. Aber bei festem Willen und Thatkraft würde die Unmöglichkeit geschwunden sein und er sich in Coronen nicht bloß eine treue Ordnerin seines Hauses gewonnen, sondern sie würde ihn auch anmuthig erheitert und über die Mißstimmung erhoben haben, welche nach Peucer die Göchhausen ihm zu bereiten nie ermüdete.

Als Goethe die Leitung der von jetzt an herzoglichen Bühne übernahm, kam die sechzehnjährige, mit einer ungemein schönen Stimme begabte Luise von Rudorf nach Weimar, welche die Herzogin Mutter so sehr anzog, daß sie dieselbe zu ihrer Kammersängerin machte, wodurch Corona noch mehr in Schatten gestellt wurde. Um so glücklicher fühlte sie sich durch die großen Fortschritte, welche die junge Neumann, die kurz vor der Eröffnung der herzoglichen Bühne ihren Vater verloren hatte, in ihrer Kunst machte. Goethe hatte sich mit begeisterter Liebe dieses ihres Lieblings angenommen, und wohl mochte der gemeinsame Antheil an dem so wundervoll sich entwickelnden Talente zwischen ihnen einen freundlichen Vereinigungspunkt bilden. Leider verheirathete sich das noch unentwickelte Mädchen schon im Juli 1793. Im folgenden Jahre wurde Corona die Pathin ihres ersten Töchterchens. Auch gab sie damals das zweite Heft ihrer Lieder heraus, in dem sich nichts von Goethe findet; nur Gotter, Herder, Klopstock, Matthisson, Stolberg und Fr. Schmidt sind vertreten, neben denen sich ein paar französische und italienische Lieder finden. Die „musikalische Anzeige" derselben ist vom 4. Mai 1794 datirt. Bei Uebersendung der Anzeigen ihres neuen Liederheftes an die Schwester, deren Gatte ihr vielleicht einige Subscribenten in Frankfurt oder Darmstadt verschaffen könne, schreibt sie am 4. Juni, sie sei diesen Sommer schon an so viele Orte eingeladen, daß sie sich gern vervielfältigen möchte; da aber ihr Vater sehr großes Verlangen, sie zu sehen und zu sprechen, bezeige und sie fürchte, er werde, wenn er zu ihr komme, „die werthe Frau Tante" mitbringen, so möchte sie, wenn eine gute Gelegenheit sich zeigte, nach Cassel gehen und dabei auch die Schwester besuchen. Sollte sich bei ihnen die geringste Gefahr vor den „bösen" Franzosen zeigen, so möge sie doch gleich mit ihrer ganzen Familie zu ihr kommen.

Auch Corona war, wie die meisten Weimarer Damen, besonders seit dem Erscheinen des Hesperus, eine leidenschaftliche Verehrerin Jean Pauls geworden. Mit größter Freude wurde sie deßhalb erfüllt, als die ihr so befreundete Charlotte von Kalb, welche diesen durch ihre enthusiastischen Briefe nach Weimar gezogen hatte, sie nebst andern Damen am Abend des 11. Juni 1796 auf den bewunderten Dichter einlud. Frau von Stein berichtet über diesen Abend, an welchem auch sie mit der Schwester und der ältesten Nichte Theil nahm: „Wir machten ihm alle eine ganz höfliche Verbeugung, die er ohne Verlegenheit erwiederte, bis zuletzt Mlle. Schröter kam, die mit einer etwas theatralischen Stellung sich zuerst zu Frau von Kalb wandte und ihr für eine Bekanntschaft dankte von dem Manne (indem sie sich ihm zuwandte), den sie schon lange in ihrem Herzen verehrte, und zu uns sagte sie, daß sie immer die Auszüge von seinen Schriften in ihrer Tasche trage. Ihm wurde angst und bange dabei, und er hätte ihr gern das Lob geschenkt. Den Abend haben wir uns, meine Nièce Amelie und meine Schwester, die Scene wieder vorgespielt, und ich kann sie noch nicht (eine Woche später) vergessen, so komisch war es." Keil geräth darüber (II, 273 f.) in einen höchst komischen Aerger: nicht Corona erscheine hier komisch, sondern „die Baronin habe sich selbst nur geschildert", ja er entblödet sich nicht, ihren Bericht „boshaft, hämisch" zu nennen. Auf welches Recht hin wagt er die Wahrheit desselben zu leugnen? That Corona wirklich das, was Charlotte berichtet, so war es in der That höchst komisch; eine gewisse Künstlereitelkeit und Schaustellung, wer wird diese in solchem Augenblicke bei Coronen unwahrscheinlich finden, wer aber auch ihr ein Verbrechen daraus machen! Etwas sehr Gemessenes und Pathetisches war ihr als Schauspielerin eigen und das Unpassende bestand eigentlich nur darin, daß sie es in diesem Kreise zeigte. Keil meint, Charlottens Motive zu ihrer hämischen Bosheit lägen klar zu Tage; statt aber diese zu nennen, bemerkt er, es seien dieselben, die sie vor ein paar Wochen an Schillers Gattin habe schreiben lassen: „Die Mlle. Schröter war sehr empfindlich über Körners, daß sie ihr gar nichts hatten sagen lassen, nach Jena (wo sie bei Schiller zu Besuch waren) zu kommen. Ich sagte, daß sie Ihnen nicht gerne mehr Gäste an den Tisch bringen wollen." Zweifelt etwa Keil an der Thatsache oder findet er die Antwort nicht zutreffend? Körner hatte eben kein besonderes Verlangen, Coronen wiederzusehen, daß er deßhalb dem durch seinen Besuch sehr belästigten Schiller noch mehr Umstände hätte machen sollen. Uebrigens ersehen wir aus jener Aeußerung, daß Corona und Charlotte in freundlicher Verbindung miteinander standen. Hätte Corona je Groll auf Charlotten gehabt, daß diese Goethe nicht ihr zu Liebe aufgegeben, jetzt hätte sie sich vollständig gerochen halten müssen, und ebensowenig konnte Charlotte Coronen irgend einen Groll nachtragen. Die „Motive" sind also eben so eine ins Blaue erdichtet, wie das Hämische und Boshafte eine leichtfertige Verdächtigung ist.

Das Jahr 1797 brachte Coronen in dem frühen Tode der unersetzlichen, von Goethe als Euphrosyne so herzlich betrauerten Schülerin einen schweren Verlust. Der Theaterfeier zu ihren Ehren am 29. September wird sie mit inniger Rührung beigewohnt haben. Schon mehr als ein halb Jahr früher war die mit den höchsten künstlerischen Anlagen und bezaubernder Schönheit begabte Sängerin Jagemann nach Weimar zurückgekehrt, die bald den Herzog und durch ihn die Bühne auf eine rücksichtslose Weise beherrschen sollte, welche Coronens edlem und reinem Sinne widerstrebte. Schon als zwölfjähriges Mädchen[1] im November 1788 hatte sie bei einer Kirchenkantate großes Aufsehen erregt. Die Herzogin Mutter hatte sie später zur theatralischen Ausbildung nach Mannheim gesandt. Am 8. Februar 1797 trat sie zuerst als Oberon in der Oper von Wranitzky mit außerordentlichem Erfolge auf. Mußte ein so

[1] Gegen Pasqué (Goethe's Theaterleitung in Weimar II, 169) u. A. bemerke ich, daß Henriette Caroline Friderike Jagemann am 27. Januar 1777 geboren war.

vielversprechendes, unter den günstigsten Aussichten auftretendes Talent Coronen in Erinnerung an ihren einstigen Ruhm fast wehmüthig stimmen, so führte ihr ein gutes Glück in demselben Jahre in dem jungen Falk, der sich schon einen Namen als Satiriker erworben, einen eifrigen Verehrer zu. Vier Jahre nach ihrem Tode sprach dieser es in einer schönen dichterischen Klage aus, wie er sie warm aus treuer Brust geliebt und geehrt, mehr als er und sie selber es gewußt. Er schildert sie, wie sie im stillen Erker ihrer Wohnung auf dem Markte sitzend bald „sittig Frauenwerke" mit der Nadel geschaffen, bald ein Liedchen zur Guitarre oder Zither gesungen, bald sich am Malen erfreut habe. „Sie schrieb nicht selbst", bemerkt er, „aber ein Gespräch mit ihr mußte jeden Schriftsteller von Beruf ermuntern. — Sie besaß einen scharfen, durchdringenden Verstand, und es entging ihr nicht leicht, wenn jemand ein Heuchler war. Daß das Hofleben sie verstimmte und daß sie unser Geschlecht zuletzt verachtete, mochte wohl am Ende einen und denselben Grund haben." Daß sie wirklich in manchen Augenblicken die Männer verachtete, müssen wir Falk wohl glauben, aber kaum dürfte diese Verachtung in ihr Herz gedrungen und dauernd gewesen sein. Wenn Falk behauptet, sie habe „nach und nach mit Wieland, Herder und Goethe in den innigsten Verbindungen gestanden", so ist das nur eine Redeweise, welche zeigt, wie wenig Corona ihm von ihren frühern Verhältnissen eröffnet hatte. Er schließt damit, daß, nachdem ihre körperlichen Reize geschwunden, „der Besitz so vieler Talente, ihre Welt- und Menschenkenntniß, besonders aber ihr im Sturm der mannigfaltigsten und schwersten Prüfungen glücklich gerettetes Herz und ein zugleich hoher, fester und einfacher Charakter" sie der Achtung und des Zutrauens aller Edlen gewiß machen gewußt. Reine Gutmüthigkeit, edler Sinn und frische Anschauung der Dinge zeichneten Coronen ohne Zweifel aus; dabei besteht es aber sehr wohl, daß sie in größerer Gesellschaft sich schauspielerisch gebärdete und das Pathos vorwalten, auch, wo sie sich gekränkt fühlte, ihren Werth fühlen ließ. Vom Hofe hatte sie sich freilich geringer Gunst zu erfreuen, und es mag ihr tief in die Seele geschnitten haben, als ihr einstiger

Verehrer, der Herzog, sich leidenschaftlich der Jagemann hingab, was schon im Jahre 1798 kein Geheimniß war, später immer offener hervortrat. Nur die junge sich sehr verlassen fühlende Prinzessin Karoline war ihr herzlich zugethan. Ob sie derselben Unterricht im Gesange ertheilt, wissen wir nicht; daß sie ihr manche schöne Stunde gemacht und viel Freundschaft und Gefälligkeit erzeigt, sagt deren Erzieherin, Henriette von Knebel.

Am Ende des Jahres 1797 war Corona Zeugin, welche Aufregung es in der Weimarer Hofwelt erregte, als Knebel die freilich nicht im besten Rufe stehende Kammersängerin der Herzogin Mutter, Luise von Rudorf, heirathete. Lebhaft mußte sich ihr, und noch mehr dem feinen Hofmann Einsiedel, der die Angelegenheit bei der Herzogin Mutter betrieb, der Gedanke aufdrängen, welches Achselzucken es am Hofe erregen würde, wenn er selbst die abgeblühte Künstlerin heimführen, wie die Göchhausen darüber lose Reden führen und er darüber die Gunst seiner Herrin einbüßen müßte, die eben Coronen nicht gewogen war.

Mit Goethe stand Corona nur in sehr entfernter Verbindung; er widmete ihr seine ganze freundschaftliche Achtung, aber es fehlte an nähern Verbindungspunkten, doch unterließ er nicht, bei Gelegenheit ihr seine Höflichkeit zu beweisen. Bei Ifflands Anwesenheit im April und Mai 1798, während welcher er täglich Dejeuners in seinem Hause gab, war auch die gepriesene Darstellerin seiner Iphigenie unter den Geladenen. Als Goethe im Herbste desselben Jahres mit Herrn und Frau Burgdorf seine Noth hatte, wurde die Frau angewiesen, sich dem Unterrichte der Schröter zu unterziehen, welche mit ihr die Rolle der Afanasia in Kotzebues Graf Benjowsky durchging; ihre Schuld war es nicht, daß diese durchfiel, welche zu ihrer Entschuldigung behauptete, der Mißerfolg sei dadurch entstanden, daß sie „ihrer Natur ungetreu, eine von fremder Eingebung bewegte Maschine gewesen", und sich ihrer weitern Unterweisung entzog. Pasqués Annahme, daß der Brief, welchen die Burgdorf später von Erfurt aus an eine Dame richtete, der sie die Bezahlung ihrer hinterlassenen Schulden von 22 Rthlr. ansann, an Coronen gerichtet gewesen, ist wenigstens bedenklich. Zu Jean Paul, der Ende Oktober sich in Weimar nieberließ, scheint sich kein näheres Verhältniß gebildet zu haben. Im Mai 1799 veranstaltete das Weimarer Hoftheater eine Vorstellung für ein Coronens edler Schülerin, Goethe's Euphrosyne, zu errichtendes Denkmal, das nach H. Meyers Zeichnung vom Hofbildhauer Döll in Gotha angefertigt und im nächsten Frühjahre zu ihrer Freude auf dem sogenannten Rosenberge im Parke jenseit der Ilm errichtet ward.

Am Schlusse des Jahres 1799 siedelte Schiller nach Weimar über. Corona ward seinem Hause näher befreundet. Gegen Ende des Jahres 1800 erfreute Schiller sie mit einem Exemplar seiner eben erschienenen Gedichte. Die Gattin lud in dessen Abwesenheit am 6. März 1801 die Schröter zu sich ein. Diese sang ihr den von ihr componirten Taucher, den sie so gut vortrug, daß sie rechten Genuß davon hatte. „Sie hat so einen Schwung in der Composition, wie sie selten in andern Liedern hat", schreibt sie; „das Ganze ist sehr einfach. Auch die Würde der Frauen hat sie sehr glücklich componirt und die verschiedenen Strophen in einem sehr hübschen Ton angegeben. Dein Geschenk benützt sie wirklich recht glücklich, und es ist recht gut angewendet. Sie ist über der Christel (von Wurmb, einer Verwandten) Stimme erstaunt; die Theater könnten mit allem Recht eine solche Stimme mit 4000 Thlr. bezahlen, wenn sie so eine Sängerin finden könnten." Sie scheint dieser Unterricht im Gesang ertheilt zu haben. „Auch die kleine Hausfrau kam noch", fährt sie fort, „und hätte bald einen Streit angefangen mit der Schröter über Kranz (dessen Zwist mit der Jagemann bei der Aufführung des Don Juan), den sie, weil ihn Gores protegiren, sehr vertheidigt, und die Schröter als Sängerin nahm der Jagemann Partie. Das Gespräch war sehr lebhaft." Wie wenig sie auch der allmächtigen, übermüthigen Jagemann gewogen war, hier bestimmte sie die Liebe zur Kunst; denn durch die Hartnäckigkeit des Kapellmeisters, mochte dieser auch in Bezug auf die Bestimmung der Tempi Recht haben, war es zu einer Störung der Vorstellung gekommen. Am Morgen des 15. war bei Goethe Concert, wozu er eine größere Gesellschaft geladen hatte, unter welcher auch die Schröter und die Jagemann. Schillers Gattin berichtet darüber: „Die Letztere

war sehr artig und gefällig und sang wunderschön; die erstere
zeigte aber recht in ihrer Art, sich gegen die Jagemann zu betragen, die alte Jungfer, und es betrübte mich ordentlich,
da ich die letztere über ihr Urtheil und Billigkeit gegen die
Jagemann bewunderte, sie nun zu sehen, wie sie doch dem Gefühl unterlag, daß sie nichts mehr von allem dem aufzeigen
könne, wodurch jene sich auszeichnet, und zumal schien der beleidigte Ton aus der Betrachtung des schönen Staats der andern
zu entstehen, freilich die empfindlichste Seite für ein eitles
Wesen." Keil hat Recht, wenn er (II, 286) dieses scharfe Urtheil der damaligen Neigung von Schillers Gattin zur Jagemann zuschreibt, die mit ihrem gleichzeitigen ebenso ungerechten
und leidenschaftlichen Verfahren gegen Goethe zusammenhängt.
Corona mag ihren sittlichen Widerwillen gegen die Jagemann,
deren Hingabe an den Herzog sie mißbilligte, nicht verleugnet
haben. Bald darauf dürfte sie schwer erkrankt sein. Den einzigen Anhaltpunkt dafür bietet freilich die Hindeutung, die Falk
während ihrer tödtlichen Krankheit auf eine frühere wunderbare
Herstellung macht. Keil läßt sie sonderbar genug, ohne that-
sächliche Begründung, schon Ende der neunziger Jahre nach
Ilmenau übersiedeln. Noch in dem Hof- und Adreßkalender
auf das Jahr 1802 kommt Corona als Hofsängerin vor. Ich
finde keinen Beweis, daß sie vor diesem Jahre nach Ilmenau
gegangen, doch ist es sehr möglich, daß sie schon den vorigen
Sommer dort zugebracht. Wir wissen nur, daß sie in Ilmenau
am 23. August 1802 an der Auszehrung starb und am 26.
bestattet wurde. Sie war wohl nicht mehr Zeugin der ersten
Aufführung der Iphigenie auf der Weimarer Bühne gewesen, wo die Vohs die stille Hoheit der Heldin trefflich darstellte. Falk gedachte in dem für seine „kleinen Abhandlungen,
die Poesie und Kunst betreffend" in diesem Sommer geschriebenen
Berichte „über die Iphigenie von Goethe auf dem Hoftheater zu
Weimar" der „schön gemäßigten Darstellung" der Schröter,
deren Haupt jetzt zur Trauer ihrer Freunde die düstere Wolke
des Todes umschwebe. Keil will wissen, daß niemand aus dem
Weimarer Kreise zur Bestattung der einst hochgefeierten Corona
gekommen, ja er behauptet (II. 289), Knebel, der in Ilmenau

wohnte, habe ihr, wie einst im Leben, so jetzt im Tode die altbewährte Freundschaft bewiesen, er allein sei zum Begräbniß gekommen. Leider müssen wir trotz Keils unerschrockener Behauptung auch den guten Knebel streichen. Daß dieser gegen Ende August nach Nürnberg reiste, wußten wir längst. Aus seinem Tagebuch, dessen Mittheilung ich von Loeper verdanke, ergibt sich, daß er schon am 16. August abreiste und drei Tage vor Coronens Tod in Nürnberg eintraf, erst am 6. September nach Ilmenau mit seiner Schwester zurückkehrte, mit welcher er damals gar nicht von Coronen gesprochen zu haben scheint. Knebels Tagebücher erwähnen sonderbarerweise Coronens gar nicht, eben so wenig seine Briefe mit Ausnahme der an seine Schwester von Ende November an. Wahrscheinlich hielt sich Corona absichtlich von Knebel zurück, da dessen Gattin, ihre ehemalige Nebenbuhlerin, die Sängerin Luise Rudorf, ihr zuwider war. So hat also Keil auch hier die Geschichte gefälscht!

Goethe wurde von dem im Weimarer Wochenblatte durch ihre treue Wilhelmine Probst angezeigten Todesfall in den Vorbereitungen zur Kunstausstellung betroffen. Zu einer dichterischen Verherrlichung der Verewigten fühlte er sich um so weniger in seiner damaligen unproduktiven Stimmung getrieben, als er dieser schon ein Denkmal gesetzt hatte, hinter dessen unvergleichlicher Schönheit er weit zurückzubleiben fürchten mußte, und auch auf der Bühne konnte er ihr Andenken nicht feiern lassen, da sie dieser eigentlich nie angehört hatte. Freilich in der Skizze zu seiner Lebensbeschreibung gedenkt er dieses Todesfalles nicht, wohl aber in den ausgeführten mehr als zwanzig Jahre später fallenden Annalen, wo er sagt, er habe sich gerade nicht in der Verfassung gefühlt, ihr ein wohlverdientes Denkmal zu widmen, wobei es ihm „angenehm wunderbar" gewesen, daß er ihr schon vor Jahren ein solches gestiftet, wie er es charakteristischer nicht zu errichten gewußt. Für Coronen sei es keine Vorbedeutung gewesen, daß er sie in einem Trauergedicht auf schwarz gerändertem Papier gefeiert; ihre schöne Gestalt, ihr munterer Geist hätten sich noch lange Jahre erhalten, und sie hätte noch länger in einer Welt bleiben sollen, aus der sie sich zurückgezogen. Auch der geschwätzige Fall, auch der sonst so leicht bereite Knebel, auch der in Wielands „Neuem teutschen Merkur" waltende Böttiger blieben stumm. Erst Ende November gedachte Knebel seiner Schwester gegenüber des „schlechten Begräbnisses" der guten Schröter und bat sie, mit Einsiedel deßhalb zu sprechen. Aber sie mochte nicht mit diesem darüber verhandeln, sondern bat ihn im Namen ihrer Prinzessin, auf ihre Kosten „einen hübschen Leichenstein mit anständiger Inschrift" zu besorgen; doch wollte sie nicht genannt sein. Die Prinzessin selbst sandte im nächsten Januar dafür eine Zeichnung, Harfe, Lorbeerkranz und Schmetterling und an den vier Ecken Thränenkrüge. Auf Knebels Vorschlag machte sie aus dem Lorbeerkranz ein Lorbeerzweiglein. Die Vollendung erfolgte erst im August 1803. Knebels Schwester sagte in der Prinzessin und ihrem Namen dem Bruder für die darauf verwandte Sorgfalt besten Dank; es sei das einzige gewesen, womit sie der guten Schröter für ihre Liebe und so viele angenehme Stunden, die sie noch oft vermißten, Dank sagen könnte. Der verfallene Grabstein wurde, da die Stifterinnen in der Fremde gestorben waren und Knebel längst Ilmenau verlassen hatte, durch einen inschriftslosen Stein ersetzt, aber der Großherzog Karl Friedrich, der ihr Grab besuchte, bestimmte, daß eine gußeiserne Tafel mit dem Namen der Künstlerin, einer auf= und einer abwärts gesenkten Fackel nebst überhängendem Eichenlaub dem Steine eingefügt werde. So wurde der Ort, wo sie ruht, dem Andenken der Welt erhalten, während ein ungünstiges Schicksal die Stätte, wo Charlotte dem dunkeln Schooße der Erde anvertraut wurde, der Erinnerung entzog.

Gehen wir schließlich noch kurz auf die nächste Entwicklung des Verhältnisses Goethe's zu dieser seiner edlen Herzensfreundin ein. Die Verbindung gewann immer mehr an Innigkeit und Vertraulichkeit. Charlotte machte ihm das Joch der auf ihm lastenden Geschäfte süß, wie er ihren mancherlei Sorgen vollsten Antheil widmete. Ihren Fritz nahm er schon im Mai 1783 zu sich und bestimmte ihn, sich mit seiner Mutter zu Frankfurt in briefliche Verbindung zu setzen. Das engste Familienband sollte ihn mit der Freundin umschlingen, deren Herz ihm ganz angehörte, während die sinnliche Begierde schwieg. Wenn er einmal auf der Harzreise einen Brief, in welchem er versichert, er sei einzig glücklich in ihr und ihrem Fritz, mit den Worten schließt: „Laß uns ja nie, auch nur vorübergehend, verkennen, was wir einander sind", so meint Stahr (S. 119), der mahnende Zuruf zeige, daß es doch solcher gelegentlicher Mahnungen noch immer bei ihr bedurft habe: aber dieser ist nicht allein an sie gerichtet, und bloß eine Erinnerung, daß sie ihr einziges Glück auch immer zu schätzen wissen möchten, was uns die Gewohnheit leider oft vergessen läßt. Es ist nur eine der ihm so natür= lichen Mahnungen, wie wenn er einige Monate später schreibt: „Laß uns zusammenhalten! die weltlichen Dinge sind gar brüchig", Mahnungen, die sich ihm von selbst aus seiner Stimmung ergaben, ohne daß er dieselben für geboten hielt. Anfang 1784 veranlaßte er auch Charlotten an seine Mutter zu schreiben. Wie er an allem, was sie betraf, den wärmsten Antheil nahm, so mußte sie auch von allem wissen, was ihm gelang. Als er ihr seine „köstliche" Entdeckung vom Zwischen= knochen beim Menschen mittheilt, schreibt er: „Wie sehr lieb ich Dich! wie sehr fühl' ichs in fröhlichen und traurigen Augen= blicken." Mit dem Frühlinge begann seine Liebe wieder leiden= schaftlicher sich zu regen. Die Abwesenheit der Freundin, welche in diesem Jahre sich in Kochberg ernstlich der vernachlässigten Wirthschaft des Gutes widmen mußte, konnte er kaum ertragen. „Ich bin nun eingewöhnt und verwöhnt Dir anzugehören", schrieb er ihr, „und bin auf diesen Punkt abgeschnitten, d. h., nach Lavaters Terminologie, so gut wie wahnsinnig." Wer die in dieser Zeit an sie gerichteten Briefe und die bedenklich steigende Leidenschaftlichkeit damit vereinbar hält, daß Charlotte Goethe längst das Aeußerste gewährt habe, der muß das menschliche Herz sehr schlecht kennen oder — eben sich der offenen Wahrheit verschließen. Immer ist nur von der Gegenwart der Freundin, mit keinem Worte von sinnlichem Genusse die Rede. Freilich sinnliche Zeichen kann er von ihr in der Ferne nicht ent= behren, und so ist ihr Ring ihm eine „wahre Wohlthat";

er muß sich erst daran gewöhnen, den geschriebenen Worten der Freundin ihre Liebe anzusehen. Als er ein paar Tage in Kochberg sich ihrer Herzensliebe erfreut hat, weiß er kein besseres Monogramm für seine völlige Hingabe an sie als seinen vollen Namen. Kein Gedanke an Sinnengenuß entweiht die uns hier offenbar vollständig vorliegenden Briefe. Was er fürchtete, war nur, daß seine Briefe in fremde Hände fielen und miß= deutet werden könnten. Der Anfang seiner herrlichen der Feier der christlichen Liebe gewidmeten Geheimnisse, zu deren Aus= führung ihn die Freundin begeistert hatte, durchwehte seine warme Seelenliebe zu Charlotten. Diese verabredete mit ihm, daß sie während seines Braunschweiger Aufenthaltes sich fran= zösische Briefe schreiben wollten. Es erregt Stahrs bittern Grimm (S. 120), daß „der reichste und reifste Genius der deutschen Sprache einer Frauengrille zu Liebe im Knabenkleide der Schüler in einer fremden sich widerwillig bewegen" müsse; „die Frau, die einen Goethe trotz seinem Widerstreben der= gleichen zuzumuthen und damit so leichtherzig auf den Genuß zu verzichten vermochte, den seine deutschen Briefe an sie noch heute dem Herzen jedes Lesers durch ihre Fülle poetischer Schönheit gewähren", könne „in ihrem innersten Wesen niemals die volle Empfindung und das wahre Verständniß dessen gehabt haben, was Goethe war und was sie an ihm besaß". Hätte er doch, statt dieses dreisten Absprechens, sich die Frage vor= gelegt, weßhalb Charlotte dem Dichter diesen Zwang auflegte. Ich habe schon früher darauf hingewiesen, daß die edle Frau, welche den bedenklichen leidenschaftlichen Ton seiner Briefe fürchtete, diesen gerade hierdurch etwas zu dämpfen hoffte. Und welcher Vernünftige wird ihr darin Unrecht geben! Daß ihm aber ein Gefäß nicht fehlte, in welches er den Ausdruck seiner glühenden Liebe im reichsten Glanze deutscher Dichtung niederlegte, wußte sie wohl, und der Schalk ließ sich die Ge= legenheit nicht entgehen, einem Briefe eine Strophe seiner Geheimnisse einzufügen, die er so sehr liebe, weil er darin von ihr, von seiner Liebe zu ihr unter tausend Formen sprechen könne, ohne daß jemand außer ihr es verstehe. Auch übersieht Stahr, daß Goethe während seines Aufenthaltes am Braun=

schweiger Hofe, wo diese Briefe geschrieben sind, Französisch sprechen mußte und der Hauptinhalt derselben Neuigkeiten sind, deren Mittheilung in französischer Sprache ihm keineswegs schwer fiel, ja auch für seine Liebe fand er so bezeichnende Ausdrücke, daß die Freundin fast ihren Zweck bei diesem launigen Versuche, ihn zu mäßigen, verloren hatte. Wenn er, um die Uebermacht seiner Liebe zu bezeichnen, sich der Wendung bedient, seine Liebe sei keine Leidenschaft, sondern eine Krankheit, die ihm lieber als die vollkommenste Gesundheit, so darf man darin eben nichts Schlimmes suchen; daß es dieses nicht besagen soll, ergibt sich schon daraus, daß er es der Freundin zu sagen wagt. Ueberhaupt darf man es mit allen Aeußerungen der Briefe nicht so streng nehmen, die nicht selten sich im Fluge der Leidenschaft der Beurtheilung des prüfenden Verstandes entziehen. Kaum ist er von Braunschweig weg, so beginnen wieder die deutschen Briefe, und wenn er von Weimar aus eine Woche lang wieder französisch an sie schreibt, so scheint es, daß er freiwillig den Scherz fortgesetzt, um sich mit ihrem Fritz in schöner lateinischer Schrift zu üben; denn eben diese Briefe, in welchen er sagt, er gebe Fritz darin ein gutes Beispiel, indem er sich zugleich mit ihm übe, zeigen eine „reinliche, markige, gleiche Handschrift". Sein während Jacobis Anwesenheit geschriebenes Wort: „Meine Liebe, das Verlangen, mit Dir zu sein, Dir alle meine Ideen mitzutheilen, besteht noch in derselben Lebhaftigkeit in meinem Herzen", ist für jeden, der Licht über das Wesen des einzigen Verhältnisses haben will, so einleuchtend, wie man es nur wünschen kann. Und wie könnte eine Verbindung eine ehebrecherische gewesen sein, von welcher er in Bezug auf Jacobi, dem er ihr Wesen gern ausspräche, der Freundin schreibt: „Il m'est impossible" (warum sollten wir ihn nicht hier sein Französisch sprechen lassen?) „de parler de toi à qui que soit, je sais que je dirois toujours trop peu et je crains en même tems de trop dire. Je voudrois que tout le monde te connut pour sentir mon bonheur que je n'ose prononcer. — J'espère que la Herder lui parlera de toi et lui dira ce que je n'ose lui dire." Wer nach solchen Aeußerungen noch zweifeln kann, daß dieß Glück ein sittlich reines gewesen, der muß eben Goethe ebensowenig kennen als die Sprache des Herzens. Wenn er wünschte, daß Herders Gattin Jacobi von seiner Liebe zu Charlotten spreche, so mußte er überzeugt sein, daß diese sie nur in schönster Reinheit sehe. Als Charlotte von Kochberg zurückgekehrt ist, geht er mit ihr Spinozas Ethik, dieses Evangelium reinster Uneigennützigkeit, durch, welche mit ihrem Gemüthe so viel Verwandtschaft habe. Schon früher habe ich bemerkt, daß es wahrscheinlich schon um diese Zeit war, daß er Charlotten, deren Vermögensverhältnisse nicht die glänzendsten waren, weßhalb sie sich, leider vergebens, „an dem Kochberger Wirthschaftskreuz schleppte", seine Absicht mittheilte, ihren Fritz an Kindesstatt anzunehmen.

Auch das Jahr 1785, an dessen Anfang die Freundin viel leidend war, verlief im herzlichen Genusse ihrer Liebe. Als er einmal über seine Weimarer Stellung so verstimmt war, daß er vom Aufgeben derselben sprach, schrieb er der besorgten Freundin, seinem „lieben Schutzgeist": „Wir wollen immer zusammen bleiben, meine Liebe; darüber sei ohne Sorge!" Aber im Mai finden wir beide einige Zeit unmuthig in Folge nicht allein körperlicher Verstimmtheit, sondern auch äußerer Verhältnisse; bald aber kamen sie sich wieder näher, wenn auch die volle Wärme erst nach längerer Zeit zurückkehrte. Von solchen Störungen dürfte kaum irgend ein menschliches Verhältniß sich frei erhalten können. In Karlsbad verlebten sie, in herzlicher Liebe verbunden, die schönsten Tage. Fritz trat eine Reise zu Goethe's Mutter an, die ihn mit mütterlicher Liebe aufnahm. Das Familienband sollte immer enger geschlungen werden. Die fünfwöchentliche Abwesenheit der nach Kochberg gegangenen Freundin konnte Goethe vor Sehnsucht kaum aushalten. Nach ihrer Rückkunft lernte sie die frommsinnige Fürstin Gallitzin kennen, worüber sich Goethe sehr freute. Daß diese jedes Unreine mit ahnungsvoller Scheu empfindende Seele etwas Unsittliches in seiner Verbindung mit Charlotten entdecken werde, brauchte er nicht zu fürchten; sonst würde er eine solche Bekanntschaft gemieden haben. Jacobi hatte der Fürstin bereits von diesem einzigen Verhältnisse berichtet. Am

Ende des Jahres wurde Charlotte durch die Krankheit ihres Ernst in große Sorge gesetzt; ihre mütterliche Pflege trennte sie nur zu oft vom Geliebten ihrer Seele, der darüber recht unglücklich war. Zum neuen Jahre 1786 schrieb er ihr: „Gebe uns der Himmel ein gutes Jahr! Ich liebe Dich herzlich. Bleibe mir, wenn auch jetzt getrennter als sonst, das mir oft fast zu schwer wird."

Stahr behauptet (S. 121), nach dem Jahre 1785 beginne das Ungesunde des ganzen Verhältnisses sich mehr und mehr für Goethe durch den Druck fühlbar zu machen, den es gelegentlich auf ihn ausgeübt, und meint, unter den „physisch-moralischen Uebeln", zu deren Heilung er nach Italien geflohen, habe das „vielfach für ihn unbefriedigende, rast- und ruhelose" Verhältniß zu Charlotten nicht die am wenigsten bedeutende Stelle eingenommen. Das gerade Gegentheil liegt für den klar vor, der eine mehr als oberflächliche Kenntniß von Goethe's damaligen Zuständen sich angelegen sein läßt. Weiß Stahr denn nicht, daß jene Unzufriedenheit, wie wir sahen, schon im vorigen Jahre sich stark äußerte, er schon früher mehrfach von dem ihn drückenden Joche sprach? Aber nicht allein hatten die unangenehmen Geschäfte in dem engen Weimarischen Kreise tiefe Falten in sein Herz geschlagen, sondern eine unendliche Sehnsucht nach dem Lande der Kunst und einer glücklichern Natur hatte sich seiner bemächtigt und ihn mit tiefem Widerwillen gegen seine eigenen Dichtungen erfüllt, den er auf die schärfste Weise in dem Briefe aus Gotha vom 26. Januar 1786 Charlotten ausspricht, welcher er nur aus dem alten Aberglauben, dessen wir mehrfach gedachten, seine beabsichtigte Reise nach Italien verschwieg. Alle Briefe des Jahres 1786 strafen wie mit einer Stimme Stahrs willkürliche Behauptung Lügen. Geradezu possierlich ist es, wie er S. 123 f. den Beweis liefert, es sei in diesem Jahre zu neuen Zerwürfnissen gekommen, die Charlottens Unzufriedenheit mit ihm und seiner Stimmung herbeigeführt, wovon die Briefe, selbst in ihrer jetzigen Unvollständigkeit (?), genügende Andeutungen gäben; der Ausbruch sei im Juni erfolgt. Man höre und staune! Am 25. Juni schreibt er der zur Reise nach Karlsbad sich bereitenden Freundin, deren

Ernst noch immer an einem bedenklichen Uebel litt, in Bezug auf die Zeit ihrer Abreise: „Thu, meine Liebe, was und wie Dirs recht ist, und es soll mir auch so sein. Behalte mich nur lieb und laß uns ein Gut, das wir nie wieder finden werden, wenigstens bewahren, wenn auch Augenblicke sind, wo wir dessen nicht genießen können (wegen innerer oder äußerer Verstimmung). Ich korrigire an Werther und finde immer, daß der Verfasser übel gethan hat, sich nicht nach geendigter Schrift zu erschießen." Die letztere launige Bemerkung nimmt Stahr im vollen Ernste als vollen Ernst. „Das ist ein schwerwiegendes Wort im Munde eines Mannes, der damals bereits siebenunddreißig Jahre alt und weniger wie irgend einer geneigt und gewohnt war, solche Empfindungen der Unlust zu übertreiben" — auch nicht eine launige Bemerkung über den Verfasser des Werther zu machen? Aber freilich Stahr hat auch aus einem Briefe Lessings einmal dessen Gedanken, sich selbst zu tödten, der ihm durchaus fremd war, herausgelesen. Daß eine so verzweifelte Bemerkung, wie Stahr sie willkürlich nimmt, gar nicht zum sonstigen Ton des Briefchens paßt, hätte ihn wenigstens stutzig machen sollen — aber per fas et nefas gilt es zu beweisen, was er sich in den Kopf gesetzt. So wagt er denn auch einen undatirten Brief, den Schöll nach Papier und Schrift in das Jahr 1789 setzt, in diese Zeit zu verlegen, obgleich er, da er auf eine schon eingetretene Entfremdung deutet, dem ganzen Tone derselben widerspricht. Er gehört in den Mai 1789. Vgl. Charlottens Lebensbild I, 316. Stahrs Aeußerung, er gehöre „ohne Frage" in die ihm erwünschte Zeit, beweist nur eine beneidenswerthe Sicherheit. Weder vor die am 12. Juni angetretene Reise nach Ilmenau, noch in die Zeit zwischen seiner Rückkehr am 20. und ihrer Abreise nach Karlsbad paßt er. Die „empfindlichen Vorwürfe", die ihm dennoch „keinen Verdruß und Groll im Herzen zurücklassen", entsprechen durchaus nicht der Stimmung jener Tage vor der Abreise der Freundin, die er in Karlsbad wiederzufinden hoffte. Das „Lebe wohl und liebe — mich" stimmt zu dem „Lebe recht wohl und liebe mich" vom 20. Februar 1789, in welchem Briefe ein ganz ähnlicher Ton klingt: in dem folgenden Briefe ließ Goethe das „und liebe mich" weg, wahrscheinlich in Folge einer empfindlichen Bemerkung Charlottens über diesen Zusatz. In den Briefen von 1786 findet sich freilich auch „Lebe wohl und liebe!" (ohne mich), „Liebe mich! Leb wohl!" „Liebe mich!" Stahr muß, um seine unbefugte Versetzung des Briefes zu halten, eine „während der letzten zwei Monate" erfolgte Ausgleichung dieses neuen Zwiespalts annehmen, wofür auch nicht der allerschwächste Anhaltspunkt sich findet. Wenn er behauptet (S. 124), völlig befreit habe Goethe sein Herz erst gefühlt, als er Charlotten am 18. April von Palermo geschrieben: „Mein Herz ist bei Dir, und jetzt, da die weite Ferne, die Abwesenheit alles gleichsam weggeläutert hat, was die letzte Zeit zwischen uns stockte, brennt und leuchtet die schöne Flamme der Liebe, der Treue, des Andenkens wieder fröhlich in meinem Herzen", so übersieht er erstens, daß das jetzt keineswegs sagen soll, daß diese Läuterung erst in diesem Augenblick eingetreten, sondern daß diese überhaupt durch seine Entfernung und lange Abwesenheit erfolgt ist, zweitens daß nur von der Stockung während der letzten Weimarer Zeit die Rede ist, wo er sich nicht ganz rein und frei, sondern verdüstert und verschlossen gezeigt, und daß er auch sonst, wenn er auf kurze Dauer das ihn beengende Weimar verlassen hatte, davon sprach, daß es in der letzten Zeit zwischen ihnen gestockt. Wie glücklich er sich an der Seite Charlottens in Karlsbad gefunden, zeigt sein Brief vom 20. August 1786, seine Sehnsucht nach der Freundin die Zeilen aus Terni vom 27. Oktober 1786, und wir würden den wärmsten Ausdruck seiner Liebe und seines innigsten Vertrauens in den ersten Briefen aus Rom lesen, lägen diese uns vor.

Nach diesem allem halte ich es für unnöthig auf Stahrs weitere Entstellungen der Wahrheit und seltsame Urtheile[1] ein-

---

[1] So findet er (S. 144 f.) darin den stärksten Ausdruck des „nüchternen Prosaismus ihrer Lebensanschauung", daß sie Krankheit und Mangel als die zwei einzigen Uebel betrachtet, da man über sie nicht Herr werden könne, wir gegen sie keine Waffen hätten. Wir erkennen darin nur ihre ideale Anschauung, da durch diese Uebel die Freiheit des Geistes nothwendig gehindert wird, wenn man nicht anders den Redensarten der Stoiker huldigt; in ihr edles, nach geistigem Leben verlangendes Herz schnitten eben diese gemeinen Hemmnisse desselben tief ein. Auch eines andern

zugehen und seine Karrikaturzeichnung Charlottens im einzelnen als böswillige Mißdeutung nachzuweisen, nur auf einen Punkt möchte ich noch hinweisen. Stahr sagt (S. 139), unter den Beurtheilern der Frau von Stein stehe billig Karl August von Weimar voran. Er verschweigt aber, wie hoch eben dieser früher Charlotten gestellt, beruft sich nur auf seinen Brief vom 22. Januar 1788, wo der von leidenschaftlicher Neigung zu Emilie Gore ergriffene Herzog diese „so reich begabte" Familie als eine sehr erwünschte Gesellschaft seiner Frau in ihren alten Tagen bezeichnet, da diese einsam lebe, keine weibliche Kreatur habe, die wichtig genug für sie wäre, und um dieß zu beweisen, ihre Freundinnen, die Herder und die Stein, herabsetzt, die „mit vielen Verdiensten, aber zu häuslich und zu wenig à leur aise, für sie zu leicht" seien. Dieses parteiische Urtheil geht durchaus fehl. Wie innig die Herzogin Charlotten liebte, zeigen die von uns mitgetheilten Briefe, und wenn sie auch nicht auf weiten Reisen, wie die wider ihren Willen von ihrem Vater in alle Weiten herumgeführten Engländerinnen, mancherlei An-

Beweises von Stahrs Mangel an Umsicht sei hier nachträglich gedacht. S. 108 f. führt er die Erzählung, welche Goethe am Abend des 1. Oktober 1827 zu Jena seinem mit ihm im Gasthofe eingekehrten Eckermann machte (III, 201—204), zum Beweise der leidenschaftlichen Zustände an, „in die ihn während der ersten Jahre seines Weimarischen Lebens mehr als ein Verhältniß zu andern weiblichen Wesen außer Frau von Stein versetzt hatte". Auch Kneschke „Goethe und Schiller in ihren Beziehungen zur Frauenwelt" S. 156 ff. traut jenem Berichte aufs Wort. Wir kennen aber jetzt die Geschichte der ersten Weimarischen Jahre so genau, daß wir zuversichtlich behaupten können, Goethe habe damals kein Verhältniß gehabt, das, wie es hier heißt, die Aufmerksamkeit der Leute so auf sich gezogen, daß er, um das Gerede nicht zu vergrößern, Scheu getragen habe, die Geliebte am Tage zu besuchen, ja daß er mit keinem Mädchen in Verbindung gestanden, das eine solche selbständige Freiheit des Lebens genossen, wie die hier geschilderte Freundin. Mag der Erzählung von der Wirkung magnetischer Kraft unter Liebenden auch, wir zweifeln daran nicht, ein wirklicher Fall zu Grunde liegen, Goethe hat ihn Eckermann gegenüber, der ihm so Wunderliches erzählt hatte, novellistisch ausgeschmückt, indem er seine alte Kunst zu fabuliren noch einmal zu Hülfe rief, daß er daneben bestehen konnte und zu einer allerliebsten anschaulichst dargestellten Geschichte wurde. Möglich, daß er gar einen Vorfall mit Charlotten, die gerade vor acht Monaten heimgegangen war, zu dieser Novelette benutzte; daß neben dem Verhältnisse zu Charlotten das hier geschilderte bestanden, ist rein unmöglich. Stahr aber macht sogar aus dem einen mehrere.

schauungen und Kenntnisse sich zu erwerben Gelegenheit gehabt, so gehörte sie doch zu den gebildetsten und ideenreichsten Frauen ihrer Zeit. Daß sie „zu häuslich" sei, soll offenbar darauf deuten, daß die Besorgung ihres Hauswesens ihr zu viel Zeit nehme, was freilich bei den reisenden Engländerinnen nicht der Fall; es wird näher erklärt durch das folgende „zu wenig à leur aise". Daß sie „als Hausfrau des Guten zu viel that", ist eine der beliebten Mißdeutungen Stahrs; in Kochberg nahm sie sich erst 1783 nothgedrungen der Wirthschaft an und daß sie in Weimar, ehe die Liebe für ihren Fritz, dessen Zinsen sie bezahlte, sie zur Sparsamkeit nöthigte, sich „zu sehr dem Detail solchen Thuns und Waltens hingegeben habe", ist aus den Fingern gesogen. Ueberhaupt unterscheidet Stahr gar nicht zwischen der Zeit ihres Liebesglückes und ihrem spätern verbitterten Zustande; alles, was aus der Zeit nach 1789 von ihrer Verbitterung berichtet wird, kann eben nicht für die frühere Zeit zeugen. Empörend aber ist es, wie Stahr alle für sie sprechenden Zeugnisse todt schweigt, nur von ihren „Panegyrikern" spricht, als ob nicht die Stimmen der Edelsten ihrer Zeit in ihrem Preise sich vereinigt hätten. Wir verweisen nur auf die ungemeine Hochachtung, welche ihr die Herzogin, die Prinzessin Karoline, Schillers Gattin und Charlotte Kalb bewiesen, und begnügen uns damit, das Urtheil Knebels hierher zu setzen, das er einige Wochen, nachdem er den oben angeführten Brief des Herzogs erhalten, worin dieser Charlotten für zu leicht und zu häuslich erklärt hatte, seiner Schwester schrieb: „Reines, richtiges Gefühl bei natürlicher, leidenschaftsloser, leichter Disposition haben sie bei eigenem Fleiß und durch den Umgang mit vorzüglichen Menschen, der ihrer äußerst feinen Wißbegierde zu Statten kam, zu einem Wesen gebildet, dessen Dasein und Art in Deutschland schwerlich oft wieder zu Stande kommen dürfte. Sie ist ohne alle Prätension und Ziererei, gerad, natürlich, frei, nicht zu schwer und nicht zu leicht, ohne Enthusiasmus und doch mit geistiger Wärme, nimmt an allem Vernünftigen Antheil und an allem Menschlichen, ist wohl unterrichtet und hat feinen Takt, selbst Geschicklichkeit für die Kunst." Ist das dieselbe Frau, die Stahrs Haß so verzerrt hat! Den unheilvollen

Einfluß, den der Schmerz um den abgefallenen Freund, um den Verlust des höchsten Ideals eines Mannes auf sie geübt, habe ich unverhohlen dargestellt: aber wer die unglückliche Frau in der idealischen Liebe zu ihrem einzigen Fritz, für den sie alles opfert, in ihrer warmen Freundschaft zu Schillers Gattin, in ihrem Leiden bei Weimars Plünderung, in der Hülfe, die sie dem Grafen Schmettau und dem tödtlich verwundeten jungen Hautcharnoy leistet, nicht lieben lernt, wer ihr tief tragisches Geschick, zu welchem sie eine ideale Täuschung führte, nicht mitzufühlen vermag — dessen Herz muß verstockt oder sein Geist durch Wahngebilde verblendet sein.